오만과 편견

오만과 편견

초판 1쇄 발행 | 2014년 09월 10일
초판 6쇄 발행 | 2022년 10월 31일

지은이 | 제인 오스틴
옮긴이 | 엄인정

발행인 | 김선희 · 대 표 | 김종대
펴낸곳 | 도서출판 매월당
책임편집 | 박옥훈 · 디자인 | 윤정선 · 마케터 | 양진철 · 김용준

등록번호 | 388-2006-000018호
등록일 | 2005년 4월 7일
주소 | 경기도 부천시 소사구 중동로 71번길 39, 109동 1601호
          (송내동, 뉴서울아파트)
전화 | 032-666-1130 · 팩스 | 032-215-1130

ISBN 978-89-98702-19-9 (03840)

이 도서의 국립중앙도서관 출판시도서목록(CIP)은 서지정보유통지원시스템 홈페이지
(http://seoji.nl.go.kr)와 국가자료공동목록시스템(http://www.nl.go.kr/kolisnet)에서
이용하실 수 있습니다.(CIP제어번호 : CIP2014024341)

월드클래식 시리즈 04

오만과 편견

PRIDE & PREJUDICE

제인 오스틴 지음 | 엄인정 옮김

매월당
MAEWOLDANG

Contents

제1장

1

재산가인 미혼 남자가 멋진 여자를 아내로 맞고 싶을 거라는 사실은 모두가 당연하다고 여기는 진리와 같다. 만약 그런 사람이 이웃에 이사 오게 되면 사람들은 그가 어떠한 이유로 혼자 사는지는 아랑곳하지 않고 그에게 아내가 필요할 것이라는 생각에, 수많은 여자들 중 누군가가 반드시 그를 차지할 것이라고 생각한다.

어느 날 베넷 부인이 남편에게 말을 걸었다.

"여보, 네더필드에 누가 이사를 온다던데 그 얘기 들으셨어요?"

베넷 씨는 아무 대답이 없었다.

"글쎄 정말이에요, 방금 롱 부인이 다녀갔는데 그 얘길 하더군요."

역시 베넷 씨는 아무 대답도 하지 않았다.

"어떤 사람이 네더필드로 이사 오는지 궁금하지도 않으세요?"

부인은 더 이상 참지 못하겠다는 듯이 소리쳤다.

"당신이 그렇게 얘기하고 싶어 하는데 왜 안 듣겠소?"

"글쎄, 내 말 좀 들어보세요. 롱 부인이 그러는데 네더필드에 이사 올 사람은 북부 지방에서 온 젊고 잘생긴 청년인데 상당한 부자래요. 월요일에 사두마차四頭馬車를 타고 와서 집을 둘러보고는 아주 만족해하더니 모리스 씨와 그 자리에서 바로 계약을 했대요. 미카엘 축일(9월 29일) 전에 이사 오기로 했고 하인들은 다음 주말 안에 들어온다더군요."

"이름이 뭐라던가요?"

"아, 그 남자 이름 말이에요? 빙리래요."

"그리고 결혼은 했소?"

"독신이래요. 엄청난 부자인데다 싱글이라니 얼마나 좋아요? 연수입이 4, 5천 파운드나 된다니 우리 딸들에게 이보다 더 좋은 혼처가 어디 있겠어요!"

"그게 무슨 말이오? 우리 애들하고 무슨 상관이 있다고?"

"어머 당신도 참, 왜 그렇게 어리석은 소리를 하세요? 이사 오는 그 남자가 우리 애들 중 누구랑 결혼하게 될지도 모르는 일 아니겠어요?"

"그러려고 이사를 온답디까?"

"그럴 셈이냐고요? 답답한 얘기 좀 그만하세요. 그 사람이 우리 애들 중 누군가와 사귀게 될지 또 누가 알아요? 그러니까 당신은 그 사람이 이사 오면 다른 사람들보다 먼저 찾아가서 인사를 나누고 청혼을 넣어보세요."

"그렇게까지 할 필요가 있을까? 당신이나 애들 데리고 가보구려. 아니면 애들만 보내든가…… 어쩌면 그편이 나을지도 모르겠네. 당신은 아직도 아름다워서 어쩌면 빙리라는 그 청년이 당신을 좋아할지도 모르잖소."

"놀리시는 거예요? 하긴 저도 한때는 미모에 자신이 있었는데, 지금은 내가 봐도 예쁘다고는 도저히 말할 수 없을 정도가 되어버렸으니! 더구나 과년한 딸을 다섯씩이나 두었는데 옛날 생각은 잊어야겠지요."

"그런데도 당신은 여전히 아름다워요!"

"그만해요! 어쨌든 그 남자가 이사 오면 꼭 찾아가 보세요. 그래서 그와 친분을 쌓으세요."

"그런 약속은 못 하겠소."

"우리 딸들을 생각하셔야죠. 그 청년이 우리 애들 중 누군가와 연분을 맺는다고 생각해 보세요. 윌리엄 루커스 경 내외도 그 집을 방문하기로 결정한 모양이에요. 그 사람들이 어디 누가 새로 이사 왔다고 해서 찾아가 보는 사람들이던가요? 그러니까 당신도 가셔야 돼요. 당신이 안 가시는데 제가 어떻게 애들만 데리고 그 댁에 방문할 수 있겠어요?"

"당신이 그렇게 생각하는 것은 지나치게 예의를 내세우기 때문이오. 그 사람이 우리 애들 중에 마음에 드는 애가 있어 누구에게든 청혼을 한다면 나도 진심으로 그 결혼에 찬성할 거라고 몇 자 적어줄 테니, 당신이 가지고 가서 전해 주시오. 맞아, 리지(엘리자베스의 애칭) 칭찬은 꼭 적어야겠지."

"여보, 제발 그런 짓은 그만둬요. 리지가 다른 애들보다 뛰어난 게 뭐가 있다고 그래요? 제인보다 예쁜 것도 아니고 리디아만큼 상냥하지도 않은데 당신은 늘 리지 편만 드는 이유가 뭐예요?"

"그것 참, 애들이라고 어디 내세울 만한 구석이 있어야 말이지. 내 딸들이나 남의 집 딸들이나 어쩌면 하나같이 그렇게 똑같이 못나고 어리석을까. 그래도 리지는 그중 제일 현명하지."

"아니, 여보! 당신은 어쩌면 자기 자식들을 그런 식으로 말씀하실 수 있으세요? 나를 놀리는 게 재미있어요? 당신은 내 신경이 얼마나 예민한 지 전혀 신경 쓰지 않는군요."

"그건 당신이 잘못 생각한 거요. 나는 당신의 신경을 건드릴 생각이 조금도 없어요. 적어도 20년 동안 당신의 심기를 건드리지 않기 위해 얼마나 조심해 왔는데."

"아, 내가 얼마나 고통스러운지 당신은 잘 몰라요."

"알았소! 그래도 당신이 그 고통을 이겨내고 연수입 4천 파운드의 사윗감들이 잔뜩 몰려드는 것을 실컷 볼 수 있도록 오래오래 살아주기나 해요."

"하지만 그렇다 하더라도 당신이 그들을 찾아가지도 않는데, 그런 사람이 이웃에 스무 명이 온다 한들 무슨 소용이 있겠어요?"

"걱정하지 말아요. 정말 스무 명씩이나 온다면 내가 한 명 한 명씩 다 찾아가 볼 테니."

베넷 씨는 유머러스하며 날카로운 재치와 신중함과 변덕스러운 기질이 섞여 있는 사람이었기 때문에, 그의 아내는 23년이나 그와 함께 살았으면서도 남편의 성격을 완전히 파악하지 못하고 있었다.

반면에 그의 부인은 마음속에 있는 모든 것들을 쉽게 드러내는 성격이었다. 그녀는 많이 배우지도 못했으며 이해력이 부족하고 지식이나 교양도 풍부하지 못했는데 성격마저 변덕스러운 여자였다.

그녀는 늘 불평이 많았는데 특히 무언가 마음에 들지 않을 때면 신경과민 반응을 보였고, 그녀에게 가장 중요한 일은 딸들을 좋은 가문에 시집보내는 것이며, 단순하기도 하고 좀 모자란 듯한 그녀의 가장 큰 즐거움은 바로 이웃의 집을 방문하여 세상 돌아가는 이야기를 나누며 수다를 떠는 것이었다.

2

　제일 먼저 빙리를 방문한 사람들 중에는 베넷 씨도 포함되었다. 그는 아내에게 끝까지 빙리를 방문하지 않을 것처럼 말했지만, 사실 마음속으로는 그럴 생각이 아니었다. 그래서 그가 빙리를 방문하고 돌아온 저녁까지도 아내는 그 사실을 전혀 모르고 있었다. 그러나 그날 밤, 이런저런 대화를 주고받다가 그 일이 드러나게 되었다. 아버지는 둘째 딸이 깃털과 꽃으로 장식한 모자를 매만지는 것을 보면서 이렇게 말했다.

　"리지야, 그 모자가 빙리 씨의 마음에 들었으면 좋겠구나."

　"빙리 씨가 무엇을 좋아하는지 어떻게 알 수 있겠어요? 그 집에 다녀오지도 않으셨으면서."

　그의 아내가 화난 듯이 말했다. 그러자 엘리자베스가 말했다.

　"엄마가 깜빡하셨나 봐요. 무도회에서 그분과 만나게 될 거예요. 롱 부인이 소개시켜준다고 약속하셨거든요."

　"롱 부인이 퍽이나 소개시켜주겠다. 자기 조카딸이 둘이나 되는데, 또 얼마나 이기적이고 위선적인데. 난 그 여자의 말을 도저히 믿을 수 없어."

　"내 생각도 그렇소. 당신이 롱 부인의 도움을 받지 않겠다니 천만다행이오." 남편의 말에 마음이 상한 베넷 부인은 화를 참지 못하고 딸에게 화풀이를 했다.

"키티(캐서린의 애칭), 제발 기침 좀 안 할 수 없니? 신경이 곤두서서 못 견디겠구나."

"그래, 키티가 좀 심하게 기침을 하는구나. 엄마의 상태도 헤아려가면서 해야지."

아버지의 말에 키티가 발끈하며 대답했다.

"누가 기침을 재미로 해요? 참으려고 해도 자꾸 나오는 걸 어떡해요?"

그러자 베넷 씨가 불쑥 말을 꺼냈다.

"리지야, 다음 파티가 언제지?"

"2주 후에요."

"그래, 그렇지."

베넷 부인도 큰 소리로 말했다.

"롱 부인은 그 전날까지 돌아오지 않는단다. 그러니 어떻게 소개시켜줄 수 있겠니, 자기도 빙리 씨를 모르면서 말이야."

"그러면 여보, 당신이 롱 부인에게 먼저 빙리 씨를 소개시켜드려요."

"아니, 여보. 나도 알지 못하는 사람을 어떻게 소개해요? 왜 이렇게 자꾸 신경질 나게 만들어요?"

"역시 당신은 소심하군. 하긴 2주 정도 교제했다고 해도 충분할 순 없겠지. 2주 정도의 시간으로 그가 정말 어떤 사람인지는 제대로 알 수 없을 테니까. 하지만 우리가 먼저 나서지 않으면 다른 누군가가 할 것 아니오? 그러다 결국은 롱 부인과 조카딸들도 그를 만나게 될 테고…… 그러니 당신이 먼저 소개시켜주면 롱 부인이 무척 고마워하지 않겠소? 당신이 안 하겠다면 나라도 나서야 되겠군."

딸들은 깜짝 놀라 두 눈을 동그랗게 뜨고 아버지를 쳐다보았고, 베넷 부인은 어이없다는 듯한 표정으로 단지 이렇게 말했다.

"말도 안 돼, 그게 말이 된다고 생각해요?"

"말이 안 된다니 대체 무슨 소리요? 사람을 소개하기 위해서는 갖춰야 할 최소한의 예의라는 게 있는데 난 그걸 무시할 수 없소. 당신은 그 사람에게 우리 딸들을 소개하려고 안달이 났으면서 어떻게 그리 쉽게 안 된다고 말할 수 있지? 메리야, 네 생각은 어떠니? 넌 생각도 깊고 또 책도 많이 읽으면서 좋은 구절은 따로 적어 두기도 하잖니."

베넷 씨가 목청을 높여 말하다가 메리를 돌아보며 물었다. 메리는 그 상황에 딱 들어맞는 근사한 대답을 하고 싶었지만 너무 갑작스런 일이라서 적절한 말이 떠오르지 않았다.

베넷 씨가 말을 이었다.

"메리가 생각을 정리할 동안 빙리 씨 얘기나 계속하지."

"난 빙리 씨 얘기라면 이제 지겹다고요."

그의 아내가 큰 소리로 말했다.

"그거 유감이군. 그러면 진작 그렇게 말했으면 좋았을 텐데. 그럼 왜 아침에는 그런 얘길 안 했소? 그런 줄 알았으면 찾아가지 말걸 그랬지. 하지만 그를 만나봤으니 새삼 모른 척할 수는 없지 않겠소?"

베넷 씨의 예상대로 여자들은 모두 깜짝 놀랐다. 베넷 부인은 딸들보다 훨씬 더 놀란 듯했다. 처음에는 어쩔 줄 몰라 하며 기뻐하더니, 잠시 후 흥분이 좀 가라앉자 부인은 처음부터 그럴 줄 알았다고 떠들어댔다.

"당신은 정말 멋진 사람이에요. 결국 내 말대로 해주실 줄 알았어요. 딸들을 그토록 사랑하는 사람이 그런 사람과의 교제를 소홀히 하실 리가 있겠어요? 정말 잘하신 거예요. 그런데 아침에 찾아가 보시고는 지금껏 아무 말씀도 안 하시다니."

"자, 키티야, 이젠 얼마든지 기침을 해도 좋다."

베넷 씨는 이렇게 말하면서, 좋아서 수선을 피우는 아내를 피해 방을 나가버렸다.

문이 닫히자마자 베넷 부인이 말했다.

"아버지는 정말 훌륭한 분이셔. 너희들이 과연 아버지의 사랑에 보답할 수 있을지 모르겠구나. 그리고 이 엄마한테도 분에 넘치는 사람이란다. 암 그렇고말고. 이렇게 나이가 들면 새로운 사람을 만난다는 게 그리 즐겁지만은 않단다. 하지만 너희들을 위해서라면 무엇이든 할 수 있지. 리디아, 내 귀여운 딸. 너는 제일 어리지만 다음 파티에서는 분명 빙리 씨가 너하고도 춤을 출 거야."

"아이 참 엄마도! 문제없어요. 제가 나이는 가장 어리지만 키는 제일 크거든요." 리디아가 자신 있게 말했다.

그날 저녁, 그들은 빙리가 얼마나 빨리 아버지의 방문에 답례를 할까 추측을 하고, 언제 그를 만찬에 초대할 것인지에 대해 의논하면서 시간을 보냈다.

3

베넷 부인은 다섯 딸들의 도움을 받으며 남편에게 충분히 물어보았지만, 빙리에 관해서 만족할 만한 대답을 얻진 못했다. 결국 그들은 이웃에 사는 루커스 부인에게서 정보를 얻을 수밖에 없었다. 그녀가 전해 준 소식은 아주 희망적이었다. 그는 젊고 아주 잘생긴 데다가 다정하며, 다음 무도회 때는 친구들을 많이 데리고 나오겠다고 했다는 것이다. 정말 기쁜 소식이었다! 춤을 좋아한다는 것은 사랑에 빠질 수 있는 확실한 조건이었다. 그래서 다들 빙리의 마음을 사로잡을 수 있을 거라는 희망을 갖게 되었다.

"어떤 아이든 네더필드에서 행복하게 사는 걸 볼 수 있다면 얼마나 좋을까요. 그리고 다른 애들도 시집을 잘 간다면 더 이상 바랄 게 없어요." 베넷 부인이 남편에게 말했다.

얼마 후, 빙리는 베넷 씨의 방문에 대한 답례로 그의 집을 찾아왔고, 약 10분 정도 그의 서재에 함께 있었다. 그는 이 집 딸들의 미모에 대해서 이미 많은 이야기를 들었기 때문에 그녀들을 볼 수 있을 거라는 희망을 갖고 있었다. 하지만 빙리는 그녀들의 아버지밖에 만나지 못했기 때문에 다소 실망스런 표정이었다.

반면에 베넷 가의 딸들은 오히려 운이 좋았다. 그녀들은 이층 창문을 통해 파란 외투를 입고 검은 말을 타고 오는 그의 모습을 볼 수 있었기 때문이다.

얼마 후 베넷 부인은 빙리에게 만찬 모임에 참석해 달라는 초대장을 보냈다. 베넷 부인은 초대장을 보내자마자 그를 대접하기 위한 여러 가지 방법을 신중히 생각했다. 음식은 어떤 걸 준비하며 그가 앉을 의자는 어떤 걸로 할 것인지 등등 세심한 부분까지 신경을 썼다.

그런데 베넷 부인이 빙리의 환심을 사기 위해 자신의 솜씨를 한껏 뽐내며 열심히 음식을 준비할 즈음, 아쉽게도 만찬을 연기해 달라는 답장을 받게 되었다. 빙리가 다음 날 아침 런던으로 가야 하기 때문이라는 내용이었다.

베넷 부인은 몹시 당황했다. 하트퍼드셔에 도착한 지 얼마 되지도 않아 그렇게 다시 서둘러 런던으로 가다니, 대체 무슨 일 때문인지 알 수가 없었다. 하지만 루커스 부인의 말에 따르면, 빙리가 런던으로 간 이유는 무도회에 참석할 친구들을 데려오기 위해서라는 것이었다. 그 말을 듣자 그녀는 다소 안심이 되었다.

얼마 후, 빙리가 여자 열두 명과 남자 일곱 명을 무도회에 데리고 올 것이라는 소문이 퍼졌다. 베넷 씨의 딸들은 여자들이 너무 많이 오는 것이 아니냐며 걱정했다. 하지만 무도회 전날, 빙리가 런던에서 데리고 온 여자는 열두 명이 아니라 여섯 명, 그것도 자매 다섯 명과 사촌 한 명이라는 소식을 듣고 모두들 안심하였다. 그리고 실제로 무도회장에 나타난 사람은 모두 다섯 명, 즉 빙리와 그의 두 누이, 매부 그리고 또 한 명의 청년뿐이었다.

빙리는 잘생겼고 신사다웠으며, 편안하고 자연스러운 태도를 지니고 있었다. 그리고 그의 누이들은 상류사회의 기품을 지닌 세련된 여자들이었고, 매부인 허스트 씨는 평범한 신사처럼 보였다. 그러나 그곳에 모인 사람들은 곧 그의 친구인 다아시에게 관심을 갖게 되었다. 훤칠하게 큰 키, 잘생긴 얼굴, 품위 있는 태도, 그리고 연수입이 1만 파운드나 된다는 소문 때문이었다. 그 소문은 그가 이곳에 들어온 지 채 5분도 안 되어 퍼졌다.

남자들은 그가 진짜 남자답다고 칭찬했고, 부인들은 빙리보다 훨씬 멋있다고 수군거렸다. 그래서 사람들은 그날 밤의 무도회에서 다아시를 감탄의 눈빛으로 쳐다보았다. 하지만 곧 다아시의 태도가 사람들을 불쾌하게 만들었고 그의 인기는 순식간에 떨어져 버렸다.

그는 오만하고 도도했으며, 사람들과 어울리려고 하지 않았다. 그래서 더비셔에 어마어마한 토지와 재산이 있는 부자임에도 불구하고, 그의 태도가 너무 불쾌했기 때문에 친구인 빙리와 비교도 할 수 없다는 비난을 받아야만 했다.

빙리는 금방 무도회장의 주요 인사들과 친해졌다. 그는 명랑하고 솔직했으며 여러 사람들과 춤을 추었다. 또한 무도회가 너무 빨리 끝났다고 아쉬워하면서 자신이 네더필드에서 무도회를 열겠다고 말했다.

반면에 다아시는 허스트 부인, 그리고 빙리의 누이동생과 각각 한 차례씩 춤을 추었을 뿐 다른 여자를 소개받거나 같이 춤을 추는 일을 모두 거절해 버렸다. 그는 무도회장을 혼자서 돌아다니다가 런던에서 온 일행 중 누군가와 잠시 말을 건네는 정도여서 정말이지 세상에서 가장 오만하고 기분 나쁜 존재로 비쳐져 절대 다시 오지 말았으면 하는 것이 사람들의 공통된 바람이었다. 그중 가장 심하게 반발한 사람은 베넷 부인이었다.

그녀는 처음부터 다아시라는 남자의 오만한 태도와 행동이 마음에 들지 않았지만, 결정적으로 그가 자신의 딸을 무시했다는 사실에 무척 화가 나 있었다. 그녀는 그 일을 생각하면 할수록 분통이 터질 것 같아 견딜 수가 없었다.

무도회에 참석한 남자들이 여자에 비해 수가 모자랐기 때문에 엘리자베스는 두 번씩이나 춤출 상대를 찾지 못하고 그냥 자리에 앉아 있어야 했다. 그때 빙리는 잠시 춤을 멈추고 친구가 사람들과 어울리도록 이끄는 것을 곁에 있던 그녀가 엿듣게 되었다.

"다아시, 그렇게 멍청히 서 있기만 할 건가? 난 자네가 춤추는 모습을 보고 싶다네."

"미안하네. 별로 춤추고 싶지 않아. 자네도 알다시피 나는 친한 사람이 아니고서는 여간해서 춤을 추지 않는단 말일세. 잘 알지도 못하는 상대와 춤을 춘다는 것은 딱 질색이야. 그건 내게 고역이네. 게다가 자네 누이들은 선약이 있고."

"그렇게 까다롭게 굴지 말게. 솔직히 말하면 나는 오늘처럼 멋진 시간을 가진 적도 드물다네. 이중에는 굉장한 미인도 있잖은가."

"하긴 자넨 이곳에서 가장 예쁜 미인과 춤을 추고 있으니 그럴 만도 하지."

다아시는 베넷 씨의 큰딸을 바라보며 말했다.

"다아시, 나는 이제껏 저렇게 아름다운 미인을 만나본 적이 없어. 그렇지만 자네 등 뒤에 앉아 있는 그녀 동생도 얼마나 예쁜가.

게다가 상냥하기가 이루 말할 수 없어 자네도 마음에 들 거야. 내가 소개를 부탁해 보지."

"글쎄, 누구 말인가?"

그는 고개를 돌려 힐끗 엘리자베스를 바라보다가 순간 그녀와 눈이 마주치자 황급히 시선을 피하며 냉정하게 말했다.

"됐네. 그런 대로 괜찮긴 하지만 저 정도의 여자가 내 마음에 흡족하지는 않지. 더군다나 다른 남자들에게 딱지맞은 여자를 상대하고 싶지는 않아. 자, 이제 내 걱정은 그만하고 자네 파트너에게 돌아가서 즐거운 시간을 보내게나. 여기에 있어봐야 시간 낭비일 뿐이야."

빙리는 다시 춤을 추러 제자리로 돌아갔고, 다아시도 황급히 자리를 떴다. 그동안 두 사람의 대화를 모두 들은 엘리자베스의 마음이 편치만은 않았지만 워낙 성격이 쾌활하고 장난꾸러기인 그녀는 명랑한 목소리로 다른 사람들에게 이 이야기를 들려주었다.

그날 밤은 대체로 온 가족이 즐겁게 보냈다. 베넷 부인은 네더필드 일행이 자신의 큰딸인 제인을 몹시 칭찬하는 것을 보았다. 그녀는 빙리와 두 번이나 춤을 추었고, 빙리의 누이들로부터 특별한 대우를 받았다. 어머니처럼 내색하지는 않았지만, 제인 역시 즐거워하고 있었다. 엘리자베스는 제인의 기분이 좋다는 것을 알아챌 수 있었다. 메리는 누군가가 빙리 양에게 자기를 이 근방에서 가장 교양 있다고 말하는 것을 들었다. 키티와 리디아 역시 파트너와 함께 계속 시간을 보냈는데, 사실 그녀들은 무도회에서 그 정도면 충분하다고 생각하고 있었다.

그래서 그들은 모두 만족한 기분으로 롱본으로 돌아왔다. 집에 와보니 베넷 씨는 아직 잠자리에 들지 않고 있었다. 책만 펴면 시간 가는 줄 모르는 그였지만, 이번 무도회에 많은 기대와 관심을 갖고 있었기 때문에 그 결과에도 비상한 관심을 보였다. 그는 내심 새로 이사 온 남자에 대한 아내의 기대가 무너지기를 바라고 있었다. 하지만 그의 기대와는 전혀 다른 이야기를 들었다.

"여보, 정말 즐거운 밤이었어요. 정말 멋있는 무도회였다고요. 당신도 같이 가셨으면 좋았을 텐데. 제인이 얼마나 칭찬을 받았는지 몰라요. 모두들 미인이라고 그러더군요. 빙리 씨도 그 애와 두 번씩이나 춤을 췄어요. 그 사람이 두 번이나 춤을 청한 사람은 우리 애뿐이었어요. 물론 처음에는 샬럿 루커스에게 춤을 청했는데, 그 애가 마음에 들 리 없었겠죠. 제인이 여러 사람과 차례차례 춤추는 것을 보고 많이 놀랐나 봐요. 그리고 우리 애를 소개받고는 두 번이나 춤을 추었지요. 다음에는 킹 양과 추었고, 그 다음에는 마리아 루커스와 춤을 추고, 그 다음에 다시 우리 제인과 춤을 추었다고요. 아아! 지금도 가슴이 울렁거리는 것 같아요. 아직도 둘이 춤을 추는 광경이 눈에 선해요. 그리고 리지의 불랑제(커트릴 춤의 5단계)는……."

묵묵히 듣기만 하던 베넷 씨가 짜증이 난 듯 비로소 입을 열어 부인의 말을 가로막았다.

"그 친구가 나를 조금이라도 생각했다면 그 절반도 추지 않았겠지. 제발 그 파트너 얘기는 그만 좀 해요. 첫 번째 춤을 출 때 발목이라도 삐끗했으면 좋았을걸."

"여보!" 베넷 부인이 계속해서 말을 이었다. "난 빙리 씨가 정말 마음에 들어요. 어쩌면 그렇게 멋있고 잘생겼을까! 그리고 그 누이들도 어찌나 우아하던지! 그렇게 우아한 옷은 처음 봤어요."

여기서 부인의 말은 다시 중단되었다. 베넷 씨가 옷에 대한 설명을 못 하게 했기 때문이다. 결국 부인은 어쩔 수 없이 화제를 바꾸었다. 그녀는 다소 과장을 섞어가며 다아시의 무례함에 대한 이야기를 시작했다.

"하지만 리지가 그런 사람의 마음에 안 들었다고 해서 아쉬울 건 없어요. 그 사람은 정말 기분 나쁘고 불쾌해서 관심을 끌려고 노력할 가치조차 없는 사람이에요. 어찌나 도도하고 잘난 체를 하던지 정말이지 참을 수가 없더라고요. 자기가 엄청 대단한 사람인 것처럼 이리저리 돌아다니면서, 같이 춤출 만큼 내 딸이 예쁘지 않다느니 하면서…… 정말 불쾌한 사람이에요."

4

제인은 엘리자베스와 단둘이 있게 되자, 그때까지 빙리에 대한 칭찬을 아끼다가 자신이 얼마나 빙리를 좋아하는지 이야기했다.

"그분은 정말 신사다워. 분별력 있고 활달하고 명랑하다고. 어쩌면 그렇게 근사할까! 태도도 자연스럽고, 역시 명문가의 자제라 달라!"

그러자 엘리자베스가 대답했다.

"그리고 잘생겼잖아. 이왕이면 잘생긴 게 좋잖아."

"그분이 두 번째로 춤을 청했을 때 얼마나 기뻤는지 몰라. 그렇게 운이 좋을 거라고는 생각도 못 했는데."

"그래? 난 그럴 거라고 생각했는데. 그게 언니와 나의 큰 차이점이야. 언니는 겉만 번지르르한 말을 들으면 기뻐하지만 난 안 그렇거든. 언니한테 두 번 춤을 청한 게 그렇게 놀라운 일이야? 그분에게는 언니가 다른 어떤 여자들보다도 아름답게 보였겠지. 그러니 그런 친절 정도에 고마워할 건 없어. 하긴 확실히 그분이 친절하긴 해. 언니가 그분이 좋다면 나도 찬성할게."

"얘는!"

"언니는 정말 아무나 쉽게 좋아한다니까. 상대의 결점이 잘 보이지 않나 봐. 언니는 모든 것들이 다 착하고 좋게 보이지? 난 언니가 단 한 번도 남을 비난하는 것을 들어본 적이 없어."

"난 쉽게 남을 비난하고 싶지 않아. 하지만 난 언제든지 내 생각을 있는 그대로 말하는걸."

"나도 알아. 그게 바로 이상하다는 거야. 언니같이 분별력 있는 사람이 다른 사람의 어리석고 못난 면은 왜 보지 못할까! 솔직한 척하면서 뒤에서는 온갖 못된 짓을 하는 사람들이 얼마나 많은데. 언니는 다른 사람의 좋은 점만 보고 나쁜 점은 아예 보려고도 하지 않는 것 같단 말이야. 어쨌든 그래서 언니는 빙리 씨의 누이들까지 좋아졌다는 말이지? 그런데 그분의 누이들은 빙리 씨만큼 품위 있지는 않은 것 같았는데."

"하긴 처음에는 그랬어. 하지만 너도 이야기를 나누다 보면 유쾌한 사람들이라는 걸 알게 될 거야. 빙리 양은 오빠와 살면서 살림을 돌봐준다고 했어. 그런 사람이 이웃이 된다면 정말 좋을 거야."

엘리자베스는 묵묵히 듣고 있었지만 그 말을 곧이곧대로 받아들이지는 않았다. 무도회장에서 그들의 행동이 썩 유쾌했다고는 볼 수 없었기 때문이다. 엘리자베스는 언니보다 예리한 관찰력이 있었고 주관이 뚜렷했다. 또한 그녀는 다른 사람의 말 때문에 판단력이 흐려지진 않았기 때문에 그들을 칭찬해 줄 마음이 없었다.

빙리는 아버지로부터 거의 10만 파운드에 가까운 재산을 상속받았다. 그의 아버지는 저택을 살 계획을 갖고 있었으나 생전에 그 뜻을 이루지 못했던 것이다. 빙리도 그런 생각으로 적당한 토지를 찾아보기도 했다. 그러나 현재 그가 훌륭한 집과 장원(유럽 중세 시대에 귀족이나 사원에 딸린 넓은 토지-옮긴이)을 갖게 되었기 때문에, 그의 느긋한 성격을 잘 알고 있는 많은 사람들은 그가 네더필드에서 생애를 보내고 저택을 사는 것은 다음 세대로 넘길 것이라고 생각했다.

그의 누이들도 빙리가 자신의 저택을 갖기를 몹시 기대했다. 하지만 그가 이제 겨우 자리를 잡았기 때문에, 빙리 양도 오빠와 함께 살며 살림을 도와주는 것을 싫어하지는 않았다. 재산가라기보다는 신분이 높은 사람과 결혼한 누이 허스트 부인도 필요할 때는 빙리의 집을 자신의 집처럼 생각했다.

빙리가 성년이 되고 채 2년이 되지 않았을 때, 우연한 기회에 네더필드의 집을 한 번 보라는 권유를 받았다. 그는 30분 정도 집안을 둘러보았는데, 집의 위치와 방들이 마음에 들었다. 그리고 집 주인이 하도 집 자랑을 했기 때문에 그 자리에서 바로 계약했던 것이다.

빙리와 다아시는 성격 면에서 큰 차이가 있었지만 두 사람은 서로 친하게 지내고 있었다. 다아시는 자연스럽고 개방적이며 솔직한 빙리를 좋아했다. 빙리는 다아시의 변함없는 호의를 몹시 신뢰했고, 그의 판단력을 높이 평가했다. 이해력에 있어서는 다아시가 더 뛰어났다. 그렇다고 빙리가 이해력이 부족하다는 것이 아니라 다아시가 더 현명하다는 것이다. 하지만 다아시는 다소 거만하고 말수가 적었으며 까다로웠다. 점잖기는 하지만 사람들에게 호감을 주지는 못했다. 그런 점에서 볼 때 빙리가 훨씬 나았다. 빙리는 어느 곳에 가도 사람들에게 환영받는 반면에 다아시는 늘 다른 사람에게 호감을 주지 못했다.

메리튼의 무도회에서 나누던 두 사람의 대화에서 그러한 특징이 잘 드러났다. 빙리는 그렇게 유쾌한 사람들과 아름다운 아가씨들은 처음이라고 느꼈다. 그래서 만나는 사람마다 상냥하고 정중하게 대했다. 격식을 차리는 일도 없었고 어색해하지도 않았기 때문에 무도회장에 온 모든 사람들과 친해졌으며, 제인 같은 천사는 처음 보았다고 했다. 하지만 다아시는 무도회장에 모인 사람들이 아름답지도, 품위 있지도 않았으며 그곳에 모인 누구에게도 흥미를 느낄 수 없었다. 또한 그에게 호의를 베풀거나 친절하게 대하는 사람도 없었다. 그도 제인이 예쁘다는 것은 인정했지만, 그가 보기에 그녀는 지나치게 잘 웃는 것 같았다.

허스트 부인과 그녀의 동생은 제인을 칭찬했고, 또 좋아했다. 그들은 그녀가 귀여운 아가씨라며 좀 더 교제해 보고 싶다고 말했다. 그래서 제인은 그들 사이에서 상냥한 아가씨로 인정을 받았다.

5

롱본에서 멀지 않은 곳에 베넷 가족들과 친하게 지내는 윌리엄 루커스 경이 살고 있었다. 그는 전에 메리튼에서 사업을 하여 많은 재산을 모았다. 또한 시장으로 재직하는 동안 국왕으로부터 기사 작위를 받았는데, 이렇게 지위가 높아지자 운영하던 상점과 시장 주변에 있는 집에 싫증이 났다. 그래서 메리튼에서 1마일 정도 떨어진 곳으로 가족과 함께 이사를 온 것이다. 그때부터 그는 그 저택에서 자신의 지위를 자랑스럽게 여기면서 사업에 구속받지 않고, 품위를 유지하면서 세상 사람들에게 호의를 베풀며 살 수 있었다.

루커스 부인은 좋은 여자였고, 약삭빠르지 않았기 때문에 베넷 부인에게는 좋은 이웃이었다. 루커스 경 부부에게도 아이들이 여러 명 있었다. 맏딸은 스물일곱 살쯤 되었는데, 분별력이 있고 현명했으며 엘리자베스의 친구였다.

루커스 집안의 딸들과 베넷 집안의 딸들이 모여서 무도회 이야기를 하는 것은 무엇보다 꼭 필요한 일이었다. 그래서 무도회 다음 날 아침, 루커스 집안의 자매들이 무도회에 관한 이야기를 나누기 위해 롱본으로 찾아왔다.

"샬럿, 그날 무도회 시작이 정말 좋았어. 빙리 씨가 제일 먼저 너를 선택했잖니."

베넷 부인이 속마음을 감추고 다정한 말투로 샬럿 루커스에게 말을 건넸다.

"네, 하지만 그분은 두 번째 파트너를 더 좋아하는 것 같던데요."

"제인 말이로구나. 그 애하고는 두 번이나 춤을 추었지. 분명히 좋아하는 것 같던데 사실일 거야. 그렇지만 나도 확실히는 모르겠어. 로빈슨 씨가 무슨 말을 했다고 하던데."

"제가 그분과 로빈슨 씨가 하는 얘기를 엿들었다는 것 말씀이시죠? 말씀드리지 않았던가요? 로빈슨 씨께서 무도회가 마음에 드느냐, 누가 제일 예쁘냐고 물으셨어요. 그러자 빙리 씨가 '물론 베넷 씨 댁 맏딸이죠.' 라고 대답하시더군요."

"세상에! 정말 그랬단 말이지? 하지만 그렇다고 꼭 무슨 일이 생기진 않겠지만."

"엘리자(엘리자베스의 애칭), 그래도 내가 엿들은 게 네가 들은 것보다 더 쓸모가 있네. 빙리 씨에 비하면 다아시 씨의 말은 들을 가치가 없어. 가엾은 엘리자. '그런대로 괜찮군.' 이라고 했다면서?"

"그 얘기를 꺼내서 리지가 신경 쓰이게 하지는 말자꾸나. 어젯밤 롱 부인이 그러는데, 그 사람이 바로 옆에서 반 시간이나 앉아 있으면서도 한 마디도 말을 걸지 않았다는구나."

그러자 제인이 말했다.

"정말이에요, 어머니? 잘못 들으신 거 아니에요? 다아시 씨가 롱 부인에게 말하는 것을 제가 분명히 들었어요."

"그건 참다못한 롱 부인이 네더필드가 마음에 드느냐고 물으니까 어쩔 수 없이 대답을 했던 거지. 하지만 말을 거니까 짜증을 내는 것 같았다더구나."

"빙리 양이 그러는데요." 제인이 말했다.

"그 사람은 정말 친한 사이가 아니면 좀처럼 말을 안 한대요. 하지만 친한 사람에게는 정말 다정하다고 하던데요."

"믿을 수가 없구나. 그렇게 다정한 사람이 롱 부인에게 말 한 마디 건네지 않았겠니? 짐작이 가는구나. 오만함이 하늘을 찌른다고 다들 그러더라. 분명 롱 부인이 마차가 없어서 무도회에 올 때 빌려 타고 온 얘기를 듣고 그랬을 거야."

"롱 부인께 말을 걸지 않은 건 그럴 수도 있다고 생각해요. 하지만 엘리자와 춤을 추지 않은 건." 샬럿이 말했다.

"다음에 추렴, 리지. 하지만 내가 너라면 그런 사람하고는 춤을 추지 않을 거다." 베넷 부인이 말했다.

"걱정 마세요, 어머니. 그 사람과는 절대로 춤을 추지 않겠어요."

"하지만 그분의 오만함이 제 비위에 특별히 거슬리지는 않았어요." 샬럿이 말했다.

"오만하다는 건 그만한 이유가 있는 게 아닐까? 집안, 재산, 무엇 하나 부러울 게 없는 젊고 훌륭한 분이 좀 도도하게 굴었다고 해서 이상한 건 아니잖아? 다시 말하면 그 사람은 그럴 만한 자격이 있다는 거지."

"그건 그래. 그분이 내 자존심을 건드리지 않는다면 나도 그분의 자존심을 인정할 수 있지." 엘리자베스가 대답했다.

이 말을 듣고 자신의 사려 깊은 생각을 늘 자랑스러워하는 메리가 한 마디 했다.

"오만함이라는 건 아주 흔히 볼 수 있는 성격적인 결함이지. 책에서 읽은 건데, 그건 정말 일반적인 것이고 인간의 본성이야. 그리고 현실이든 가상이든, 어떤 특성에 대해 자만심을 갖고 있지 않은 사람은 드물다는 거지. 허영과 오만은 달라. 허영이 없어도 오만할 수 있지. 오만은 자기 스스로를 어떻게 생각하느냐와 관련되지만, 허영은 남이 나를 이렇게 생각해 줬으면 하는 것과 관련되는 거야."

그러자 누이들과 함께 온 루커스 경 아들이 말했다.

"만일 다아시 씨만큼 돈이 많다면 좀 오만해도 되지 않아? 사냥개나 많이 기르고 매일 포도주나 마시면서 살면 되니까."

"그렇게 살다보면 과음하게 되지. 술 마시는 걸 보게 된다면 내가 당장 술병을 치워버릴 거다." 베넷 부인이 정색하며 말했다.

루커스 경 아들은 누구도 자기를 막을 수 없다고 하고 베넷 부인은 꼭 그렇게 할 거라고 우기며 두 사람은 계속 실랑이를 했다. 결국 그 말싸움은 헤어질 때가 되어서야 끝이 났다.

6

얼마 지나지 않아 롱본의 숙녀들이 네더필드의 숙녀들을 방문
했다. 제인의 붙임성 있는 태도 덕분에 빙리 양과 허스트 부인은
그녀가 더욱 마음에 들었다. 네더필드의 두 숙녀는 제인의 어머니
를 견디기 힘든 사람으로, 그녀의 동생들은 이야기를 나눌 가치도
없는 사람으로 생각했다. 하지만 첫째와 둘째인 제인과 엘리자베
스와는 더 가까워지고 싶다는 바람을 드러냈다.

제인은 그들의 관심을 기쁘게 받아들였으나 엘리자베스는 그렇
지 않았다. 그녀는 그들이 모두에게 오만하게 대하는 것처럼 보였
고, 자신의 언니에게도 그렇게 대한다고 느꼈다. 그들이 제인에게
이 정도의 친절이라도 베푸는 것은, 빙리가 제인에게 호감을 갖고
있기 때문이라고 생각했다.

빙리가 제인에게 관심이 있다는 것은 누구나 아는 사실이 되었
다. 제인 역시 빙리를 처음 만났을 때부터 그에게 호감을 느꼈으
며, 그를 사랑하고 있음을 엘리자베스는 확실히 느낄 수 있었다.
하지만 한 가지 다행스러운 것은 사람들이 이 사실을 눈치 채지
못할 것이라는 점이다. 제인은 감성이 풍부하고 침착하면서도 쾌
활했기 때문에, 누구도 의심을 품기는 힘들 것이다. 엘리자베스는
이런 자신의 생각을 친구인 샬럿에게 이야기했다. 샬럿이 말했다.

"그런 경우에 사람들의 눈을 속인다는 것은 아마 재미있을지도

모르지. 하지만 그렇게 눈치 못 채게 하는 것이 단점이 될 수도 있어. 왜냐하면 여자가 자신의 감정을 숨긴다면 상대방을 붙잡을 수 있는 기회를 놓쳐버릴지도 모르니까. 그렇게 되면 세상 사람들 모두 그 사실을 모른다고 해도 그걸로 위안을 받을 수는 없을 거야. 대부분 애정이라는 감정은 허영과 감사의 마음이 함께 들어 있기 때문에, 그것이 혼자 자라도록 그냥 내버려둔다는 것은 안심할 수 없는 일이야. 사랑은 누구나 다 할 수 있어. 누군가를 좋아한다는 것은 자연스러운 일이지. 빙리 씨는 분명히 제인을 좋아하고 있어. 하지만 빙리 씨의 그 마음을 제인이 도와주지 않는다면 지금의 상태에서 더 발전할 수는 없을 거야."

"하지만 언니도 그분에게 할 수 있는 만큼 하고 있어. 나도 그걸 알겠는데 빙리 씨가 눈치 못 챈다면 그 사람이 둔한 거지."

"엘리자, 그분은 제인의 성격을 너만큼은 잘 모르잖아?"

"하지만 여자가 남자한테 호감이 있고, 그것을 억지로 숨기려고만 하지 않는다면 남자가 그걸 모를 리 있겠어?"

"그렇긴 하지. 남자와 여자가 서로 자주 만난다면 말이야. 하지만 그래도 자세히 관찰하기 전에는 몰라. 빙리 씨와 제인이 자주 만나기는 하지만 오랜 시간 함께 있진 않잖아. 또 늘 사람들이 많은 곳에 함께 섞여 있으니 매번 이야기를 나누는 것도 힘들어. 그러니까 제인이 매번 30분씩이라도 그분의 관심을 끌 수 있도록 해야 돼. 그 시간을 잘 이용해서 그분의 환심을 사고 나면, 나중에는 마음껏 사랑할 수 있을 거야."

"결혼을 잘하는 것이 목표라면 좋은 방법이지."

엘리자베스가 대답했다.

"부자 남편을 얻어야겠다, 결혼은 꼭 해야겠다고 생각한다면 나라도 그런 방법을 택할 거야. 하지만 언니는 계획에 따라 행동하지 않아. 내가 보기에 언니는 그분한테 얼마나 애정을 느끼고 있는지도 확실히 모르고, 그것이 맞는 건지도 확신하지 못하고 있어. 그분을 만난 지 겨우 보름밖에 안 됐으니까. 그리고 언니는 그분과 메리튼에서 네 번 춤을 추었고, 그분 댁에서 아침에 한 번 봤을 뿐이야. 그 후 네 번 정도 식사를 같이 했지. 그 정도로는 언니가 그분을 이해하는데 충분한 시간이 될 수는 없어."

"네 말도 일리는 있어. 단순히 식사만 했다면 상대의 식욕이 좋은지 그렇지 않은지 정도밖에 파악 못 했겠지. 하지만 중요한 건 네 번이나 함께 저녁 시간을 보냈다는 거야. 그 정도 시간이라면 뭔가 일이 생기기에 충분하다고 할 수 있지 않을까?"

"그래, 나흘 저녁 시간을 함께 보내면서 알아낸 거라고는 두 사람 모두 코머스(카드 게임의 한 종류)보다 벵텅(카드 게임의 한 종류)을 더 좋아한다는 것 정도야. 그 밖의 다른 중요한 건 별로 알아내지 못한 것 같아."

"글쎄." 샬럿이 말했다. "난 제인이 잘 되기를 진심으로 바라고 있어. 그리고 제인이 내일 당장 그분과 결혼한다 해도 서로를 일년 정도 관찰하고 연구한 것만큼 행복해질 거라고 생각해. 결혼해서 행복해지는 것은 운에 맡겨야 돼. 서로를 잘 알고 서로의 취향이 닮았다고 해서 두 사람이 더 행복해지는 것은 아니니까. 취향은 계속 바뀌기 마련이고 나중에는 누구든 싫어질 만큼 변하게 되지. 그러니까 앞으로 결혼할 사람에 대한 결점을 굳이 많이 알 필요는 없어."

"샬럿, 정말 웃기는 얘기구나. 그건 옳지 않아. 네가 틀렸다는 걸 너도 잘 알잖아. 그리고 만약 네 자신의 일이라면 그렇게 하겠어?"

엘리자베스는 언니에 대한 빙리의 애정을 저울질하느라 정작 자신이 다아시의 관심의 대상이 되고 있다는 사실을 전혀 눈치 채지 못하고 있었다. 다아시는 엘리자베스를 예쁘다고는 생각하지 않았다. 무도회장에서 그녀를 만났을 때 감탄할 만큼의 미인은 아니라고 생각했고, 그 다음에 그녀를 만났을 때는 그녀의 결점만 눈에 띄었다. 그런데 그녀가 대단한 미인이 아니라는 것을 주변 사람들로부터 확인하자마자, 그는 그녀의 초롱초롱한 까만 눈과 묘한 표정 때문에 그녀의 얼굴이 유난히 지적으로 보인다는 것을 깨달았다. 그는 그녀가 상류사회의 예절에 맞게 행동하지 않는다는 것을 알았지만, 오히려 명랑하고 자연스러운 그녀의 태도에 마음이 끌렸다.

하지만 정작 엘리자베스는 이런 사실을 전혀 알지 못했다. 그녀에게 다아시라는 남자는 어디까지나 유쾌한 사람이 아니었고, 자신과 춤을 추고 싶을 만큼 멋진 남자라고는 생각하지 않았던 것이다.

다아시는 엘리자베스에 대해 더 알고 싶었다. 그래서 그녀에게 직접 말을 걸기 전에 우선 그녀가 다른 사람들과 나누는 대화를 들어보기로 한 그의 행동은 곧 엘리자베스의 눈에 띄었는데, 바로 윌리엄 루커스 경 댁에 많은 사람들이 모인 파티에서였다.

"내가 포스터 대령과 나누는 대화를 다아시 씨가 엿듣고 있다니 왜 그러는 걸까?"

엘리자베스가 불만스런 표정으로 샬럿에게 말했다.

"그건 다아시 씨만이 알 수 있는 거지."

"하지만 계속 그런다면 무슨 속셈으로 그러는지 다 알고 있다고 확실히 말하겠어. 그렇지 않으면 빈정대면서 쳐다보는 듯한 저 눈빛에 겁을 먹고 말 거야."

별다른 용무가 없었음에도 다아시가 그녀들에게 다가오자 루커스 양은 엘리자베스에게 단도직입적으로 이야기해 보는 건 어떻겠느냐고 했고, 엘리자베스는 그를 향해 몸을 돌려 말을 걸었다.

"다아시 씨, 제가 포스터 대령님께 다음 무도회는 메리튼에서 열어 달라고 부탁드렸는데 정말 근사한 제안 아닌가요?"

"열정이 굉장하시더군요. 숙녀분들은 그런 일에 항상 열의를 갖고 있지요."

"여자들에 대해 매우 엄격하시군요."

그러자 루커스 양이 말했다.

"이제 엘리자가 귀찮아질 차례야. 엘리자, 내가 피아노 뚜껑을 열 테니까 그 다음엔 뭘 해야 되는지 알지?"

"넌 내 친구이긴 하지만 항상 아무 데서나 연주하고 노래를 하라니 아주 이상한 애야. 내가 음악에 욕심이 있었다면 넌 정말 고마운 존재였겠지. 하지만 상황을 좀 봐. 평소 일류 연주자들의 음악을 듣던 분들 앞에서 연주하는 건 정말 싫다고."

그래도 루커스 양이 계속 권하자 엘리자베스는 할 수 없이 피아노 앞으로 다가서며 말했다.

"좋아, 그럼 하지 뭐."

그리고 다아시를 힐끗 바라보면서 덧붙이기를 "여기 계신 분들은 다 아시는 속담일 거예요. '죽을 식히려면 숨을 몰아쉬어라.' 그러니 저도 크게 노래를 부르기 위해서 숨을 몰아쉬겠습니다."

그녀는 노래를 잘하진 못했지만 그 정도면 괜찮은 편이었다. 노래를 부르고 나서 몇몇 사람들이 한 번 더 청했는데, 요청에 답하기도 전에 동생 메리가 얼른 피아노 앞으로 나와서 앉았다. 메리는 미인은 아니었지만 지식이나 교양을 쌓기 위해 열심히 공부했으며 항상 그런 자신을 남들에게 자랑하고 싶어서 안달이었다.

메리는 재능은 갖추지 못했고 허영심만 있었다. 이런 허영심은 그녀로 하여금 잘난 체하는 행동을 하도록 했는데, 그러한 태도는 그녀의 좋은 면까지도 망치고 있었다.

사람들 앞에 나서는 걸 별로 좋아하지 않는 소박한 성품의 엘리자베스는 메리보다 피아노 실력은 못 미쳤지만, 듣는 모든 사람들을 훨씬 더 즐겁게 해주었다. 메리는 긴 협주곡 연주를 끝낸 후 동생들이 신청한 스코틀랜드와 아일랜드 민요까지 연주하여 칭찬을 듣고 기뻐하는 사이에, 동생들은 루커스 집안사람과 두세 명의 장교들과 방 한쪽에서 열심히 춤을 추고 있었다.

한편 다아시는 그들 옆에 서 있었는데, 대화도 없이 이렇게 시간을 보내는 것에 화가 나 있었다. 그는 자신의 생각에 몰두하고 있었기 때문에 윌리엄 루커스 경이 말을 걸 때까지는 그가 다가오는 것도 모르고 있었다.

"다아시 씨! 젊은이들에게 춤이란 정말 매력적인 오락입니다. 춤은 세련된 사교계에서 제일 고상한 오락이라고 생각하지 않나요?"

"물론 그렇지요. 그리고 춤은 세련되지 않은 사회에서도 유행할 수 있는 장점이 있지요. 야만인들도 춤을 출 줄 아니까요."

다아시의 가시 돋친 대답에도 윌리엄 경은 그저 미소만 지을 뿐이었다.

"친구분은 참 즐겁게 춤을 추고 있네요. 다아시 씨도 춤 솜씨가 굉장하다는 것을 알고 있습니다."

춤추는 무리 속에 빙리가 함께 있는 것을 보고 루커스 경이 말을 이었다.

"메리튼에서 제가 춤추는 걸 보셨지요?"

"그렇고말고요. 그 모습을 보니 정말 즐거웠습니다. 세인트 제임스 궁에서도 종종 추십니까?"

"아니요, 전혀 추지 않습니다."

"그곳에서 춤을 추는 것이 예의라고 생각하지 않나요?"

"저는 그처럼 예의를 차려야 하는 자리는 가능하면 참석하지 않으려고 합니다."

"런던에 저택이 있는 거로 아는데……."

다아시는 고개를 끄덕였다.

"나도 한때는 상류사회의 분위기가 좋아서 런던에서 살려고 했지요. 하지만 런던의 공기가 아내의 건강에 맞지 않을 것 같아서 그럴 수 없었습니다."

그는 다아시의 대답을 기다리고 있었으나, 다아시는 별로 그러고 싶지 않은 듯했다. 그때 엘리자베스가 그들에게 다가왔고, 윌리엄 경은 엘리자베스에게 신사다운 호의를 보여야겠다는 생각에 그녀를 불렀다.

"엘리자, 왜 춤을 추지 않지? 다아시 씨, 제가 아주 멋진 파트너를 소개해 드리지요. 이런 미인이 바로 눈앞에 있는데 설마 춤추는 것을 거절하진 않으시겠죠?"

그러면서 윌리엄 경은 그녀의 손을 다아시에게 건네려고 했다. 그때 다아시는 좀 놀라긴 했으나 거절할 생각은 아니었는데, 엘리자베스가 얼른 손을 빼며 윌리엄 경에게 말했다.

"저는 지금 춤을 출 생각이 없어요. 파트너를 구하려고 이쪽으로 왔다고 생각하지는 말아주세요."

다아시가 예의 바르고 정중하게 그녀에게 춤추기를 청했지만 엘리자베스의 마음은 단호했고 윌리엄 경이 설득하려고 했으나 소용이 없었다.

"엘리자, 그렇게 춤 솜씨가 뛰어나면서 우리가 그것을 바라볼 행복을 거절하다니 정말 너무하는구나. 여기 이분은 춤추는 것을 별로 좋아하지는 않으시지만 30분 정도 우리를 즐겁게 해주는 것을 사양하지는 않으시겠지?"

엘리자베스는 미소를 지으며 말했다.

"다아시 씨는 정말 예의 바른 분이니까요."

"그래, 네 말이 맞다 엘리자. 하지만 파트너를 보면 다아시 씨가 예의 바른 것도 무리가 아니지. 이렇게 멋진 파트너를 누가 거절하겠어."

하지만 엘리자베스는 장난스런 표정을 지어보이며 고개를 돌렸다. 그녀의 거절에 다아시는 기분이 상했다기보다는 흐뭇한 마음으로 계속 그녀를 생각하고 있었다. 그때 빙리 양이 다가왔다.

"무슨 생각을 하고 계신지 알 것 같아요."

"모르실 텐데요."

"여기에서 이런 식으로 며칠씩이나 보내야 한다는 것은 참을 수 없는 일이라고 생각하시죠? 저도 같은 생각이에요. 이렇게 지루하고 번거로운 일이 또 어디 있겠어요? 허세만 부리는 사람들은 정말 질색이에요. 어떻게 생각하고 계신지 말씀해 주세요."

"전혀 아닙니다. 저는 지금 어떤 숙녀의 아름다운 눈이 주는 즐거움에 대해 감탄하고 있었습니다."

빙리 양은 그 말을 듣고 그의 얼굴을 뚫어져라 쳐다보며 그런 영광을 차지한 숙녀가 누구인지 말해 달라고 했다. 그러자 다아시는 망설이지 않고 이렇게 말했다.

"엘리자베스 베넷 양입니다."

"엘리자베스 베넷 양이라고요?" 빙리 양은 엘리자베스의 이름을 몇 번이나 반복했다. "정말 놀랍네요. 언제부터 그렇게 좋아하신 거예요? 축하 인사를 드려야 되나요?"

"그렇게 질문할 줄 알았어요. 여자의 상상력은 정말 빠르다니까. 관심에서 사랑으로, 사랑에서 결혼으로 눈 깜짝할 사이에 건너뛰는군요."

"그렇게 말씀하시니 그 일은 이미 정해진 걸로 보이는군요. 좋은 장모님도 생기시겠네요. 물론 그분은 펨벌리에서 당신과 같이 사시겠지요?"

빙리 양이 제멋대로 떠드는 동안 다아시는 그저 묵묵히 듣고 있었다. 하지만 담담한 그의 모습에 모든 것이 확실해졌다고 믿게 되자, 그녀의 재치 있는 말은 계속 이어졌다.

7

베넷 씨에게는 1년에 2천 파운드 정도 수익을 내는 토지가 있었지만 불행하게도 아들이 없는 그는 그 토지를 먼 남자 친척에게 상속해 주기로 되어 있었다. 어머니도 메리튼의 변호사였던 친정 아버지가 물려준 4천 파운드의 재산이 있었다. 적은 돈은 아니었지만 베넷 씨의 부족한 재산을 채울 정도는 아니었다.

그녀에게는 남동생과 여동생이 하나씩 있었는데 여동생은 아버지 밑에서 서기를 하다가 후에 일을 물려받은 필립스라는 사람과 결혼했고, 남동생은 런던에서 사업을 하고 있었다.

롱본은 메리튼에서 약 1마일 정도 떨어진 곳이어서 베넷 집안의 젊은 여자들이 외출하기에 알맞은 거리였다. 그래서 보통 일주일에 서너 번은 그곳에 가서 이모 댁이나 모자 가게에 들르곤 했는데, 특히 가장 어린 키티와 리디아가 자주 방문했다.

그녀들은 언니들과는 달리 별로 하는 일도 없는 아침나절을 대충 보내고서, 저녁에 이야기할 화젯거리를 만들기 위해서라도 메

리튼으로의 산책은 빼놓을 수 없는 일이 되었다. 또한 시골은 보통 새로운 소식이랄 게 없어서 그녀들은 항상 이모에게서 이야기를 듣곤 했다.

최근에 근처로 군부대가 들어온 덕분에 새로운 소식과 많은 즐거움을 얻게 되었다. 부대는 겨울 동안 주둔할 예정이었고, 사령부는 메리튼에 있었다.

이모인 필립스 부인을 찾아갈 때면 정말 흥미 있는 정보를 얻을 수 있었다. 매일매일 젊은 장교들의 이름이나 출생지, 이력 등을 새롭게 알게 되었고, 두 처녀는 머릿속에 차곡차곡 담아두었다. 얼마 지나지 않아 장교들의 숙소도 알게 되었고, 그녀들은 장교들과 만날 수 있는 기회를 얻었다.

이모부인 필립스 씨가 장교들을 일일이 방문했기 때문에 조카들은 매우 즐거웠다. 그녀들은 오직 장교들에 관한 이야기만 했다. 어머니를 즐겁게 했던 빙리의 수많은 재산 이야기도 딸들에게는 군복만큼 멋있게 다가오지는 않았던 것이다.

어느 날 아침, 키티와 리디아의 화제는 여전히 장교들에 관한 것이었고 이 이야기를 들은 베넷 씨가 차갑게 말했다.

"너희들이 하는 말을 들어보니 세상에서 제일 어리석은 애들 같구나. 설마 했었는데 오늘에서야 확신이 드는군."

키티는 기가 죽어서 아무 말도 하지 않았지만 리디아는 전혀 신경 쓰지 않고 카터 대위를 칭찬했으며, 그가 내일 아침 런던으로 떠나니 그전에 한 번 만나보고 싶다고 말했다.

"여보, 너무하시는군요. 어떻게 당신은 자기 자식들에게 어리석다는 말을 하시는지. 다른 집 아이들도 아니고 우리 애들 흉을 보시다니······."

부인이 베넷 씨를 향해 말했다.

"아무리 우리 애들이라도 어리석다면 그걸 알아야 하는 거요."

"그래요. 하지만 우리 애들은 다들 똑똑하다고요."

"우리가 일치하지 않는 게 이것뿐이라 다행이오. 우리 생각이 완벽하게 일치하면 좋을 텐데. 나는 밑에 두 딸들이 멍청이 중에 멍청이라고 생각하고 있는데, 당신 말은 내 생각과 너무도 다르군."

"여보, 아직 철부지들인데 어떻게 우리 같은 분별력이 있기를 바라겠어요. 그 애들도 우리 나이가 되면 그러지 않을 거예요. 예전에는 저도 붉은 군복이 멋지다고 생각했을 때가 있었거든요, 실은 지금도 그렇지만. 1년에 5, 6천 파운드 수입이 있는 젊고 멋있는 장교가 내 딸을 원한다면 난 기꺼이 줄 수 있을 거예요. 그때 윌리엄 경 댁에서 본 포스터 대령의 모습은 정말 멋있었어요."

그때 리디아가 큰 소리로 외쳤다.

"엄마, 이모한테 들었는데 포스터 대령과 카터 대위가 처음 왔을 때만큼 왓슨 양 집에 자주 드나들지는 않는대요. 이모가 그러시는데 요즘은 클라크 댁 서재에 있는 걸 자주 본대요."

베넷 부인이 대답하려는 순간, 하인이 제인 앞으로 배달된 편지를 가지고 들어왔다. 그것은 네더필드에서 온 것이었다. 하인은 답장을 받아가기 위해 기다렸다. 베넷 부인의 눈은 기쁨으로 반짝였다. 딸이 편지를 읽고 있는 동안에도 베넷 부인은 누가 보냈는지, 무슨 내용인지 물으며 대답을 재촉했다.

"빙리 양한테서 온 거예요."

제인이 대답하고서 소리 내어 읽기 시작했다.

친애하는 제인 양에게!

우리가 친구라고 생각한다면 오늘 나와 루이자와 함께 식사를 해주세요. 그렇지 않으면 우리 자매는 영원히 서로를 미워하게 될지도 몰라요. 하루 종일 여자 둘이 서로 마주 앉아 있으면 결국은 싸움으로 끝날 테니까요. 이 편지를 받는 대로 빨리 와주세요. 저희 오빠와 다른 남자분들은 장교들과 함께 식사하기로 했어요.

그럼 이만.

캐롤라인 빙리

"장교들이라니!" 리디아가 소리를 질렀다. "이모는 그런 말씀이 없으셨는데."

"식사를 하러 나간다니 안됐구나." 하고 베넷 부인이 말했다.

"마차를 타고 가도 될까요?" 제인이 말했다.

"아니다, 비가 올 것 같으니 말을 타고 가렴. 그러면 그 댁에서 묵을 수 있게 되겠지."

"정말 좋은 계획이네요. 그 댁에서 언니를 돌려보내려고만 하지 않는다면 말이에요."

엘리자베스가 끼어들었다.

"그렇지. 하지만 남자들은 빙리 씨의 마차를 타고 메리튼에 갈 거 아니겠니? 허스트 부부는 자신들의 마차가 따로 없고."

"그래도 마차로 가는 게 좋을 것 같아요."

"하지만 아버지가 허락하지 않으실지도 몰라. 농장에서 필요하니까. 그렇죠, 여보?"

"말은 나보다는 농장에서 더 필요하지."

"하지만 아버지가 오늘 말들을 빌려주신다면 어머니 뜻대로 되는 거네요."

엘리자베스가 말했다.

결국 제인은 말을 타고 가지 않을 수 없게 되었고, 어머니는 분명 날씨가 나빠질 거라면서 문 밖까지 나와서 딸을 배웅했다. 아니나 다를까 제인이 집을 나선 지 얼마 되지 않아 비가 억수같이 쏟아졌다. 어머니의 소원이 이루어진 셈이다. 동생들은 걱정을 했으나 어머니는 몹시 기뻐했다. 비는 밤새도록 내렸고, 제인이 돌아올 수 없다는 것이 확실해졌다.

"내 생각이 들어맞았어!"

베넷 부인은 자신이 비를 내리기라도 한 듯 몇 번이나 되뇌었다. 그러나 그녀의 계획이 정말로 기가 막히게 들어맞았다는 건 다음 날 아침에서야 비로소 알게 되었다. 아침 식사를 마치기도 전에 네더필드에 있는 하인이 엘리자베스에게 편지를 전달했기 때문이다.

사랑하는 리지에게!

어제 비를 너무 많이 맞아서 그런지 오늘 아침에 몸이 아주 안 좋아. 여기 있는 분들이 다 나을 때까지는 가지 말라고 하는구나. 그리고 존스 선생님을 불러 진찰을 받아보라고 권하셨어. 그러니 그분이 여기 다녀갔다는 말을 들어도 너무 놀라지 마. 목과 머리가 좀 아파서 그렇지 다른 문제는 없으니까. 그럼 이만.

언니가

"여보." 엘리자베스가 편지를 다 읽고 나자 베넷 씨가 말했다. "만약 제인이 병에 걸려 죽는다고 해도 당신이 빙리 씨를 쫓아가도록 했기 때문이니 속이 시원하겠소."

"당신도 참, 죽기는 왜 죽어요? 감기 좀 걸렸다고 해서 안 죽어요. 그곳에서 잘 간호해 줄 테니 오래 있을수록 좋죠 뭐. 마차만 준비된다면 내가 보러갈 텐데."

정말로 걱정이 된 엘리자베스는 마차가 없더라도 언니를 보러 갈 생각이었다. 그녀는 말을 탈 줄 몰랐기 때문에 가야 한다면 결국 걸어갈 수밖에 없었다. 엘리자베스가 이런 자신의 생각을 말하자 어머니가 소리쳤다.

"왜 이렇게 어리석니? 진흙투성이 속을 어떻게 걸어가려고! 거기 도착해서 그 꼴을 어떻게 보이려고 그러니?"

"언니 만나는 데는 상관없을 거예요. 난 만나기만 하면 되니까."

"마차를 빌려달라는 얘기니, 리지?" 하고 아버지가 물었다.

"아니에요, 걸어갈게요. 거리는 별 상관없어요. 3마일밖에 안 되는데요 뭐. 저녁 식사 전까지는 돌아올게요."

"언니, 언니의 착한 마음에 감동했어. 하지만 모든 감정은 이성으로 조절해야 돼. 그리고 행동은 항상 그것을 필요로 하는 것과 비례해야 돼." 메리가 말했다.

"우리도 메리튼에 함께 갈게." 리디아와 키티가 말했다. 결국 엘리자베스는 허락했고 리디아, 키티와 함께 셋은 메리튼을 향해 출발했다.

"서두르면 카터 대위가 떠나기 전에 잠깐 볼 수 있을지도 몰라." 함께 걸어가던 리디아가 말했다.

그녀들은 메리튼에서 헤어졌다. 두 동생은 어떤 장교 부인의 숙소로 갔고, 엘리자베스는 혼자서 빠른 걸음으로 들판을 가로질러 울타리를 뛰어넘고 빗물이 고인 웅덩이를 건너뛰어 마침내 저택이 보이는 곳에 이르렀을 때, 양말은 흠뻑 젖었고 발목은 아팠으며 얼굴은 벌겋게 달아올랐다.

엘리자베스는 아침 식사를 하고 있는 식당으로 안내를 받았다. 제인을 제외한 모든 사람들이 모여 있었는데, 그녀를 보고는 모두들 깜짝 놀랐다. 이렇게 이른 시간에 날씨마저 좋지 않은데, 그것도 혼자서 3마일씩이나 걸어왔다는 것은 허스트 부인과 빙리 양에게는 믿을 수 없는 일이었다.

사람들의 반응에 엘리자베스는 그들이 자신을 비웃고 있다고 오해했다. 그러나 두 사람은 정중하게 그녀를 맞았고, 빙리는 정중하면서도 다정했고 친절했다.

다아시는 별로 말이 없었고 허스트 씨는 한 마디도 하지 않고 오직 자신의 아침 식사에 관한 생각만 하고 있었다. 다아시는 상기된 엘리자베스의 얼굴에서 빛이 나는 것 같다는 찬사의 말을 떠올리며, 이렇게 혼자 먼 길을 걸어서 꼭 와야 했는지에 대해 생각하고 있었다.

언니의 병세에 대해 물었으나 대답은 썩 만족스럽지 못했다. 간밤에 잠을 잘 이루지 못했고 지금은 일어나긴 했으나 열이 높아 방 밖으로 나오기가 어렵다는 말을 들었을 뿐이다.

엘리자베스는 곧 언니가 있는 곳으로 안내를 받았다. 제인은 그녀를 보고 무척 기뻐했다. 자신을 찾아왔으면 하고 내심 바랐지만, 혹시라도 놀라거나 부담을 줄까 봐 일부러 편지에는 쓰지 않았던 것이다. 하지만 빙리 양이 나가자, 모두가 친절하게 보살펴 준다는 말 이외엔 별로 할 말도 없었다. 엘리자베스는 언니 곁에서 말없이 간호를 했다.

아침 식사를 마치고 빙리 자매가 들어왔다. 엘리자베스는 그녀들이 제인을 진심으로 걱정하고 있다는 것을 느꼈고 그들에게 호감을 갖기 시작했다.

잠시 후, 의사가 도착해서 환자를 진찰했다. 그는 예상대로 제인이 심한 독감에 걸렸고 빨리 회복하도록 도와줘야 한다고 했다. 그리고 제인에게는 침대에 누워 있으라고 하면서 물약을 주었다.

제인은 머리가 몹시 아팠기 때문에 그의 지시대로 따랐다. 엘리자베스는 잠시도 언니 곁을 떠나지 않고 극진히 간호했고, 빙리 자매들도 곁을 지켰다.

세 시가 되자, 엘리자베스는 내키지는 않았지만 집으로 돌아가야겠다고 이야기했다. 그런데 빙리 양이 마차를 내어주겠다고 해서 약간의 실랑이 끝에 간신히 엘리자베스가 그렇게 하겠다고 했는데, 제인이 동생과 헤어지면 서운해할 것 같다는 말에 빙리 양은 엘리자베스에게 언니와 함께 네더필드에 머물러줄 수 있는지를 물었다. 엘리자베스는 고마운 마음으로 기꺼이 그렇게 하겠다고 했고, 하인이 롱본에 가서 이 소식을 전하고 갈아입을 옷을 가져왔다.

8

빙리 자매는 다섯 시가 되자 옷을 갈아입기 위해 제인의 방에서 나왔고, 여섯 시 반에 엘리자베스에게 식사를 하러 오라고 전했다. 엘리자베스는 저녁 식사 때 여러 질문을 받았다. 그중에서도 빙리가 제인을 가장 걱정하고 있었지만, 제인의 병이 별로 차도가 없었기 때문에 기쁜 소식을 전할 수 없었다.

엘리자베스 이야기를 들은 빙리 자매는 정말 가엾다면서 그토록 지독한 감기를 앓는다는 것은 생각만 해도 끔찍하다며 몇 번이고 되뇌었다. 아무리 제인이 이 자리에 없다고 해도 그 자매의 냉담한 태도에 엘리자베스의 생각은 다시 바뀌었다. 빙리 자매를 미워하게 된 것이었다.

다만 빙리만은 변함없이 호감을 가질 수 있었다. 그가 진심으로 제인을 걱정하고 있다는 것은 분명했고, 엘리자베스에게도 정중히 예의를 갖춰 대해 주었다. 그래서 엘리자베스는 분명 다른 사람들이 자신을 불편하게 생각하고 있다고 느꼈지만 그런 것에는 신경 쓰지 않기로 했다.

사실 빙리를 제외하고는 아무도 엘리자베스에게 신경 쓰지 않았다. 빙리 자매 중 언니는 다아시에게 푹 빠져 있었고, 그 동생도 마찬가지였다. 엘리자베스 옆에 있던 허스트 씨는 오로지 먹고 마시고 카드놀이에만 몰두하는 게으른 남자였다. 엘리자베스가 스튜보다는 신선한 요리를 좋아한다는 사실을 알고 난 다음부터 그는 아예 입을 다물었다.

엘리자베스는 저녁 식사가 끝나자 곧바로 제인에게 갔다. 그녀가 식당을 나가자마자 빙리 양이 그녀에 대한 험담을 늘어놓았다. 매너가 없고 거만하며, 대화를 하는데도 품위가 없으며, 꾸밀 줄도 모르고 미인도 아니라는 얘기였다. 허스트 부인도 그녀의 생각에 동의하며 말했다.

"걸음걸이만 빼고는 볼 게 하나도 없어. 오늘 아침의 그 모습은 절대 잊지 못할 거야. 정말 정신 나간 여자 같았다니까."

"그래, 루이자. 난 담담한 척하느라 정말 힘들었다고. 자기 언니가 감기 좀 걸렸다고 들판을 달려 여기까지 오다니. 머리는 온통 풀어헤쳐 산발을 하고선!"

"그러게, 페티코트는 흙투성이가 돼서 6인치는 더러워져 있었다고. 그걸 감추려고 드레스를 내렸지만 소용없었지."

"아주 정확하게 묘사했네, 루이자." 빙리가 말했다. "하지만 난 그런 건 하나도 보이지 않던데. 오늘 아침 엘리자베스 양이 방에 들어왔을 때 멋져 보였어. 흙투성이 페티코트는 미처 눈에 띄지 않았고."

"다아시 씨, 당신은 보셨지요?" 빙리 양이 말했다. "만약 당신의 누이가 그런 모습이었다면 그냥 내버려두지는 않겠죠?"

"물론입니다."

"3마일이 아니라 4마일, 5마일 아니 몇 마일이든 상관없겠지만 발목까지 빠지는 진흙길을 그것도 혼자서 걸어오다니! 도대체 어쩌려고 그런 걸까? 더구나 예의도 갖추지 않고. 독립심이라도 보여주려고 했다면 그건 정말 오만한 짓이야."

"언니를 생각하는 마음에서 그런 걸 테니 보기 좋지." 하고 빙리가 말했다.

"저기, 다아시 씨." 빙리 양이 속삭이듯 말했다. "그런 모습 때문에 그 아가씨의 예쁜 눈에 대한 찬양의 마음이 좀 달라지셨나요?"

"천만에요." 다아시가 대답했다. "열기 때문에 눈이 더 반짝이더군요." 그러자 모두들 잠시 침묵했다.

얼마 후, 그들은 식당에서 나와 제인의 방으로 향했고, 커피를 마시라고 부를 때까지 그곳에 앉아 있었다. 엘리자베스는 제인의 상태가 좋지 않았기 때문에 계속 곁에 있고 싶었지만, 예의를 갖추기 위해 제인이 잠든 것을 보고 아래층으로 내려갔다.

응접실에는 사람들이 모여 카드놀이를 하고 있었는데, 그녀에게 같이 하자고 청했다. 하지만 큰돈을 걸고 하는 것 같아서 언니를 간호해야 한다는 핑계로 거절했고, 그 방에 있는 동안 책이나 읽어야겠다고 했다. 허스트 씨가 놀라며 그녀를 바라보았다.

"카드놀이보다 독서를 더 좋아하다니 참 신기하네요."

그러자 빙리 양이 말했다. "엘리자베스 베넷 양은 카드놀이를 정말 싫어해요. 독서광이라서 그것 말고는 좋아하는 게 없다고요."

그 말을 듣고 엘리자베스가 큰 소리로 말했다.

"저는 그런 비난도, 칭찬도 들을 이유가 없어요. 그 정도로 책을 좋아하지는 않고, 또 독서 말고도 좋아하는 게 많으니까요."

"언니를 간호하는 것도 좋아하시겠죠." 빙리가 말했다. "언니가 빨리 나아서 그 기쁨이 더 커지면 좋겠습니다."

엘리자베스는 그에게 진심으로 감사한 마음을 전했다. 그리고 책 몇 권이 놓여 있는 테이블로 걸어갔다. 그러자 빙리는 자신의 서재에서 다른 책들을 가져오겠다고 했다.

"베넷 양을 기쁘게 해드리고 저 자신을 위해서라도 책이 더 많았으면 좋았을 텐데. 제가 너무 게을러서 이 많지도 않은 책조차 다 읽지 못했습니다."

엘리자베스는 이 정도도 충분하다고 말했다.

"정말 어이가 없어요, 아버지께서 우리에게 물려주신 책이 이 정도밖에 안 된다니. 다아시 씨는 펨벌리에 정말 멋진 서재를 갖고 계시다면서요?" 빙리 양이 말했다.

"대대로 물려받은 책들이니 당연하죠." 다아시가 대답했다.

엘리자베스는 그들의 대화를 듣느라 독서에 집중할 수가 없었다. 그래서 책을 내려놓고 테이블로 다가가 빙리와 허스트 부인 사이에 자리를 잡고 앉아 카드놀이를 구경했다.

"다아시 양은 올봄에 많이 자란 것 같아요." 빙리 양이 말했다.

"그런 것 같아요. 지금은 엘리자베스 베넷 양과 비슷하거나 조금 더 큰 것 같네요."

"다아시 양을 다시 한 번 만나고 싶어요! 그 용모와 태도, 그리

고 그 나이에 교양도 잘 갖추고! 정말 마음에 들어요. 피아노 연주
실력도 아주 훌륭하던데요."

그녀들이 대화를 하느라 카드놀이에 집중하지 않자 허스트 씨
가 투덜댔고, 모든 대화가 중단되었다. 그러자 엘리자베스는 그
방에서 나가버렸다. 하지만 이내 응접실로 내려와 언니의 상태가
악화되어서 곁을 떠날 수 없음을 알렸다.

빙리는 즉시 존스 선생을 불러오자고 했지만, 빙리 자매들은 시
골 의사는 실력이 없으니 런던에 있는 의사를 불러오자고 했다.
엘리자베스는 굳이 그럴 필요까지는 없다며 거절했지만, 빙리를
생각해서 만약 제인의 상태가 더욱 나빠진다면 내일 아침 일찍 존
스 선생을 부르기로 결정했다.

빙리는 어쩔 줄 몰라 했고, 빙리 자매들 역시 너무 걱정스러운
마음에 저녁 식사를 마치고 노래를 부르며 우울한 마음을 달랬다.
빙리는 가정부에게 환자와 엘리자베스를 잘 보살펴달라고 부탁하
는 것 외에는 스스로 위로할 방법이 없었다.

9

엘리자베스는 밤을 새워가며 언니 곁을 지켰다. 그리고 빙리에
게, 어머니가 오셔서 제인의 상태를 판단해 달라는 편지를 롱본으
로 보내달라고 부탁했다. 편지는 그 즉시 보내졌으며 빙리 집안의

식구들이 아침 식사가 끝났을 무렵, 어머니는 키티와 리디아와 함께 네더필드에 도착했다.

제인이 심각한 상태였으면 분명 어머니도 많은 걱정을 했을 것이다. 하지만 제인을 보니 다행히도 위중한 상태는 아니었기 때문에 어머니는 제인이 너무 빨리 회복되지 않기를 바랐다. 제인의 건강이 회복된다면 네더필드를 떠나야 하기 때문이었다.

그래서 그녀는 제인이 집으로 가겠다고 해도 들어주지 않았다. 때마침 도착한 의사도 그것을 권하지 않았다. 제인 옆에 앉아 그녀를 지켜보던 어머니와 세 딸은 빙리 양의 초대로 함께 식당으로 들어갔다. 빙리는 정중하게 그들을 맞으며, 제인이 어머님의 예상보다 상태가 나쁘지 않기를 바란다는 말을 했다.

"생각보다 훨씬 안 좋아 집에 데려갈 수는 없겠어요. 존스 선생님도 그런 생각은 말라고 하셨어요. 미안하지만 좀 더 신세를 져야 되겠어요." 베넷 부인이 대답했다.

"데려가신다니요!" 빙리가 소리쳤다. "그런 생각은 하지도 마십시오. 제 누이도 그렇게 하진 않을 겁니다."

"걱정하지 마세요." 빙리 양이 냉정하지만 정중하게 말했다. "베넷 양이 이곳에 머무는 동안 잘 보살펴드리겠습니다."

베넷 부인은 감사의 말을 늘어놓았다.

"이렇게 좋은 분들이 아니었다면 제인이 어떻게 됐을지 모르겠어요. 원래 참을성이 많은 앤데 상태가 너무 안 좋아서 정말 힘들어하고 있어요. 하지만 그 애는 누구보다도 항상 잘 참는 성격이죠. 그렇게 성격이 좋은 사람도 드물어요. 다른 애들한테도 너희들은 언니에 비하면 한참 부족하다고 자주 이야기한답니다. 빙리 씨, 여긴 방이 참 예쁘네요. 자갈길이 보이는 전망이 정말 멋져요. 아마도 이 근처에 여기보다 좋은 곳은 없을 거예요. 서둘러 네더필드를 떠날 계획은 아니시겠죠?"

"무슨 일이든 전 성격이 무척 급한 편입니다. 네더필드를 떠나야겠다고 마음먹으면 아마도 5분도 안 되어 떠날 겁니다. 하지만 지금으로서는 떠날 마음이 전혀 없습니다." 빙리가 대답했다.

"제 생각과 같군요." 엘리자베스가 말하자 그가 그녀 쪽으로 고개를 돌리며 대답했다.

"그 말을 영광으로 받아들이겠습니다. 그렇게 속속들이 알게 된다면 제가 너무 초라해질 수도 있으니까요."

"그냥 그렇게 말한 거예요. 빙리 씨보다 성격이 복잡하다고 해서 더 존중해야 할 이유는 없다고 봐요."

"리지, 말조심해라. 집에서 하던 버릇을 이곳에서도 그대로 보이면 안 되지." 그녀의 어머니가 나무랐다.

"예전에는 몰랐는데." 빙리가 말을 이었다. "따님이 사람들의 성격을 연구하는 취미가 있는 것 같군요. 그거 정말 재미있을 것 같은데요."

"맞아요. 성격이 복잡할수록 그만큼 재미있죠. 그런 성격을 가진 사람들은 최소한 재미있다는 장점이 있으니까요." 엘리자베스가 대답했다.

"시골에서는 이웃과의 모임도 늘 비슷하고 특별한 변화가 없으니 연구할 대상도 별로 없을 것 같군요." 다아시가 말했다.

"그렇지만 사람들은 자주 변하기 때문에 늘 새로운 모습을 관찰할 수 있어요."

"그렇고말고요." 시골의 이웃 운운하는 다아시의 말에 불만이었던 베넷 부인이 큰 소리로 말했다. "재미있는 일은 시골이나 런던이나 별로 다를 바가 없어요."

모두들 깜짝 놀랐다. 특히 다아시는 잠시 그녀를 바라보다가 아무 말없이 외면했다. 베넷 부인은 자신이 승리했다는 생각에 의기양양해서 계속 말을 이어갔다.

"내 생각으로는 런던이 시골보다 특별히 나을 건 없어요. 가게나 몇몇 명소를 제외하고는 시골이 훨씬 더 괜찮은 곳이에요. 그렇지 않나요, 빙리 씨?"

"제가 시골에 살 때는 그곳을 떠나고 싶은 마음이 들지 않았습니다. 런던에 있을 때는 또 그곳을 떠나기 싫었고요. 어느 곳이든 다 장단점은 있으니 어디 있더라도 마찬가지입니다."

"맞는 말씀이에요. 그건 당신이 올바른 성품을 갖고 계셔서 그런 것이지요. 하지만 저분은." 베넷 부인이 다아시를 바라보며 말했다. "시골은 정말 보잘 것 없는 곳으로 생각하시는 것 같네요."

베넷 부인 때문에 얼굴이 빨개진 엘리자베스가 말했다.

"어머니, 오해하신 거예요. 다아시 씨는 단지 시골에서는 런던보다 다양한 사람을 만날 수 없다는 말씀을 하신 거예요. 그 사실을 인정하셔야죠."

"누가 뭐랬니? 하지만 우리 고장만큼 이웃이 많은 곳도 드물다고. 우리만 해도 스물넷이나 되는 이웃과 함께 식사를 하잖니."

베넷 부인의 이야기에 빙리는 웃음이 나올 뻔했지만 엘리자베스를 생각해서 참았다. 하지만 그의 누이는 빙리만큼 배려심이 많지 않았기 때문에 의미심장한 미소를 지으며 다아시에게 눈길을 돌렸다.

엘리자베스는 어머니의 주의를 돌리기 위해 물었다. "제가 여기에 온 뒤에 혹시 샬럿 루커스가 집에 다녀가지 않았나요?"

"그래, 어제 자기 아버지하고 함께 들렀더구나. 윌리엄 경은 정말 좋은 분이시지!"

"샬럿이랑 같이 식사하셨어요?"

"아니. 샬럿이 민스파이(다진 고기를 넣어 만든 파이─옮긴이)를 만들러 집에 가야 한다더라. 빙리 씨, 루커스 집안 딸들은 괜찮은 아가씨들이에요. 예쁘지 않다는 게 흠이지만. 그렇다고 샬럿이 아주 못생겼다는 건 아니고…… 그 애는 우리랑 정말 친하니까요."

"그녀는 정말 좋은 분 같았습니다." 빙리가 말했다.

"아, 네. 그렇긴 하죠. 하지만 예쁘지 않다는 것은 맞는 얘기죠. 그 애 엄마인 루커스 부인도 자주 그렇게 말했어요. 그리고 우리 제인이 예쁘다며 저를 부러워했죠. 제 자식 자랑을 하는 건 아니지만, 제인보다 더 예쁜 아이는 드물죠. 내가 엄마라서 하는 말이 아니라 다들 그렇게 얘기하니까요."

잠시 침묵이 흐른 뒤 베넷 부인은 빙리에게, 제인한테 친절을 베풀어줘서 고맙다는 인사를 했다. 그리고 엘리자베스까지 신세를 져서 미안하다는 말을 반복해서 늘어놓았다.

빙리는 조금도 망설이지 않고 정중하게 대답했고, 그 때문에 그

의 여동생도 예를 갖추지 않을 수 없었다. 물론 그녀의 태도가 상냥하진 않았지만 베넷 부인은 그런 대로 만족스러워하며 마차를 준비해 달라고 부탁했다. 그러자 그것이 무슨 신호인 것처럼 막내딸 리디아가 앞으로 다가왔다.

네더필드에 와 있는 동안 베넷 가의 두 딸이 머리를 맞대고 의논한 결과, 막내딸이 빙리에게 네더필드로 이사 오는 즉시 무도회를 열겠다고 약속하지 않았느냐며 한바탕 몰아붙이자는 것이었다.

리디아는 열다섯 살이지만 성숙한 체격과 얼굴이 밝고 명랑한 성격의 소유자였다. 그래서 어머니는 리디아를 가장 아꼈고, 어린 나이임에도 여러 사람들 앞에 나서도록 했다. 리디아가 원래 활발하고 자신만만한 성격이었지만, 지난번 이모부가 초대한 만찬에서 장교들이 그녀에게 관심을 갖자 더욱 확신하게 된 것이다.

그랬기 때문에 그녀가 갑자기 빙리에게 무도회를 열겠다는 약속을 지키라는 말을 꺼낸 건 이상한 일이 아니었다. 리디아는 빙리에게 약속을 지키지 않는 것은 가장 수치스런 일이라는 말을 덧붙였다. 갑작스러운 공격을 받은 빙리의 대답은 그녀의 어머니를 흡족하게 했다.

"물론 약속은 반드시 지킬 겁니다. 제인 양이 다 낫게 되면 원하시는 날에 맞춰 무도회를 열겠습니다. 언니가 아픈데도 춤추기를 원하진 않으시겠죠?"

"물론이죠. 언니가 나을 때까지 기다려야죠. 아마 그때쯤이면 카터 대위님도 메리튼으로 돌아오실 테고. 그리고 빙리 씨께서 무도회를 열어주시면, 제가 그분들께도 부탁해서 무도회를 열 수 있

도록 해볼게요. 만약 그분들이 허락하지 않으신다면 그 다음은 포
스터 대령님께 일러바치고 말 테니까요."

베넷 부인과 두 딸들이 떠나자 엘리자베스는 자신과 식구들에
대한 판단은 빙리 자매와 다아시에게 맡긴 채, 즉시 제인에게 돌
아갔다. 예상했던 대로 빙리 양은 엘리자베스의 '아름다운 눈'이
라는 표현에 대해 빈정거리며 놀려댔지만, 다아시는 그녀의 말에
끼어들지 않았다.

10

그날도 그 전날과 다름없이 지나갔다. 허스트 부인과 빙리 양은
오전 몇 시간 동안 제인 옆에 있었고, 제인은 조금씩 회복되고 있
었다. 저녁이 되자 엘리자베스는 응접실로 나와서 그들과 함께 어
울렸다. 다아시는 편지를 쓰고 있었는데, 빙리 양이 그의 옆에 앉
아 편지 쓰는 모습을 지켜보며 다아시 양에게 안부를 전해 달라며
주의를 산만하게 만들었다.

허스트 씨와 빙리는 카드놀이를 하고 있었고 허스트 부인이 그
들의 승부를 흥미롭게 지켜보고 있었다.

엘리자베스는 뜨개질을 하면서 다아시와 빙리 양이 나누는 대
화를 재미있게 듣고 있었다. 빙리 양은 다아시의 필체나 줄의 균
형, 혹은 편지의 길이 등에 대해 칭찬을 하고 있었지만 다아시는

무관심했기 때문에 대화는 겉돌았고, 그것은 두 사람에 대해 엘리자베스가 생각했던 것과 일치했다.

"다아시 양은 정말 좋겠어요. 이런 편지를 받게 되다니!"

다아시는 아무 대답도 하지 않았다.

"편지를 정말로 빨리 쓰시는데요."

"아닙니다. 오히려 약간 느린 편에 속하죠."

다아시와 빙리 양이 대화하는 도중에 나머지 사람들도 가담해 이런저런 이야기가 한참을 이어지자 엘리자베스는 다아시가 편지를 마무리할 수 있도록 대화를 정리했다.

엘리자베스 덕분에 편지 쓰기를 마친 다아시는 빙리 양과 엘리자베스에게 음악을 들려달라고 청했다. 그 즉시 빙리 양이 피아노가 있는 곳으로 갔고, 그녀는 엘리자베스에게 먼저 연주해 달라고 부탁했다. 그러나 엘리자베스가 정중하게 사양하자 빙리 양이 피아노 앞에 앉았다.

빙리 양의 피아노 반주에 맞춰 허스트 부인이 빙리 양과 함께 노래를 불렀고 엘리자베스는 그녀들이 노래를 부르는 동안 피아노 위에 있는 악보들을 넘기고 있었는데, 다아시의 시선이 계속해서 자신에게 향하고 있다는 것을 느꼈다.

그녀는 다아시처럼 대단한 남자의 시선을 받으리라고는 상상조차 하지 못했다. 하지만 그렇다고 해서 자신을 싫어해서 쳐다보는 거라고도 생각하지 않았다. 그러나 그녀는 다아시의 관심을 받고 있다는 그 자체만으로도 그곳에 모인 사람 모두에게 비난받을 수도 있다는 생각을 하지 않을 수 없었다. 만약 다아시에게 잘못 보인다 해도 서운할 것은 없었다. 그만큼 그가 못마땅했던 것이다.

빙리 양은 이탈리아 가곡을 몇 곡 연주하였고, 그 다음에는 경쾌한 리듬의 스코틀랜드 민요로 분위기를 전환시켰다. 그때 다아시가 엘리자베스에게 다가와 말을 걸었다.

"베넷 양, 혹시 릴(스코틀랜드·아일랜드·미국에서 보통 2명이나 4명이 추는 빠른 춤 – 옮긴이)을 추고 싶지 않으십니까?"

엘리자베스는 미소를 지었으나 아무 대답도 하지 않았다. 그녀가 침묵하자 조금 놀란 다아시는 같은 질문을 다시 했다.

그녀가 말했다. "네, 좀 전에 질문하신 말씀은 들었어요. 하지만 뭐라고 대답해야 할지 잘 모르겠네요. 저의 취향과 상관없이 제가 '네.' 라고 대답하길 바라셨겠죠. 그래야 제 취향을 경멸할 수 있는 즐거움을 누리실 테니까요. 하지만 전 그런 사람의 계획을 뒤엎는 걸 좋아하죠. 그러니까 저는 전혀 춤을 추고 싶지 않다고 대답하겠어요. 자, 이제 저를 경멸하고 싶다면 그렇게 하세요."

"그럴 생각은 전혀 없는데요."

엘리자베스는 그가 기분이 상했을 것이라 생각했는데, 오히려 다아시의 정중한 태도에 당황했다. 다아시는 지금껏 어떤 누구에게도 엘리자베스만큼 반한 적이 없었다. 그는 엘리자베스의 집안이 지금처럼 열악하지 않았더라면 자신은 아마 심각한 위기에 처해 있을지도 모른다고 생각했다.

빙리 양은 모든 것을 지켜보고 있었기 때문에 그런 모습에서 질투를 느꼈다. 그래서 어서 빨리 엘리자베스를 내보내고 싶은 마음에 친구인 제인의 빠른 회복을 간절히 바랐다.

빙리 양은 여러 차례 두 사람이 결혼한 경우를 가정해서 이야기 하면서, 과연 그 결혼생활이 행복할 수 있겠는가를 물으며 다아시가 엘리자베스를 싫어하게 만들려고 애를 썼다.

다음 날, 관목 숲길을 걸으면서 빙리 양이 말을 꺼냈다.

"만약 그런 경사가 있게 되면 당신의 장모님께 말수를 줄여달라고 조용히 말씀드리세요. 그리고 작은 따님들이 제발 장교들 뒤꽁무니를 쫓아다니지 않도록 해주시고요. 또 제가 이런 말씀을 드려도 될지 모르겠지만, 미래의 당신 부인께는 자만과 잘난 척하는 태도를 고칠 수 있게 해주셨으면 해요."

"제 가정생활의 행복에 대해 더 조언하실 게 있으십니까?"

"참, 처이모부 되시는 필립스 내외분의 사진을 펨벌리 회랑에 걸어두면 좋을 것 같아요. 판사를 지내신 증조부님의 초상화 바로 옆에 말이에요. 약간의 차이는 있지만 그분들은 같은 계통에 종사하는 분들이니까요. 그리고 엘리자베스의 초상화는 누구도 그리기 힘들겠죠. 어떤 화가가 그 아름다운 눈을 똑같이 그리겠어요?"

"물론, 그 눈에 담긴 표정을 그리기는 어렵겠지만 눈의 모양이나 색깔, 그리고 그 아름다운 속눈썹은 똑같이 그릴 수 있을 겁니다."

바로 그때, 그들은 다른 산책 코스에서 오던 허스트 부인과 엘리자베스를 만났다.

"산책하시는 것을 몰랐네요." 빙리 양은 그녀들이 자신의 말을 들었을까 봐 좀 당황해서 말했다.

"두 사람, 어떻게 그럴 수 있어. 산책 나간다는 말도 없이 몰래 나가다니."

그리고 나서 허스트 부인은 다아시의 한쪽 팔을 붙잡았고 엘리자베스는 혼자 걷도록 만들었다. 그 길은 세 사람이 겨우 걸을 수 있는 길이었다. 다아시는 이러한 행동이 무례하다고 생각해서 즉시 엘리자베스에게 말했다.

"이 길은 다 함께 걷기에는 너무 좁군요. 넓은 길로 나가는 게 좋을 것 같습니다."

그러나 엘리자베스는 그들과 계속 함께 있고 싶은 생각이 전혀 없었기에 웃으며 말했다.

"어머, 아니에요. 그러실 필요 없어요. 그렇게 세 분이 같이 계시니 정말 보기 좋은데요. 제가 그 속에 들어가면 아름다운 그림을 망칠 거예요. 그럼, 먼저 가볼게요."

그녀는 경쾌한 걸음으로 뛰어서 가버렸다. 그리고 하루나 이틀 후면 집으로 돌아갈 수 있다는 생각에 기분 좋게 산책을 했다. 제인의 건강은 그날 저녁에 두 시간 정도 밖에 나와 있을 정도로 많이 좋아졌다.

11

저녁 식사가 끝나자마자 엘리자베스는 방으로 올라가 언니가 춥지 않게 신경 써서 옷을 입혀 응접실로 데려왔다. 제인이 응접실에 들어서자 두 친구는 계속해서 축하 인사를 하며 그녀를 환영했다. 엘리자베스는 남자들이 나타나기 전에 여자들끼리 그렇게 즐겁고 유쾌한 시간을 보내는 걸 결코 본 적이 없었다. 그녀들의 말솜씨는 대단했다. 파티에 대해 이야기하기도 하고 어떤 일화를 이야기할 때는 농담을 섞어가며 아주 재미있게 말하였고, 자신들이 알고 있는 사람들에 대한 이야기보따리를 계속 풀어놓았다.

하지만 남자들이 들어오자, 제인은 그녀들의 관심 밖으로 밀려났다. 빙리 양은 즉시 다아시 쪽으로 눈길을 돌렸고, 그가 몇 걸음 다가오기도 전에 벌써 할 이야기를 생각해 냈다. 다아시는 제인에게 다가가 정중하게 안부 인사를 건넸다. 허스트 씨도 가볍게 인사를 하며 정말 기쁘다고 말했다. 하지만 빙리는 열렬하게 환호하며 즐거움과 배려심이 가득한 장황한 인사를 늘어놓았다. 엘리자베스는 이 모든 광경을 건너편 구석에 앉아 뜨개질하며 기쁜 마음으로 지켜보고 있었다.

차를 다 마신 후, 허스트 씨는 처제에게 카드놀이를 하자고 권했지만 그녀는 관심을 보이지 않았다. 빙리 양은 다아시가 카드놀이에 관심이 없다는 것을 이미 알고 있었다. 그래서 얼마 후 허스트 씨가 다시 한 번 청했지만 그녀는 곧 거절했다. 그녀는 아무도 카드놀이를 하고 싶어 하지 않는다고 말했다. 그녀의 말을 증명이라도 하듯 방 안은 곧 조용해졌다.

할 일이 없던 허스트 씨는 곧 소파 위에서 잠이 들었다. 다아시는 책을 집어 들었고, 빙리 양도 따라서 책을 들었다. 허스트 부인은 자신의 팔찌와 반지를 만지작거리면서 가끔씩 동생과 베넷 양의 대화에 끼어들었다.

빙리 양은 자신의 책을 읽는 것만큼이나 다아시가 읽는 책의 속도에 관심을 갖고 있었다. 그녀는 계속 질문을 하기도 하고, 다아시가 읽는 책을 들여다보곤 했다. 하지만 다아시는 그녀의 질문에만 대답하면서 열심히 책을 읽었기 때문에 빙리 양은 그와 대화를 나누지는 못했다.

그러다 그녀는 하품을 하며 책을 내려놓고 뭔가 재미있는 일을 찾아 이리저리 방 안을 둘러보았다. 그러다가 마침 빙리가 베넷 양에게 무도회에 관해 이야기하는 것을 듣고는 불쑥 끼어들었다.

"오빠, 네더필드에서 정말 무도회를 열 생각이에요? 그럼 무도회를 열기 전에 먼저 여기 모인 사람들의 의견을 들어보는 게 어떨까요? 우리 중에는 무도회가 즐겁기보다는 고역이라고 생각하는 사람도 있을 것 같은데요."

"다아시를 말하는 거니? 그렇다면 무도회가 시작하기 전에 자러 가도 되겠지. 하지만 무도회는 이미 정해진 거야." 그녀의 오빠가 큰 소리로 대답했다.

"하지만 대체로 그런 파티는 너무 지루해요. 좀 다르게 진행되었으면 좋겠어요. 춤을 추는 대신 대화를 한다면 훨씬 더 건전하겠죠." 빙리 양이 말했다.

"그렇다면 훨씬 더 건전할 테지. 하지만 그건 무도회라고 할 수 없지."

빙리 양은 아무 말도 하지 않았다. 그리고는 일어나서 방 안을 이리저리 거닐기 시작했다. 그녀의 자태는 아름다웠고, 걷는 모습도 맵시가 있었다. 자신의 이런 모습을 다아시가 봐주길 원했지만, 다아시는 책을 읽는 데만 몰두했다. 절망에 빠진 빙리 양은 다른 방법을 시도하기로 마음먹고 엘리자베스에게 말했다.

"엘리자베스 양, 나와 함께 방 안을 한 바퀴 도는 게 어때요? 같은 자세로 앉아 있다가 이렇게 걸으니 정말 기분이 한결 나아지는 것 같아요."

그러한 제안에 엘리자베스는 좀 의아해했지만 곧 일어섰다. 빙리 양은 정중한 태도로 진짜 목적을 달성한 것이다. 다아시가 고개를 들어 그녀들을 쳐다보았기 때문이다. 다아시 역시 엘리자베스처럼 빙리 양의 호의가 좀 이상하다고 생각했기 때문에 무의식적으로 책을 덮어버린 것이다.

빙리 양은 그에게도 함께 걷자고 권했지만 그는 거절했다. 그리고 그녀들이 함께 방 안을 거니는 것에 대해 자신은 두 가지 이유를 짐작할 수 있다면서, 자기가 함께 걷는다면 그 두 가지 목적에 방해가 될 것이라고 말했다.

"도대체 무슨 뜻이지? 혹시 알아요?" 빙리 양은 다아시의 말뜻이 몹시 궁금해서 엘리자베스에게 물었다.

"전혀 모르겠는데요. 하지만 분명 우리들에게 무관심한 척하려는 걸 거예요. 그러니 그분을 실망시키는 가장 좋은 방법은 아무것도 물어보지 않는 거죠." 엘리자베스가 대답했다.

하지만 빙리 양은 그를 실망시키고 싶지 않았다. 그래서 그 두 가지 이유가 무엇인지 설명해 달라며 다아시를 계속 졸랐다.

"그걸 설명하는 것은 전혀 어렵지 않습니다. 두 분이 함께 걷는다는 건 두 분만이 나눌 비밀 이야기가 있다거나 아니면 두 분이 자신의 걸음걸이를 아름답다고 생각하기 때문이겠죠. 만일 첫 번째 경우라면 제가 방해가 될 것이고, 또 두 번째 경우라면 난로 옆에 앉아 두 분의 걷는 모습을 보는 게 훨씬 나을 겁니다." 그가 말했다.

"어떻게 그런 말씀을!" 빙리 양이 소리쳤다. "그렇게 망측한 소리는 처음 듣네요. 그에게 어떤 벌을 주면 좋을까요?"

"마음만 먹으면 별로 어려운 일은 아니죠. 골탕을 먹이거나 실컷 웃어주면 되죠. 두 분은 친한 사이니까 어떤 방법이 좋을지 잘 알고 계실 텐데요." 엘리자베스가 말했다.

"잘 모르겠어요. 그런 것까지 알 만큼 친한 사이는 아니에요. 냉정하고 침착한 다아시 씨를 골탕 먹인다니! 소용없을 거예요. 웃는 것도 그래요. 웃을 상대도 없는데 웃는다는 건 오히려 우리만 웃음거리가 될 거예요."

"다아시 씨가 남의 웃음을 살 만한 사람이 아니라고요? 그건 정말 보기 드문 우월성이군요. 그런 사람이 많을수록 저에게는 손해가 크겠어요. 저는 웃는 걸 정말 좋아하거든요." 하고 엘리자베스가 말했다.

"빙리 양이 저를 과대평가해 주셨네요. 이 세상에서 제일 현명하고 훌륭한 사람의 행동이라도 웃음을 목표로 삼는 사람한테는 웃음거리가 될 수밖에 없겠죠." 다아시가 말했다.

"옳은 말씀이에요." 엘리자베스가 대답했다.

"분명 그런 사람들이 있긴 하지만 저는 그런 사람이 아니에요. 현명하고 바른 것을 보고 웃고 싶지는 않으니까요. 어리석은 행동

이나 무분별한 태도, 변덕과 모순을 보면 저도 웃긴 하지만……
제 생각에 당신에게는 전혀 그런 점이 없는 것 같거든요."

"누구에게나 그런 점이 없을 수는 없죠. 하지만 저는 대단한 지
성을 오히려 웃음거리로 만드는 행동만은 하지 않으려고 끊임없
이 노력해 왔습니다."

"예를 들면 허영이나 오만 같은 것 말씀이군요."

"네, 그렇습니다. 허영은 정말 결점이지요. 하지만 오만은, 정말
대단한 지성을 소유한 사람이라면 늘 자신을 조절할 수 있을 테니
자부심이라고 할 수도 있겠죠."

엘리자베스는 웃음을 감추기 위해서 고개를 돌렸다.

"이제 다아시 씨에 대한 시험은 끝난 것 같은데 그 결과는 어떤
가요?" 빙리 양이 물었다.

"다아시 씨에게는 아무런 결점이 없다는 것을 확신하게 됐어요.
아무것도 숨기지 않고 모두 인정하셨어요."

"아닙니다. 저는 그렇지 않아요. 물론 저도 결점이 있습니다. 저
는 제 성격이 좋다고 말하지 못합니다. 지나치게 고집이 세니까
요. 또 다른 사람들의 어리석은 행동과 결점, 그리고 저한테 저지
른 잘못들을 쉽게 잊지 못합니다. 그리고 다른 사람들의 감정에
잘 영향을 받지도 않고요. 아마도 저는 무슨 일이든 마음에 잘 담
아두는 편인 것 같습니다. 그래서 제가 누군가를 싫어하는 마음을
품으면 영원히 그렇게 되죠."

"그건 정말로 결점이군요! 안 좋은 것을 마음에 담아두는 것은
확실한 결점이죠. 하지만 자신의 결점을 정말 잘 찾으셨어요. 그걸

비웃는 방법은 알지 못하니 안심하세요." 엘리자베스가 말했다.

"제 생각에는 누구에게나 타고난 결점이 있는 것 같습니다. 그것은 최상의 교육을 받는다 해도 고칠 수 없는 것이죠."

"그러니까 다아시 씨, 당신의 결점은 모든 사람을 싫어하는 건가요?"

"그리고 당신의 결점은 그것을 일부러 오해하는 것이고요."

다아시가 미소 지으며 말했다.

"우리 음악이나 좀 들어요." 자신이 끼어들지 못하는 두 사람의 대화에 싫증이 나서 빙리 양이 외쳤다. "루이자 언니, 형부를 깨워도 괜찮겠죠?"

그녀의 언니는 상관없다고 했고, 그래서 곧 피아노 연주가 시작되었다. 다아시는 마음을 가다듬으며 대화가 중단된 것이 오히려 잘된 일이라고 생각했다. 자신이 엘리자베스에게 지나치게 관심을 갖고 있는 것 같아서 걱정이 되었던 것이다.

12

다음 날 아침, 엘리자베스는 언니와 의논해서 어머니께 빨리 마차를 보내 달라는 편지를 썼다. 하지만 베넷 부인은, 제인이 네더필드에 간 지 일주일이 되는 다음 화요일까지는 그곳에 머물 거라고 기대했기 때문에 그전에는 마차를 쓸 수 없다는 답장을 보내왔다. 그리고 만약 빙리와 그의 누이가 좀 더 있어도 좋다고 한다면 기꺼이 그렇게 하라고 추신을 덧붙였다.

그러나 엘리자베스는 결심을 굳혔고, 또 빙리 가족이 더 머물러 달라는 청을 하리라는 기대도 하지 않았다. 너무 오랫동안 남의 집에서 폐를 끼치며 그들에게 불편을 주는 것 같아서 엘리자베스는 제인에게 빙리의 마차를 빌리자고 설득했다.

그 말을 전하자 그들은 몹시 걱정을 하며 네더필드에 하루만이라도 더 머물러 달라고 말했다. 제인의 마음은 흔들렸고 그래서 그들은 그 다음 날 떠나기로 했다. 빙리는 다음 날에 떠나는 것도 너무 이르다며 몹시 안타까워했다.

일요일 아침, 식사를 마치고 거의 모두가 기분 좋게 작별 인사를 했다. 빙리 양은 제인에게 롱본이나 네더필드에서 다시 만나는 건 언제나 기쁜 일이 될 것이라며 다정하게 포옹했으며, 엘리자베스와는 악수를 나누었다. 엘리자베스도 명랑하게 그들과 작별 인사를 나누었다.

어머니는 그녀들이 집으로 돌아온 것이 그다지 반갑지 않은 반면, 아버지는 크게 내색하지는 않았지만 두 딸을 진심으로 반겨주었다. 아버지는 두 딸이 얼마나 소중한 존재인지 새삼 느끼고 있었다. 그래서 아버지는 가족들이 모두 모인 저녁에, 제인과 엘리자베스가 없으니 집안에 생기도 없고 아무 의미도 없는 것 같다고 이야기했다.

메리는 평소와 다름없이 인간의 본성에 대한 연구에 몰두하고 있었다. 새로운 몇 구절의 인용문에 감탄하며 오래된 교훈에 관한 새로운 표현에 관심을 갖고 있었다. 그리고 키티와 리디아는 전혀 새로운 정보를 제공해 주었다.

지난 주 수요일부터 부대에서 여러 가지 일들이 일어났고 화제도 풍성하다는 것이었다. 최근에 장교 몇 명이 이모부 댁에서 식사를 했고 사병 한 사람이 매를 맞았으며 포스터 대령이 곧 결혼한다는 소문 등이었다.

13

다음 날 아침, 식사를 하던 베넷 씨가 부인에게 말했다.

"여보, 오늘 저녁 식사는 좀 신경 써야겠소. 우리 식구 말고 한 사람이 더 올 것 같으니."

"누구 말인가요? 올 사람이 없을 텐데. 혹시 샬럿 루커스가 오나요? 하지만 샬럿에게 우리 집 식사는 훌륭한 편이죠. 자기 집에서도 그런 음식은 자주 못 먹을 테니."

"내가 말하는 사람은 숙녀가 아닌 신사이며 우리 이웃이 아니오."

베넷 부인의 눈이 반짝 빛났다.

"우리 이웃이 아닌 신사라고요! 분명 빙리 씨군요. 어머 제인, 어쩌면 한 마디 언급도 하지 않았니? 앙큼한 것 같으니. 아휴, 빙리 씨가 우리 집에 온다면 대환영이죠. 그런데 이거 큰일이네! 오늘은 생선도 없는데. 리디아, 벨 좀 눌러라. 당장 힐한테 말해야겠다."

"빙리 씨는 아니라니까. 나도 생전 처음 보는 사람이오."

아버지의 말에 가족들은 모두 놀랐다. 베넷 씨는 아내와 다섯 딸들에게서 한꺼번에 질문 공세를 받았는데, 한참 동안 그 같은 상황을 즐기던 베넷 씨가 설명했다.

"약 한 달 전쯤에 이 편지를 받았어. 그리고 2주일 전쯤에 답장을 보냈고. 이 편지는 먼 친척인 콜린스 군이 보낸 것인데, 그 사람은 내가 죽으면 우리 식구들을 당장 이 집에서 쫓아낼 수도 있는 사람이야."

"아니, 여보! 그 얘기는 도저히 듣고 있을 수가 없군요. 그 가증스러운 사람에 대한 얘기는 꺼내지도 마세요. 당신 재산을 자식들 말고 다른 사람한테 줘야 한다니, 그렇게 어처구니없는 일은 없을 거예요. 제가 당신이었다면 어떤 방법이라도 썼을 거예요."

제인과 엘리자베스는 어머니에게 한정상속에 대해서 설명하려고 했다. 예전에도 여러 번 설명했지만 베넷 부인을 도저히 이해시킬 수 없었다. 어머니는 딸이 다섯 명이나 있는데 아무 상관도 없는 남자에게 재산을 빼앗기는 것은 정말 가혹한 일이라며 원망의 소리를 늘어놓았다.

"그건 분명히 도리에 어긋나는 일이지." 베넷 씨가 부인의 말을 받았다.

"어떤 일을 한다 해도 콜린스 군이 롱본의 집을 상속받는 죄를 피할 수는 없겠지요. 하지만 그의 편지를 읽어보면 당신도 화가 좀 풀릴 수 있을 것 같은데."

"천만에요. 그럴 리 없어요. 당신한테 편지를 하다니 뻔뻔한 위선자예요. 그렇게 위선 떠는 인간들은 정말 싫다고요. 그 사람도 자기 아버지가 하던 대로 당신하고 계속 싸움이나 할 것이지, 왜 그러지 않는 거죠?"

"그거야 그도 자식으로서 신중을 기하기 때문이겠지요. 편지 내용이나 좀 들어보구려."

켄트 주 웨스터램 근교 헌스퍼드에서
10월 15일

제 아버지와 아저씨 사이가 늘 좋지 않았기 때문에 저는 항상 마음이 불안했습니다. 그러다가 불행히도 아버지께서 돌아가셨지만, 그 후에도 저는 계속 그 불화가 개선되기를 바랐습니다. 하지만 아버지 생전에 소원하셨던 분과 제가 잘 지낸다는 것은 아버지의 뜻을 거스르는 것이 아닌가 하는 생각에 그렇게 하지 못했을 뿐입니다. 또한 멀리 떨어진 탓에 왕래가 뜸했던 것도 또 다른 이유였겠지요.

그러나 지금은 확실히 결심했습니다. 제가 부활절에 안수를 받고 루이스 드 버그 경의 미망인인 캐서린 드 버그 부인의 도움을 받는 영광을 누리게 되었기 때문입니다. 저는 그 교구의 막중한 목사직에 임명되었습니다. 그래서 저는 그분에 대해 항상 감사하고 존경하는 마음으로 처신할 것이며, 항상 국교회의 의례와 의식을 수행할 수 있도록 최선을 다해 노력하겠습니다. 성직자로서 저의 의무는 모든 가정의 평화와 축복을 위해 애쓰는 것이라고 생각합니다. 그렇기 때문에 저의 호의가 담긴 이 제안에 대해 저는 자부심을 갖고 있습니다. 그러니 롱본의 상속자인 저를 너그럽게 받아들여주시고, 평화의 상징인 이 올리브 가지를 받아주실 거라 믿습니다.

제가 본의 아니게 따님들에게 폐를 끼치게 되어 안타까운 마음으로 사과드립니다. 그리고 가능한 모든 방법을 동원하여 따님들께 보상을 해드릴 생각입니다. 자세한 이야기는 추후에 말씀드리겠습니다.

만약 제가 귀댁을 방문해도 괜찮으시다면 11월 18일 월요일 오후 4시까지 찾아뵙겠습니다. 그리고 염치없지만 토요일까지 폐를 끼치게 될 것 같습니다. 제 염려는 하지 않으셔도 됩니다. 다른 목사가 일요일에 제 대신 교회 일을 맡아준다고 했고, 캐서린 부인께서도 제가 가끔 자리를 비워도 별 다른 말씀이 없으신 걸로 알고 있습니다.

부인과 따님들께도 안부 전해 주십시오.

윌리엄 콜린스 올림

"그러니까 오늘 4시까지 이 신사가 화해를 하기 위해 오기로 한 거지." 베넷 씨가 편지를 접으면서 말했다. "분명 양심적이고 예의 바른 청년일 거야. 캐서린 부인께서 그렇게 너그러운 마음으로 봐주셔서 그 사람을 우리 집에 보내신다니…… 틀림없이 좋은 사람일 거야."

"우리 딸들을 생각하는 것을 보니 그럴 것 같기도 하네요. 어떤 방법으로든 보상을 할 생각이라면 굳이 말릴 필요는 없을 테고."

"어떤 방법으로 보상해 주겠다는 건지 잘 모르겠네요. 하지만 정말 그럴 생각이 있는 거라면 훌륭하네요." 제인이 말했다.

"제 생각엔 분명 이상한 사람 같아요. 말의 앞뒤가 맞지 않고 과장된 표현을 쓰고 있으니까요. 상속자라는 것에 대해 사과를 한다면서도 상속을 포기한다는 건 아니잖아요. 도대체 그게 무슨 의미죠? 아버지, 그는 도대체 분별이 있는 사람인가요?" 엘리자베스가 말했다.

"음, 그런 것 같지는 않구나. 편지를 읽어보니 지나치게 자신을 비하하기도 하고, 또 너무 자만심이 드러나 있기도 하고. 어찌됐건 빨리 만나보고 싶구나."

"편지 내용으로 보면 꽤 잘 쓴 편이에요. 올리브 가지를 비유로 든 건 그다지 참신하진 않았지만 그래도 적절하게 쓴 것 같아요." 메리가 말했다. 키티와 리디아는 편지도, 편지를 쓴 사람에게도 전혀 관심이 없었다. 어머니는 콜린스의 편지를 읽고 불쾌한 마음이 상당히 누그러졌기 때문에 태연하게 그를 맞이할 준비를 하고 있었다. 오히려 남편과 딸들이 놀랄 정도였다.

콜린스는 약속 시간을 정확히 지켜서 도착했고 가족들 모두가 그를 친절하게 맞이했다. 베넷 씨는 거의 말이 없었지만, 이내 여자들의 말상대가 되어야만 했다.

콜린스는 키가 크고 다소 진지한 인상의 스물다섯 살 청년으로, 의식적으로 침묵을 지키려는 편은 아니었다. 표정은 정중하면서도 엄숙했으며 태도는 지극히 형식적이었다. 자리에 앉자마자 그는 베넷 부인에게 훌륭한 딸들을 둔 것에 대해 경의를 표했다. 그리고 딸들의 미모는 익히 들어 알고 있지만 소문보다 훨씬 미인이라면서 모두 적당한 때가 되면 좋은 인연과 훌륭한 결실을 맺을 것이라는 말을 덧붙였다.

의례적인 찬사가 거슬리는 가족도 있었지만 베넷 부인은 칭찬을 곧이곧대로 받아들이는 성격이기에 바로 그의 말을 받았다.

"정말 고마운 말씀이세요. 진심으로 그렇게 되기를 바라고 있고요. 하지만 그렇게 안 된다면 얼마나 비참해질까요. 세상일이란 게 참 뜻대로 되는 게 아니라서요. 만약 혼사가 제대로 이뤄지지 않는다면 우리 딸들은 너무 가엾게 되겠죠. 그건 당신도 아실 거예요. 하지만 그게 댁의 잘못이라는 건 아니에요. 세상을 살다 보면 그런 일도 있는 거겠죠. 재산이 일단 한정상속이 되면 나중에 어떻게 될지는 아무도 알 수가 없겠죠."

"따님들이 곤란하게 되리라는 것은 저도 잘 알고 있습니다. 그래서 그 문제에 대해서 드릴 말씀이 많지만 너무 성급하게 나서는 것 같아서 조심하고 있습니다. 다만 따님들에게 찬사의 말씀을 드리러 온 것은 확실합니다. 지금은 이 정도만 말씀드리겠습니다만 앞으로 우리가 좀 더 친해지게 된다면……."

그때 식사가 준비되었다는 소식에 그의 말이 중단되었다. 딸들은 서로 마주보며 미소를 지었다. 콜린스의 찬사의 대상이 된 것은 그녀들만이 아니었다. 그는 현관, 식당, 가구 등 모든 것을 관찰하고 칭찬을 늘어놓았다. 이 모든 것들이 장차 자기 것이 될 것으로 생각하면서 말하는 것이 아니었다면, 그의 칭찬은 베넷 부인의 마음을 움직일 수 있을 정도였다.

또한 그는 음식에 대한 찬사도 빠뜨리지 않았다. 이렇게 훌륭한 요리 솜씨는 누구의 솜씨인지 궁금하다고 물었다. 그러자 베넷 부인은 자신의 집에 훌륭한 요리사가 있기 때문에, 자신의 딸들이 부엌일을 할 이유는 없다고 퉁명스럽게 말했다.

그러자 그는 부인을 불쾌하게 해서 죄송하다며 사과했다. 베넷 부인은 다소 부드러운 목소리로 화나지 않았다고 말했지만, 그는 계속해서 사과의 말을 반복했다.

14

식사를 하는 동안 베넷 씨는 거의 아무 말도 하지 않았다. 그러나 하인들이 물러가자 그는 손님과 이야기를 나눌 시간이라고 생각했다. 그는 콜린스에게 좋은 후원자를 만난 것 같다는 말을 하면서, 그가 기대하고 있는 화제를 꺼냈다.

베넷 씨는 그의 희망에 대한 캐서린 부인의 관심과 편안한 생활을 할 수 있도록 배려하는 마음이 진심으로 느껴진다고 했다. 베넷 씨는 이보다 더 좋은 화제를 선택할 수는 없었을 것이다.

콜린스도 캐서린 부인에 대해 유창한 말솜씨로 찬사를 늘어놓았다. 그는 캐서린 부인 앞에서 두 번이나 설교하는 영광을 누렸으며 분에 넘치는 칭찬까지 받았고, 또 두 번이나 로징스에 초대받아서 함께 식사했다고 말했다. 지난 토요일 저녁에는 카드놀이를 하는데 인원수를 맞추기 위해 자기를 부르러 사람을 보냈다고도 했다. 그리고 대부분의 사람들이 부인을 오만하다고 하지만 적어도 자신에게만큼은 항상 친절하며, 인접한 교구의 사교계에 참석하기 위해서 한두 주쯤 교구를 비워도 별다른 말씀을 하지 않는다고 했다.

거기에 신중하게 선택을 한다면 가능한 한 빨리 결혼하는 것이 좋다고 권할 만큼 친절을 베풀어주었고, 언젠가 한 번은 누추한 목사관을 직접 방문한 적이 있었는데 내부 수리하는 모습을 보고 애쓴다고 치하하며 이층 다락에 선반을 만들면 어떻겠냐는 말씀도 하셨다고 했다. "정말 친절하시고 현명한 분이세요."

베넷 부인이 말했다.

"말할 것도 없이 정말 좋은 분이군요. 하지만 세상의 모든 여자가 그럴 수는 없겠죠. 댁 근처에 사시나요?"

"저희 집 앞 건너편에 부인이 사시는 로징스 장원이 있습니다."

"미망인이라고 하신 것 같은데 다른 가족은 없나요?"

"따님이 한 분 있어요. 로징스 장원과 막대한 재산의 유일한 상속자죠."

"아! 그렇겠군요." 베넷 부인이 머리를 내저으며 말했다.

"그런 행운을 가진 따님은 어떤 분이죠? 미인인가요?"

"정말 매력적인 여인이죠. 캐서린 부인의 말에 의하면 루이스 드 버그 양이야말로 세상에서 가장 아름다운 여성이라고 합니다. 무엇보다 용모가 고귀하고 젊음이 있기 때문이죠. 단지 몸이 너무 허약해서 많은 것을 배우고 익히지 못했지만 몸만 건강했더라면 모든 것을 완벽하게 갖추었을 것이라고 가정교사인 함께 사는 부인이 말씀하셨어요. 어쨌든 그녀는 무척 상냥하답니다. 조랑말이 끄는 사륜마차를 타고 저희 집 앞을 지나다니곤 하지요."

"국왕을 알현했나요? 궁전에 출입하는 사람들에게서 그런 이름을 아직 들어보지 못해서⋯⋯."

"워낙 몸이 허약해서 런던에 간 적은 없었다고 하더군요. 그래서 어느 날 제가 부인께 말씀드렸어요. 따님이 궁전으로 가시면 아마 가장 빛나는 존재가 될 거라고요. 부인도 제 말이 마음에 드신 것 같았어요. 짐작하시겠지만 저는 때를 가리지 않고 부인께서 기뻐하실 만한 자그마한 찬사의 말을 자주 한답니다. 저는 따님이야말로 타고난 공작부인이며 그런 지위마저 오히려 따님으로 인해 빛을 발하게 될 것이라고 여러 번 말씀드렸어요. 저로서는 특별히 이런 배려를 부인께 해드려야 한다고 생각하고 있습니다."

"옳은 생각이에요. 그토록 아름다운 찬사를 자유자재로 구사할 수 있는 재능이 있다는 것은 축복이라고 할 수 있지요. 실례되는 질문일지 모르지만 그처럼 기분 좋은 배려는 즉각적인 것인지 아니면 평소에 늘 준비해 두고 있는 것인지 궁금하군요."

"아! 주로 그때그때의 상황에 따라 발휘되는 것이지요. 물론 어떤 것은 흔히 맞닥뜨릴 수 있는 경우를 대비해서 미리 그에 맞는 말을 연습해 두기도 합니다. 하지만 가능하면 당시의 상황에 떠오르는 생각을 표현하려고 노력한답니다."

베넷 씨는 속으로 쾌재를 불렀다. 자신의 기대대로 그의 친척은 멍청한 사람이었다. 그래서 베넷 씨는 몹시 즐거워하면서 콜린스의 이야기를 경청하는 한편 전혀 내색하지 않고 가끔씩 엘리자베스를 쳐다보는 것 외에는 그 재미를 함께 나눌 사람도 필요하지 않았다.

식사를 마치고 베넷 씨는 손님을 응접실로 안내했다. 그리고 차를 마신 후 그에게 딸들을 위해 책을 읽어 달라고 청했다. 콜린스는 흔쾌히 수락했고 그는 한 권의 책을 집어 들었는데 그 책을 보더니 깜짝 놀랐다. 그것은 분명 순회도서관에서 빌려온 책이었다. 그는 양해를 구하면서 자기는 소설은 읽지 않는다고 말했다. 키티는 그를 빤히 쳐다봤으며, 리디아는 놀라서 소리를 질렀다. 그는 다른 책들을 살펴보더니 잠시 생각을 한 후에 포다이스(스코틀랜드 신학자로《젊은 여성을 위한 설교》저자)의 설교집을 선택했다. 그가 책을 펼쳐들자 리디아는 커다랗게 하품을 했고, 그녀는 그가 몹시도 단조롭고 무거운 목소리로 읽었기 때문에 3페이지도 다 읽기 전에 그의 낭독을 중단시켰다. 그리고 이렇게 말했다.

"엄마, 필립스 이모부가 리처드를 내쫓는다고 하시던데, 만일 그렇게 된다면 포스터 대령이 그를 채용한다는 거 아세요? 토요일에 이모가 저한테 직접 말씀하셨어요. 내일 메리튼에 가서 그 얘기도 더 듣고, 또 데니 씨가 언제 런던에서 돌아오는지도 물어봐야겠어요."

두 언니는 리디아에게 조용히 하라는 신호를 보냈지만, 콜린스는 이미 기분이 몹시 상해서 책을 내려놓으며 말했다.

"아가씨들이 진지한 내용을 다룬 책을 좋아하지 않는다는 것은 저도 자주 목격했습니다. 그것이 자신들에게 도움이 되는 내용일지라도 말이죠. 가르침보다 더 유익한 것은 없는데 정말 안타까울 뿐입니다. 하지만 어린 사촌들을 더 이상 괴롭히고 싶진 않군요."

그러면서 베넷 씨에게 주사위 놀이를 하자고 제안했다.

베넷 씨는 여자들은 자신들만의 소소한 오락거리를 즐기게 하는 것이 가장 현명한 일이라고 말하며 콜린스의 제안을 받아들였다. 베넷 부인과 다른 딸들은 리디아의 무례함에 대해 정중히 사과하면서, 책을 계속 읽어주신다면 다시는 그런 일이 없도록 하겠다고 약속했다.

그러나 콜린스는 리디아에 대해서 불쾌한 감정을 갖지 않겠다고 말하며 그들을 안심시켰다. 그런 다음 다른 테이블에 앉아 베넷 씨와 주사위 놀이를 준비했다.

15

콜린스는 분별력 있는 사람이 아니었고 교육으로도 타고난 결점을 고치지 못했다. 그는 지금까지 대부분을 무지하면서 구두쇠인 아버지 밑에서 자랐던 것이다. 대학을 다니긴 했으나 학업에 충실하지도 못했고 그저 졸업장만 따는데 그쳤다.

그의 아버지는 항상 복종하기를 원했던 탓에 그의 몸에는 비굴함이 배어 있었다. 그리고 세상 사람들과 교류도 없던 모자란 사람에게 뜻하지 않게 일찍 찾아온 성공에서 비롯된 거만함도 함께 지니고 있었다. 그는 헌스퍼드의 목사 자리가 비었을 때 운 좋게 캐서린 부인에게 추천되었다. 그 때문에 부인의 높은 지위에 대한 존경심과 후원자에 대한 숭배, 자만심, 그리고 목사로서의 권위와 교구장으로서의 권리 등이 뒤섞여 결국 그는 오만과 복종, 거만함과 비굴함을 모두 지닌 사람이 되었다.

그는 이제 좋은 집과 충분한 수입이 있었기 때문에 결혼을 해야겠다고 마음먹었다. 결혼을 통해 롱본의 집안과 화해를 할 수 있을 것 같았다. 만일 베넷 집안의 딸들이 소문처럼 예쁘고 상냥하다면 그중의 한 명을 택해 결혼할 생각이었던 것이다. 그렇게 함으로써 그녀들 아버지의 재산을 자신이 상속하는 것에 대한 보상이 된다고 생각했다.

그녀들을 만나보고 난 뒤에도 콜린스의 계획은 변함이 없었다. 베넷 씨 딸들의 아름다운 얼굴은 그의 생각을 더욱 확신시켜주었다. 그래서 그는 첫날에 제인을 마음에 두었다. 그러나 다음 날 아침이 되자 전날의 선택을 바꿀 수밖에 없는 상황이 생기고 말았다.

그는 베넷 부인과 아침 식사 전에 15분 정도 마주 앉아서 대화를 했는데, 목사관에 대한 이야기 도중에 목사관의 여주인을 롱본에서 찾고 싶다고 말했다. 그러자 베넷 부인은 미소를 띠며 그를 격려하면서도, 그가 마음에 둔 제인은 곧 약혼할 것이기에 안 된다고 주의를 주었다. 그래서 콜린스는 자신의 상대를 제인에서 엘리자베스로 바꾸기로 했다. 그도 그럴 것이 엘리자베스는 나이나 미모 모두 제인을 대신할 수 있는 존재였다.

베넷 부인은 콜린스의 속마음을 눈치 채고서는, 이제 곧 두 딸을 결혼시킬 수 있겠다고 기대했다. 그래서인지 바로 전날까지만 해도 탐탁지 않던 그가 이제는 몹시도 부인의 마음에 드는 것이었다.

리디아는 메리튼으로 놀러가자고 제안했던 계획을 실행에 옮겼다. 메리를 제외한 모든 딸들은 메리튼으로 가는 것에 찬성했다. 콜린스도 베넷 씨의 권유를 받아들여서 동행하기로 했다. 베넷 씨는 콜린스를 쫓아 보내고 서재에 혼자 있고 싶어 했다. 왜냐하면 아침 식사 후에 콜린스는 베넷 씨를 따라 서재로 들어오더니 커다란 2절판 책이 마음에 든다며 이야기를 시작했는데, 실제로는 헌스퍼드에 있는 자기 집과 정원에 대해서 계속 자랑하려고 했기 때문이다. 그의 이러한 행동은 베넷 씨를 몹시 불편하게 했다.

평소 베넷 씨에게 서재는 항상 여유와 평온함을 제공하는 그만의 공간이었다. 그가 엘리자베스에게 말했던 것처럼, 집안 어디에서든 어리석거나 오만한 인간을 마주치기 일쑤지만 서재에서만큼은 그러지 않아도 되기 때문이었다.

그래서 그는 딸들의 산책에 동행해 달라고 콜린스에게 정중하게 부탁했던 것이다. 독서보다는 산책하는 것을 훨씬 더 즐겼던 콜린스는 그 제안을 흔쾌히 수락했고, 책을 내려놓고는 딸들을 따라나섰다.

콜린스는 메리튼에 도착할 때까지 계속 시시한 이야기들을 늘어놓으며 잔뜩 무게를 잡았고, 그녀들은 정중하게 맞장구를 쳐주었다. 하지만 얼마 되지 않아 그는 그녀들의 관심에서 멀어졌다. 그녀들의 시선은 거리를 오가는 군인들을 뒤쫓거나 상점 진열대에 놓인 멋진 모자와 새로 들여온 모슬린에 고정되어 있었다.

그러다가 길 건너편에서 지금껏 한 번도 본 적이 없는 늠름한 한 청년을 보았다. 그는 어떤 장교와 함께 걸어가고 있었는데, 그 장교가 바로 리디아가 런던에서 언제 돌아오는지 관심을 갖고 있었던 데니였다. 그들이 지나갈 때 가볍게 목례를 했다.

그리고 모두 처음 보는 그 청년에게 매료되어 그가 어떤 사람인지 궁금해했다. 키티와 리디아는 그에 대해 알아보기 위해 건너편에 있는 가게에 살 것이 있다는 핑계를 대고 길을 건너갔고, 다행스럽게도 두 청년과 만날 수 있었다. 데니는 그녀들에게 먼저 말을 건네며 친구인 위컴을 소개하고 싶다고 했다. 위컴은 어제 런던에서 데니와 함께 이곳에 왔으며, 데니가 소속된 부대의 장교로 임관될 예정이라고 했다. 그것은 정말 바라던 소식이었다.

만약 그 청년이 군복을 입는다면 훨씬 더 멋있어 보일 것이다. 사실 그는 용모가 아주 훌륭한 청년이었다. 잘생긴 외모와 다부진 체격 그리고 훌륭한 태도 등 어느 것 하나 나무랄 데 없는 인물이었다.

소개가 끝나자 위컴은 그들과 대화를 나누고 싶어 했고 그 태도는 예의를 갖추었으면서도 아주 자연스러웠다. 모두가 즐겁게 이야기를 나누고 있을 때 말발굽 소리가 들려와 고개를 돌려보니 다아시와 빙리였다.

그녀들을 발견한 두 사람은 곧장 그들에게 다가와 정중하게 인사를 건넸다. 주로 빙리가 이야기를 했는데 제인의 병문안을 위해 롱본으로 가는 길이라고 했고, 다아시는 빙리의 말을 인정하는 뜻으로 고개를 끄덕였다. 그는 엘리자베스에게 눈길을 주지 않기 위해 고개를 돌렸는데, 그 순간 위컴을 보았고 시선은 고정되었다.

엘리자베스는 두 사람의 시선이 마주치는 순간 그들의 표정을 보고서 몹시 놀랐다. 두 사람 모두 순식간에 안색이 변했는데 한 사람은 하얗게 질리고, 또 한 사람은 벌겋게 달아올랐다. 얼마 후 위컴이 손을 올려 경례를 했고, 다아시는 마지못해 답례를 하였다. 도대체 이것은 무슨 의미일까? 상상조차 되지 않았기 때문에 몹시 궁금했다. 하지만 빙리는 눈치 채지 못한 듯 그들에게 작별 인사를 하고는 친구와 말을 타고 떠났다.

데니와 위컴은 그녀들과 필립스 씨 댁 현관까지 함께 걸었다. 리디아가 그들에게 들렀다 가라고 간청했고, 필립스 부인은 창문을 열고 큰 소리로 들어오라고 했지만 그들은 작별 인사를 남기고 돌아갔다.

필립스 부인은 늘 조카들을 반겨주었다. 특히 제인과 엘리자베스는 오랜만에 들렀기 때문인지 더욱 반겨주었다. 그녀는 네더필드에 머물던 두 조카가 갑자기 집으로 돌아왔다는 얘기를 듣고 굉장히 놀랐다고 말했다.

잠시 후 제인이 콜린스를 소개했고, 필립스 부인은 최대한 예의 바르게 그를 맞았다. 콜린스는 불쑥 찾아뵙게 되어 죄송하다면서, 그녀들과 먼 친척 관계이기 때문에 오게 된 것이니 이해해 주실 거라고 정중하고 예의 바른 태도로 말했다. 필립스 부인은 그의 깍듯한 태도에 약간의 부담을 느끼는 것 같았다.

그러나 필립스 부인은 새롭게 소개받은 청년에 대해 깊이 생각할 겨를이 없었다. 왜냐하면 베넷 가의 막내 조카들로부터 위컴에 대한 질문을 사정없이 받아야만 했기 때문이다. 하지만 그녀가 그 신사에 대해 대답해 줄 수 있는 것은 이미 두 자매가 알고 있는 것뿐이었다. 데니가 그를 런던에서 데리고 왔으며 곧 중위로 임관될 예정이라는 내용이었다. 이미 이야기를 들었던 키티와 리디아는 밖을 내다보고 있었다. 때마침 몇 명의 장교가 길을 지나고 있었는데, 그들은 새롭게 등장한 위컴으로 인해 졸지에 '멍청하고 유쾌하지 못한 무리'로 전락하고 말았다.

그중 장교 몇 명은 다음 날 필립스 씨 댁에서 식사를 할 예정이라고 했다. 이모는 만일 베넷 씨 가족들이 온다면 위컴을 꼭 초대하겠다고 약속했다. 조카들이 모두 찬성하자 부인은 다음 날 즐겁게 카드놀이를 하고서 따뜻한 저녁 식사를 하자고 제안했다.

곧 있을 저녁 식사를 상상하며 모두가 즐거운 마음으로 헤어졌다. 콜린스는 현관을 나서며 폐를 끼치게 된 것에 대해 다시 한 번 사과했으나 필립스 부인은 전혀 그럴 필요가 없다며 정중하게 말했다.

집으로 돌아가는 길에 엘리자베스는 자신이 보았던, 두 남자 사이에서 일어났던 일을 제인에게 말했다. 제인은 그들의 행동이 이상했다면 분명 둘 사이에 무슨 일이 있었을 거라고 생각했지만, 제인 역시 동생과 마찬가지로 그 이유는 알 수 없었다.

집에 돌아온 콜린스는 필립스 부인이 예의 바르고 정중하다는 칭찬을 했고, 베넷 부인은 몹시 만족스러워했다. 콜린스는 캐서린 부인과 그의 딸을 제외하고는 필립스 부인처럼 우아한 여성은 본 적이 없다고 말했다. 그리고 필립스 부인은 자신을 지극히 정중하게 대해 주었고 다음 날 저녁 만찬에도 초대해 주었다면서, 그 이유는 자신과 베넷 집안이 친척이기 때문이라고 생각은 하지만 그래도 그는 지금껏 그렇게 너그러운 분은 뵌 적이 없다고 말했다.

16

 베넷 부부는 필립스 부인과 딸들이 약속한 것에 대해서 아무런 반대도 하지 않았다. 콜린스는 자신이 머무는 동안 단 하루라도 베넷 부부만 남겨두고 나가는 것에 대해 걱정을 했지만 그들은 신경 쓰지 말라고 했다. 그래서 다음 날 저녁에 콜린스와 다섯 딸들은 마차를 타고 메리튼으로 갔다.

 필립스 부인의 응접실에 들어서면서 위컴이 이모부의 초대에 응해 벌써 도착해 있다는 소식을 들은 베넷 자매들은 몹시 기뻐했다.

 잠시 들떴던 분위기가 진정되고 모두들 자리에 앉자, 콜린스는 비로소 주위를 둘러보며 칭찬을 늘어놓을 마음의 여유가 생겼다. 그는 넓은 방과 고풍스런 가구를 보고 무척 감동한 듯 연신 로징스의 아담한 여름 조찬실에 있는 것 같은 느낌이 든다고 했다.

 콜린스는 장교들이 올 때까지 캐서린 부인과 그녀의 저택에 대해 이야기하면서, 자신의 소박한 집을 얼마나 멋있게 꾸몄는지에 대해 은근히 자랑을 늘어놓았다. 필립스 부인은 그의 말에 귀를 기울였지만 아가씨들은 그의 이야기에 더 이상 관심이 없었다.

 그녀들은 음악을 연주했으면 좋겠다고 생각하거나, 벽난로 위에 있는 자신들이 만든 볼품없는 도자기 모조품을 감상하는 것 외에는 할 일이 없었다. 그래서 그들을 기다리는 시간이 매우 지루하게 느껴졌다. 그러나 마침내 지루한 시간도 끝이 났다. 초대받은 장교들이 들어왔던 것이다. 엘리자베스는 위컴이 들어서자 그를 처음 보았을 때부터 계속 멋있는 사람이라고 생각했던 것이 조금도 틀리지 않았다고 느꼈다. 일반적으로 ○○ 부대의 장교들은 신사다워서 평판이 좋은 편이었는데, 거기 온 사람들은 그중에서도 가장 훌륭한 사람들이었다.

특히 위컴은 풍채와 용모, 행동 하나까지 어느 누구보다 훌륭했다. 얼굴이 넓적하고 술 냄새나 풀풀 풍기는 이모부와 비교해 보면 당장이라도 알 수 있는 일이었다. 이모부는 그들의 뒤를 따라 방 안으로 들어왔다.

위컴은 거의 모든 여성의 시선을 한 몸에 받는 행운의 사나이였고, 엘리자베스는 그의 옆에 앉는 기쁨을 누리게 되었다. 그는 이내 정중하면서도 싹싹한 태도로 말을 걸어왔는데, 그 내용은 오늘 저녁에 비가 내릴 것이고 머지않아 장마로 변할 것 같다는 이야기였지만, 말하는 사람의 기교에 따라서 비록 평범하고 진부한 내용일지라도 사람의 마음을 끌 수 있는 힘을 가질 수 있다고 엘리자베스는 생각했다.

위컴이나 장교들 같은 경쟁자가 나타나자 콜린스는 여자들에게 관심을 받지 못하는 보잘 것 없는 존재가 된 듯했다. 아가씨들은 그에게 눈길조차 주지 않았다. 하지만 필립스 부인이 친절하게 그의 이야기를 들어주었기 때문에 간간이 그녀와 대화를 나누었고, 그 덕에 커피와 머핀을 얻어먹을 수 있어서 그나마 다행이었다.

잠시 후, 휘스트(보통 네 명이 둘씩 편을 짜고 하는 카드놀이)가 시작되었고 콜린스는 부인의 배려에 보답할 기회를 얻고자 참여하기로 했다. 그가 말했다.

"이 게임을 어떻게 하는지 잘 모르지만 한 번 배워보겠습니다. 왜냐하면 저와 같은 처지에 있으면……."

하지만 필립스 부인은 그다지 고마워하는 것 같지는 않았다.

위컴은 휘스트에는 관심이 없었기 때문에 엘리자베스와 리디아가 있는 테이블로 자리를 옮겨 게임을 하기로 했다. 처음에는 리디아가 대화를 주도하려고 했다. 하지만 리디아는 점점 게임에 빠져 돈을 건 내기를 하면서 딸 때마다 소리를 지르느라 한 사람에게만 집중할 수는 없었다. 그 덕분에 위컴은 게임을 하면서도 엘리자베스와 대화를 나눌 여유가 생겼다. 엘리자베스는 제일 궁금했던, 다아시와 그가 서로 알게 된 계기에 관해 듣고 싶었다. 하지만 다아시의 이름을 입 밖으로 꺼내기도 어려웠다.

그러나 뜻밖에도 그녀의 호기심을 채울 수 있게 되었다. 위컴이 먼저 그 이야기를 꺼냈기 때문이다. 그는 네더필드가 메리튼에서 얼마나 떨어져 있느냐고 물었고, 대답을 듣고 난 후 잠시 주저하면서 다아시가 언제부터 그곳에 머물고 있는지 물었다.

"한 달 정도 된 것 같아요." 엘리자베스가 대답했다. 그녀는 그 이야기를 중단하고 싶지 않았기 때문에 이렇게 덧붙였다. "그분은 더비셔에 상당한 재산을 갖고 계신다던데."

"네, 그는 굉장한 재산을 갖고 있지요. 연수입이 1만 파운드나 되니까요. 그에 대해서 아마 저만큼 잘 알고 있는 사람은 드물 겁니다. 제가 어렸을 때부터 그 집안과는 특별한 관계였거든요."

엘리자베스는 놀랄 수밖에 없었다.

"어제 우리가 만났을 때 냉담한 모습을 보셨을 테니 놀라시는 게 당연합니다. 다아시와는 잘 아는 사이인가요?"

"어느 정도는 알고 있어요. 그분과는 한 집에서 나흘을 함께 보냈는데, 그다지 유쾌한 사람은 아니던데요." 엘리자베스는 강력하게 말했다.

"제가 그에 대해 이렇다 저렇다 말씀드릴 수는 없습니다. 그런 말을 할 자격이 없지요. 그와는 아주 오래전부터 정말 잘 알고 지냈기 때문에 저는 공정하게 판단할 수는 없을 것 같습니다."

"네더필드라면 몰라도 제가 지금 한 얘기를 어느 곳에서나 똑같이 말할 수 있어요. 하트퍼드셔에서 그분을 좋아하는 사람은 하나도 없으니까요. 모두들 그분의 오만함에 대해 불쾌해하고 있어요. 그분에 대해 저처럼 완고하게 말하는 사람도 없을 거예요."

"누구든 실제 자신의 가치 이상으로 평가받지 못한다고 해서 제가 불만을 품을 이유는 없겠죠. 하지만 그의 경우에는 실제의 가치 이하로 평가되지는 않는다고 생각합니다. 모든 사람들이 그의 재산과 지위 때문에 제대로 보질 못하는 건지, 아니면 그 도도함에 압도당하는 건지 대부분의 사람들은 그가 원하는 대로 평가하고 있죠."

"저는 그분에 대해 잘 알지는 못하지만 성격이 아주 까다로운 분인 것만은 확실해요."

위컴은 그저 고개를 저을 뿐이었다. 그러다가 다시 덧붙였다.

"그가 이곳에 오래 머물게 될까요?"

"잘 모르겠어요. 하지만 제가 네더필드에 있을 때 그분이 다른 곳으로 떠난다는 얘기는 못 들었어요. 그분이 가까이에 계신다는 것 때문에 당신이 ○○ 부대에 머물려는 계획에 지장이 없으면 좋겠네요."

"아, 그럴 리가요. 제가 다아시 때문에 쫓겨날 일은 없습니다. 저를 만나는 것을 원치 않는다면 그가 이곳을 떠나야겠죠. 우리가 친구처럼 지내고 있지 않기에 그와 만나는 것이 제게는 고통스러울 뿐입니다. 하지만 그렇다고 해서 제가 다아시를 피할 이유는 없죠. 세상 사람들에게 당당하게 할 수 있는 얘기는, 제가 그에게 극도로 부당한 대우를 받은 것과 그의 됨됨이에 대해 안타까워하고 있다는 것입니다. 베넷 양, 이제는 고인이 되셨지만 그의 아버지는 정말 좋은 분이셨고 진실한 분이셨습니다. 그래서 저는 다아시와 함께 있으면 그분에 대한 좋은 기억들이 떠올라 마음이 너무도 아픕니다. 다아시가 제게 한 행동은 말로 다 못할 만큼 치욕스러웠으니까요. 하지만 그가 돌아가신 선친의 뜻을 저버리지 않고 그분을 욕되게 하지 않는다면 그가 어떤 행동을 하든 용서할 수 있을 것 같습니다."

이야기는 점점 더 흥미로워졌기 때문에 엘리자베스는 귀를 기울이며 관심을 쏟았다. 하지만 민감한 문제였기 때문에 그가 말하지 않는 이상 자세히 물을 수는 없었다. 위컴은 화제를 일반적인 것으로 돌려 메리튼과 그 이웃에 관한 얘기, 사교계에 관한 이야기를 시작했다.

"저는 꾸준하면서도 훌륭한 사교 모임을 갖고 싶었습니다. 그래서 ○○ 부대에 들어오게 된 것이죠. 이 부대에 대한 평판이 굉장

히 좋다는 것을 알고 있었고 친구 데니가 현재의 병영에 대해 자세히 설명하면서, 메리튼 사람들은 매우 친절하고 장교들에게 관심이 많다는 얘기를 해주었거든요. 그래서 더욱 이곳에 관심을 갖게 되었지요. 솔직히 말씀드리면 저에게는 사교가 필요합니다. 너무 큰 절망감을 느꼈기 때문에 제게는 그 고독을 견딜 만한 힘이 없어요. 그래서 일과 사교가 꼭 필요하답니다. 처음부터 군대생활을 원했던 것은 아니지만 어쩔 수 없었죠. 원래 저는 목사가 되려고 했습니다. 그리고 좀 전에 얘기했던 다아시만 허락해 주었다면 아마 지금쯤은 성직자로서 상당히 자리를 잡았을 겁니다."

"어머, 세상에!"

"그렇습니다. 돌아가신 그의 선친께선 그분이 증여할 수 있는 가장 훌륭한 성직을 제가 물려받을 수 있도록 유언하셨습니다. 그분은 저의 대부셨고 저를 정말 사랑해 주셨죠. 그분은 저에게 많은 수입을 남겨주실 계획이 있으셨고, 또 분명 그렇게 해놓으셨을 거라 믿었습니다. 그분이 제게 베풀어주신 친절은 말로 다 설명할 수가 없어요. 하지만 때가 되자 그 목사 자리는 다른 사람의 차지가 되고 말았습니다."

"저런! 도대체 어떻게 그럴 수가 있죠? 왜 유언대로 하지 않은 거죠? 재판을 해서라도 찾아야 되지 않나요?" 엘리자베스가 외쳤다.

"유언장에 확실하게 명시되지 않아서 소송을 해도 소용없는 일이 되었죠. 명예를 소중히 여기는 사람이라면 고인의 취지에 대해 의심하지 않았겠지만 다아시는 그걸 의심했었죠. 그는 선친의 유언을 단순한 조건부 추천 사항으로 취급했어요. 그리고 제가 사치와 무분별한 행동을 했다면서 그 권리는 전부 효력을 잃었다고 선언했습니다. 그 자리는 2년 전 제가 목사직을 맡을 수 있는 나이가 되었을 때 생겼지만 저 아닌 다른 사람에게 돌아갔습니다. 아무리 생각해도 제가 그 자리를 잃을 만한 어떠한 행동을 했다고는 생각하지 않습니다. 제가 성격이 좀 과격하고 신중하지 못한 점이 있기 때문에, 그에 대한 제 의견을 너무 솔직히 드러낸 적이 있었지요. 하지만 그 이상 나쁜 행동을 한 적은 없습니다. 하지만 중요한 사실은 우린 너무나 다른 종류의 사람이고, 그는 저를 굉장히 싫어한다는 겁니다."

"맙소사, 너무 놀랍군요! 그분이야말로 모든 사람들 앞에서 망신을 당해야 돼요."

"언젠가는 그렇게 되겠죠. 하지만 제가 나서서 망신을 주고 싶진 않군요. 그의 아버님 때문이라도 그럴 순 없죠. 그래서 저는 그와 싸우거나 그의 행동에 대해 폭로할 수 없습니다."

엘리자베스는 그런 위컴의 마음씨를 높이 샀다. 그리고 그런 속내를 드러내 보일 때 그가 훨씬 더 멋있다고 생각했다. 잠시 후 그녀가 말을 이었다.

"하지만 도대체 왜 그랬을까요? 무슨 이유로 그렇게 잔인한 행동을 했을까요?"

"그는 저를 몹시도 싫어하거든요. 그것은 아마 질투심 때문이라고 생각합니다. 돌아가신 그의 선친께서 저를 조금 덜 사랑하셨다면, 아들인 그가 제게 잘해 주었을지도 모르죠. 하지만 그의 선친께서 저를 특별히 사랑해 주셨고, 그것 때문에 그는 어려서부터

저를 싫어했던 겁니다. 그는 우리들처럼 경쟁 상대를 포용하거나 남이 사랑받는 것을 참지 못하는 성격이었던 거죠."

"다아시 씨를 좋아한 적도 없지만 그렇게까지 나쁜 사람인지는 몰랐네요. 그가 대부분의 사람들을 경멸한다고 생각했지만 그렇게 비인간적이고 비열한 사람일 줄은 정말 몰랐어요."

"우리는 같은 교구, 같은 집에서 태어났고 어린 시절을 거의 함께 보냈죠. 한집에 살며 같이 놀고, 훌륭한 아버님의 보살핌을 받았어요. 제 아버지께서는 당신의 이모부인 필립스 씨와 같은 일을 하셨습니다. 그러나 돌아가신 다아시의 아버지를 도와드리기 위해 모든 일을 포기하시고 그분의 펨벌리 재산을 관리하면서 남은 생을 보내셨습니다. 그래서 그분께서는 아버지를 매우 신임하셨고, 그런 아버지의 노고에 보답하겠다고 늘 말씀하셨습니다. 제 아버지께서 돌아가시기 직전에 그분은 아버지께 제 생활을 책임지겠다고 약속하셨죠. 그것은 저에 대한 애정의 표현이면서도 제 아버지의 수고에 대한 감사 인사였을 겁니다."

"어떻게 그럴 수 있죠! 그분은 자존심을 지키기 위해서라도 당신을 더 공정하게 대했어야 되는데. 그런 옳지 못한 일을 해서는 안 되는 거죠." 엘리자베스가 말했다.

"정말 묘한 일이죠. 그 친구의 모든 행동은 자존심과 결부되고, 자존심은 그가 가진 유일한 미덕이라고 할 수 있으니까요. 설령 그가 선행을 베푼다 해도 그 저변에는 자존심이 깔려 있을 거예요. 하지만 그가 저한테 하는 행동 뒤에는 자존심보다 훨씬 강한 충동이 있어요. 그건 모순이지만서도."

"그 보잘 것 없는 자존심이 그분에게 이득이 되긴 할까요?"

"네, 그렇습니다. 그는 그 자존심 때문에 사람들에게 너그러워질 때가 많습니다. 아낌없이 돈을 주거나 친절을 베풀기도 하며, 또 소작인들과 가난한 사람들을 도와주기도 합니다. 가문에 대한, 그리고 그분의 아들이라는 자부심 때문에 가능한 것이겠죠. 그는 자신의 아버지에 대한 자부심이 상당히 강합니다. 가문의 명예나 평판을 떨어뜨리려 하지 않고 펨벌리 저택의 권위를 잃지 않기 위해 노력하죠. 그것이 그 증거입니다. 또한 오빠로서의 자존심도 굉장합니다. 누이동생에 대한 애정까지 더해져 아주 친절한 후견인이 되는 것이죠. 분명 모두들 그를 사려 깊고 훌륭한 오빠라고 칭찬할 겁니다."

"그분의 여동생은 어떤 사람인가요?"

그가 고개를 저으며 말했다.

"상냥하다고 말하고 싶지만 그 아가씨는 너무도 오빠를 닮았습니다. 상당히 오만하죠. 어렸을 땐 상냥했고 저를 잘 따랐습니다. 저도 몇 시간씩 함께 시간을 보내곤 했죠. 하지만 이제 저와는 상관없는 사람이에요. 지금쯤 열다섯 살 정도 되었을 테고, 교양이 많은 아가씨죠. 아버님이 돌아가신 후로는 어떤 부인으로부터 교육을 받으며 런던에서 함께 생활하고 있다고 합니다."

그들은 여러 번 대화를 멈추었다가 또 다른 화제로 돌리면서 이야기를 이어갔다. 그러다가 엘리자베스는 다시 맨 처음의 이야기로 화제를 돌렸다.

"그분이 빙리 씨와 친하신 건 정말 놀라운 일이군요. 빙리 씨처럼 성품이 훌륭하신 분과 다아시 씨가 어떻게 친구가 되었을까요? 어떻게 두 사람의 마음이 맞았을까요? 빙리 씨를 아시나요?"

"전혀 모릅니다."

"정말 착하고 친절하신 분이시죠. 분명 빙리 씨는 다아시 씨가 어떤 사람인지 모르고 있을 거예요."

"아마도 그럴 겁니다. 하지만 다아시도 때에 따라서는 좋은 벗이 될 수도 있죠. 그럴 능력이 있으니까요. 그는 그럴 필요가 있는 사람에게는 좋은 벗이 될 수 있습니다. 재력가들을 대할 때는 아마 상냥하고 친절할 겁니다."

두 사람은 서로에 대해 만족한 듯 이야기를 계속 이어갔다. 카드놀이가 끝나고 저녁 식사를 하러 가게 되자, 다른 여자들도 위컴의 관심을 받게 되었다. 필립스 부인이 준비한 식사 자리는 너무 시끄러워서 대화를 할 수가 없었지만 위컴의 예의 바른 태도에 모두들 그를 좋아했다. 그가 하는 말은 무엇이든 적절했으며 무엇을 하든 품위 있게 보였다.

이모 댁을 나올 때, 엘리자베스의 머리는 위컴에 대한 생각으로 가득 차 있었다. 그녀는 집으로 돌아오는 내내 위컴과 나눈 대화 외에는 아무 생각도 할 수 없었지만 그의 이름조차 입 밖에 꺼낼 여유가 없었다. 리디아와 콜린스가 잠시도 쉬지 않고 떠들었기 때문이다.

17

다음 날 아침, 엘리자베스는 위컴과 나누었던 이야기를 제인에게 말했다. 제인은 놀라움과 걱정이 뒤섞인 표정으로 다아시가 빙리의 친구가 될 자격이 없다는 것을 못 믿겠다고 했다. 하지만 그렇다고 위컴처럼 잘생기고 성실해 보이는 사람의 말을 의심한다는 것도 제인의 성격과는 어울리지 않았다.

위컴이 그렇게 부당한 대우를 받았을지도 모른다는 것만으로도 그녀는 동정심이 생겼다. 그래서 제인과 엘리자베스는 위컴의 편에 서서 그를 옹호하기로 했다. 그리고 설명할 수 없는 일에 대해서는 우연이나 실수 탓이라고 생각하기로 했다. 제인이 말했다.

"이유는 잘 모르겠지만 내 생각에는 그분들이 서로를 오해하고 있는 것 같아. 어쩌면 이해관계가 있는 어떤 사람들이 두 사람 사이를 이간질한 것일 수도 있고. 두 사람 사이가 나빠지게 된 이유를 추측하다 보면 어느 한 사람에게 잘못을 돌릴 수밖에 없게 되지."

"그래, 맞아. 그러면 언니는 이 일과 관련해서 자신들의 이해관계 때문에 두 사람 사이를 나쁘게 만든 사람들에 대해서는 어떻게 설명해 줄 거야? 그 사람들 편도 들어줘야지. 그렇지 않으면 어쨌든 누군가를 나쁘게 생각해야 하니까."

"좋을 대로 생각해. 하지만 내 생각은 변하지 않아. 생각을 해봐리지야. 다아시 씨 부친께서 그렇게 아끼던 사람에게 어떻게 그런

몰상식한 행동을 할 수 있겠어? 그럴 리가 없다고. 자신의 인격을 존중하는 사람이라면 절대 그럴 수 없어. 그분하고 가장 친한 친구들이 그분에 대해 그렇게 모르고 있다는 것도 말이 안 되고. 그러니 절대 그럴 리 없어."

"어제 저녁에 위컴 씨가 솔직하게 털어놓은 모든 얘기들로 봐선 그 사람이 꾸며냈다기보다는 그동안 빙리 씨가 속았다고 생각하는 게 더 믿기 쉬울 거야. 그게 사실이 아니라면 다아시 씨에게 증명해 보이라고 하지 뭐. 위컴 씨는 정말 진지한 표정이었어."

"정말 어려운 일이야. 너무도 안타까워. 어떻게 생각해야 좋을지 모르겠어."

"좀 미안한 얘기지만 어떻게 생각해야 할지는 확실한 것 같아."

제인이 한 가지 확신할 수 있었던 것은, 만약 빙리가 다아시에게 철저히 속고 있다면 진실이 밝혀질 경우에 그가 몹시 괴로울 것이라는 사실이다.

제인과 엘리자베스가 관목숲 속에서 이런 대화를 주고받고 있을 때, 그 화제 속의 인물이 도착했다는 말을 듣게 되었다. 빙리와 그의 자매가 그토록 기다리던 네더필드의 무도회에 그녀들을 초대하기 위해 직접 찾아온 것이다.

무도회 날짜는 다음 주 화요일로 정해졌고, 빙리 자매는 좋은 친구 제인을 다시 보게 되어 반갑다고 인사했다. 그리고 제인에게 며칠 지나지 않았지만 본 지 너무 오래된 것 같다면서, 그동안 잘 지냈는지 몇 번이나 물었다.

그녀들은 가능한 한 베넷 부인은 멀리하려 했고 엘리자베스에게도 몇 마디 건네지 않았으며 다른 사람들에게는 전혀 말을 걸지 않았다. 그녀들은 빙리가 놀랄 정도로 재빨리 일어났고 마치 베넷 부인의 정중한 인사를 피하는 듯한 모습으로 서둘러 그 자리를 떠났다.

베넷 집안의 모든 여자들은 네더필드의 무도회 때문에 즐거워하고 있었다. 베넷 부인은 이 무도회가 제인을 위해 열리는 것이라고 생각했고, 형식적인 초대장이 아니라 빙리가 직접 찾아와서 초대를 한 사실에 대해 자랑스럽게 생각했다.

제인은 두 친구를 만나고, 빙리와 함께 보내게 될 그날을 생각하며 행복해했다. 엘리자베스는 위컴과 계속 춤을 추면서 다아시의 행동에서 모든 것을 확인할 수 있을 거라는 기대에 즐거워했다.

키티와 리디아가 기다리는 즐거움은 어느 한 가지 사건이나 특정한 사람과 관련된 것은 아니었다. 그녀들 역시 엘리자베스와 마찬가지로 저녁의 반을 위컴과 춤출 생각이었지만, 반드시 위컴이라야 하는 것은 아니었다. 역시 무도회는 무도회였다. 메리조차도 그 무도회에 가는 것이 싫지 않다고 가족들에게 말했던 것이다.

"아침 시간만이라도 주어진다면 저는 그걸로 충분해요. 가끔씩 저녁 파티에 참석하는 것을 희생이라고 생각하지는 않으니까요. 때때로 오락과 놀이를 즐기는 것이 필요하다고 생각해요." 메리가 말했다.

엘리자베스는 무도회 생각으로 몹시 들떠 있었다. 그래서였는지 가능하면 콜린스에게 말을 걸지 않았던 그녀가 그에게 빙리의 초대를 받아들일 생각인지, 만약 그럴 거라면 무도회에서 춤을 추

며 노는 것이 옳은 일인지에 대해 물어보았다. 놀랍게도 그는 그 점에 대해서 조금도 망설이는 기색이 없었고, 춤을 춘다고 해서 대주교나 캐서린 부인에게 책망을 받을까 봐 걱정하지도 않았다.

"저는 젊고 훌륭한 분께서 존경할 만한 지위에 있는 사람들을 위해 준비한 무도회가 나쁠 거라고는 조금도 생각하지 않습니다. 그리고 저는 춤추는 것을 싫어하지 않기 때문에 그날 밤 제 사촌들과 모두 춤을 추고 싶군요. 특히 엘리자베스 양, 무도회에서 처음 두 번의 춤을 저와 함께 춰주십시오. 그리고 제인 양, 제가 제인 양을 제외하고 춤을 청하는 것에 대해서는 정당한 이유가 있으니 이로 인해 실례가 되지는 않을 거라 믿습니다."

엘리자베스는 이러지도 저러지도 못할 상황이 되었다. 그녀는 처음 두 번의 춤을 위컴과 추려고 생각하고 있었기 때문이다. 그런데 콜린스와 춰야 된다니! 그녀의 명랑한 태도 때문에 일이 이렇게 돼버린 것은 어쩔 수 없는 일이었다.

하는 수 없이 위컴과의 즐거운 시간은 잠시 미루고, 기분 좋게 콜린스의 청을 받아들이기로 했다. 콜린스의 행동에는 춤을 같이 추자는 그 이상의 뜻이 들어 있다는 생각이 들어 그녀는 마음이 불편했다. 엘리자베스는 콜린스가 자기에게 유독 친절하고, 또 자기의 태도를 자주 칭찬하는 것을 통해 확신할 수 있었던 것이다.

네더필드의 무도회를 준비하고, 그것에 대한 이야기라도 하지 않았더라면 베넷 집안의 어린 딸들은 너무 가엾은 처지가 되었을 것이다. 왜냐하면 무도회에 초대를 받은 날부터 무도회 날까지 비가 계속 내려서 한 번도 메리튼으로 산책을 가지 못했기 때문이다. 그녀들은 필립스 이모도, 장교들과도 만나지 못했기 때문에 새로운 소식도 듣지 못했다. 그리고 네더필드의 무도회 날 신을 구두의 리본 장식도 하인을 시켜서 사와야만 했다.

엘리자베스도 자신의 인내력에 한계를 느끼고 있었다. 날씨 때문에 위컴과 만날 수 없었기 때문이다. 다행히도 화요일에 무도회가 열리기 때문에 키티와 리디아는 금요일, 토요일, 일요일, 월요일을 견뎌낼 수 있었다.

18

엘리자베스는 네더필드의 응접실에 들어가 붉은 군복을 입은 사람들 속에서 위컴을 찾았지만 보이지 않자 아직 그가 도착하지 않았을지도 모른다고 생각했다. 그녀를 놀라게 할 수 있는 좋지 않은 기억조차 그를 만날 수 있다는 확신을 약화시킬 수는 없었다.

그녀는 평소보다 더욱 공들여 화장을 했고 위컴의 마음 중에 자신이 차지하지 못한 부분이 있다면 그날 저녁에 모두 차지하리라 믿으면서 만반의 준비를 갖추었다. 그러다가 갑자기 어쩌면 위컴이 초대받지 못했을지도 모른다는 생각이 들었다.

이유는 정확하지 않았지만 위컴이 오지 않는다는 것을 그의 친구인 데니를 통해 들었다. 리디아가 흥분하면서 데니에게 묻자 그는 위컴이 그 전날 급한 볼일이 생겨서 런던에 갔는데 아직 돌아오지 않았다면서 의미심장한 미소를 띠며 이렇게 덧붙여 말했다.

"여기 있는 어떤 신사를 피하고 싶지 않았다면 꼭 이 시간에 볼 일이 생기진 않았겠지요."

리디아는 이 말을 듣지 못했지만 엘리자베스는 분명히 들었다. 위컴이 오지 않은 이유가 그녀의 추측과는 다를지라도 분명 다아시한테 책임이 있다는 확신이 들었기 때문에 그에게 품었던 불쾌한 감정이 더욱 격해졌다. 그래서 다아시가 다가와서 정중하게 인사했을 때도 예의를 갖추어 대할 수 없었다.

다아시에게 관심을 갖고 너그럽게 대하는 것은 곧 위컴의 마음을 아프게 하는 것과 같다는 생각이 들었다. 그래서 그녀는 다아시와 한 마디도 하지 않겠다고 마음먹고 그를 외면했다. 그녀의 기분은 빙리와 대화를 나눌 때도 나아지지 않았다. 다아시를 향한 빙리의 맹목적인 우정에 대해 생각하자 기분이 나빠졌기 때문이다.

하지만 엘리자베스는 그대로 침울하게 앉아 있을 만한 성격이 못 되었다. 그날 밤 잔뜩 품었던 기대가 물거품이 되었지만 결코 그 때문에 의기소침할 그녀가 아니었다. 그녀는 일주일 동안 보지 못했던 샬럿 루커스에게 자신의 불쾌한 속마음을 털어놓았고, 콜린스의 특이한 성격에 대해서 이야기하며 그것에만 집중했다.

그러나 콜린스와 춘 처음 두 번의 춤은 그녀를 무척 곤혹스럽게 했다. 콜린스는 춤이 서툰데다가 격식에 얽매어 두서없이 변명만 늘어놓았으며, 여러 번 실수를 하면서도 깨닫지 못했다. 엘리자베스는 그와 두 번의 춤을 추면서 온갖 수치심과 비참함을 느꼈다. 그래서 그녀는 그에게서 벗어나는 순간 날아갈 듯한 기분이었다.

다음 춤 상대는 어떤 장교였다. 위컴이 누구에게나 호감을 받는 사람이라는 말을 듣게 되어 힘이 솟았다. 그 춤이 끝나자 샬럿에게 다가가 이야기를 나누고 있을 때, 다아시가 다가와 그녀에게 춤을 청했다. 생각지도 못했던 일이라 그녀는 당황한 나머지 그의 신청을 받아들였다.

그가 인사를 하고 자리를 떠나자 그녀는 순간적으로 방심했던 자신이 한심스러워 괜스레 부아가 치밀어 올랐다. 샬럿은 그녀를 위로하기 위해 애를 썼다.

"지금 다시 보니 다아시 씨는 정말 매력적인 분이야."

"천만의 말씀! 바로 그게 불행으로 가는 지름길이라고. 미워하려고 단단히 벼르고 있는 남자에게 호감이 간다니! 날 위해서라도 제발 그런 말은 하지 말아줘!"

그러나 다시 춤이 시작되어 다아시가 그녀에게 다가오자 샬럿이 엘리자베스에게 다가와, 위컴이 마음에 든다고 해서 그보다 훨씬 조건이 좋은 사람을 불쾌하게 만들지 말라며 속삭이듯 말했다.

엘리자베스는 아무 대답도 하지 않고 춤추는 사람들 속으로 들어갔다. 하지만 유쾌하지 못한 상대와 마주하고 춤을 춰야 하는 그녀의 모습이 정상일 리가 없었다. 주위 사람들 또한 그녀의 부자연스런 표정과 모습을 보고 놀라는 것을 그들의 표정을 통해 알 수 있었다.

두 사람은 한동안 말없이 춤만 추었는데. 그들의 침묵은 춤을 추는 동안 계속될 것 같은 생각이 들었다. 엘리자베스는 절대 자신이 먼저 그 침묵을 깨지 않겠다고 다짐했다. 하지만 상대방으로 하여금 말하지 않고는 못 배기게 하는 것이 오히려 그를 괴롭힐 수 있을 것 같은 생각에 이르자, 춤에 대한 자신의 의견을 가볍게 꺼냈다.

"이제 당신이 말씀하실 차례예요, 다아시 씨. 제가 춤 얘기를 했으니 당신은 무도회장의 크기라든지 춤을 추는 사람이 몇 명이라든지에 대해 말씀하셔야죠."

그가 미소를 지으며 대답했다.

"엘리자베스 양이 원하는 거라면 무엇이든 말씀드리겠습니다."

"좋아요, 우선 그 대답으로 만족해요. 어쩌면 공적인 무도회보다 개인적으로 여는 무도회가 훨씬 즐겁다고 말할지도 몰라요. 그렇지만 지금은 조용히 있는 편이 낫겠어요."

"그럼 춤을 추는 동안에만 이야기하십니까?"

"가끔씩은 그렇죠. 어느 정도의 대화는 필요하니까요. 함께 춤을 추면서 반 시간 동안이나 침묵하는 것도 우습지 않겠어요. 하지만 꼭 이야기를 해야만 하는 수고를 덜어주는 편이 나을 때도 있지요."

"지금 현재 당신 스스로의 감정에 따르는 건가요, 아니면 제 기분을 헤아려서 그러는 건가요?"

"둘 다예요." 엘리자베스는 익살스런 표정으로 대답했다.

"다아시 씨와 저는 취향이 비슷한 것 같아요. 둘 다 사교적인 편도 아니고 말수도 적고, 또 이곳에 있는 모든 사람들이 깜짝 놀라는 것은 물론 후세까지 전해질만 한 명언이 아니면 입을 뗄 생각도 하지 않으니까요."

"그건 당신의 성격과 정확히 맞아떨어지는군요. 하지만 제 성격에 얼마나 가까운지는 잘 모르겠네요. 당신은 그것을 제 성격에 대한 정확한 설명이라 생각하시겠죠."

"제 말에 대해서 저 스스로가 평가할 수는 없지요."

다아시는 아무 대답도 하지 않았다. 두 사람은 계속 아무 말없이 춤을 추었다. 그러다가 다아시가 엘리자베스에게, 자매들이 메리튼에 종종 산책을 가지 않느냐고 물었다. 그녀는 그렇다고 대답하면서 이렇게 덧붙였다.

"그때 그곳에서 뵈었을 때, 저희들은 마침 어떤 분을 소개받고 있었지요."

그 말의 효과가 즉시 나타났다. 그는 굳은 표정으로 입을 꾹 다문 채 어떤 말도 하지 않았다. 그러다가 다아시가 다소 거북한 표정으로 말했다.

"위컴은 좋은 인상을 갖고 있어서 친구를 잘 사귀는 편이죠. 하지만 그 친구들과의 관계를 계속 유지하는지는 잘 모르겠군요."

"당신과의 관계를 유지하지 못하는 것만은 사실이죠." 엘리자베스는 힘주어 말했다.

다아시는 아무 대답도 하지 않았고 화제를 바꾸고 싶어 하는 것 같았다. 바로 그때 윌리엄 루커스 경이 그들 옆으로 지나가게 되었는데, 다아시를 보자 인사를 하면서 그의 춤과 파트너에 대한 찬사를 보냈다.

"정말 멋지십니다. 이렇게 훌륭한 춤은 자주 볼 수 없죠. 선생께서 품위 있는 사교계의 일원이라는 사실을 금방 알 수가 있습니다. 감히 말씀드리자면 선생의 아름다운 파트너도 정말 잘 어울립니다. 이런 모임은 자주 열리는 게 좋죠."

그는 제인과 빙리가 있는 쪽을 흘끗 바라보고는 말을 계속했다.

"그리고 엘리자, 앞으로 좋은 일이 생겼으면 좋겠군. 그러면 얼마나 큰 기쁨이겠어? 아, 더 이상 방해하지는 않겠습니다. 두 분의 매력적인 대화를 방해하는 걸 원치는 않으실 테고, 엘리자의 반짝이는 눈도 저를 나무라는 것 같군요."

다아시는 윌리엄 경의 마지막 말은 거의 들리지 않았지만, 빙리에 대한 언급이 가슴에 와 닿았는지 함께 춤을 추고 있는 빙리와 제인을 진지하게 바라보았다. 그러다가 곧 정신을 차리고 자신의 파트너를 향해 말했다.

"윌리엄 경이 방해를 하셔서 우리가 무슨 이야기를 하고 있었는지도 잊어버렸군요."

"우리가 무슨 이야기를 나누었던가요? 윌리엄 경은 이곳에 모인 사람 가운데 가장 말이 없는 우리를 방해하진 못하셨을 거예요. 이미 몇몇 화제를 시도해 봤지만 실패했고, 이제 더 이상 어떤 화제를 꺼내야 될지도 모르겠군요."

"책에 대해서는 어떻습니까?"

"책이라고요? 그건 안 되죠! 우리가 같은 책을 읽지도 않았을 거고, 또 같은 책을 읽었다 해도 그것에 대한 감상은 전혀 다를 테니까요."

"그렇게 생각하신다면 유감이군요. 하지만 만약 그렇다면 화제는 같지 않습니까. 서로 의견을 비교해 볼 수도 있을 테고요."

"사양하겠어요. 무도회장에서 책 이야기를 할 수는 없지요. 제 머릿속은 항상 다른 일들로 가득 차 있거든요."

"이런 곳에서는 항상 현재에 충실하다는 말씀인가요?" 그가 의아한 표정으로 말했다.

"네, 항상 그래요." 그녀는 다른 생각을 하느라 자신이 무슨 말을 하고 있는지도 모르면서 대답했다. 그녀가 다른 화제에 집중하고 있다는 것은 곧 그녀가 갑자기 외치는 소리를 통해 알 수 있었다.

"다아시 씨, 언젠가 당신께서 말씀하시기를 남을 용서하지 못하고, 한 번 화가 나면 잘 풀지 않는 성격이라고 말씀하셨죠. 그럼 화를 내실 때는 신중하게 생각하고 행동하시는 건가요?"

"그렇습니다." 그는 단호하게 말했다.

"편견 때문에 공정함을 잃지 않으시려고요?"

"그러기를 바랄 뿐이죠."

"자신의 의견을 끝까지 고수하는 사람들은 처음부터 올바른 판단을 내려야만 합니다. 그것이 그들의 특별한 의무라고 생각하지요."

"어떤 의미로 그 질문을 하시는 건가요?"

"당신의 성격을 알아보려고 하는 거예요."

"그래서 결과는 어떻습니까?"

"아무 결론도 내리지 못했어요." 그녀가 고개를 저었다.

"베넷 양, 제 성격에 대한 섣부른 판단을 유보해 주십시오. 서로에게 좋지 않을 것 같은 생각이 드는군요."

"그렇지만 지금이 아니면 다시는 이런 기회가 없을지도 모르는데요."

"그러시다면 더 이상 막지는 않겠습니다." 그는 차갑게 말했다. 엘리자베스는 더 이상 아무 말도 하지 않았고, 두 사람은 말없이 춤을 추고는 헤어졌다. 정도는 다르겠지만 두 사람은 모두 기분이 좋지 않았다. 하지만 다아시는 엘리자베스에 대해 상당히 좋은 감정을 품고 있었기 때문에 곧 그녀를 용서했고, 불쾌한 감정은 다른 사람에게 돌렸다.

잠시 후에 빙리 양이 엘리자베스에게로 다가와서 새침한 표정과 경멸하는 듯한 어조로 말을 걸어왔다.

"엘리자 양, 조지 위컴을 몹시 좋아한다고 들었어요. 제인이 그에 대한 얘기를 하면서 여러 가지 질문을 하더군요. 그런데 그는 자신의 아버지가 돌아가신 다아시 씨 집안의 집사였다는 사실은 깜박 잊고 말하지 않은 것 같더군요. 그 사람 말을 무조건 다 믿지는 마세요. 이건 친구로서 하는 충고예요. 다아시 씨가 그 사람에게 부당한 대우를 했다는 건 순전히 거짓말이에요. 얼마나 친절히 대해 주셨는데요. 오히려 그가 다아시 씨에게 얼마나 나쁜 짓을 했는지 모르실 거예요. 자세히는 모르지만 다아시 씨는 정말 잘못이 없어요. 다만 제가 알고 있는 건, 다아시 씨는 다른 사람들에게서 조지 위컴이라는 이름을 듣는 것조차도 참지 못하신다는 거예요. 저희 오빠가 그 사람만 뺄 수 없어서 초대하긴 했지만, 그가 자리를 피해 주었기 때문에 아주 다행이라고 생각하고 있어요. 그는 너무도 뻔뻔하게 이 고장으로 온 거예요. 어떻게 그럴 수 있는지 모르겠어요. 당신이 좋아하는 사람의 잘못이 드러나서 안타깝군요. 그 사람의 혈통이 워낙 그렇기 때문에 그런 거겠지만."

"당신 말씀대로라면 그분의 잘못된 행동과 혈통이 같다는 얘기군요. 그분이 다아시 씨 집안의 집사 아들이라는 것이 가장 큰 잘못인 것처럼 말씀하시니까요. 하지만 분명한 사실은, 그 부분에 관해서라면 이미 그분께서 제게 말씀하셨다는 겁니다."

"미안하군요. 제가 괜한 참견을 했네요. 나쁜 뜻은 없었어요." 빙리 양은 입가에 조소를 띠며 돌아섰다.

"못된 계집애 같으니. 그렇게 어설픈 말로 내 생각을 바꿀 수 있다고 생각했다면 큰 착각이지. 제대로 알지도 못하면서 그저 멋대로 생각하고 있으니 오히려 다아시 씨의 단점만 더 부각될 뿐이야." 엘리자베스가 혼잣말을 했다.

그리고 그녀는 언니를 찾았다. 제인은 만족스럽고 즐거운 미소를 짓고 있었기 때문에, 표정만으로도 그녀가 얼마나 만족하고 있는지 알 수 있었다. 엘리자베스가 언니 못지않게 환하게 웃으며 말했다.

"언니, 위컴 씨에 대해 어떤 얘기를 들었는지 궁금해. 하지만 언니는 너무 즐거워서 다른 생각은 전혀 못 했겠지. 그렇다 해도 내가 용서해 줄게."

제인이 대답했다. "아니야, 왜 그 사실을 잊었겠니. 하지만 너의 호기심을 충족해 줄 만한 얘기는 없어. 빙리 씨도 그에 관해서 전부 알지는 못한대. 또 다아시 씨가 분노하게 된 이유에 대해서는 전혀 모르고 있어. 하지만 다아시 씨의 훌륭한 태도나 솔직함, 그리고 명예에 대해서는 자신이 보증할 수 있대. 그리고 다아시 씨는 위컴 씨에게 상당한 호의를 베풀었고, 빙리 씨나 그의 여동생

말을 들어보니 위컴 씨는 그다지 좋은 사람은 아닌 것 같아. 위컴 씨가 너무 경솔한 행동을 보여서 그에 대한 다아시 씨의 믿음이 깨진 것 같아."

"하지만 빙리 씨는 위컴 씨에 대해 잘 모르잖아?"

"응, 지난번에 메리튼에서 처음 만났대."

"그렇다면 빙리 씨가 한 얘긴 다아시 씨한테 들은 거겠지. 이제야 알겠어. 하지만 목사직에 관해서는 뭐라고 말했어?"

"정확하게 기억나진 않지만 언젠가 다아시 씨한테서 들은 적이 있대. 그런데 목사직을 물려받기 위한 조건이 있었다고 하던데."

"빙리 씨의 진실성을 의심하진 않아." 엘리자베스가 흥분하며 말했다. "하지만 그분을 신뢰한다고 해서 내 생각이 변하는 건 아니야. 빙리 씨가 그분을 변호하는 것만으로도 그분을 신뢰할 수 있겠지. 하지만 빙리 씨는 이 문제에 관해 잘 알지 못하고, 알고 있는 얘기는 전부 다아시 씨한테 들은 걸 테니까. 그러니 위컴 씨와 다아시 씨 문제에 관한 내 생각은 변함이 없어."

그런 다음 그녀는 서로 흥미 있고 공감할 수 있는 얘기로 화제를 옮겼다. 제인은 빙리가 자신에게 갖고 있는 관심에 대해 즐거워하면서도 조심스럽게 말했고, 엘리자베스는 그 희망을 기꺼이 들어주면서 언니에게 용기를 주려고 노력했다. 그러다 빙리가 그녀들 대화에 끼어들었기 때문에 엘리자베스는 샬럿에게 갔다.

샬럿은 엘리자베스에게 좀 전의 파트너는 어땠냐고 물어보았다. 하지만 엘리자베스가 대답도 하기 전에 콜린스가 그들에게 다가와 방금 대단한 소식을 알아냈다고 흥분하며 말했다.

"정말 신기하게도 이 안에 제 후원자와 가까운 친척이 계시더군요. 저는 우연히 그 신사분께서 이 댁의 안주인이신 아가씨(빙리 양을 가리킴)에게, 자신의 사촌동생인 드 버그 양과 그녀의 어머니인 캐서린 부인의 존함을 말씀하시는 것을 듣게 되었답니다. 정말 대단한 일이죠! 제가 여기서 캐서린 부인의 조카 분을 만날 줄 누가 알았겠어요! 이제라도 그 사실을 알게 돼서 그분께 인사를 드릴 수 있으니 정말 감사할 따름입니다. 제가 그 사실을 전혀 모르고 있었기 때문에 그런 것이니, 지금이라도 인사를 드린다면 좀 더 일찍 인사드리지 못한 것을 용서해 주시겠죠."

"다아시 씨께 직접 인사드릴 생각이세요?"

"네, 그래야죠. 좀 더 일찍 인사드리지 못한 것에 대해 용서를 구해야죠. 그분은 캐서린 부인의 조카 분이니까요. 일주일 전에 뵈었던 부인의 안부를 전해야겠습니다."

엘리자베스는 그의 행동을 말리고 싶었다. 다아시라면 누구의 소개도 없이 직접 인사를 하는 것은 자신의 이모에 대한 존경심이라기보다 무례하다고 생각할 것이기 때문이었다. 그리고 굳이 인사를 해야 할 필요가 없으며 혹, 인사가 필요하더라도 지체가 높은 다아시가 먼저 알은 체를 해야 하는 것이 경우에 맞다고 말했다. 하지만 그는 엘리자베스가 무슨 말을 해도 자신의 생각은 변함이 없다는 것을 확실하게 말했다.

엘리자베스는 자신과 관련 없는 그 일에 대해 더 이상 관여하지 않았다. 그래서 언니와 빙리에게 관심을 돌렸다. 그들을 바라보고 있으니 제인의 즐거운 기분만큼 자신도 행복해졌다. 엘리자베스는 언니가 진정으로 사랑하는 사람과 결혼해서 행복하게 사는 모습을 떠올려보았다. 그렇게 된다면 빙리 자매를 좋아하도록 노력할 수도 있을 것 같았다.

저녁 식사가 끝나자 아무도 청하지 않았는데도 메리가 노래를 부르겠다며 앞으로 나섰다. 엘리자베스는 메리가 허영을 과시하려는 것을 막으려고 몇 번이나 애를 썼지만 소용없었다. 메리의 노래는 자랑할 만한 것이 못 되었다. 성량은 부족했으며 태도는 부자연스러웠다.

엘리자베스는 메리가 밤새 노래를 할 것 같아서 아버지께 말려달라는 듯한 눈빛을 보냈다. 아버지는 엘리자베스의 마음을 알아채고서는, 메리의 두 번째 노래가 끝내자 큰 소리로 말했다.

"얘야, 정말 잘 불렀다. 감상을 잘했으니 이젠 다른 아가씨들도 뽐낼 수 있는 기회를 주자꾸나."

메리는 못 들은 척했지만 조금은 당황한 표정이었다. 엘리자베스는 메리에게 미안한 마음이 들었다. 잠시 후, 콜린스가 말을 꺼냈다. "만약 제가 노래를 잘한다면 흔쾌히 한 곡 불러드리면 얼마나 좋겠습니까. 하지만 음악에 너무 많은 시간을 바치는 것은 좋지 않습니다. 음악 말고도 해야 할 일들이 많으니까요. 교구 목사는 해야 할 일이 많습니다. 먼저 제 자신에게 도움이 되고 후원자가 불쾌하지 않도록 십일조를 거둬야 합니다. 그리고 설교할 원고도 작성해야 하고, 얼마 남지 않은 시간은 교구의 일을 수행하고 목사관을 돌보며 가능한 한 쾌적한 환경을 유지하도록 해야 한답니다. 또 저는 특별한 분, 그러니까 저를 추천해 주신 분들을 소중히 여기며 그분들 마음에 들도록 행동하는 것이 중요하다고 생각합니다. 목사라고 해서 그런 의무를 소홀히 해도 된다고는 생각지 않습니다. 나아가 그런 분의 친척에게도 경의를 표하지 않는 무례한 사람에게는 호의를 가질 수가 없습니다."

그는 말을 끝내며 다아시에게 고개를 숙여보였다. 그의 목소리는 매우 컸기 때문에 방 안에 있는 사람들 중 절반이 들을 정도였다. 많은 사람들이 그를 쳐다보았고 미소를 지었다. 그러나 그들 중에서 베넷 씨가 가장 재미있어 했다. 베넷 부인은 콜린스를 칭찬하면서 루커스 부인에게 그가 아주 현명하고 훌륭한 청년이라고 말했다.

엘리자베스는 그날 저녁이 전혀 즐겁지 않았다. 그녀를 따라다니며 수다를 떠는 콜린스 때문에 화가 났다. 그녀와 다시 한 번 춤출 기회를 거절당했으면서도, 그녀가 다른 사람과도 춤을 추지 못하게 방해했다.

엘리자베스가 다른 아가씨를 소개해 줄 테니 춤을 추라고 부탁했지만 소용이 없었다. 그는 춤에는 전혀 관심이 없으며 그저 엘리자베스에게 잘 보여 그녀와 사귀는 것이 목적이므로 밤새도록 옆에 같이 있고 싶다고 말했다. 그처럼 무모한 사람과 다투는 것이 무슨 의미가 있겠는가.

하지만 그녀는 다행히도 친구 샬럿의 도움을 받게 되었다. 그녀가 종종 끼어들어 콜린스와 유쾌한 대화를 나누었기 때문이다. 이로써 그녀는 적어도 다아시로부터 주목받는 것은 피할 수 있었다. 그는 이따금 그녀 근처에 머물기는 했지만 대화를 나눌 만큼 가까이 오지는 않았다. 엘리자베스는 그러한 다아시의 행동이 위컴에 대한 이야기 때문일 거라 생각하고는 무척이나 즐거워했다.

롱본 가족들은 가장 늦게 그곳을 빠져 나왔는데, 베넷 부인의 속셈은 남달라서 다른 사람들이 모두 다 돌아간 뒤에도 마차를 기다린다며 15분이나 늦게 일어났다. 그래서 네더필드 집안의 사람들 중 몇몇은 그들이 어서 돌아가기를 진심으로 바라고 있었다.

허스트 부인과 빙리 양은 입만 열면 계속 피곤하다는 말을 하면서, 자기들끼리만 있고 싶어 하는 마음을 솔직하게 드러냈다.

드디어 떠날 시간이 되자, 베넷 부인은 그들에게 롱본에서 모두를 조만간 다시 만나고 싶다면서 정중하고도 강요적인 어투로 말했다. 특히 빙리에게, 정식으로 초대장을 보내지 않더라도 언제든 찾아와서 그녀의 가족과 함께 식사를 해준다면 몹시 기쁠 것이라는 말을 건넸다. 빙리는 기뻐하며 감사의 인사를 전했고, 다음 날 런던으로 떠날 예정이니 돌아오는 대로 곧 베넷 부인을 찾아뵙겠다고 약속했다.

베넷 부인은 몹시 만족스러워했다. 그리고 결혼식에 필요한 살림살이와 새 마차, 드레스 등을 준비하는 시간을 포함해서 서너 달 후면 반드시 제인이 네더필드의 안주인이 되어 있을 거라고 확신했다. 엘리자베스도 콜린스와 결혼하는 것이 확정적이라 생각하고는 빙리와 제인만큼 만족스럽지는 않지만 그래도 흡족해했다.

엘리자베스는 베넷 부인에게 있어서 가장 미운 털이 박힌 딸이었다. 그래서 빙리와 네더필드 저택과는 비교할 수 없었지만, 콜린스가 엘리자베스에게 딱 어울리는 상대라고 생각했던 것이다.

19

다음 날 롱본에서는 새로운 일이 벌어졌다. 콜린스가 정식으로 청혼한 것이다. 아침 식사를 마치고 베넷 부인과 엘리자베스, 그녀의 여동생이 함께 있는 것을 보고 그가 베넷 부인에게 말을 건넸다.

"오늘 오전에 엘리자베스 양과 둘이서만 대화를 나누고 싶은데 허락해 주시겠습니까?"

엘리자베스는 깜짝 놀라 얼굴을 붉히며 아무 말도 하지 못했고, 베넷 부인은 즉시 대답했다.

"그럼요, 물론이죠. 리지도 분명 허락할 겁니다. 거절할 이유가 없죠. 자, 키티야. 이층으로 올라가자." 그러고 나서 그녀가 뜨개질감을 챙겨 서둘러 일어서려고 할 때 엘리자베스가 외쳤다.

"어머니, 가지 마시고 함께 있어 주세요. 콜린스 씨께 양해의 말씀을 드립니다. 다른 사람이 들어서는 안 될 얘기를 저한테만 하실 이유는 없죠. 저도 그만 일어나겠어요."

"안 된다, 리지야. 여기 그대로 있어라." 엘리자베스가 당황하며 일어서려고 하자 베넷 부인이 덧붙여 말했다.

"리지, 여기 남아서 콜린스 씨의 말을 들어보아라."

엘리자베스도 더 이상 거역할 수는 없었다. 이 일을 가능한 한 빠르고 조용히 끝내는 것이 가장 현명한 방법이라고 느꼈기 때문에, 그녀는 다시 자리에 앉아서 뜨개질을 했다. 베넷 부인과 키티가 방에서 나가자 콜린스가 곧 이야기를 시작했다.

"엘리자베스 양, 이건 진심입니다. 당신의 조심스러운 태도가 오히려 당신의 좋은 점을 더 돋보이게 하는군요. 만약 방금 전처럼 수줍어하지 않으셨다면, 지금보다는 당신이 덜 사랑스러웠을 겁니다. 하지만 저는 어머님의 허락을 구하고 청혼을 드린다는 것을 알아주십시오. 섬세하신 성품이셔서 일부러 모르는 척하시는 것이겠지만, 제 마음을 모르진 않으실 겁니다. 저는 이 댁에 들어설 때부터 당신을 제 인생의 동반자로 택했습니다. 우선 제가 감정에 치우치기 전에 결혼하려는 이유에 대해서, 그리고 아내를 선택하기 위해 하트퍼드셔에 왔다는 사실에 대해 말씀드리는 것이 좋을 듯합니다."

엘리자베스는 이렇게 근엄하고 점잖은 척하는 콜린스가 감정에 치우쳐 이성을 잃는다는 생각을 하니 금방이라도 웃음이 터져 나올 것 같았다. 그는 계속 말을 이어갔다.

"제가 결혼하려는 이유는 첫째, 저처럼 안정적인 생활을 하는 성직자라면 누구나 훌륭한 결혼생활을 하면서 교구민들에게 모범을 보여야 한다고 생각하기 때문입니다. 둘째, 결혼이 저에게 더 큰 행복을 만들어줄 것이라 생각하기 때문입니다. 셋째, 이것을 먼저 말씀드려야 했는데, 저의 후견자이신 고귀하신 부인께서 특별히 충고해 주시고 권해 주셨기 때문입니다. 그분께서는 제가 여쭈어보지도 않았는데 친절하시게도 두 번씩이나 의견을 말씀해 주셨습니다. 그분께서는 '콜린스 군, 결혼을 해야 하네. 자네 같은 목사는 결혼을 반드시 해야 하네. 신부를 잘 선택하게. 나를 위해서 품위 있는 여자를 고르고, 자네를 위해서는 일도 잘하고 능력 있는 여자를 택하게. 너무 고상한 여자보다는 적은 수입으로 생활을 잘할 줄 아는 여자로 말이야. 이것이 내가 할 수 있는 충고라네. 가능한 한 빨리 찾아서 헌스퍼드로 데려오게나. 그럼 내가 만나러 갈 테니.' 하고 말씀하셨죠. 엘리자베스 양, 캐서린 드 버그 부인의 배려와 관심은 제가 가진 배경 중 결코 작은 것이 아닙니다. 그리고 그분께서는 당신의 쾌활함을 마음에 들어 하실 겁니다. 당신도 그분처럼 지체 높으신 분 앞에서는 당연히 말수가 줄어들 것이고 예의를 갖출 테니까요. 이러한 것들이 제가 결혼을 하려는 이유입니다. 이제 말씀드릴 것은, 제 주위에도 젊고 아름다운 여성들이 많은데 왜 롱본까지 왔느냐에 관한 것입니다. 사실대로 말씀드리면 당신의 부친께서 돌아가시면—물론 정말로 오래 사시기를 바라지만—제가 이 댁의 재산을 상속받기로 되어 있기 때문에, 그분의 따님 중에서 아내를 선택해서 불행한 일이 생겼을 때—물론 몇 해 동안은 그런 일이 일어나지 않을 겁니다만—따님들의 손해를 최대한 줄이기 위해서입니다. 그렇게 하지 않으면 제 스스로가 그걸 받아들일 수 없을 테니까요. 엘리자베스 양, 이것이 제가 청혼하는 동기입니다. 저는 재산에 대해서는 관심이 없습니다. 그래서 당신 부친께 어떤 요구도 하지 않을 생각입니다. 그분이 갖고 계신 재산은 당신 어머님이 돌아가신 뒤에 얻게 될 연 4퍼센트 이율의 1천 파운드 공채뿐이니까요. 그래서 저는 그 문제에 대해서 앞으로도 계속 침묵을 지킬 것입니다. 그리고 우리가 결혼하게 되면 그 문제에 관한 어떤 불평도 입 밖으로 꺼내지 않을 것입니다."

이때 엘리자베스는 그의 말을 중단시키는 일이 절대적으로 필요하다고 느꼈다.

"너무 성급하시군요, 콜린스 씨. 저는 아직 아무 대답도 드리지 않았습니다. 더 이상 망설일 것도 없이 말씀드리겠어요. 저를 좋게 봐주셔서 정말 감사합니다. 그리고 청혼해 주신 것을 영광스럽게 생각합니다. 하지만 저는 받아들일 수 없습니다."

콜린스가 손을 저으며 말했다.

"저는 대부분의 아가씨들이 청혼을 받을 때 마음속으로는 받아들이면서도 겉으로는 거절하는 것을 이미 알고 있습니다. 심지어 두 번에서 세 번까지도 거절하더군요. 그렇기 때문에 저는 방금 하신 말씀에 대해서 실망하지 않겠습니다. 그리고 언젠가는 반드시 당신을 식장으로 모실 거라는 희망도 여전히 갖고 있습니다."

"이렇게까지 말씀드렸는데 어떻게 희망을 갖고 계신다는 건지 모르겠군요. 저는 여러 번 청혼 받는 것을 행복으로 여기고 거기에 모든 것을 맡길 무모한 여자는 아닙니다. 만일 그런 아가씨들이 있다면 말이지요. 저는 진심으로 거절한 것입니다. 저는 당신과 결혼해서 행복할 수 없을 겁니다. 그리고 저만큼 당신을 행복하게 해줄 수 없는 여자도 없을 테고요. 또한 캐서린 부인께서 저를 보신다면, 분명 모든 면에서 제가 그 자리에 맞지 않다고 생각하실 겁니다."

"만약 캐서린 부인께서 분명 그렇게 생각하신다 해도, 당신에게 불만을 갖진 않으실 겁니다. 제가 다음에 부인을 뵙는다면 당신의 겸손함과 알뜰함, 그 밖에 다른 장점들을 최선을 다해 말씀드릴 것입니다." 콜린스가 진지하게 말했다.

"콜린스 씨, 저에 대한 찬사는 이제 그만하셔도 됩니다. 저 자신에 대해서는 제 스스로가 판단할 수 있게 해주세요. 저를 위하신다면 제 말을 믿어주세요. 저는 당신이 행복하고 부유하게 잘 사시기를 바라고 있어요. 그리고 이제 더 이상 저희 가족들에게 미안해하지 않으셔도 돼요. 또 언젠가 롱본의 재산을 소유하게 되실 때 양심의 가책을 느낄 필요도 없으시고요. 그러니 이 문제에 대해서는 그만 이야기하는 것이 좋겠어요." 말을 마치고 그녀가 방을 나가려고 하자, 콜린스가 계속 말을 이어갔다.

"다음에 다시 이 문제에 대해 말씀드릴 때에는 긍정적인 대답을 듣고 싶습니다. 물론 지금 당신의 태도를 비난하는 것은 아닙니다. 청혼을 처음 받았을 때 여자들은 일반적으로 거절하니까요."

"정말 콜린스 씨, 어떻게 해야 할지 모르겠네요. 제가 지금껏 드린 말씀을 격려의 차원이라고 생각하셨다면, 도대체 어떻게 해야 저의 거절을 진심으로 받아들이실 건가요."

엘리자베스는 다소 격양된 목소리로 말했다.

"엘리자베스 양, 당신의 거절이 그저 형식적인 거라고 생각하도록 해주십시오. 제가 그렇게 믿는 이유는 이렇습니다. 저의 청혼이 받아들일 만한 가치가 없다고 생각하지 않기 때문입니다. 그리고 제가 가진 재산이나 직업 역시 행복한 결혼생활을 영위하기 위한 조건이 될 수 있다고 생각합니다. 저의 지위와 드 버그 집안과의 관계, 또 당신의 가족과 저와의 관계 등 이 모두가 제게 유리한

것이지요. 그리고 당신은 매력적이지만 다른 청혼을 받지 못할 수도 있다는 점을 염두에 두어야 합니다. 불행히도 당신이 상속받을 재산이 너무도 적기 때문에 당신의 사랑스러움과 좋은 점들이 별로 효과를 발휘하지 못할 테니까요. 그렇기 때문에 저는 당신의 거절을 진심이 아니라고 생각하는 겁니다. 다시 말하면 보통 품위 있는 여성들이 그러하듯이 거절함으로써 제 감정이 더욱 깊어지도록 만들기 위함이라고 여길 수밖에 없습니다."

"저는 진심이에요, 콜린스 씨. 자신의 품위를 위해 남자를 괴롭히는 행동은 저와 맞지 않아요. 저에 대한 찬사보다는 차라리 제 진심을 믿어주세요. 청혼해 주신 것에 대해서는 영광스럽게 생각하기에 거듭 감사의 말씀을 드리지만, 저는 당신의 청혼을 도저히 받아들일 수 없습니다. 제 감정이 허락하지 않으니까요. 좀 더 솔직하게 말씀드려도 될까요? 지금부터 저를 진실을 얘기할 줄 아는 이성적인 여성이라고 생각해 주세요."

"정말 매력적이십니다. 그리고 당신의 부모님께서 허락해 주신다면 당신도 제 청혼을 거절하실 수 없을 것입니다."

이렇듯 고집스러운 콜린스의 자기기만적인 모습에 엘리자베스는 더 이상 아무 말도 하지 않고 그 자리를 떠났다. 그녀가 여러 번 거절했음에도 불구하고 그것을 자신의 감정에 대한 격려라고 생각한다면, 이제는 아버지께 도움을 청할 수밖에 없다고 생각했다. 어쩌면 아버지는 더 강력하게 거절하실 수도 있고, 아버지께서 반대하신다면 그는 적어도 그것이 고상한 여자의 품위라고 오해하지는 않을 것이기 때문이다.

20

콜린스는 자신의 성공적인 청혼에 대해 오랫동안 조용히 생각에 잠겨 있을 수 없었다. 대화의 결과가 궁금한 베넷 부인이 응접실 앞에서 서성대고 있다가 엘리자베스가 문을 열고 빠른 걸음으로 계단을 향해 가는 것을 보자마자 응접실로 들어왔기 때문이다. 베넷 부인은 조만간 자신과 콜린스가 더욱 가까운 사이가 될 거라며 축하 인사를 했다.

콜린스는 기뻐하며 베넷 부인에게 똑같은 답례를 했다. 그러고 나서 그는 엘리자베스와 나눈 대화를 전했다. 그는 엘리자베스의 거듭된 거절은 여성스럽고 섬세한 성격 때문이라고 믿고 있기에 그녀의 대답에 만족한다고 말했다.

그러나 그 말을 들은 베넷 부인은 놀라지 않을 수 없었다. 딸이 그의 청혼을 거절한 이유가 그의 애정을 더욱 돈독케 하기 위한 것이었다면 부인도 기뻤겠지만, 분명 콜린스처럼 생각할 수는 없었다. 그래서 베넷 부인은 이렇게 말할 수밖에 없었다.

"괜찮아요, 제가 리지를 잘 타일러볼게요. 그 애가 아주 고집이 세고 어리석어서 자신의 이익이 뭔지도 모르고 있으니 내가 알아듣도록 잘 가르칠게요."

"말씀 중에 죄송합니다만, 사촌이 정말로 고집이 세고 어리석다면 행복한 결혼생활을 꿈꾸는 저에게 적당한 상대가 될 수 있을지 모르겠네요. 엘리자베스 양이 계속 저의 청혼을 거절한다면 강요하지 않는 것이 좋을 것 같습니다. 성격에 결함이 있다면 제 행복에 별로 도움이 되진 않을 테니까요."

베넷 부인은 놀라며 말했다.

"그건 오해예요, 콜린스 씨. 리지는 이런 일에만 고집을 부리는 거고 다른 일에는 한없이 부드러운 아이랍니다. 지금 당장 남편한 테 가서 이 문제를 마무리 짓겠어요."

부인은 서둘러 서재로 가서는 남편에게 큰 소리로 말했다.

"여보! 당신의 도움이 필요해요. 큰일이 났다고요."

책을 읽고 있던 베넷 씨는 무심한 표정으로 그녀를 바라보았다. 부인의 말을 다 듣고 난 후 그가 말했다.

"엘리자베스를 불러와요. 내 생각을 말해야겠으니."

베넷 부인이 벨을 눌러 하인을 불렀고, 엘리자베스를 데려오라고 전했다.

"어서 와라. 콜린스 군이 네게 청혼을 했다는데 사실이냐?"

그녀가 서재로 들어서자 아버지가 큰 소리로 물었다. 엘리자베스는 그렇다고 대답했다.

"좋다. 그런데 넌 그 청혼을 거절했다던데."

"네, 아버지."

"그렇구나. 지금부터 중요한 얘기를 해야겠구나. 너의 어머니는 네가 그 청혼을 받아들여야 한다고 하더구나. 여보, 그렇지 않소?"

"그럼요. 만약 그렇게 하지 않으면 난 다시는 저 애 얼굴을 보지 않겠어요."

"엘리자베스, 불행한 상황이 됐구나. 오늘 이후 너는 우리 두 사람 중 한 사람과는 남이 되겠구나. 네가 콜린스 군하고 결혼하지 않는다면 네 어머니가 다신 널 보지 않을 것이고, 또 네가 콜린스 군과 결혼을 한다면 내가 너를 보지 않을 것이니까."

엘리자베스는 아버지의 말씀을 듣고 미소를 지었다. 하지만 이 문제에 관해 남편도 자신과 같은 생각일 거라 믿었던 베넷 부인은 몹시 실망했다.

"그렇게 말씀하시면 어쩌자는 거예요? 저 애가 그 사람이랑 꼭 결혼하도록 하겠다고 말씀하셨잖아요."

"여보, 두 가지 부탁이 있소. 첫째, 지금과 같은 경우 내 생각대로 할 수 있게 해주는 것이며 둘째, 내 방을 마음대로 쓸 수 있도록 해주는 것이오. 가능하면 빨리 내 서재에서 나가주면 좋겠소."

베넷 부인은 남편에게 실망했음에도 불구하고 포기하지 않았다. 그녀는 엘리자베스를 설득하기 위해서 달래기도 하고 혼내기도 했다. 또 제인을 자기 편으로 만들려고 했으나 제인은 개입하고 싶지 않다며 거절했다. 엘리자베스는 어머니의 공격에 심각하게 대응하기도 하고, 또 웃으면서 대항하기도 했다. 이처럼 그녀는 여러 가지 태도를 보였지만 결심은 확고했다.

이렇듯 집안 분위기가 혼란스러울 때 샬럿 루커스가 찾아왔다. 현관에서 그녀를 맞이한 리디아가 조용히 말했다.

"언니, 정말 잘 왔어. 지금 집안에 재밌는 일이 생겼거든. 오늘 아침에 무슨 일이 있었는지 모르지? 콜린스 씨가 리지 언니에게 청혼을 했는데 거절당했어."

샬럿이 대답도 하기 전에 키티가 나타나 똑같은 소식을 전했다. 그리고 그녀들이 응접실로 들어가자 그곳에 혼자 있던 베넷 부인도 같은 얘기를 꺼냈다. 그녀는 샬럿에게 동정심을 호소하며 리지가 가족들의 바람대로 될 수 있도록 그녀를 설득해 달라고 했다.

"부탁이야 샬럿, 너만은 내 편이 되어줘. 아무도 내 편이 아니라고. 다들 진짜 너무하는군. 내 심정은 아무도 생각 안 한다니까."

샬럿이 대답하려고 할 때 마침 제인과 엘리자베스가 들어왔다.

"그래, 때마침 오는군." 베넷 부인이 계속 말을 이었다. "저렇게 아무 일도 없었던 것처럼 행동하다니 우리는 눈에 보이지도 않나 보구나. 하지만 내 말 잘 들어라, 리지. 이런 식으로 계속 청혼을 거절한다면 앞으로도 절대 시집은 못 갈 거다. 아버지가 돌아가신 다음에 누가 너를 돌봐주겠니? 난 너를 계속 돌봐줄 수 없다는 사실을 알고 있어라. 그리고 지금 이 순간부터 너와는 남남이다. 좀 전에 서재에서 다시는 너를 보지 않겠다고 한 얘기, 너도 들었겠지. 내가 지금 얼마나 고통스러운지 아무도 몰라!"

딸들은 어머니의 말을 그저 잠자코 듣고만 있었다. 그녀를 설득하거나 위로하려다가 오히려 어머니의 신경만 자극할 거라는 사실을 잘 알고 있기 때문이다. 그래서 그녀의 말은 중단되지 않고 계속 이어졌다. 그러다 콜린스가 들어왔는데, 보통 때보다 더 심각한 표정이었다. 그를 보자 베넷 부인은 딸들에게 말했다.

"너희들 모두 입 다물고 있어라. 콜린스 씨와 잠깐 할 얘기가 있으니."

엘리자베스는 조용히 방을 나갔다. 제인과 키티도 뒤따라 나갔다. 하지만 리디아는 이야기를 듣기 위해 그대로 남아 있었다. 샬럿은 콜린스가 정중히 인사를 하며 그녀의 가족에 대한 안부를 자세히 물었기 때문에 그곳에 계속 남게 되었다. 그러다 그녀는 그들의 대화에 호기심이 생겨 창가로 다가가서 듣지 않는 척하며 서 있었다.

"콜린스 씨!" 베넷 부인은 애처로운 목소리로 말했다.

"이 일에 대해서는 더 이상 말씀하지 않으셨으면 합니다."

그가 대답했다. 그러고 나서 그는 불쾌한 목소리로 이렇게 덧붙였다. "저는 따님의 행동에 불쾌해하고 있지 않습니다. 불행을 피할 수 없을 땐 단념하는 것이 우리 모두의 의무입니다. 저는 이 문제에 관해 이미 단념했습니다. 만일 엘리자베스 양이 제 청혼을 받아들였더라면 과연 제가 행복했을지 회의가 들기도 했습니다. 부인과 베넷 아저씨께 제게 힘이 되어달라는 부탁도 드리지 않고 따님에 대한 청혼을 취소한다고 해서, 제가 가족분들을 존경하지 않는다고 생각하지는 말아주십시오. 제가 두 분의 말씀이 아닌, 따님의 말만 듣고 그 거절을 받아들였다는 것에 대해서 하실 말씀이 있으실 수도 있겠습니다. 하지만 저는 좋은 뜻으로 이 일을 시작했다는 것만은 확실히 말씀드릴 수 있습니다. 저는 사랑스러운 반려자를 얻는 것과 동시에 가족분들께 도움이 되고 싶었습니다. 하지만 제 행동이 적절치 못했다면 용서해 주십시오."

21

콜린스의 청혼에 대한 문제는 이제 거의 마무리 되어가고 있었다. 엘리자베스는 이 일과 관련해 생길 수밖에 없는 불쾌함과, 화가 난 어머니가 가끔씩 늘어놓는 불만을 견디기만 하면 되었다. 콜린스는 당황하거나 실망하지 않았고 그녀를 굳이 피하려 하지도 않았으며 단지 딱딱하게 굴며 불쾌한 듯 입을 다물고 있었다.

그는 엘리자베스에게 거의 말을 걸지 않았고, 그의 끝없는 관심은 루커스 양에게로 옮겨갔다. 루커스 양은 정중하고도 예의 바른 태도로 그의 말을 들어주었기 때문에 모든 사람들, 특히 엘리자베스에게 구원자가 되어주었다.

이튿날에도 베넷 부인의 기분은 전혀 나아지지 않았고, 자존심이 상한 콜린스도 전날과 마찬가지였다. 엘리자베스는 이 일로 인해 콜린스의 체류 기간이 단축되기를 바랐으나 그의 일정은 변함이 없는 듯했다. 원래 그는 토요일에 떠날 예정이었으며, 계획대로 토요일까지 머물 생각이었다.

아침 식사 후 베넷 집안의 딸들은 위컴이 돌아왔는지도 궁금하고, 또 네더필드의 무도회에 그가 참석하지 못해서 아쉬웠다는 말을 전하기 위해 메리튼으로 산책을 갔다. 그녀들이 메리튼에 들어섰을 때 마침 위컴을 만나게 되었는데, 그는 그녀들을 이모 댁까지 데려다 주는 동안 무도회에 참석하지 못해 매우 유감스럽고 속상했다는 이야기를 했고, 그녀들은 실망했다고 말했다. 하지만 그가 런던에 간 것은 그 자리를 피하기 위해 일부러 일을 만들어 다녀왔다는 사실을 엘리자베스에게 털어놓았다.

"그 시간이 다가올수록 다아시를 만나지 않는 것이 나을 것 같다고 생각했습니다. 오랜 시간을 그와 같은 공간에서, 같은 파티에 참석하고 있다는 사실을 견딜 수 없을 것 같았어요. 그리고 다른 분들에게 불쾌감을 줄 수도 있을 거라 생각했고요."

엘리자베스는 그를 칭찬해 주었다.

위컴과 또 한 사람의 장교가 롱본까지 동행하기로 했기에 그는 내내 그녀 곁에서, 그가 발휘한 인내심에 대해 오랫동안 이야기를 나누고 서로를 칭찬해 줄 수 있는 여유를 가질 수 있었다.

그와의 동행은 두 가지 좋은 점이 있었다. 에스코트를 받는 엘리자베스로서는 그가 자신에게 경의를 표하는 행동임을 알 수 있었고, 또한 그녀가 부모님께 그를 소개할 수 있는 절호의 기회이기도 했다.

그들이 집으로 들어서자마자 제인에게 한 통의 편지가 전달되었다. 그것은 네더필드에서 온 것이었는데 그 자리에서 열어보았다. 봉투 속에는 숙녀의 아름다운 글씨체로 쓰인, 우아하고 광택이 나는 작은 종이가 들어 있었다.

엘리자베스는 편지를 읽으면서 표정이 굳어지고 또 어떤 부분에서는 시선이 고정되어 있는 언니의 모습을 보았다. 그러다 제인은 평소의 모습을 되찾았고, 편지를 한쪽에 치워놓은 채 명랑하게 대화를 나누려고 노력했다. 하지만 엘리자베스는 신경이 쓰여서 위컴에게 집중할 수가 없었다.

위컴과 그의 동료가 떠나자 제인은 눈짓으로 엘리자베스에게 이층으로 따라오라는 신호를 보냈다. 방으로 들어가자 제인은 편지를 꺼내며 말했다.

"캐롤라인 빙리한테서 왔어. 편지 내용을 보고 정말 놀랐어. 지금 모두들 네더필드를 떠나 런던으로 가는 길이래. 그리고 다시 돌아올 생각도 없는 것 같아. 그녀 얘기를 들어봐."

그리고서 제인은 편지를 소리 내서 읽기 시작했다. 그들은 오빠를 따라서 런던으로 갈 계획이며, 그로스브너에 있는 허스트 씨 댁에서 저녁 식사를 할 것이라고 했다. 그리고 그 다음 문장은 이렇게 쓰여 있었다.

친애하는 벗이여, 당신과 만나지 못하는 것을 제외하면 하트퍼드셔를 떠나는 것은 그리 아쉽지 않아요. 언젠가 우리가 서로 즐거웠던 그때처럼 다시 만날 수 있기를 바랄 뿐입니다. 그때까지는 서로의 마음이 담긴 서신을 교환하며 이별의 고통을 줄였으면 해요. 분명 그렇게 해주시리라 믿어요.

엘리자베스는 이 장황한 표현이 진심으로 느껴지지 않았다. 그들이 네더필드에 머물지 않는다고 해서 빙리가 다시 오지 말란 법은 없었다. 그리고 엘리자베스는 제인이 그들과 교제를 하지 못한다 해도, 빙리와 만날 수 있다면 그 즐거움으로 그녀들을 잊을 수 있을 거라 확신했다.

잠시 후에 엘리자베스가 말했다. "떠나기 전에 언니가 친구들을 만나지 못해서 안타까워. 하지만 빙리 양이 바라는 미래의 행복이 좀 더 빨리 오기를 기대하자. 친구에서 시누이, 올케 사이로 더 가깝게 됐으면 좋겠어. 빙리 씨가 그들과 같이 반드시 런던에 있어야 하는 건 아니잖아."

"캐롤라인이 이번 겨울에는 누구도 하트퍼드셔로 돌아오지 않을 거라고 분명히 말했어. 내가 읽어줄게."

어제 오빠가 런던으로 떠나시면서 3, 4일이면 모든 일을 마무리할 수 있을 거라고 했어요. 하지만 우리는 일이 그렇게 빨리 끝나지 않을 것 같았고, 또 오빠가 런던을 서둘러 떠나지는 않을 거라는 것을 잘 알기 때문에 우리도 오빠를 따라가기로 마음먹었답니다. 그렇게 되면 오빠가 호텔에서 홀로 시간을 보내지 않아도 될 테니까요. 저의 지인들도 그곳에서 겨울을 보내기 위해 벌써 그곳에 가 있어요.

친애하는 벗이여, 당신도 그 사람들 중 한 명이 될 수 있다면 얼마나 좋을까요. 하트퍼드셔에서 활기 넘치는 크리스마스를 맞이하길 바랄게요. 그리고 그대에게 호감을 표시하는 사람들이 많아져서 우리 세 사람이 떠난 자리를 채울 수 있으면 좋겠습니다.

제인은 덧붙여 말했다. "이걸로 봐서는 그분이 이번 겨울에는 오지 않을 게 확실해."

"확실한 건 빙리 양이 자기 오빠가 이곳에 돌아와서는 안 된다고 생각한다는 것뿐이야."

"왜 그런 생각을 하니? 이건 그분이 결정한 게 분명해. 자기 일은 스스로 결정하는 분이니까. 하지만 이게 전부가 아니야. 난 이 부분에서 몹시 불쾌했어. 너한테 감추진 않을게."

다아시 씨는 동생을 몹시 만나고 싶어 합니다. 사실 우리 또한 그녀가 보고 싶답니다. 미모와 우아함 그리고 재능 면에서 조지아나 다아시와 비교할 만한 여자는 없을 테니까요. 그리고 그 아가씨를 향한 언니와 저의 마음은, 그녀가 장차 우리의 올케가 될 희망이 있기 때문에 더욱 관심이 갑니다. 이 문제에 관한 저의 생각을 이미 말씀드렸는지 모르겠지만, 말씀드리고 떠나고 싶군요. 당신도 이해해 줄 거라 믿고 있어요. 오빠도 이미 그 아가씨에 대해 굉장한 호감을 갖고 있으며, 그쪽 집안에서도 이 결혼을 몹시 바라고 있습니다. 더구나 이제 서로 자주 만날 수 있으니 기회가 온 거죠. 그리고 제가 꼭 동생이어서 하는 말이 아니라 오빠는 어떤 여성이라도 반할 만큼의 능력이 있다는 것을 알고 계실 테죠. 이렇게 모든 상황이 잘 준비돼 있고 장애물도 없으니, 이렇듯 많은 이들이 행복할 수 있는 축복을 바라는 것이 잘못된 일일까요?

제인이 물었다. "리지, 넌 이 부분을 어떻게 생각하니? 이 정도면 확실하지 않니? 캐롤라인은 내가 올케가 될 거라 생각지도 않고, 바라지도 않는다는 것을 분명히 말하고 있는 거 아니겠어? 또 자신의 오빠가 나한테 별로 관심이 없다고 확신하고 있고, 내가 그분에게 마음이 있다면 단념하라는 뜻 아니겠니? 정말 친절하게도 말이야. 너는 다른 의미로 볼 수 있겠니?”

“물론이지, 내 생각은 전혀 달라. 들어볼래?”

“그래, 어서 얘기해 봐.”

“정말 간단해. 빙리 양은 자기 오빠가 언니를 사랑하는 걸 알고 있지만, 자기 오빠가 다아시 양과 결혼하기를 바라는 거야. 그래서 그분을 따라가 런던에 체류시킨 다음, 그분이 언니한테는 마음이 없다고 설득하려는 거지.”

제인은 고개를 저었다.

“언니, 정말이야. 내 말을 믿어야 해. 언니와 그분이 함께 있는 걸 본 사람은 그 누구도 그분의 애정을 의심할 수 없을 테니까. 내 생각엔 빙리 양도 그걸 확실히 알고 있어. 그 정도로 어리석진 않으니까. 만일 자신이 다아시 씨한테 그 절반만큼의 사랑이라도 받았다면 그녀는 이미 웨딩드레스를 주문했을 거야. 문제는 우리가 그 집안에 어울릴 만큼의 재산도 없고 신분도 높지 않다는 거야. 자기 오빠와 다아시 양의 결혼이 성사되기를 바라는 더 중요한 이유가 있겠지. 먼저 두 집안과의 결혼이 성사되면, 두 번째 결혼은 좀 더 쉽게 맺어질 수 있다고 생각하는 거야. 교묘한 생각이라 성공할 확률도 높은 편이지. 드 버그 양이 방해하지 않는다면 말이야. 하지만 언니, 빙리 양이 자기 오빠가 다아시 양에게 호감을 갖고 있다고 말했다고 해서, 그분이 지난 화요일에 언니와 헤어질 때 보여준 감정을 희석시킬 수는 없을 거야. 또 빙리 씨가 언니보다 다아시 양을 더 사랑하도록 그분을 설득할 능력이 빙리 양한테 있다고도 할 수 없지.”

"만약 우리가 빙리 양에 대해 같은 생각을 하고 있다면, 네가 설명한 것처럼 해석하는 게 마음 편하겠지. 하지만 네 말은 전제부터 잘못된 거야. 캐롤라인은 의도적으로 남을 속일 사람은 아니니까. 지금 내가 바라는 것은 그녀 자신도 뭔가 오해하고 있을 거라는 거야."

"그래 맞아. 그게 더 좋은 생각이야. 그녀가 뭔가 오해하고 있다고 믿어. 그럼 이제 그녀에 대해 안 좋은 생각을 할 필요가 없으니 아무 걱정하지 마."

"하지만 엘리자베스, 좋은 방향으로 생각한다 해도 그분의 누이들과 친구들 모두가 다른 사람과의 결혼을 원하는데, 내가 그분과 결혼한다고 해서 행복할 수 있을까?"

엘리자베스가 말했다.

"그건 언니가 결정할 문제야. 두 누이의 생각에 반대해서 느끼게 될 불행이 그분의 아내가 되는 행복보다 더 크게 느껴진다면 나 역시 그분과의 결혼을 포기해야 한다고 조언해 주고 싶어."

"무슨 그런 말을 하니?" 제인이 살짝 미소 지으며 말했다. "그들이 반대하는 건 슬픈 일이지만 그렇다고 내가 흔들리지 않는다는 건 잘 알고 있잖아."

"그래, 그럴 줄 알았어. 하지만 난 언니를 동정해 줄 처지도 아니야."

"하지만 그분이 이번 겨울에 이곳에 돌아오지 않는다면 무엇을 해야 될지 생각할 필요도 없겠지. 6개월 동안 많은 일들이 일어날 수 있으니까."

엘리자베스는 빙리가 다시는 돌아오지 않을 거라는 걱정은 전혀 하지 않았다. 그녀는 그것이 단지 캐롤라인의 이기적인 바람이 담긴 추측일 거라 생각했기 때문이다.

그녀는 자신의 생각을 가능한 한 강력하게 언니에게 설명했고, 그것은 곧 긍정적인 효과를 나타냈다. 제인은 빙리가 다시 네더필드로 돌아와 그녀의 희망을 실현해 줄 거라 믿게 되었던 것이다.

베넷 부인에게는 그들이 떠났다는 것만 알리고 그녀가 놀라지 않도록 빙리에 대해서는 언급하지 말자고 제인과 엘리자베스가 의견을 모았다. 하지만 베넷 부인은 그 소식만으로도 크게 걱정했고, 두 집안이 서로 가까워지려고 할 때에 런던으로 갔다며 속상해했다.

한참을 걱정하던 베넷 부인은 마침내 빙리가 약속대로 다시 돌아와 롱본에서 식사를 할 것이라며 스스로를 위로했다. 그리고 이번에는 평범한 저녁 식사가 아닌 두 가지 풀코스로 성찬을 베풀어야겠다고 마음먹었다.

22

베넷 가족들은 루커스 가족들과 함께 식사를 하기로 약속이 되어 있었다. 그날도 샬럿은 콜린스의 이야기를 들으며 대부분의 시간을 보내야만 했다. 엘리자베스는 기회를 봐서 그녀에게 고맙다는 뜻을 전했다.

"덕분에 그분의 기분이 좋아진 것 같아. 정말 고마워."

샬럿은 그녀의 말에 흡족해하며, 시간을 좀 소비하긴 했지만 도움이 돼서 기쁘다며 상냥하게 대답했다. 하지만 샬럿이 친절을 베푼 이유는 엘리자베스가 상상도 하지 못할 목적 때문이었다. 그녀는 콜린스가 다시는 엘리자베스에게 청혼하지 못 하게 하고 그 관심을 자신에게 돌리려는 심산이었다. 이러한 샬럿의 꿍꿍이는 그런 대로 성공하는 것처럼 보였다.

그날 밤 그들이 헤어질 때 콜린스가 그렇게 서둘러 하트퍼드셔를 떠나지만 않았다면 샬럿은 분명 자신의 계획이 성공했을 거라고 생각했을 것이다. 하지만 샬럿은 콜린스의 열정에 대해 잘 알지 못했다.

다음 날 아침, 롱본 가에서 빠져나온 콜린스는 루커스 가로 달려가 샬럿에게 사랑을 고백했다. 콜린스는 롱본 가에서 나올 때 사촌들의 눈에 띄지 않으려고 무척 조심했는데, 만약 그녀들이 보게 된다면 자신의 계획이 실현되기도 전에 그녀들이 눈치 챌 것이기 때문이었다. 그리고 또 다른 이유는 자신의 계획이 성공하기도 전에 알려지는 것을 원치 않았다. 물론 샬럿이 많은 격려를 해주었기 때문에 자신의 계획이 성공할 거라는 확신이 들긴 했지만, 수요일 사건 이후로 자신감을 잃었기 때문이기도 했다.

이러한 우려와는 달리 콜린스는 환영을 받았다. 샬럿은 이층 자신의 방 창문을 통해 콜린스가 자기 집으로 걸어오는 것을 발견하고서는 그와 우연히 만난 것처럼 보이려고 서둘러 달려 나갔다.

그녀는 그곳에 위대한 사랑의 열변이 자신을 기다리고 있을 줄은 상상도 못했다. 콜린스의 열변이 끝나자 모든 일이 빠르게 결정되었고 서로 그것에 만족해했다. 콜린스는 그녀에게 결혼 날짜를 정해 달라며 간청했다. 아직은 너무 이른 결정이었지만 샬럿은 그의 행복을 가지고 이리저리 잴 생각은 없었다. 샬럿은 단지 그의 조건만 보고 청혼을 받아들였기 때문에 결혼 날짜가 아무리 빨라도 상관없었던 것이다.

그들은 윌리엄 루커스 경과 루커스 부인에게 결혼 허락을 구했고, 흔쾌히 받아들여졌다. 현재 콜린스는 상속받을 유산이 별로 없는 샬럿에게 과분한 상대였고 또한 그는 앞으로 부자가 될 가능성이 높았기 때문이다.

윌리엄 경은 콜린스가 롱본의 재산을 소유하게 되면 콜린스 내외는 세인트 제임스 궁에서 국왕을 만나뵐 수 있을 것이라고 주장했다. 가족들은 모두들 기뻐했다. 샬럿의 결혼으로 인해 여동생들은 1, 2년 빨리 사교계에 나갈 수 있을 것이고, 남동생들은 샬럿이 죽을 때까지 노처녀로 지낼까 봐 걱정했는데 그 부담을 덜 수 있었기 때문이다.

반면에 당사자인 샬럿은 침착한 모습을 보였다. 그녀는 계획한 바를 이루었기 때문에 마음의 여유가 생겼던 것이다. 콜린스는 현명한 사람도, 유쾌한 상대도 아니었다. 그와 함께 있는 것은 지루했고 자기에 대한 애정도 크지 않다는 것은 분명했다. 하지만 어쨌든 그는 남편이 될 것이다. 샬럿은 남자나 결혼 자체를 중요시하지는 않았지만 결혼은 항상 그녀의 목표였다. 교육을 잘 받았지만 가난한 아가씨에게 결혼은 빈곤에서 벗어날 수 있는 가장 확실한 대비책이며 최선의 예방책이었다. 그다지 예쁘지 않은 스물일곱의 여자인 그녀는 그것을 대단한 행운이라고 느꼈다. 하지만 가장 마음에 걸리는 것은 이 사실을 알게 되었을 때 엘리자베스가 느끼게 될 놀라움이었다. 엘리자베스는 그녀의 가장 소중한 친구이다. 엘리자베스는 분명 그녀를 비난할 것이다.

그래도 그녀의 결심은 흔들리지 않겠지만 엘리자베스 때문에 분명 기분이 상할 것이다. 그녀는 엘리자베스에게 직접 이 소식을 전해야겠다고 마음먹었다. 그래서 콜린스에게 저녁 식사를 하러 롱본에 돌아가더라도, 베넷 가족들에게 이 일에 대해 말하지 말라고 당부했다. 그는 비밀로 하겠다고 약속했지만 그것은 쉽지 않았다. 그가 롱본으로 돌아오자 가족들은 어디에서 무엇을 했는지 물었고, 돌려 말하느라 기지를 발휘해야만 했다. 또한 자신의 성공적인 사랑에 대해 자랑하고 싶은 마음을 억누르고 자제해야만 했다.

콜린스는 다음 날 아침 일찍 떠날 예정이었다. 그래서 그는 그날 밤, 베넷 식구들에게 미리 작별 인사를 했다. 베넷 부인은 다정하고 공손한 태도로 그가 다시 롱본을 방문한다면 정말 기쁠 것이라고 말했다. 그러자 콜린스가 대답했다.

"그렇게 말씀해 주시니 정말 감사합니다. 실은 저도 바라고 있었습니다. 가능한 한 그날이 빨리 올 수 있도록 하겠습니다."

콜린스의 말에 모두 깜짝 놀랐다. 베넷 씨는 그가 그렇게 빨리 방문하는 것을 바라지 않았기 때문에 서둘러 말했다.

"하지만 캐서린 부인께서 찬성하실지 모르겠군. 후견인의 눈 밖에 나는 것보다 차라리 친척에게 소홀히 하는 게 나을 듯싶은데.”

“그렇게 염려해 주시니 정말 감사합니다. 하지만 부인의 허락 없이 행동하진 않겠으니 걱정하지 마십시오.”

“무슨 일이든 항상 조심하는 게 좋겠지. 캐서린 부인의 비위를 거스르느니 차라리 다른 일을 감수하는 게 낫지. 그분께서 이곳에 방문하는 걸 불쾌해하신다면 가만히 집에 있는 게 나을 걸세. 우리 걱정은 하지 말고.”

“거듭 말씀드리지만 그렇게 염려해 주셔서 정말 감사합니다. 그리고 저를 걱정해 주시고, 제가 하트퍼드셔에 머무는 동안 베풀어 주신 호의에 대해 빠른 시일 내에 감사의 편지를 드리겠습니다. 저는 곧 다시 방문할 것이기에 사촌들에게 이렇게 작별 인사를 할 필요가 있을지는 모르겠지만, 엘리자베스 양을 포함해서 모두의 건강과 행복을 빕니다.”

그녀들도 예의를 갖춰 인사를 했다. 그가 조만간 다시 오겠다고 한 말에 모두들 놀랐으나 베넷 부인은 콜린스가 자신의 딸들 중 한 명에게 청혼할 생각이 있을지도 모른다고 생각했으며, 그녀가 메리일 거라 생각했다. 메리는 콜린스를 높이 평가하고 있었다.

하지만 다음 날 아침, 이 희망은 여지없이 무너져버렸다. 아침 식사를 마친 후 샬럿이 찾아와 엘리자베스에게 모든 이야기를 털어놓았기 때문이다. 엘리자베스는 최근 며칠 동안에 한 번, 콜린스가 샬럿을 사랑하고 있다고 느낀 적이 있었다. 하지만 자신이 그랬던 것처럼 샬럿이 그의 용기를 북돋워주진 못할 거라 생각했다. 그랬기 때문에 엘리자베스는 너무 놀라 어쩔 줄 몰라 했고 자

신도 모르게 이렇게 소리쳤다.

"콜린스 씨와 결혼을 약속했다고? 샬럿, 말도 안 되는 소리야!"

대화를 나누는 동안 내내 침착했던 샬럿은 이런 직설적인 비난에 순간적으로 당황했다. 하지만 예상치 못한 것은 아니었기에 곧다시 침착함을 되찾고는 대답했다.

"뭘 그렇게 놀라니, 엘리자! 콜린스 씨가 너한테 거절당했다고해서 다른 여자의 호감도 얻지 못할 거라고 생각했니?"

엘리자베스는 마음을 진정시키고 그녀에게 진심으로 행복하기를 바란다는 말을 전했다.

"네가 어떤 생각을 하는지 알아. 정말 놀랐겠지. 콜린스 씨는 엊그제까지만 해도 너와 결혼하고 싶어 했으니까. 하지만 좀 더 시간이 지나면 너도 내 행동을 이해할 수 있을 거야. 너도 알겠지만나는 낭만적인 사람이 아니야. 단지 안락한 가정을 원할 뿐이지. 콜린스 씨의 성격과 집안, 지위 등으로 볼 때 우리도 다른 부부들만큼 행복해질 수 있을 거라 생각해."

엘리자베스가 담담하게 말했다.

"그래, 그럴 거라 생각해."

그녀들은 어색하게 대화를 중단했고 곧 다른 가족들과 어울렸는데, 샬럿은 오래 머물지 않고 자기 집으로 돌아갔다. 그녀가 떠난 후 엘리자베스는 샬럿의 말을 다시 생각해 보았다. 오랜 시간생각한 끝에 그녀는 어울리지 않는 그들의 결혼을 받아들이기로했다. 콜린스가 사흘 동안 두 번이나 청혼했다는 것이 어이없었지만, 샬럿이 그 청혼을 받아들인 것에 비하면 아무것도 아니었다.

샬럿이 생각하는 결혼은 자신과 다르다는 것을 엘리자베스는 항상 느끼고 있었다. 하지만 실제로 그녀가 현실적인 이익을 위해 소중한 다른 것들을 희생하리라고 생각하지는 않았다. 콜린스의 부인 샬럿이라니, 그것은 샬럿에게 수치스러운 일인 것 같아 상상하기조차 싫었다. 게다가 엘리자베스는 친구가 수치스러운 결심을 한 것에 실망했고, 또 그녀 스스로가 선택한 운명의 굴레 속에서 절대 행복해질 수 없을 것 같은 확신이 엘리자베스를 더욱 슬프게 만들었다.

23

엘리자베스는 샬럿의 이야기를 떠올리며 자매들과 함께 앉아 있었다. 그녀는 샬럿의 소식을 전해야 할지 말아야 할지 고민하고 있었다. 그때 윌리엄 경이 샬럿의 부탁으로 약혼 소식을 알리기 위해 베넷 가를 방문했다.

그는 그들에게 양쪽 집안이 인연을 맺게 된 것에 대해 만족해하며 감사 인사를 전했다. 그 말을 들은 그들 모두 놀랐을 뿐만 아니라 정말 믿을 수 없다는 반응을 보였다. 베넷 부인은 분명 뭔가 잘못 알고 있는 거라며 거듭 이야기했고, 언제나 경솔하고 버릇이 없는 리디아가 큰 소리로 말했다.

"세상에! 윌리엄 아저씨, 어떻게 그런 말씀을 하세요? 콜린스 씨는 리지 언니와 결혼하고 싶어 하는 걸 모르세요?"

만약 윌리엄 경에게 비교적 높은 귀족 신분에서 비롯된 교양이 없었다면 이런 버릇없는 대우는 참을 수 없는 일이었지만, 점잖은 그는 끝까지 화를 참았다. 그는 자신의 말이 사실임을 강조했고, 인내심을 갖고 그들의 예의 없는 말들을 정중하게 듣고 있었다.

엘리자베스는 곤경에 빠진 루커스 경을 구해야 한다는 책임감에 얼른 나서서 자신은 이미 샬럿에게서 이야기를 들었노라고 말했다. 그리고 루커스 경을 향해 진심으로 축하드린다는 말을 전했다. 그러자 제인도 재빨리 축하의 말을 전했다.

베넷 부인은 큰 충격을 받아 입을 다물고 있다가 윌리엄 경이 떠나자 그동안 참았던 감정이 폭발하고 말았다. 우선 그녀는 윌리엄 경의 말을 믿을 수 없고, 순진한 콜린스가 그들에게 속은 것 같다는 얘기도 했다. 그러다가 만약 결혼한다 해도 결코 행복해질 수 없을 거라며 아예 혼담 자체가 깨질 수도 있다고 했다. 결국 그녀의 결론은 두 가지로 집약되었는데 하나는 이 모든 원인이 엘리자베스에게 있고, 다른 하나는 모두가 자기를 업수이 여겼다는 것이다. 그날 온종일 그녀는 그 말만 되뇌이며 씩씩거렸다.

그 때문에 엘리자베스는 그녀 눈에 띌 때마다 꾸중을 들어야 했고, 그 일은 일주일 동안이나 계속되었다. 그리고 루커스 부부와의 사이가 비교적 정상적이 되기까지는 한 달이 걸렸으며, 샬럿을 이해하고 용서한 것은 여러 달이 지나서였다.

반면 베넷 씨는 이 일에 대해 담담하며 오히려 잘된 일이라고 생각했다. 왜냐하면 샬럿을 분별 있는 아가씨로 생각했는데 이제

보니 자기 부인만큼 어리석고 자기 딸보다도 훨씬 모자라다는 것을 알았기 때문이었다.

하지만 제인은 이 결혼 소식에 좀 놀라긴 했지만 두 사람의 행복을 진심으로 바란다는 말을 전했다. 키티와 리디아는 콜린스가 기껏해야 목사라는 사실 때문에 샬럿을 전혀 시샘하지 않았다. 결국 그들에게 이 일은 메리튼에 퍼뜨릴 소문에 불과했다.

루커스 부인은 딸을 좋은 곳으로 시집보낸다는 기쁨을 베넷 부인에게 자랑하고 싶어서 평소보다 더 자주 롱본을 찾아갔다. 그때마다 베넷 부인은 언짢은 표정으로 불쾌한 반응을 보였지만 그녀의 기쁨을 빼앗아가지는 못했다.

엘리자베스와 샬럿은 서로 이 일에 대해서 말을 아꼈다. 엘리자베스는 이제 자신과 샬럿 사이에 믿음이 사라졌다고 느꼈다. 그리고 그녀는 샬럿에게 실망한 탓에, 예전보다 더 애정 어린 마음으로 언니를 대했다. 그리고 날이 갈수록 언니의 정직함과 섬세함에 대한 믿음이 더욱 깊어갔다. 하지만 빙리가 런던에 간 지 일주일이 지나도록 돌아온다는 소식이 없었기 때문에 언니의 행복에 대한 염려도 더해갔다.

제인은 캐롤라인에게 답장을 보낸 후, 다시 편지가 오기만을 기다리고 있었다. 콜린스가 약속했던 감사의 편지는 화요일에 도착했다. 그는 이곳에서 1년은 폐를 끼친 듯한 매우 정중한 어투로 감사의 인사를 전했다. 그리고 온갖 표현을 사용하여 루커스 양의 사랑을 얻어 매우 기쁘다는 행복한 소식과 2주일 후 월요일에 다시 롱본을 방문하겠다고 전했다. 또한 캐서린 부인께서 이 결혼을 흔쾌히 찬성하셨고 빠른 시일 내에 식을 올리기를 바란다는 말씀을 하셨다는 말도 덧붙였다.

콜린스는 2주일 후 월요일에 다시 롱본을 찾았다. 하지만 처음 방문했을 때만큼 환영받지는 못했지만 그는 너무 자기 행복에 도취되어 있었기 때문에 크게 신경 쓰지 않았다. 그리고 그의 연애 때문에 다행히 롱본 식구들이 그와 오랜 시간을 보내지 않아도 되었다. 그는 거의 매일 모든 시간을 루커스 가에서 보냈고, 때로는 롱본 식구들이 잠들기 전에 돌아와 죄송하다며 사과했다.

베넷 부인은 몹시 비참해졌다. 샬럿은 쳐다보기도 싫었으며 '저 애가 내 뒤를 잇는다니.' 라면서 그녀에 대한 질투 섞인 증오심을 내비쳤다. 베넷 부인은 샬럿이 롱본에 찾아올 때면 그녀가 이 집을 소유할 날만을 기다리고 있다고 생각했다. 그리고 그녀가 낮은 목소리로 콜린스와 이야기를 나눌 때면 그들이 롱본의 집과 땅에 대한 이야기를 하는 것이고, 베넷 씨가 죽으면 곧바로 자기와 딸들을 내쫓으려 한다고 믿었다. 부인은 이런 자신의 생각을 남편에게 이야기하며 불평했다.

"여보, 샬럿 루커스가 이 집 안주인이 된다니, 내가 그 애한테서 쫓겨나고 그 애가 내 자리를 차지하는 꼴을 봐야 된다니 정말 너무해요."

"여보, 그렇게 부정적으로만 생각하지 말아요. 좀 더 긍정적으로 생각해 봅시다. 내가 당신보다 더 오래 살 수도 있으니 진정해요."

이 말은 베넷 부인에게 별로 위로가 되지 않았기 때문에 그녀는 아무 대답도 하지 않고 계속 불평을 늘어놓았다.

"그 사람들이 우리의 재산을 전부 차지한다는 생각을 하면 참을 수가 없다고요. 한정상속만 아니라면 괜찮을 텐데."

"뭐가 괜찮다는 거요?"

"무엇이든 괜찮다고요."

"당신이 무감각한 상태에 빠지지 않은 것만으로도 고맙게 생각합시다."

"여보, 저는 한정상속에 관한 거라면 그게 무엇이든 고마워할 수 없어요. 어떻게 우리 딸들의 재산을 다른 사람에게 물려줘야 하는지 이해할 수가 없다고요. 그것도 콜린스 씨한테 줘야 한다니! 왜 그 사람이 우리 재산을 물려받아야 하냐고요."

"그 대답은 당신이 잘 생각해 보구려." 베넷 씨가 대답했다.

제2장

1

빙리 양의 편지가 도착하자 그동안의 의문이 풀렸다. 편지의 첫 머리는 런던에서 겨울을 보낸다는 내용이었고, 마지막은 오빠가 하트퍼드셔를 떠나기 전 친구들과 작별 인사를 나누지 못해 아쉬워한다는 내용이었다.

희망은 사라졌다. 모든 것이 끝나버린 것이다. 제인은 편지의 끝까지 주의 깊게 살펴보았지만, 편지를 보낸 이의 형식적인 인사 외에는 위안이 될 만한 내용은 아무것도 없었다. 다아시 양에 대한 찬사가 편지의 대부분을 차지했고 그녀의 장점에 대해 자세히 적혀 있었다. 그리고 캐롤라인은 그녀와 더욱 친해져 기쁘다며 자랑을 늘어놓았고, 지난번 편지에서 언급했던 소원이 이루어질 거라는 예견을 했다. 또한 그녀는 자신의 오빠가 다아시 집에서 지내고 있어서 기쁘다는 소식과 가구를 새로 들여놓기로 한 다아시의 계획을 신이 나서 전했다.

제인은 이 이야기를 엘리자베스에게 전했고 그 소식을 들은 엘리자베스는 화가 치밀었다. 그녀의 마음은 언니에 대한 걱정과 다른 이들을 향한 분노로 나뉘었다. 그녀는 빙리가 다아시 양을 좋아한다는 캐롤라인의 말을 처음부터 믿지 않았기 때문에 그가 제인을 좋아한다는 사실에 대해서는 의심하지 않았다. 그녀는 빙리를 늘 좋은 사람이라고 생각했지만, 이렇듯 그의 우유부단한 성격에 대해서는 화가 났고 경멸하지 않을 수 없었다.

제인이 용기를 내서 엘리자베스에게 자신의 감정을 털어놓은 것은 이틀이 더 지나서였다. 베넷 부인이 네더필드와 그 주인에 대해서 평소보다 더 신경질을 낸 뒤 그녀 둘만 남겨놓고 나가자 제인이 말을 꺼냈다.

"제발 어머니가 좀 자제하셨으면 좋겠어. 그분에 대한 얘기를 계속하는 것이 나한테 얼마나 괴로운 일인지 모르시는 것 같아. 그래도 불평은 하지 않을래. 오래 가진 않을 거야. 곧 잊히겠지. 그러면 우리는 모두 예전으로 돌아갈 수 있을 거야."

엘리자베스는 회의와 걱정이 뒤섞인 얼굴로 그녀를 바라보았지만 아무 말도 하지 않았다. "넌 내 말을 믿지 않는구나." 제인은 얼굴을 약간 붉히며 말했다. "진심이야, 믿어줘. 그분은 내가 만난 사람들 중에 가장 좋은 사람으로 기억될지도 모르지. 하지만 그게 전부야. 바랄 것도 걱정할 것도 없고, 또 그분을 원망할 필요도 없어. 그러니 정말 다행이야. 시간이 좀 지나면 다 잊게 될 거야."

그녀는 얼마 후 목소리에 힘을 주며 다시 덧붙였다. "이 일은 나 혼자 착각한 거야. 그래도 나 자신 외에는 어떤 누구에게도 피해를 주지 않았다는 사실은 정말 다행이야."

"언니!" 엘리자베스가 큰 소리로 외쳤다. "언니는 정말 착해. 마음이 곱고 욕심이 없으니 정말 천사 같아. 무슨 말을 해야 좋을지 모르겠어. 언니가 착한 건 알고 있었지만 이렇게까지 착할 줄은 몰랐어. 난 지금껏 언니한테 제대로 해준 게 없는 것 같아."

제인은 그런 칭찬을 받을 자격이 없다며 오히려 동생의 따뜻한 마음을 칭찬했다.

"아니야." 엘리자베스가 말했다. "이건 옳지 못한 일이야. 언니는 모든 사람들을 좋게 생각하고 싶어 하니까 내가 누군가의 험담을 할 때마다 마음이 상하잖아. 난 언니를 완벽한 사람이라고 생각하고 싶어. 언니는 물론 아니라고 하겠지만. 내 생각이 너무 지나치다거나 혹은 언니처럼 모든 사람을 좋게 생각하는 건 아닐까 하는 걱정은 하지 않아도 돼. 그럴 필요는 없어. 내가 진심으로 사랑하는 사람은 얼마 안 되고, 또 좋은 사람이라고 생각하는 사람은 더 적어. 세상은 알면 알수록 더 이상해. 사람의 성격은 알 수가 없고 겉으로 보이는 장점이나 분별력도 그다지 신뢰할 만한 것이 못 된다는 확신이 생겨. 최근에 그런 경험이 두 번 있었지. 하나는 말할 수 없고, 다른 하나는 샬럿의 결혼이야. 난 설명할 수 없어! 도저히 설명할 수가 없다고!"

"리지, 그런 감정에 너무 빠져 있진 마. 그게 너의 행복을 망칠 수 있으니까. 사람마다 각자의 처지와 성격이 다르다는 것을 충분히 생각해야지. 콜린스 씨의 사회적 지위와 샬럿의 신중하고 성실한 성격을 생각해 봐. 샬럿이 콜린스 씨한테 애정과 존경심 같은 것을 느낄 수도 있다고 믿어보란 얘기야. 우리 모두를 위해서."

"언니가 좋다면 어떤 것이든 다 믿고 싶어. 하지만 그렇게 한다고 해서 어느 누구에게도 도움이 되진 않아. 만일 내가 샬럿이 콜린스 씨한테 조금이라도 존경심을 갖고 있다고 믿는다면, 샬럿을 멍청하다고 평가하는 것밖에는 안 돼. 언니, 콜린스 씨는 자만심에 빠져 잘난 척이나 하는 어리석은 사람이야. 언니도 잘 알고 있을 거야. 그런 사람과 결혼하는 여자는 제대로 된 판단력이 있다고 볼 수 없지."

그러자 제인이 대답했다. "두 사람에 대해 너무 심하게 말하는 것 같아. 네가 두 사람이 행복하게 사는 모습을 보고 내 말을 믿었으면 좋겠다. 이제 이 얘기는 그만하자. 그리고 두 가지 경우에 대해 말한다는 것 말이야. 네가 무슨 말을 하고 싶어 하는지는 알겠지만 리지야, 제발 그분을 비난하거나 이해할 수 없다는 말로 날 괴롭히진 말아줘. 그리고 그분이 고의로 우리에게 상처를 준 거라고 단정 짓지는 말자. 젊은 남자가 항상 신중하고 사려 깊을 수는 없지 않겠니. 우리는 자기의 허영심에 속을 수도 있고, 또 여자들은 남자들의 관심에 대해 그 이상으로 생각하기도 하잖아."

"남자들은 여자들이 그렇게 상상하도록 일부러 그러는 거니까."

"만일 그게 계획적인 거라면 정당화할 순 없어. 하지만 난 그런 계획적인 일들이 세상 사람들이 생각하는 것만큼 많지는 않을 거라고 생각해."

"나도 빙리 씨가 의도적으로 그런 거라고 생각하진 않아. 하지만 다른 사람에게 피해를 주거나 남을 불행하게 하려고 일부러 계획하지 않는다 해도 과오나 좋지 않은 일이 생길 수도 있어. 생각이 모자라거나 다른 사람의 말에 휘둘리는 우유부단한 성격이라면 그런 일이 생길 수 있지."

"그럼 이번 일의 발단이 그중 하나라는 거니?"

"그래. 마지막 얘기가 이 경우에 해당되지. 하지만 내가 계속 이야기하면 언니가 좋게 생각하는 사람들에 대한 내 생각을 말해야 될 거야. 그렇게 되면 언니 기분이 상할 테니까 언니가 그만하라면 그만할게."

"그럼 넌 아직도 그분의 누이들이 그분에게 영향을 미쳤다고 생각하니?"

"그래, 그분의 친구하고 같이."

"믿을 수 없어. 그 사람들이 왜 그래야 하지? 그들도 그분이 행복하기를 바랄 텐데. 그리고 만일 그분이 나한테 애정이 있다면 다른 여자는 그의 사랑을 받지 못할 게 아냐."

"언니의 첫 번째 가정이 틀렸어. 그들은 그분의 행복 외에 다른 많은 것을 바랄 수도 있지. 그의 재산이 늘고 사회적 지위가 높아지는 것, 또 돈이 많고 좋은 인맥, 자부심 같은 것들을 모두 갖춘 여자와 결혼하기를 바랄지도 모른다는 얘기야."

"물론 그들은 그분이 다아시 양을 선택하기를 바라고 있겠지." 제인이 대답했다. "하지만 네 생각보다 더 좋은 동기에서 그런 것일 수도 있어."

엘리자베스는 언니의 생각에 맞설 수 없었기에 그 후 그녀는 빙리의 이름을 거의 언급하지 않았다. 베넷 부인은 그가 오지 않는 것에 대해 계속 불만을 토로했다. 엘리자베스는 매일같이 그가 오지 않는 이유를 설명했지만 어머니는 그것을 받아들이지 못했다. 빙리가 제인에게 보인 관심은 일시적인 호의였으며 제인을 못 만나게 되자 그것도 없어진 거라며, 엘리자베스는 자기 스스로도 믿지 않는 말로 어머니를 이해시키려 했다. 어머니는 그 이야기를 들을 때면 이해하는 듯했지만 결국 매일 같은 이야기를 반복하게 했다. 베넷 부인에게 가장 큰 위로가 되었던 것은 여름에 빙리가 다시 올 것이라는 확신에 찬 기대였다.

하지만 베넷 씨는 이 문제를 좀 다르게 생각했다. 어느 날 그가 말했다. "제인의 사랑이 실패했다니 어쩌면 잘 된 일이야. 아가씨들은 결혼 다음으로 가끔 실연하는 것을 좋아하지. 그게 추억이 되기도 하고, 그로 인해 친구들 사이에서 특별한 존재가 되기도 하니까. 네 차례는 언제지? 제인에게 뒤처지도록 오래 참진 못할 텐데. 이젠 네 차례다. 메리튼에는 이 지방의 아가씨들을 모두 실연시킬 수 있을 만큼의 장교들이 있지. 위컴 군은 어떻겠니. 그 사람 정도면 널 멋지게 차버릴 것도 같은데."

"고맙습니다, 아버지. 하지만 멋진 사람이 아니어도 저는 만족해요. 모두 언니 같은 행운을 기대할 수는 없으니까요."

"그래, 누구한테 실연을 당하더라도 다정한 네 어머니가 도와줄 테니 안심이 되는구나."

이런저런 사건들로 롱본의 가족들은 우울해했지만 위컴과의 교제는 그런 기분을 전환시키는데 큰 도움이 되었다. 엘리자베스는 종종 그를 만났는데 솔직함이 그의 가장 큰 장점이었다. 엘리자베스가 이미 들어 알고 있던 다아시에게 받은 그의 부당한 대우와 고통 등이 사실로 밝혀졌고 공개적으로 논의되었다. 아무것도 몰랐을 때도 다아시를 싫어했던 그들은 그 생각을 하며 더욱 기뻐했다.

이 일에 관해서는 제인만이 유일하게 하트퍼드셔 사교계의 사람들이 모르는 어떤 사정이 있을 거라 생각했다. 그녀는 부드럽고 늘 신중한 성격이었기 때문에 어떤 오해가 있을 수도 있다고 말했다. 그러나 다른 사람들은 모두 다아시가 정말 나쁜 인간이라고 확신했다.

2

청혼을 하고 행복한 생활을 꿈꾸던 일주일이 지나 토요일이 되자 콜린스는 사랑스런 샬럿과 이별해야 했다. 그러나 신부를 맞이할 준비를 하는 것이기 때문에 이별의 고통을 견딜 수 있었다. 그가 다시 하트퍼드셔에 돌아오는 날에는, 세상에서 제일 행복한 사람이 될 날이 정해질 것이라는 얘기를 들었기 때문이다.

그는 지난번과 마찬가지로 롱본의 친척들과 엄숙한 작별 인사를 나누었다. 그는 사촌들의 건강과 행복을 기원했고 베넷 씨께는 다시 한 번 감사의 편지를 쓰겠다고 약속했다.

다음 월요일에 베넷 부인은 남동생 부부를 맞이하게 되었다. 그들은 언제나 그랬듯 크리스마스를 롱본에서 보내기 위해 찾아온 것이다. 가드너 씨는 성품도 좋고 지적인 사람으로서 자신의 누이보다 여러 면에서 월등히 뛰어났다. 베넷 부인과 필립스 부인보다 몇 살 아래인 가드너 부인은 상냥하고 현명하며 우아한 여자였고, 롱본의 조카들은 모두 그녀를 좋아했다. 특히 제인과 엘리자베스와는 각별한 사이였다. 두 사람은 예전에 런던에 있는 그녀의 집에 자주 머물곤 했다.

가드너 부인이 도착해서 제일 먼저 한 일은 선물을 나누어주고 최신 유행에 대한 이야기를 하는 것이었다. 그 일이 끝나면 그녀는 잠자코 있었다. 그녀가 이제 이야기를 들어줄 차례였기 때문이다. 베넷 부인에게는 하소연할 일과 불평할 일들이 많았다. 지난번 그녀와 헤어진 이후로 가족들이 모두 고통을 받았다며, 두 딸이 결혼 직전까지 가서 모두 실패했다고 말했다. 그녀는 계속 말을 이어갔다.

　"제인의 잘못이 아니야. 할 수만 있었다면 제인은 빙리 씨를 놓치지 않았을 거야. 하지만 리지는…… 아! 그 애가 고집만 부리지 않았어도 지금쯤 콜린스 씨의 부인이 됐을 텐데. 그가 바로 이 방에서 청혼을 했는데 리지가 거절했다고. 그래서 루커스 부인이 나보다 먼저 딸을 시집보내게 됐고, 롱본의 재산은 그대로 한정상속이 된 거지. 루커스 집안 사람들은 정말 교활해. 자기들 손에 들어오는 것은 어떤 것도 놓치지 않으려 하니까. 이렇게까지 말하는 건 미안한 일이지만 그게 사실인 걸. 식구들은 내 편이 되어주지 않고 이웃이라고는 자기 욕심만 채우니 내 신경은 더 예민해지고 건강도 나빠졌어. 하지만 올케가 와줘서 위안이 돼. 얼마나 고마운지 모르겠어."

　가드너 부인은 이 일과 관련해서 제인과 엘리자베스의 편지를 통해 어느 정도는 알고 있었다. 그래서 시누이에게 적절한 대답을 해준 다음 조카들을 위해 화제를 바꿨다.

　얼마 후 엘리자베스와 단둘이 남게 되자, 가드너 부인은 이 문제에 관해서 더 이야기를 나누었다.

"제인에게 좋은 혼처였던 것 같은데 그냥 그렇게 끝나버려서 안타깝네. 하지만 그런 일은 매우 흔하단다. 네가 설명한 대로 생각해 보면 빙리 씨 같은 사람은 예쁜 여자와 몇 주 만에 사랑에 빠졌다가 또 너무 쉽게 잊어버리는 사람 같으니까, 그런 부류의 남자한테 그런 일은 자주 있는 법이지."

"그렇게 생각하면 한편으론 위로가 되네요." 엘리자베스가 말했다. "하지만 저희들에게 도움이 되진 않아요. 저희들이 받은 고통은 우연히 일어난 게 아니거든요. 주변 사람들이 간섭해서 자신의 재산을 갖고 있는 남자를 부추겨, 불과 며칠 전만 해도 그렇게 열렬히 사랑하던 여자를 쉽게 잊어버리도록 만드는 건 흔한 일이 아니니까요."

"하지만 '열렬히 사랑한다.'는 말은 진부하고 의심스럽고 모호해서 믿음이 가질 않는구나. 진정한 사랑뿐만 아니라 때론 만난 지 30분 만에 생긴 감정에도 그런 말을 쓰니까. 그런데 빙리 씨의 사랑이 얼마나 열렬했던 거니?"

"그 이상 더 확신할 수 없을 만큼이었어요. 빙리 씨는 다른 사람들은 안중에도 없고 제인 언니한테만 열중했으니까요. 그건 두 사람이 만날 때마다 더 확실해졌고요. 그분이 주최한 파티에서 그분이 춤을 청하지 않아서 기분이 상한 아가씨가 두세 명 있었죠. 저도 그분한테 두 번이나 말을 걸었는데 대답을 못 들었어요. 그보다 더 확실한 증거가 어디 있겠어요? 다른 사람들에게 갖추어야 할 예의를 잊었다는 것, 그것이야말로 사랑에 빠진 확실한 증거가 아니겠어요?"

"그래, 맞아. 그게 바로 제인에 대한 사랑의 증거일 수 있겠지. 가엾은 제인! 정말 안타깝구나. 그 애의 성격상 쉽게 마음을 추스르긴 어려울 텐데. 리지, 차라리 너한테 그런 일이 있는 게 나을 뻔했구나. 너라면 웃음으로 극복할 수 있을 테니까. 그런데 제인한테 나와 같이 런던으로 가자고 하면 어떨 것 같니? 집에서 벗어나 환경을 바꿔보면 도움이 될 수도 있을 것 같은데."

엘리자베스는 그 제안에 몹시 기뻐하며 언니도 흔쾌히 찬성할 거라 확신했다. 가드너 부인이 덧붙여 말했다. "제인이 그 사람 때문에 떠나는 것을 망설이지 않았으면 좋겠구나. 같은 런던이라도 사는 지역이 전혀 다르고 드나드는 사람들도 전혀 다르니까. 너도 잘 알겠지만 우리는 외출도 거의 하지 않으니까 빙리 씨가 일부러 찾아오기 전에는 두 사람이 만날 일은 없을 거야."

외숙모의 제안에 제인은 흔쾌히 찬성했다. 가드너 부부는 일주일 정도 롱본에 머물렀다. 이곳에서는 필립스 집안과 루커스 집안 식구들, 그리고 장교들 때문에 날마다 연회가 계속되었다. 베넷 부인은 동생 부부를 위한 연회에 너무 신경을 썼기 때문에, 베넷 식구들은 단 한 번도 가족끼리만 식사를 한 적이 없었다. 집에서 모임이 있을 때면 장교들 몇몇이 늘 함께했는데 그때마다 위컴은 항상 참석했다.

그리고 매번 열심히 위컴을 칭찬하는 엘리자베스를 보며, 가드너 부인은 두 사람의 관계를 의심하며 주의 깊게 살펴보았다. 그들이 심각하게 교제하는 것 같진 않았지만, 서로 관심을 갖고 있는 것이 눈에 띄었던 부인은 좀 걱정이 되었다. 그래서 그녀는 하트퍼드셔를 떠나기 전에 엘리자베스와 그 문제에 대해서 이야기를 나누며, 그런 감정을 키우는 것은 성급한 행동이라고 일러주어야겠다고 마음먹었다.

위컴은 여러 가지 매력을 지니고 있었고, 또한 가드너 부인을 기쁘게 해줄 또 한 가지를 갖고 있었다. 부인은 결혼하기 십여 년 전에 더비셔에서 오랫동안 살았는데 위컴 역시 그 근처에서 살았다. 그래서 그들은 공통으로 아는 사람들이 많이 있었다. 위컴은 5년 전에 다아시의 부친께서 세상을 떠난 후 거의 그곳에 가본 적이 없었지만, 부인이 전에 알고 지내던 사람들에 대해 그녀가 알고 있는 것보다 더 새로운 소식을 전해 줄 수 있었다.

가드너 부인은 펨벌리를 가본 적이 있었고, 돌아가신 다아시 부친의 평판에 대해서도 잘 알고 있었기 때문에 화제는 끊이지 않고 계속 이어졌다. 자신이 기억하는 펨벌리와 위컴의 이야기를 비교해 보기도 하고, 이제는 고인이 된 다아시 부친의 인품을 칭송하면서 그녀는 스스로도 즐거웠고 위컴도 즐겁게 해주었다.

그리고 위컴으로부터 다아시가 그에게 어떤 대우를 했는지 들었고, 그녀는 다아시가 아직 어린 소년이었을 때 그런 행동과 일치하는 소문을 들을 것은 없는지 기억해 내려고 애를 썼다. 그러다 마침내 그녀는 다아시가 무척 거만하고 고집 센 소년이었다는 소문을 들은 적이 있었다며 확신에 찬 어조로 말했다.

3

가드너 부인은 엘리자베스와 단둘이 있게 되자 그녀가 잘 알아들도록 주의를 주며 이렇게 말했다.

"리지야, 정말로 조심해야 된다. 재산이 없기 때문에 사랑에 휩쓸리거나 상대방을 끌어들이는 경솔한 행동을 해서는 안 돼. 그는 정말 괜찮은 청년 같더구나. 마땅히 가져야 할 재산만 있었다면 그만큼 괜찮은 상대도 없다고 생각해. 하지만 현실적으로 생각해야 한다. 결코 감정에 휩쓸려서는 안 돼."

"위컴 씨를 사랑하고 있는 건 아니에요. 그건 확실해요. 하지만 지금껏 만난 사람들 중에 가장 마음에 드는 남자이긴 해요. 제가 외숙모께 약속드릴 수 있는 건 너무 성급하게 행동하지 않겠다는 거예요."

"지금처럼 그가 너희 집에 자주 드나들지 않도록 하는 게 좋을 것 같구나."

"그 사람이 항상 자주 오는 건 아니에요. 이번 주에는 외숙모 때문에 그를 자주 초대한 거예요. 하지만 앞으로는 정말 현명하게 처신할게요. 제 명예를 걸고 말씀드리는 거예요. 이 정도면 만족스러우시죠?"

외숙모는 그렇다고 대답했다. 엘리자베스는 외숙모의 친절한 조언에 감사 인사를 전하며 두 사람은 헤어졌다. 가드너 부인은 이 문제에 대해 그녀의 감정이 상하지 않게 조언을 해준 것이다.

가드너 부부와 제인이 하트퍼드셔를 떠나고 얼마 되지 않아 콜린스가 돌아왔다. 그러나 그는 루커스 가에서 지냈기 때문에 베넷 부인에게 불편을 주진 않았다. 그의 결혼 날짜가 빠르게 다가오고 있었다. 베넷 부인은 이제 그 결혼이 불가피하다고 생각해서인지 체념하며 빈정대는 어조로 말했다.

"두 사람이 행복하기를 바란다."

결혼식은 목요일로 예정되어 있었기에, 수요일에 루커스 양이 작별 인사를 하러 왔다. 그녀가 베넷 부인에게 인사를 하고 일어섰다. 엘리자베스는 딱딱한 태도로 마지못해 인사를 건네는 어머니의 태도가 부끄러웠다. 그래서 그녀는 진심으로 샬럿을 배웅했다. 함께 계단을 내려올 때 샬럿이 말했다.

"엘리자, 자주 소식 전해 줘."

"그럼, 물론이지."

"그리고 부탁이 하나 더 있는데 우리 집으로 나를 만나러 와줄래?"

"하트퍼드셔에서 자주 만나게 되겠지. 그러길 바라고."

"당분간은 켄트를 떠나지 못할 것 같아. 그러니까 헌스퍼드로 오겠다고 약속해 줘."

엘리자베스는 그것이 썩 유쾌한 방문이 될 거라고는 생각하지 않았지만 차마 거절할 수 없었다.

"아버지가 마리아를 데리고 3월에 오실 거야. 그때 함께 온다고 약속해. 엘리자, 진심으로 아버지나 마리아만큼 환영할게."

결혼식이 거행되었다. 신랑과 신부는 교회를 나와 켄트로 향했다. 언제나 그렇듯 이 결혼에 대해서도 이런저런 말들이 오갔다. 그리고 얼마 후 엘리자베스는 샬럿으로부터 편지를 받았다. 그들은 예전처럼 자주 편지를 주고받았으나 솔직한 얘기를 나눌 순 없었다. 엘리자베스는 편지를 쓸 때마다 더 이상 그녀에게 속마음을 털어놓을 수 없다고 생각했다.

제인은 엘리자베스에게 런던에 잘 도착했음을 알리는 몇 줄의 소식을 적어 보냈다. 엘리자베스는 언니의 다음 편지에는 빙리 가족들에 대한 소식이 있기를 바랐다. 하지만 엘리자베스가 그토록 기다린 두 번째 편지는 그녀의 기대에 미치지 못했다. 제인은 런던에 머문 지 일주일이 지났지만 캐롤라인을 만나지도, 소식을 듣지도 못했다고 했다. 제인은 자신이 롱본을 떠나기 전에 마지막으로 캐롤라인에게 보낸 편지가 분실되어서 그럴 수도 있을 거라며 스스로를 위로하려는 듯했다. 엘리자베스는 편지를 읽고는 고개를 저었다. 언니가 런던에 있다는 사실을 빙리가 알 수 있는 방법은 우연에 맡겨야만 할 것 같았다.

4주일이 지났다. 하지만 제인은 빙리의 그림자도 보지 못했다. 그녀는 섭섭한 감정을 참아내려고 애썼다. 그러나 빙리 양의 무관심한 태도를 모른 척할 순 없었다. 제인은 보름 동안을 매일 아침 집에서 기다렸으며, 저녁때는 사정이 있어 오지 못했을 거라고 거듭 그녀를 두둔했다. 그러다 마침내 빙리 양이 나타났다. 그러나 그녀는 곧 돌아갔고 그녀의 태도가 확실히 변했기 때문에 제인은 더 이상 스스로를 속일 수 없었다. 그녀가 다녀간 후 동생에게 쓴 제인의 편지를 통해 그녀의 기분을 잘 알 수 있었다.

사랑하는 내 동생 리지에게!

넌 내가 그동안 빙리 양의 태도를 잘못 판단했다는 고백을 한다고 해서 나를 비웃고, 네 판단이 옳았다며 기세등등할 사람은 아니지. 하지만 리지야, 너의 판단이 옳았다는 것을 확인했지만 캐롤라인의 행동을 생각해 보면 그녀에 대한 내 믿음은 네가 의심하고 있던 만큼 당연했다고 생각해. 이렇게 말하는 나를 고집쟁이라고 생각하진 않았으면 좋겠다. 그녀가 나와 친해지고 싶어 했던 이유를 전혀 모르겠지만, 만약 같은 일이 다시 일어난다 해도 나는 또 속게 될 것 같아.

캐롤라인은 어제가 돼서야 나를 찾아왔어. 그동안 단 한 줄의 글도, 쪽지 한 장도 받지 못했지. 그녀가 찾아오긴 했지만 그 방문마저도 결코 유쾌하지 않았어. 일찍 찾아오지 못해서 미안하다는 형식적인 사과를 했고, 다시 만나자는 말은 한 마디도 하지 않았지.

다른 사람처럼 변해 버린 그녀를 보고 그녀가 외숙모 댁에서 나갈 때, 나는 이미 그녀와 교제를 끊기로 결심했어. 유감이지만 그녀를 비난할 수밖에 없을 것 같아. 그래도 난 캐롤라인을 측은하게 생각해. 자신의 행동이 잘못된 거라는 걸 분명 알고 있을 테고, 그게 자기 오빠에 대한 걱정 때문이라는 것도 확실하니까. 그리고 자기 오빠가 소중한 것은 당연한 거고 그를 걱정하는 것도 자연스러운 일이지. 하지만 그녀가 아직도 그런 걱정을 하고 있다는 게 놀라울 뿐이야. 만일 빙리 씨가 조금이라도 나를 좋아했다면 우리는 이미 만났어야 했어.

캐롤라인의 말을 들어보니 빙리 씨는 내가 런던에 있다는 것을 확실히 알고 있어. 그런데 그녀는 자기 오빠가 다아시 양을 마음에 두고 있다고 믿고 싶어 하는 것 같았어. 나는 이해가 안 돼. 극단적으로 말하면 이번 일에는 뭔가 속임수가 있는 것 같아. 하지만 이 괴로운 생각들을 떨치도록 노력할게. 그리고 한결같은 외삼촌과 외숙모의 친절한 마음만 생각할 거야. 네 답장을 빨리 볼 수 있으면 좋겠구나.

빙리 양은 자기 오빠가 다시는 네더필드에 돌아가지 않을 거고, 그 집을 내놓겠다고 말했어. 그런데 아직 확실한 건 아니야. 이 얘기는 더 이상 하지 않는 게 좋을 것 같다. 네가 헌스퍼드에 있는 샬럿한테서 편지를 받았다니 나도 기쁘구나. 윌리엄 경과 마리아가 그곳을 방문할 때 그들과 함께 꼭 동행하렴. 그곳에 가면 마음이 편해질 거야.

언니로부터

편지를 읽은 엘리자베스는 마음이 좀 아팠다. 하지만 이제 더이상은 제인이 빙리 양에게 속지 않을 거라고 생각하니 다시 기운이 났다. 빙리에 대한 기대도 이제는 사라져버렸다. 또한 엘리자베스는 그의 애정이 다시 살아나는 것도 바라지 않았다. 곰곰이 생각해 볼수록 그의 인품을 믿을 수가 없었던 것이다.

이즈음에 가드너 부인은 엘리자베스에게 위컴에 관한 조언을 상기시키며 소식을 전해 달라고 말했다. 그래서 엘리자베스는 외숙모가 좋아할 만한 소식을 전할 수밖에 없었다. 이제 위컴의 호의는 줄어들었고 친절함도 사라졌다. 그는 다른 여자에게 관심을 갖고 있었던 것이다. 엘리자베스는 이 모든 변화를 알 수 있을 정도로 그를 주의 깊게 지켜보고 있었다. 하지만 그녀는 그런 상황을 지켜보는 것과 그 일에 대한 이야기를 편지를 쓰는 것에도 큰 충격을 받지 않았다. 재산만 있었다면 자기야말로 그의 유일한 선택을 받았을 거라 믿었고, 그렇게 생각하자 그녀의 허영심이 채워지게 되었다. 그가 지금 잘 보이려고 노력하는 아가씨에게 1만 파운드의 재산이 있다는 것이 그녀의 가장 큰 매력이었기 때문이다.

하지만 엘리자베스는 많은 재산을 얻으려는 위컴의 욕망을 비난하진 않았다. 오히려 그것이 자연스러운 거라 생각했다. 그래서 그녀는 그의 선택을 이해하며 진심으로 그의 행복을 빌어주었다. 엘리자베스는 가드너 부인에게 이 모든 일에 관한 소식을 전했다.

친애하는 외숙모께!

생각해 보니 저는 그다지 열렬한 사랑에 빠지진 않았던 것 같아요. 제가 만일 순수하고 고상한 감정에 빠졌더라면, 저는 지금쯤 그 사람의 이름만 들어도 증오하고 온갖 비난을 퍼부었을 테니까요.

하지만 저는 위컴 씨뿐만 아니라 킹 양에게도 나쁜 감정은 없어요. 사랑했었다면 이러진 않았겠죠. 제가 사랑에 푹 빠져 정신없이 행동했다면 주변 사람들에게 흥미의 대상이 되었겠지만 그다지 주목받지 못한 것에 대한 아쉬움은 없어요. 소중한 경험을 위해 때로는 아주 비싼 대가를 치르기도 하니까요. 위컴 씨의 변심 때문에 저보다 키티와 리디아가 오히려 더 마음 아파하고 있어요. 그 애들은 세상 물정을 잘 몰라서 걱정이 돼요. 못생긴 남자뿐만 아니라 잘생긴 남자도 생활하는데 재산이 필요하다는 현실을 선뜻 받아들이지 못하고 있으니까요.

4

롱본 가에 더 이상 큰 사건은 일어나지 않았다. 때로는 지저분하고 추운 메리튼으로 산책을 나가는 것 외에는 큰 변화 없이 1월과 2월이 지나갔다. 엘리자베스는 3월에 헌스퍼드에 갈 예정이었다. 처음에 그녀는 그곳에 가는 것을 그다지 진지하게 생각하지 않았다. 하지만 샬럿이 그 계획에 큰 기대를 하고 있다는 것을 알게 되었고, 엘리자베스 자신도 그 계획에 대해 점점 더 확실하게, 그리고 유쾌하게 생각하게 되었다.

오랜 시간 동안 떨어져 있었기 때문에 그녀는 샬럿이 보고 싶어졌고, 콜린스에 대한 불쾌한 마음도 누그러졌다. 그리고 이런 계획도 새롭다고 느꼈으며 마음이 맞지 않는 어머니와 동생들과 집에 있는 것이 좋지만은 않았던 까닭에 약간의 변화를 주는 것도 괜찮을 것 같았다. 또한 그 여행길에서 제인도 만날 수 있을 테니까 말이다.

단 하나 마음에 걸리는 것은 아버지를 두고 가는 것이었다. 아버지는 분명 엘리자베스를 그리워할 것이다. 떠나는 날이 되자 아버지는 서운해하시며 엘리자베스에게 꼭 편지를 보내라고 말했고, 답장을 꼭 쓰겠다는 약속도 했다.

위컴과는 유쾌하게 작별 인사를 나누었다. 그는 엘리자베스에게 다정하게 대해 주었다. 엘리자베스는 그가 앞으로 결혼을 하거나 혹은 독신으로 지내든 늘 다정하고 유쾌한 남성의 전형이 될 거라 확신하며 그와 헤어졌다.

다음 날, 엘리자베스와 함께 여행을 떠난 일행은 위컴에 대한 그녀의 호감을 줄여줄 만큼 괜찮지는 않았다. 윌리엄 루커스 경과 착하긴 하지만 아버지만큼 머리가 텅 빈 그의 딸 마리아는 들을 가치가 있는 이야기를 단 한 마디도 하지 않았기 때문이다. 그들의 이야기를 듣고 있을 바에야 차라리 덜컹거리는 마차 소리에 귀 기울이는 게 나을 것 같았다. 그나마 나이든 윌리엄 경이 왕을 알현하고 기사 작위를 수여받을 때의 케케묵은 옛날이야기보다는 차라리 말도 안 되는 마리아의 이야기가 나았다.

여행길은 겨우 24마일이었고 게다가 아침 일찍 출발했기 때문에 정오가 되자 그레이스처치 가에 도착했다. 그들의 마차가 가드너 씨 댁 문 앞에 서자, 응접실 창가에서 그들이 도착하는 것을 지켜보던 제인이 나와서 그들을 반갑게 맞아주었다.

엘리자베스는 언니의 얼굴이 예전처럼 건강하고 아름다운 것을 확인하고는 기뻐했다. 계단 위에는 남자아이들과 여자아이들이 서 있었다. 그들은 사촌이 보고 싶어서 응접실에서 기다리지 못하고 나와 있었지만 일 년 동안이나 보지 못했기 때문에 수줍어하며 더 이상 가까이 오지 못하고 있었다. 모두들 기뻐했고 친절하게 대해 주었다. 유쾌한 하루가 지나갔다. 낮에는 소란스럽게 쇼핑을 했고 저녁에는 극장에 갔다.

극장에서 엘리자베스는 외숙모 옆에 앉았다. 그들의 첫 번째 화제는 제인이었다. 엘리자베스는 외숙모에게 여러 질문을 했다. 제인이 늘 명랑하려고 애쓰고 있지만, 때때로 우울해한다는 대답을 들은 엘리자베스는 놀라기보다는 마음이 아팠다. 그 기간이 오래 지속되지 않길 바랄 뿐이었다. 또한 가드너 부인은 빙리 양이 그레이스처치 가를 찾아왔던 일에 대해 자세히 말하며 제인이 빙리 양과의 교제를 단념했다는 확신이 드는, 제인과 자신이 나누었던 대화에 대해 이야기했다.

그런 다음 가드너 부인은 엘리자베스가 위컴한테 실연당하지 않았느냐고 놀리면서 그래도 잘 견디고 있다며 칭찬해 주었다.

"그런데 엘리자베스, 킹 양은 어떤 아가씨니? 위컴 씨가 그저 돈에만 관심이 있는 사람이라고 생각하고 싶진 않은데."

"외숙모, 결혼을 하는데 있어 돈에 관심이 있는 결혼과 신중한 결혼의 차이는 무언가요? 어디까지가 신중함이고 또 어디까지가 욕심일까요? 지난 크리스마스 때 그 사람이 저와 결혼하게 될까 봐 걱정하셨잖아요. 그런 저에게 신중하지 못하다고 하셨고요. 그런데 지금은 겨우 1만 파운드의 재산이 있는 여자를 택하려 한다며, 그를 돈에만 관심 있는 사람으로 생각하시는 것 같아요."

"킹 양이 어떤 아가씨인지 알려주면 잘 판단해 볼게."

"아마 꽤 괜찮은 아가씨일 거예요. 안 좋은 소문은 못 들었으니까요."

"하지만 위컴 씨는 그 아가씨의 할아버지께서 돌아가셔서 재산을 상속받기 전에는 그녀한테 관심이 없었잖니."

"그 말씀도 맞아요. 하지만 그가 관심을 가질 만한 이유도 없잖아요. 제가 재산이 없기 때문에 그가 제 애정을 구해서는 안 되는

거였다면, 좋아하지도 않고 재산도 없는 여자한테 사랑을 고백할 이유가 어디 있겠어요?"

"하지만 재산을 상속받자마자 그렇게 빨리 그 아가씨에게 관심을 보이는 건 품위 없는 행동이야."

"외숙모 좋으실 대로 생각하세요. 그는 돈만 밝히는 사람이고, 그 아가씨는 어리석은 여자라고 말이에요."

"아니야, 리지. 난 그렇게 생각하고 싶진 않다. 더비셔에서 그렇게 오래 살았던 청년을 나쁘게 생각한다면 내 기분이 좋을 수 없다는 걸 너도 잘 알고 있잖니."

"저는 지금 더비셔에 살고 있는 청년들에 대해 그다지 좋게 생각하진 않는데요. 하트퍼드셔에 있는 그 사람의 친구들도 나을 게 없고요. 그런 사람들은 모두 지긋지긋해요. 정말 다행이에요! 내일 제가 가는 곳에는 장점이 하나도 없는, 예의도 분별력도 없는 남자를 만나게 될 테니까요. 결국 어리석은 남자들만이 교제할 가치가 있는 사람들이니까요."

"조심해라, 리지야. 너무 절망적으로 들리니까."

연극이 끝나기 전, 외숙모는 리지에게 자기 부부가 여름에 가기로 계획한 여행에 동행해 달라고 말했다.

"얼마나 멀리 갈지는 아직 결정하지 않았지만 아마도 호수 지방까지는 갈 것 같아."

엘리자베스에게 그보다 더 기쁜 일은 없었다. 그녀는 감사하는 마음으로 흔쾌히 그 초대를 받아들였다. "오 정말 고마워요, 외숙모!" 그녀는 기쁨에 넘치는 목소리로 말했다. "정말 기뻐요! 얼마나 좋은지 몰라요! 실망스럽고 우울한 일들은 모두 잊겠어요. 바위나 산들에 비한다면 남자들은 아무것도 아니죠. 아! 정말 멋진 시간이 될 것 같아요. 여행에서 돌아올 때는 자신이 무엇을 보았는지조차 정확하게 묘사할 줄 모르는 다른 여행자들처럼 되지는 않을 거예요. 우리가 갔던 곳에 대해 자세히 알고 싶고, 우리가 본 걸 모두 다 기억해 내고 싶어요. 호수나 산, 강들이 상상 속에서 뒤섞이지 않도록 하겠어요. 또 어떤 경치를 묘사하려고 할 때도 혼란스럽지 않게 할 거예요. 우리가 처음으로 표출하는 기쁨도 다른 여행자들보다는 더 괜찮아야 할 테고요."

5

다음 날의 여행은 엘리자베스에게 모두 새롭고 흥미로웠다. 기쁨을 느낄 만큼 감정의 여유가 생겼고 언니의 상태도 좋았기에 그녀는 근심을 덜 수 있었다. 또한 북부 지방으로의 여행에 대한 기대가 계속 즐거움의 원천이 되어주었다.

마차가 큰길을 벗어나 헌스퍼드로 향하는 좁은 길로 들어서자 모두의 시선은 목사관을 찾아 두리번거렸다. 그래서 그들은 모퉁이를 돌 때마다 목사관이 보이지 않나 하고 기대를 했다. 로징스 장원의 울타리가 길 한쪽으로 이어져 있었다. 엘리자베스는 로징스에 살고 있는 사람들에 대한 이야기를 떠올리며 미소를 지었다.

마침내 목사관이 모습을 드러냈다. 길을 향해 경사진 정원과 그 안에 세워져 있는 집들, 푸른색 울타리와 계수나무로 둘러싸인 담장, 이 모든 것들을 통해 그들이 목적지에 도착했음을 알 수 있었다.

콜린스와 샬럿이 문 앞에 나와 있었다. 마차는 거리가 얼마 되지 않는 자갈길을 지나 집으로 통하는 작은 문 앞에 멈추어 섰다. 모두들 마차에서 내려 서로 기쁨을 나누었다. 콜린스 부인은 몹시 기뻐하며 친구를 환영했고, 엘리자베스는 그녀의 진심 어린 환영에 더욱더 오기를 잘했다고 생각했다.

콜린스의 태도는 결혼 후에도 크게 달라지지 않았다. 격식을 차리는 그의 정중한 인사는 전과 다름 없었다. 그는 엘리자베스를 얼마간 문 앞에 세워놓고는 식구들의 안부를 묻고 대답을 들었다. 그리고 나서 집 안으로 들어갔다. 그들이 응접실에 들어서자마자 콜린스는 다시 한 번 그들의 방문에 감사 인사를 전하며 지나칠 정도로 격식을 차렸다.

콜린스는 균형 있는 방의 배치와 구조, 가구 등을 보여주며 특히 엘리자베스를 향해 말을 건네고 있었다. 마치 자신의 청혼을 거절함으로써 그녀가 얼마나 많은 것들을 잃었는지 느끼게 해주려는 것처럼 말이다.

모든 것이 깨끗하고 편안해 보였지만 엘리자베스는 후회의 기미를 보이며 그를 기쁘게 해줄 수는 없었다. 이런 남편과 같이 살면서도 그토록 유쾌한 태도를 가질 수 있는 샬럿이 놀라워, 그녀는 친구를 다시 보게 되었다. 콜린스는 아내가 부끄럽게 느낄 만한 말들을 여러 번 했는데, 그럴 때마다 샬럿은 살짝 얼굴이 붉어지긴 했지만 대부분은 못 들은 척하며 지혜롭게 대처했다.

그들은 응접실에 앉아 모든 가구들에 대해 한참 동안 감탄을 주고받았다. 그리고 여행 중에 있었던 일들과 런던에서 있었던 일들에 대해 이야기를 나눈 후에, 콜린스는 그들에게 정원으로 산책을 가자고 청했다.

정원은 넓었으며 잘 정돈되어 있었는데 콜린스가 정성스럽게 직접 가꾼 것이라고 했다. 그는 정원을 가꾸는 일이 가장 즐거운 취미 중의 하나라면서 산책길을 안내했고 자신이 원하는 칭찬을 들을 새도 없이 혼자서 모든 설명을 했다. 하지만 그의 세세한 설명 때문에 아름다움에 대한 감상이 오히려 방해되었다.

정원 구경을 마친 뒤에 콜린스는 두 군데의 목장으로 그들을 안내하려고 했다. 하지만 숙녀들은 아직 하얀 눈이 남아 있는 길을 걸을 만한 신발을 신고 있지 않았기 때문에 집으로 되돌아와야만 했다. 윌리엄 경만 그를 따라갔고 샬럿은 동생과 친구를 집으로 데려갔다.

그녀는 남편의 도움 없이 집 구경을 시킬 수 있게 되어 몹시 기쁜 듯했다. 집은 아담한 편이었지만 튼튼하고 편리해 보였다. 모든 것이 깨끗하고 균형 있게 잘 정돈되어 있었는데, 엘리자베스는 그것이 샬럿의 솜씨라는 것을 알 수 있었다. 콜린스를 잊고 있는 동안에는 정말 아늑한 분위기였다. 샬럿 또한 그 분위기를 즐기고 있는 것을 보면 콜린스는 때때로 잊히는 게 틀림없었다.

그날 저녁, 그들은 주로 편지로 나누었던 하트퍼드셔에 관한 이야기를 했다. 그러고 나서 엘리자베스는 샬럿이 얼마나 행복하게 살고 있을까에 대해 혼자 곰곰이 생각해 보았다. 집 안 구경을 시켜주며 했던 말들과 남편을 대하는 태도와 침착함에 대해 이해하려고 했으며, 이 모든 것들이 잘 이루어졌다는 것을 인정하지 않을 수 없었다.

또한 그녀는 이곳에서 무엇을 하며 보낼지에 관해서도 생각해 보았다. 대부분은 조용히 보낼 것이고 때로는 콜린스가 간섭하며 당황스럽게 할 것이다. 그녀는 로징스 사람들과의 교제는 다소 시끄러울 것 같다고 생각했다. 그녀의 놀라운 상상력은 순식간에 이 모든 것들을 그 자리에서 그려낼 수 있도록 만들었다.

다음 날 정오쯤 엘리자베스가 방에서 산책 나갈 준비를 하고 있을 때 갑자기 아래층에서 시끄러운 소리가 났다. 그녀는 잠시 귀를 기울이고 있었는데, 그때 누군가가 서둘러 계단을 뛰어올라 오며 큰 소리로 그녀의 이름을 불렀다. 엘리자베스가 문을 열자 계단에 서 있던 마리아와 눈이 마주쳤다. 흥분한 마리아는 거친 숨을 내쉬며 소리쳤다.

"오, 엘리자! 빨리 식당으로 가봐. 정말 재미있는 일이 벌어지고 있으니! 무슨 일인지는 말하지 않을래. 어서 내려와."

엘리자베스는 무슨 일인지 물어보았지만 소용이 없었다. 마리아가 더 이상 아무 말도 하지 않았기 때문에 그녀는 오솔길이 보이는 식당으로 내려가 그 놀라운 구경거리를 찾아갔다.

"겨우 이게 다야?" 엘리자베스가 소리쳤다. "난 누가 돼지 떼라도 끌고 정원 안으로 들어온 줄 알았는데, 겨우 캐서린 부인하고 그 딸이라니!"

"아니, 엘리자." 그녀가 잘못 알고 있는 것에 놀란 마리아가 말했다. "캐서린 부인이 아니야. 나이 드신 분은 그 댁에 같이 사는 젠킨슨 부인이야. 또 한 사람은 드 버그 양이고. 자세히 봐. 정말 작아. 저렇게 마르고 작은 여자일 줄은 몰랐는데!"

"이렇게 바람이 세게 부는데 샬럿을 집 밖에 서 있게 하다니 정말 무례하네. 왜 안 들어오는 거지?"

"샬럿이 말하는데 그 아가씨는 집 안에 좀처럼 들어오지 않는대. 드 버그 양이 집 안으로 들어온다는 건 대단한 호의를 보이는 거라던데."

"외모가 마음에 드는데." 갑자기 다른 생각이 떠오른 엘리자베스가 말했다. "병약하고 예민하게 보여. 그래, 그 사람하고 아주 잘 어울릴 것 같아. 그의 아내로 적당할 듯해."

콜린스와 샬럿은 정원 문 옆에 서서 손님들과 이야기를 주고받았다. 윌리엄 경은 문 앞에 서서 자기 앞에 있는 고귀한 분을 바라보며, 드 버그 양이 자신을 쳐다볼 때마다 계속 몸을 숙였다. 이 광경을 보며 엘리자베스는 재미있어 했다.

마침내 대화가 끝났고 두 숙녀들은 마차를 타고 떠났다. 그리고 나머지 사람들은 집으로 들어왔다. 콜린스는 엘리자베스와 마리아를 보자마자 행운이라며 축하 인사를 했다. 그리고 샬럿은 그들에게 내일 로징스의 만찬에 모두 초대를 받았다고 전했다.

6

그 초대로 인해 콜린스의 승리감은 절정에 달했다. 자신의 후견인이 얼마나 고귀한 신분인지 손님들에게 자랑함으로써 그들이 감탄하도록 만들고, 캐서린 부인이 자기 부부를 배려하는 마음을 보여주면서 자신의 능력을 과시하고 싶었던 것이다. 그가 말했다.

"사실 그분께서 일요일 저녁에 로징스로 차를 마시러 오라고 하셨다면 그렇게 놀라진 않았을 겁니다. 그분의 다정함을 잘 알고 있으니 그런 말씀 정도는 예상하고 있었죠. 하지만 이렇게 큰 호의를 베푸실지 누가 상상이나 했겠어요? 여러분들이 오신 뒤 이렇게 빨리 초대해 주실 거라고는 생각지도 못했습니다. 게다가 여러분 모두를 초대해 주셨으니 상상조차 할 수 없는 일이죠!"

"나는 이런 일이 그다지 놀랍진 않군." 윌리엄 경이 말했다.

"귀족들의 예의가 어떤 건지는 내 지위 덕분에 좀 알고 있다네. 궁정에서는 그런 품위 있는 태도가 자주 있으니 말일세."

그날 하루 종일, 그리고 다음 날 아침까지도 그들은 로징스 방문 외의 다른 대화는 거의 나누지 않았다. 콜린스는 손님들이 위압감을 느끼지 않도록 로징스의 멋진 방과 수많은 하인들, 화려한 음식들에 대해 자세히 가르쳐주었다.

숙녀들이 모두 옷을 갈아입기 위해 일어서자 그가 엘리자베스에게 말했다.

"옷에 대해서는 너무 걱정하지 마세요, 엘리자베스. 캐서린 부인께서는 그분의 따님에게나 어울리는 우아한 복장을 우리가 해야 된다고 생각하진 않으실 겁니다. 그냥 당신의 옷 중에서 제일 괜찮은 것으로 입으면 됩니다. 꼭 좋은 옷을 입어야 할 필요는 없으니까요. 캐서린 부인께서는 옷차림이 수수하다고 해서 당신을 나쁘게 생각하진 않으실 겁니다. 그분께서는 신분에 맞게 행동하는 것을 좋아하시니까요."

모두들 옷을 입는 동안 콜린스는 두서너 번이나 여기저기 찾아가 방문을 두드렸다. 그는 캐서린 부인께서는 손님이 늦게 도착해서 저녁 식사가 늦어지게 되면 몹시 싫어하실 테니 다들 빨리 준비하라며 재촉했다. 캐서린 부인과 그녀의 생활 태도에 대한 설명을 들은 마리아 루커스는 사교에 익숙하지 않았기 때문에 몹시 겁을 먹었다. 마리아는 자신의 아버지가 세인트 제임스 궁의 알현식에서 느꼈던 불안감만큼 떨리는 마음으로 로징스 방문을 기대하고 있었다.

현관을 향해 계단을 오를 때마다 마리아는 점점 더 놀라게 되었고, 윌리엄 경도 침착한 태도를 잃어가고 있었다. 하지만 엘리자베스는 용기를 잃지 않았다. 만일 캐서린 부인이 특별한 재능이나 놀랄 만한 덕을 지녔다는 말을 들었다면 그녀를 대단한 사람이라고 생각했을 것이다. 하지만 그녀는 단지 돈과 높은 지위에서 위엄을 보이는 것이기 때문에 자신이 특별히 두려워할 필요는 없다고 생각했다.

캐서린 부인은 자리에서 일어나 정중하게 그들을 맞이했다. 콜린스 부인은 남편과 의논한 끝에 자신이 일행들을 소개하기로 했기에, 만약 콜린스였다면 필요하다고 생각했을 형식적인 인사들을 생략하며 적절하게 소개를 마쳤다.

세인트 제임스 궁에서 국왕을 알현한 경험이 있는 윌리엄 경도 웅장한 분위기에 완전히 압도되었는지 깊숙이 허리를 굽혀 인사를 했을 뿐, 한 마디도 하지 못하고 자리에 앉아버렸다. 그의 딸 마리아는 거의 정신이 나간 상태로 겨우 의자 끝에 걸터앉아서는 어쩔 줄 몰라 하고 있었다.

엘리자베스는 모든 상황을 차분하게 받아들이며 침착한 태도로 앞에 있는 세 부인들을 관찰했다. 캐서린 부인은 키가 크고 체구도 컸는데 한때는 아름다웠을 것 같은 모습이었지만 별로 부드러운 편은 아니었다. 손님들을 맞이하는 태도 또한 그들이 자신들의 낮은 신분을 새삼 느끼게 될 만큼 딱딱한 편이었다. 부인은 저절로 위엄이 드러나는 사람은 아니었다. 그녀는 자신의 신분을 강조라도 하듯 강한 말투로 말했기 때문에 엘리자베스는 곧 위컴이 했던 말이 떠올랐다. 그날 관찰한 결과를 종합해 보니 캐서린 부인은 위컴이 말한 그대로였다.

그런 다음 드 버그 양에게 시선을 돌린 엘리자베스는 그녀가 몹시 마르고 작았기 때문에 마리아만큼 놀라지 않을 수 없었다. 그녀는 창백하고 약해 보였고 못생기진 않았지만 평범한 편이었다.

만찬은 정말로 훌륭했다. 콜린스가 말한 대로 많은 하인들과 멋진 요리들이 나왔다. 콜린스는 자기가 예상한 대로 캐서린 부인의 청에 따라 식탁 맨 끝 주빈 자리에 앉았는데, 그는 지금 이 순간이 생애 최고의 순간인 것처럼 기쁨에 가득 차 빠른 동작으로 고기를 썰어 먹으며 찬사를 늘어놓았다. 요리가 하나씩 나올 때마다 콜린스는 칭찬을 아끼지 않았으며 윌리엄 경도 마찬가지였다. 엘리자베스는 캐서린 부인이 대체 그런 일을 어떻게 견뎌낼 수 있을지 궁금했다. 그러나 캐서린 부인은 오히려 그들의 과도한 찬사에 기뻐했으며, 특히 식탁 위에 놓인 어떤 음식을 그들이 처음 먹어보는 거라고 할 때는 더욱 만족스러운 미소를 보이곤 했다.

엘리자베스는 기회가 되면 언제든 주저하지 않고 대화에 참여하려 했지만 그럴 수 없었다. 그녀는 샬럿과 드 버그 양 사이에 앉게 되었는데 샬럿은 캐서린 부인의 말을 듣느라 정신이 없었고, 드 버그 양은 식사하는 동안 한 마디도 하지 않았다. 젠킨슨 부인은 드 버그 양이 얼마나 음식을 먹는지 지켜보다가, 잘 먹지 않으면 걱정하며 다른 음식을 권하는 일에만 집중했다. 그 자리에서 마리아가 이야기를 꺼낸다는 것은 상상조차 할 수 없었고, 남자들은 그저 음식을 먹고 찬사를 늘어놓는 일에만 신경을 썼다.

응접실로 돌아온 숙녀들은 캐서린 부인의 이야기를 듣는 것 말고는 별로 할 일이 없었다. 캐서린 부인은 커피가 나올 때까지 쉬지 않고 자신의 생각을 말했는데, 다른 사람의 말은 잘 듣지 않는 습관을 지닌 듯했다. 캐서린 부인은 샬럿에게 집안 살림에 대해 자세히 물어보았고, 모든 일들을 어떻게 처리해야 하는지에 대해서도 여러 가지 충고를 해주었다. 또한 샬럿의 집처럼 규모가 작은 집은 관리 방식이 어떻게 달라지는지에 대해서도 알려주었으며, 암소와 닭 등 가축을 키우는 방법 또한 알려주었다.

캐서린 부인은 샬럿과 이야기를 나누면서 이따금 마리아와 엘리자베스에게도 여러 가지 질문을 했다. 부인은 특히 엘리자베스에게 관심을 가졌는데, 그녀는 엘리자베스에게 가족관계에 대해 상세히 물었다. 자매들의 외모와 교육, 그리고 아버지가 소유한 마차에 관해서도 물었고, 결혼 전 어머니의 성에 대해서도 질문했다. 엘리자베스는 이런 질문들이 너무 무례하다고 생각했지만 차분한 태도로 대답했다. 그러자 캐서린 부인이 이렇게 말했다.

"아버님의 재산이 콜린스 씨에게 한정상속되겠군. (그녀는 샬럿을 쳐다보며) 자네에게는 잘된 일이야. 하지만 나는 왜 여자들이 재산 상속을 받지 못하는지 이유를 모르겠어. 루이스 드 버그 경 집안에서는 그럴 필요가 없었으니. 참, 피아노 연주와 노래도 하나, 베넷 양?"

"조금 합니다."

"오! 그럼 언제 좀 들려주지 않겠나? 우리 집 피아노는 아주 멋지거든. 이것보다 나은 건 어디에도 없을 거야. 자매들도 다 연주와 노래를 할 줄 아나?"

"한 사람만 할 줄 알지요."

"왜 모두 배우지 않은 거지? 모두 배웠으면 좋았을 텐데. 웨브 씨네 딸들은 다들 연주를 하던데. 웨브 씨의 수입이 아가씨 아버지의 수입보다 많지도 않은데 말이야. 그림은 좀 배웠나?"

"아뇨, 전혀 그릴 줄 모릅니다."

"아니, 식구들 중에 아무도 못 한다는 건가?"

"네. 아무도요."

"거참 이상하네. 뭐, 기회가 없었던 모양이지. 자네 어머니께서 매년 봄에 런던으로 딸들을 데리고 가서 좋은 선생에게 배울 수 있도록 했어야 했는데."

"어머니는 거기에 대해 반대하진 않으셨겠지만 아버지는 런던을 싫어하십니다."

"가정교사는 이제 없는 건가?"

"저희 집은 한 번도 가정교사를 두어본 적이 없습니다."

"가정교사를 둔 적이 없다니! 어떻게 그럴 수가 있지? 딸 다섯이 가정교사도 없이 자랐다니! 그런 말은 처음 들어보는군. 자네 어머니께서 딸들을 교육시키느라 정말 힘드셨겠군."

엘리자베스는 꼭 그렇지도 않다고 하면서 웃지 않을 수 없었다.

"그럼 누가 아가씨들을 가르쳤지? 누가 시중을 들고? 가정교사가 없었으니 분명 제대로 교육을 못 받았을 텐데."

"다른 가족과 비교해 보면 그럴 수도 있겠죠. 하지만 방법이 없어서 배우고 싶은 것을 놓친 적은 없습니다. 부모님께서는 저희에게 늘 책을 읽으라고 권해 주셨고, 선생님이 필요할 때는 불러주셨지요. 그리고 게으름을 피우고 싶은 사람은 그렇게 했고요."

"그럼, 그랬겠지. 하지만 가정교사가 있었다면 그럴 순 없었을 거야. 만일 내가 자네 어머니와 아는 사이였다면 가정교사를 꼭 두라고 말해 주었을 텐데. 교육이라는 것은 꾸준히, 규칙적으로 해야 되고 오로지 가정교사만이 그걸 할 수 있는 거니까. 나는 여러 집안에 가정교사를 구해 주었지. 젠킨슨 부인의 조카 네 명도 내가 좋은 자리에 들어가도록 해주었고, 또 얼마 전에 우연히 알

게 된 어떤 젊은 사람을 어느 집에 소개해 주었는데 그 집에서 정말 만족해하더군. 콜린스 부인, 어제 메트캐프 부인이 나한테 감사 인사를 전하러 왔었다는 말을 했던가? '캐서린 부인께서 저희에게 보물을 하나 갖다 주셨어요.' 하고 말했지. 동생들 중에서 사교계로 나간 사람이 있나, 베넷 양?"

"네, 모두 다 나갔습니다."

"다 나갔다니! 한꺼번에 다섯이 다 나갔다고? 참, 희한하네! 자네가 둘째라면서. 언니들이 결혼도 하기 전에 동생들이 사교계로 나가다니! 동생들은 아직 어릴 텐데?"

"네, 막냇동생은 아직 열여섯도 안 됐어요. 사교계로 나가기엔 아직 너무 어리죠. 하지만 언니들이 아직 결혼할 여건이 안 되거나 결혼 생각이 없는 경우도 있는데, 그럼에도 동생들이 사교를 즐기지 못하게 한다면 잘못된 일이라 생각합니다. 가장 늦게 태어난 사람도 가장 먼저 태어난 사람과 마찬가지로 젊음을 즐길 권리가 있으니까요."

"세상에나! 자네는 젊은 아가씨가 자기주장이 확실하군. 몇 살인가?"

"다 자란 동생이 셋이나 있는데, 저에게 그 대답을 하라는 말씀은 아니시겠죠?" 엘리자베스가 미소를 지으며 말했다.

캐서린 부인은 바로 대답을 들을 수 없자 몹시 놀란 것 같았다. 엘리자베스는 그렇게 오만한 질문을 하는 캐서린 부인의 태도를 농담으로 받아넘긴 사람은 아마 자신이 처음이 아닐까 하고 생각했다.

"스물이 넘진 않은 것 같은데 굳이 나이를 감출 필요는 없겠지."

"스물한 살은 안 되었습니다."

이윽고 남자들이 합류해서 차를 마시고 나자 카드 테이블이 준비되었고, 캐서린 부인과 윌리엄 경, 콜린스 부부가 카드놀이를 하려고 자리를 잡았다. 그러자 드 버그 양이 카지노 게임이 좋겠다고 했고, 두 숙녀는 젠킨슨 부인과 함께 그녀와 한 팀을 이루는 영광을 누리게 되었다. 하지만 그녀들의 게임은 정말 지루했다. 카드놀이와 관계 없는 말은 한 마디도 하지 않았고, 젠킨슨 부인만이 드 버그 양에게 너무 덥거나 혹은 너무 춥지 않은지, 불빛이 너무 밝거나 혹은 너무 어두운지 염려하는 말을 할 뿐이었다.

캐서린 부인과 그녀의 딸이 카드놀이를 실컷 즐기고 나자 테이블은 정리되었다. 캐서린 부인이 콜린스 부인에게 마차를 타고 가라는 제안을 했고, 그녀는 감사한 마음으로 수락했다. 곧 마차가 도착했다는 소식이 들렸고, 콜린스는 부인께 거듭 감사의 인사를 전했다. 그리고 윌리엄 경 역시 수차례 절을 올리고 나서야 그곳을 떠났다.

마차가 출발하자마자 콜린스는 엘리자베스에게 로징스에서 본 모든 것에 대해 물었다. 엘리자베스는 샬럿을 생각해서 실제보다 과장되게 칭찬을 늘어놓았다. 그러나 엘리자베스가 열심히 애를 써서 찬사를 보냈지만, 그것은 결코 콜린스를 만족시킬 수 없었다. 그래서인지 콜린스는 곧 자신이 직접 캐서린 부인에 대한 찬사를 늘어놓기 시작했다.

7

윌리엄 경이 헌스퍼드에 머문 것은 일주일밖에 되지 않았지만 그동안 자신의 딸이 안정되고 정말로 편안한 생활을 하고 있으며, 훌륭한 남편과 이웃을 두었다는 충분한 확신이 생겼다. 윌리엄 경이 머무는 동안 콜린스는 낮 시간 동안 장인을 마차에 모시고 다니면서 그 지역을 구경시켜 드리는데 시간을 보냈다. 하지만 윌리엄 경이 떠나자 온 가족은 원래의 상태로 되돌아왔다. 그 덕분에 엘리자베스는 콜린스를 자주 만나지 않아도 되었기에 감사한 마음이 들었다. 그는 아침 식사 후 점심시간까지는 정원을 손질하거나 책을 읽었으며, 편지를 쓰기도 했기 때문이다. 그렇지 않으면 도로변에 있는 서재에서 창밖을 내다보기도 했다.

콜린스는 거의 매일 로징스를 방문하였고 샬럿 또한 마찬가지였다. 엘리자베스는 그들이 그 집에서 가족의 생계를 위해 해야 할 일이 있을 수도 있다는 생각을 하기까지는 왜 그들이 그렇게 많은 시간을 그곳에서 보내야 하는지 알 수가 없었다. 때때로 캐서린 부인이 영광스럽게도 그들을 방문하기도 했다. 부인은 그곳에 머무는 동안 방 안에 보이는 모든 것들을 주시하였다. 그녀는 하던 일을 검사해 보고, 만든 것들을 관찰하며, 다른 방법으로 하라는 충고까지 해주었다.

엘리자베스는 곧 캐서린 부인이 이 고장의 치안권을 갖고 있는 것은 아니지만, 그 교구 안에서는 가장 활동적인 치안 판사 역할을 한다는 것을 알게 되었다. 아주 사소한 일 하나까지도 콜린스를 통해 부인에게 전달되었던 것이다.

로징스에서 만찬을 즐기는 것은 일주일에 두 번 정도였다. 윌리엄 경이 없다는 것과 카드 테이블이 하나만 있다는 것 외에는, 그 만찬의 즐거움은 지난번과 마찬가지였다. 다른 사람들과의 교제는 거의 없었다. 이웃 사람들의 생활수준이 콜린스 부부와는 비교도 할 수 없었기 때문이었다. 하지만 엘리자베스는 그것이 불쾌하진 않았으며 대체로 편안하게 잘 지낼 수 있었다. 샬럿과 반 시간 정도 즐거운 이야기를 나누기도 했고, 아직 이른 봄이었지만 날씨가 매우 좋았기 때문에 바깥 구경을 하는 것도 즐거웠다.

다른 사람들이 캐서린 부인을 뵈러 간 동안, 엘리자베스는 종종 자신이 가장 좋아하는 산책로를 거닐며 시간을 보냈다. 이 산책로는 장원의 한쪽을 둘러싸고 있는 관목들로 이루어진 탁 트인 숲을 따라 나 있었고, 거기엔 기분 좋게 그늘이 드리워진 오솔길도 있었다.

이렇게 조용한 날들이 지나갔고, 엘리자베스가 이곳에 온 지도 벌써 2주일이 지났다. 부활절이 가까워오고 있었다. 그리고 부활절 일주일 전에 로징스 가족이 한 명 더 늘 예정이었다. 이것은 교제의 범위가 넓지 않은 그들에게 꽤 중요한 사건이었다. 엘리자베스는 다아시가 몇 주일 내에 방문할 예정이라는 소식을 그곳에 도착하자마자 듣게 되었다. 엘리자베스는 다아시가 썩 반갑진 않았지만 어쨌든 다아시가 오면 로징스에서 비교적 새로운 볼거리가 생기게 되는 것이었다. 그리고 캐서린 부인이 그의 짝으로 정해 놓은 자신의 사촌에게 다아시가 어떠한 태도를 보이는지 살펴보면, 빙리 양의 계획이 얼마나 가능성이 있는지를 확인하는 기쁨을 누릴 수 있을 것 같았다. 캐서린 부인은 그가 방문한다는 소식을 전하고서는 아주 흡족해하며 그에 대한 찬사를 늘어놓았다. 하지만 이미 콜린스 부인과 엘리자베스가 그를 자주 만났다는 사실을 알고서는 화가 난 듯 보였다.

그가 도착했다는 사실은 제일 먼저 목사관에 전해졌다. 그의 도착을 가장 먼저 알고 싶었던 콜린스가 아침 내내 헌스퍼드로 향한 길목의 오두막집들이 보이는 곳에서 이리저리 서성이고 있었기 때문이다. 마차가 장원 안으로 돌아서 들어가자 그는 마차를 향해 인사를 한 후 서둘러 집으로 들어와 이 대단한 소식을 전했다.

다음 날 아침에 그는 문안 인사를 드리러 서둘러 로징스를 방문했다. 문안 인사를 받을 사람은 캐서린 부인의 조카 두 사람이었는데, 다아시가 백부의 작은 아들인 피츠윌리엄 대령과 함께 왔기 때문이었다. 그리고 두 신사가 콜린스를 따라 집으로 오자 모두들 깜짝 놀랐다. 남편 방의 창문에서 그들이 길을 걸어오는 것을 본 샬럿은 서둘러 엘리자베스와 마리아에게 달려와 정말 영광스러운 일이 생겼다고 알려주며 덧붙였다.

"저분들이 방문해 주신 건 모두 네 덕분이니 고맙다, 엘리자. 나한테 인사하러 온 거라면 다아시 씨가 이렇게 빨리 왔을 리가 없으니까."

엘리자베스가 자신은 그런 감사의 말을 들을 자격이 없다고 말하는 순간, 그들의 도착을 알리는 벨이 울렸고 세 신사가 안으로 들어왔다. 피츠윌리엄 대령이 앞장서서 들어왔는데 그는 서른 살쯤 되어 보였고, 잘생기지는 않았지만 용모나 말하는 태도가 정말 신사다웠다. 다아시는 하트퍼드셔에서 만났을 때와 똑같은 모습이었는데, 평소 모습대로 콜린스 부인에게 간단히 인사를 했다. 그리고 엘리자베스에게는 자신의 감정을 드러내지 않고 아주 차분한 모습으로 대했다. 엘리자베스는 아무 말도 하지 않고 가벼운 인사를 건넸다.

피츠윌리엄 대령은 신사답게 자연스럽고 여유 있는 모습으로 아주 유쾌한 대화를 나누었다. 그러나 다아시는 콜린스 부인에게 집과 정원에 대해 잠깐 이야기를 나누고는 한동안 침묵을 지키고 있었다. 그러다 그는 예의를 차리려는지 엘리자베스에게 식구들의 안부를 물었다. 그녀는 평소와 같은 모습으로 대답했다. 그리고 잠시 침묵했다가 이렇게 덧붙였다.

"언니가 최근 석 달 정도 런던에 머물러 있었는데, 혹시 거기서 만난 적 없으신가요?"

그녀는 그가 언니를 만난 적이 없다는 사실을 잘 알고 있었다. 그러나 그가 빙리 남매와 제인 사이에 있었던 일에 대해 알고 있는지 확인하고 싶었다. 다아시는 유감스럽게도 베넷 양을 만나지 못했다고 대답하면서 조금 당황해하는 것 같았다. 그들은 더 이상 그 문제에 관해 이야기하지 않았고, 신사들은 곧 그곳을 떠났다.

8

목사관에서는 모두들 피츠윌리엄 대령의 태도에 대한 칭찬이 자자했다. 그래서 숙녀들은 로징스의 만찬이 한층 더 재미있어질 거라고 기대했으나 그들이 초대받은 것은 여러 날이 지나서였다. 그곳에 방문객이 있는 동안에는 그들이 필요치 않았기 때문에 신사들이 도착한 지 일주일이 다 된 부활절이 되어서야 영광스러운 초대를 받았다. 하지만 그것도 예배가 끝나고 저녁 시간을 함께 보내자고 말한 정도였다. 그들은 지난 일주일 동안 캐서린 부인과 그 딸을 거의 보지 못했다. 그동안 피츠윌리엄 대령은 목사관을 몇 차례 방문했지만, 다아시는 단지 교회에서만 보았을 뿐이었다.

모두들 그 초대를 흔쾌히 받아들였고, 그들은 약속 시간에 맞춰 캐서린 부인을 방문했다. 부인은 그들을 정중하게 맞이했지만 분명 다른 손님이 없을 때만큼 반가워하지는 않았다. 실제로 그녀는 주로 자신의 조카들하고만 이야기를 나눴고, 그중에서도 특히 다아시와 많은 대화를 나누었다. 피츠윌리엄 대령은 그들을 만나서 진심으로 즐거워하는 것 같았다. 그는 로징스에 있는 동안 모든 것들이 즐거웠고, 특히 콜린스 부인의 아름다운 친구가 몹시 마음에 들었던 것이다.

그는 엘리자베스 옆에 앉아서 켄트와 하트퍼드셔에 대해서, 여행이나 집에 있을 때의 생활에 대해서, 또 새로 나온 책이나 음악에 관한 이야기 등에 대해 다정하게 이야기했다. 그래서 엘리자베스는 전에 이곳에서 느꼈던 것보다 배 이상으로 즐겁다고 생각했다. 그들이 너무나 활기차고 아무런 거리낌 없이 대화를 나누었기 때문에 다아시뿐만 아니라 캐서린 부인까지도 그들에게 관심을 갖게 되었다. 다아시는 호기심이 가득 찬 눈으로 수차례 그들을 쳐다보았다. 얼마 후, 캐서린 부인도 다아시와 같은 느낌이었는지 조금도 주저하지 않고 큰 소리로 다음과 같이 말했다.

"피츠윌리엄, 무슨 얘기를 하고 있었지? 베넷 양에게 무슨 말을 하고 있던 거니? 나도 좀 듣고 싶구나."

"음악에 관한 이야기를 하고 있었습니다, 이모님." 대답을 하지 않을 수 없게 된 그가 말했다.

"음악에 관한 얘기라! 그렇다면 큰 소리로 말해다오. 나도 음악에 무척 관심이 많으니까. 음악에 관한 거라면 나도 할 말이 있지. 잉글랜드에서 나만큼 음악을 좋아하거나 더 나은 음악적 재능이 있는 사람은 별로 없을 거야. 음악에 대해 많이 배웠다면 난 아마 굉장한 대가가 되었겠지. 앤이 건강하기만 했다면 그 애도 분명히 그랬을 텐데. 분명 훌륭한 연주자가 되었겠지. 다아시, 조지아나는 솜씨가 좀 늘었니?"

다아시는 동생의 실력이 많이 늘었다며 애정을 담아 말했다.

"그 애가 그런 칭찬을 들으니 정말 다행이구나. 하지만 연습을 정말 열심히 하지 않으면 훌륭한 연주자가 될 수 없다고 전하렴."

"이모님, 그건 제가 보증할 수 있습니다. 그 애는 정말 부지런히 연습하고 있으니까요." 그가 대답했다.

"그렇다면 정말 다행이구나. 연습은 많이 할수록 좋은 거니까. 다음번에 그 애한테 편지 쓸 때는 무슨 일이 있어도 연습을 게을리하지 말라고 써야겠구나. 나는 늘 아가씨들한테 꾸준히 연습하지 않으면 훌륭한 연주는 불가능하다고 말하곤 하지. 베넷 양에게도 더 연습하지 않으면 절대 훌륭한 연주를 할 수 없을 거라고 몇 차례 얘기했지. 콜린스 부인은 피아노가 없으니 매일 로징스에 와서 젠킨슨 부인 방에 있는 피아노를 연주해도 좋아. 거기서 연주하면 아무에게도 방해가 되지 않으니까 말이야."

다아시는 이모의 무례한 말에 다소 창피한 듯했고, 더 이상 아무 말도 하지 않았다.

차를 다 마신 후 피츠윌리엄 대령은 엘리자베스에게 약속했던 피아노 연주를 들려달라고 청했다. 그러자 엘리자베스는 바로 피아노 앞에 앉았고, 그는 그녀 가까이 의자를 당겼다. 캐서린 부인은 반 정도 듣다가 다아시에게 말을 걸었다. 잠시 후 다아시는 캐서린 부인 곁을 떠나, 늘 그랬듯 조심스러운 태도로 피아노 있는 곳으로 다가가서는 피아노 연주자의 아름다운 얼굴을 정면으로 바라보았다. 엘리자베스는 그의 행동을 주시했고, 잠시 쉬는 틈을 이용해 짓궂은 미소를 보이며 그에게 말했다.

"보잘 것 없는 제 연주를 들으려고 오시다니 저를 놀라게 하시려는 거죠, 다아시 씨? 하지만 동생분이 연주를 대단히 잘 하신다고 해도 저는 겁먹지 않아요. 저는 고집이 세서 누가 겁을 주려 해도 그렇게 되지 않거든요. 누군가 저를 위협하면 할수록 더 용기가 생긴답니다."

"오해하고 있다고 말하진 않겠습니다. 제가 정말 의도적으로 겁을 주려 했다고 믿지는 않으실 테니까요. 꽤 오랫동안 당신을 알고 지내왔기 때문에, 당신이 때때로 본심이 아닌 말을 하며 즐기신다는 것을 알고 있지요."

엘리자베스는 자신에 대한 그의 표현이 우스워 크게 웃었다. 그리고 피츠윌리엄 대령에게 말했다.

"다아시 씨는 저에 대해 아주 괜찮은 말씀을 하실 것 같아요. 제가 하는 말은 하나도 믿지 말라고 가르쳐주실 테니까요. 다른 지역으로 와 꽤 괜찮은 사람처럼 보이고 싶었는데, 이렇게 저를 잘 아시는 분을 만났으니 운이 없네요. 다아시 씨, 하트퍼드셔에서 알게 된 저의 약점을 다 말씀하시는 건 좀 너무하신데요. 이건 당신이 자초하신 일이니 그런 말씀을 하신다면 저도 가만히 있을 수는 없겠죠. 친척분들께서 들으시면 아주 깜짝 놀랄 일이 있지요."

"겁나지 않습니다." 다아시가 웃으며 말했다.

"다아시가 무슨 잘못을 했는지 듣고 싶군요. 그가 처음 만난 사람들에게 어떤 모습을 보였는지 궁금하니까요." 피츠윌리엄 대령이 큰 소리로 말했다.

"그럼 말씀드릴 테니 깜짝 놀랄 준비를 단단히 하세요. 제가 하트퍼드셔에서 처음으로 다아시 씨를 뵌 것은 무도회에서였어요. 그 무도회장에서 다아시 씨가 어떻게 하셨는지 아세요? 춤을 겨우 네 번밖에 추지 않으셨어요! 놀라게 해드려 죄송합니다. 하지만 사실이에요. 신사분도 별로 없었는데 겨우 네 번밖에 춤을 추지 않으셨다고요. 확실히 기억하는데, 파트너가 없어서 춤을 못 추고 자리에 앉아 있던 아가씨들이 여러 명이었어요. 제 말을 부정하진 않으시겠죠, 다아시 씨?"

"일행을 제외하고는 모두 알지 못하는 아가씨들이었죠."

"그건 맞는 말이에요. 그리고 무도회장에서 새로운 사람을 소개받는 것도 절대 불가능한 일이죠. 피츠윌리엄 대령님, 다음엔 어떤 곡을 연주할까요? 제 손가락이 명령을 기다리고 있습니다."

"어쩌면 소개를 받는 것이 더 현명한 일인지도 모르죠. 하지만 저는 낯선 사람들과 잘 어울리지 못하는 성격이라서요."

"그 이유가 뭔지 사촌분께 물어볼까요?" 엘리자베스는 피츠윌리엄 대령에게 말을 건넸다.

"지성과 교양에, 훌륭한 교육까지 받으시고 넓은 세상에서 많은 경험을 하신 분께서 왜 낯선 사람과 어울리는 일에 서투신지요?"

"그건 다아시에게 물을 필요 없이 제가 대답할 수 있습니다. 굳이 다아시가 그러려고 노력하지 않기 때문일 겁니다."

"다른 사람들이 가지고 있는 그런 재능이 분명 저에겐 없습니다. 처음 보는 사람과 쉽게 대화를 나누는 재능 말이죠. 처음 보는 사람과 대화를 나누며 분위기를 맞춘다든가 그들의 얘기가 재미있다는 태도를 취할 수도 없어요. 다른 사람들은 잘도 하는 그런 행동을요." 다아시가 말했다.

"제 손가락도 그래요. 다른 여성들은 피아노 위에서 자유자재로 움직이던데 제 손가락은 그렇지 못해요. 제 손가락은 그 여성들과 같은 힘과 날렵한 기술도 없고 표현력도 부족하죠. 하지만 저는 항상 제 잘못이라고 생각하고 있어요. 제가 열심히 연습하지 않았으니까요. 하지만 제 손가락이 훌륭한 연주를 하는 다른 아가씨들의 손보다 재능이 없다고 생각하진 않아요." 엘리자베스가 말했다.

다아시가 미소 지으며 말했다. "정말 맞는 말씀입니다. 당신은 훨씬 더 시간을 유용하게 쓰신 거지요. 당신의 연주를 들을 특권이 있는 사람들 중에 그 누구도 그 연주에 결점이 있다고 생각하진 않을 테니까요. 당신은 낯선 사람 앞에서 연주하지 않으실 테고, 나도 낯선 사람과 어울리지도 않을 테니까요."

그들의 대화는 이쯤에서 중단되었다. 캐서린 부인이 무슨 이야기를 하고 있느냐고 큰 소리로 물어보았기 때문이다. 곧 엘리자베스는 다시 피아노를 치기 시작했다. 캐서린 부인이 다가가 얼마 동안 연주를 듣다가 다아시에게 말했다.

"베넷 양이 더 연습을 하고, 런던에 있는 선생들한테 배웠더라면 좀 더 훌륭한 연주를 했을 텐데. 손가락의 움직임이 꽤 괜찮아. 앤보다 소질은 부족하지만. 앤이 건강해서 피아노를 배웠더라면 정말 훌륭한 연주자가 되었을 텐데."

엘리자베스는 사촌 누이의 칭찬에 대해 다아시가 얼마나 열정적으로 수긍하는지 살펴보기 위해 그를 쳐다보았다. 하지만 어떤 순간에도 애정이 담긴 모습은 보이지 않았다.

캐서린 부인은 엘리자베스의 연주에 대해 평가하면서, 계속해서 연주 방법과 표현력에 대한 자신의 생각을 덧붙였다. 엘리자베스는 예의를 갖추기 위해 인내심을 갖고 정중하게 그 말을 받아들였다. 그리고 그들을 집에 태워다 줄 부인의 마차가 준비될 때까지 신사들의 요청으로 피아노 앞에 앉아 있었다.

9

 다음 날 아침, 샬럿과 마리아가 시내로 나간 뒤 엘리자베스는 혼자 남아 제인에게 편지를 쓰고 있을 때 초인종 소리가 들렸다. 마차 소리는 들리지 않았지만 캐서린 부인일 거라고 생각한 엘리자베스는 온갖 무례한 질문을 받게 될까 봐 반쯤 쓰다 만 편지를 치웠다. 그때 문이 열렸고 놀랍게도 다아시 혼자서 안으로 들어왔다.

 다아시 또한 엘리자베스가 집에 혼자 있는 사실에 놀란 것 같았다. 그는 다들 집에 있는 줄 알았다면서 예정에 없던 방문에 대해 미안함을 보였다. 그리고 두 사람은 자리에 앉았다. 엘리자베스가 로징스 저택 사람들의 안부를 묻고 난 후에는 더 이상 할 말이 없게 된 두 사람은 계속 침묵하고 있었다. 엘리자베스는 어떤 말이든 꺼내야겠다는 절박한 생각이 들었다. 그래서 하트퍼드셔에서 그를 마지막 보았을 때의 일을 떠올리고는 다음과 같이 말했다.

 "지난 11월에 왜 모두들 갑자기 네더필드를 떠나신 건가요, 다아시 씨? 그렇게 곧바로 모두를 만나게 된 빙리 씨는 기뻐했겠지요. 제 기억이 틀림없다면 빙리 씨는 다아시 씨보다 하루 전날 런던으로 가셨으니까요. 당신이 런던에 머물고 계신 동안 그분과 누이들도 잘 지내셨겠죠?"

 "네, 잘 지내고 있습니다."

 더 이상 다른 화제가 없는 것 같아서 엘리자베스가 다시 물었다.

"빙리 씨는 네더필드로 다시 돌아올 생각이 별로 없으신가요?"

"빙리가 그렇게 말하는 것을 직접 들은 적은 없지만 앞으로 네더필드에서 지낼 생각은 별로 없는 것 같습니다. 현재 런던에는 친구들도 많고 장차 사교 모임이 점점 늘어날 테니까요."

"그분이 만약 그렇게 생각하신다면 차라리 네더필드의 집을 포기하시는 편이 이웃 사람들에게도 좋을 것 같지 않나요? 그러면 다른 가족이 그 집으로 들어와 살 수도 있으니까요. 하지만 빙리 씨는 이웃의 편리보다는 자신의 편의를 위해 그 집에 들어가신 걸 테니, 그 집에서 계속 사시든가 떠나시든가 하는 것은 그분의 마음에 달려 있겠죠."

"적당한 값을 주겠다는 사람이 나타난다면 그 집을 바로 포기할 수도 있을 겁니다." 다아시가 말했다.

엘리자베스는 아무 대답도 하지 않았다. 빙리에 대한 이야기를 오랫동안 하는 것이 두려웠기 때문이다. 다아시도 곧 눈치를 채고 다른 말을 이어갔다.

"이 집은 정말 아늑하군요. 콜린스 씨가 처음 헌스퍼드에 오셨을 때, 캐서린 부인께서 신경을 많이 쓰신 것 같습니다."

"그러신 것 같네요. 캐서린 부인의 은혜에 콜린스 씨만큼 고마워하는 사람도 드물 거예요."

"콜린스 씨는 아주 좋은 부인을 만나신 것 같더군요."

"네, 맞는 말씀이세요. 콜린스 씨의 친구분들이 정말 기뻐할 만한 일이죠. 그분의 청혼을 받아들이고, 그 청혼을 받아들인다 해도 그분을 행복하게 해줄 수 있는 분별 있는 여자는 드물거든요.

콜린스 씨는 바로 그런 여자를 만난 거지요. 샬럿은 굉장히 생각이 깊어요. 샬럿이 콜린스 씨와 결혼한 것에 대해서는 그다지 현명하다고 생각하지는 않지만, 그래도 본인이 무척 행복한 것 같으니까 신중하게 잘 결정한 결혼 같아요."

"친정 식구들이나 친구들과 가까운 거리에 살게 되어서 분명 만족스러워 하실 테죠."

"가까운 거리인가요? 거의 50마일이나 되는데요."

"길만 좋다면 50마일이 먼 거리인가요? 반나절 정도면 갈 수 있는 거리라서 제 생각엔 아주 가까운 거리 같은데요."

"제 생각은 그렇지 않아요. 50마일이나 되는 거리가 결혼을 잘했다는 조건 중 하나가 된다고 생각하진 않아요. 저라면 샬럿이 결코 친정과 가까운 곳에 살게 되었다고 말하진 못할 거예요." 엘리자베스가 소리 높여 말했다.

"그건 당신이 하트퍼드셔에 집착하고 있다는 증거입니다. 롱본과 조금만 멀리 떨어져 있어도 먼 곳으로 생각하시는 거죠."

이 말을 하면서 다아시는 은근한 미소를 지었다. 엘리자베스는 그 미소의 의미를 알 것 같았다. 다아시는 그녀가 제인과 네더필드를 생각하고 있다는 것을 확신했던 것이다. 엘리자베스는 얼굴을 붉히며 대답했다.

"결혼한 여자에게 친정이 가까울수록 좋다는 뜻으로 한 얘기는 아니에요. 멀고 가까운 것은 상대적인 것이고, 그 결정에는 다양한 변수가 작용하겠지요. 재산이 충분해서 여행비용이 문제되지 않는다면 거리가 좀 멀어도 상관없겠지요. 하지만 샬럿의 경우는 그렇지 않아요. 콜린스 씨 부부에게는 안정적인 수입이 있긴 하지만 여행을 자주 할 수 있을 만큼은 아니거든요. 아마 친정이 지금의 절반 정도 되는 거리에 있다고 해도, 샬럿은 친정과 가까운 곳에 산다고 말하진 않을 거예요."

다아시는 그녀 쪽으로 의자를 조금 당기며 말했다.

"당신도 이제 고향에 너무 집착하시면 안 될 텐데요. 언제까지 롱본에서만 사실 것도 아닐 테니까요."

엘리자베스는 깜짝 놀랐다. 다아시도 그녀의 감정 변화를 느꼈는지 의자를 다시 뒤로 뺐다. 그리고 탁자 위에서 신문을 집어 훑어본 뒤 이성적인 목소리로 말했다.

"켄트는 마음에 드십니까?"

두 사람 사이에 켄트 지방에 대한 차분하고 간결한 대화가 오갔다. 하지만 외출에서 돌아온 샬럿과 마리아 때문에 그들의 대화는 중단되었다. 샬럿과 마리아는 그들 단둘이 있는 것을 보고 깜짝 놀랐다. 다아시는 엘리자베스가 혼자 있는 줄 모르고 방문했다고 말했고, 그 뒤 얼마 동안 아무 말도 없이 앉아 있다가 가버렸다.

"이게 무슨 의미겠니!" 다아시가 떠나자마자 샬럿이 말했다.

"엘리자, 다아시 씨가 너를 마음에 두고 있는 게 틀림없어. 그렇지 않고서야 이렇게 서슴지 않고 우리 집을 방문할 리가 있겠니."

그러나 엘리자베스는 다아시가 그저 침묵하고만 있었다고 얘기했다. 샬럿의 희망에도 불구하고 다아시가 엘리자베스를 마음에 두고 있을 가능성은 희박해 보였다. 여러 가지 생각 끝에 내린 결론은 그가 별로 할 일이 없었기 때문에 방문했다는 것이었다. 계절 또한 충분히 그럴 만했기 때문이다. 야외 운동을 할 수 있는 철도 아니었고, 집 안에는 캐서린 부인과 책과 당구대가 있었지만 남자들이 항상 집 안에만 있을 수는 없었기 때문이다.

목사관이 근처에 있어서인지, 그곳으로 가는 산책로가 즐거워서인지, 아니면 목사관에 사는 사람들이 괜찮았기 때문인지 로징스의 두 사촌은 거의 매일 목사관으로 향한 산책로를 걷고 싶은 충동을 느꼈다. 그들은 아침 식사 후에 어떤 때는 따로따로, 때로는 함께, 또 때로는 자신의 이모와 함께 찾아오곤 했다.

피츠윌리엄 대령이 방문하는 이유는 그가 그녀들과 교제하는 것을 즐기기 때문이라는 것이 확실했다. 그래서 모두들 그의 방문을 기뻐했다. 엘리자베스는 분명 그가 자기에게 호감을 갖고 있다고 생각했고, 그와 함께 있으면 자신도 즐거워져 전에 좋아했던 조지 위컴을 떠올리곤 했다.

하지만 다아시가 그토록 자주 목사관을 방문하는 이유는 알 수가 없었다. 그가 사람들과 교제하는 일을 즐겨서 그렇다고 볼 수는 없었다. 10분이 넘도록 침묵만 지키고 앉아 있을 때도 있었고, 말을 한다 해도 하고 싶어서 하는 것이 아니라 어쩔 수 없이 하는 것 같았다. 즉, 즐거워서 하는 게 아니라 예의상 하는 것처럼 보였다.

콜린스 부인은 그런 다아시의 태도를 어떻게 받아들여야 할지 알 수 없었다. 그가 때때로 멍하니 앉아 있는 것을 보고 피츠윌리엄이 놀리는 것을 보면, 분명 다아시가 평소에는 그렇지 않다는 것을 알 수 있었다. 다아시에 관해 그녀가 알고 있는 범위 내에서는 도저히 짐작할 수 없었다. 그래서 샬럿은 그의 이러한 변화를 사랑

때문이라 믿었다. 그리고 그 사랑의 대상이 자기 친구인 엘리자라
고 믿었기 때문에 그 증거를 찾으려고 무척 애를 썼다.

샬럿은 엘리자베스에게 다아시가 너를 마음에 두고 있는 것 같
다고 한두 번 얘기를 건넸지만 엘리자베스는 그 말을 항상 웃어넘
겼다. 샬럿은 혹시라도 실망으로 끝날까 두려워 더 이상은 그 이
야기를 꺼내지 않기로 했다. 샬럿은 만약 다아시가 엘리자베스를
사랑한다는 것을 알게 된다면, 그녀가 다아시에게 갖고 있던 증오
심이 단번에 사라질 거라고 믿었다.

샬럿은 엘리자베스에게 좋은 일이 생기길 바라는 마음으로, 가
끔 엘리자베스와 피츠윌리엄 대령이 결혼하면 어떨까 하는 생각
도 해보았다. 피츠윌리엄 대령은 함께 있으면 무척 즐거운 사람이
었고 그는 분명 엘리자베스를 좋아하고 있었다. 또한 조건도 괜찮
은 사람이었다. 하지만 다아시에게는 이 모든 것들을 상쇄할 수
있는 장점이 있었다. 그는 그의 사촌에게는 없는 목사 임명권을
가지고 있었던 것이다.

10

엘리자베스는 장원을 산책하다가 다아시와 여러 번 마주쳤다.
그녀는 인적이 드문 이런 곳에서 다아시를 만나는 건 불행이라고
생각했다. 그래서 다시는 이런 일이 반복되지 않도록 그에게, 이

길은 자신이 가장 자주 찾는 산책길이라고 알려주었다. 그런데도 이런 일이 또다시 일어났으니 신기할 따름이었다. 그 일은 세 번씩이나 반복되었는데, 그것은 고의적인 심술이거나 아니면 스스로 선택한 행동 같았다. 왜냐하면 그가 형식적으로 그녀에게 인사를 건네며 아무 말없이 가버리는 것이 아니라, 오던 길을 되돌려 그녀와 함께 걸었기 때문이다.

그는 말을 많이 하지 않았고 그녀 역시 많은 얘기를 한다거나 그의 말에 귀를 기울이려 애쓰지 않았다. 그러나 그들이 세 번째 만났을 때 그는 그녀에게 헌스퍼드 생활은 재미있는지, 혼자 산책하는 것을 즐기는지, 또 콜린스 씨 부부가 행복하다고 생각하는지 등 서로 관련이 없는 것들에 대해 물어보았다. 그리고 로징스에 관한 이야기를 꺼내며 아직 그녀가 그 저택에 대해서 전부 알지는 못할 것이라고 말하는 의미가, 그녀가 켄트에 다시 오게 되면 그곳에서도 머물러주기를 내심 바라는 듯했다.

그런 말을 하는 그를 보며 엘리자베스는 혹시 그가 피츠윌리엄 대령과 자신의 관계가 발전되기를 바랄 수도 있을 거라 생각했다. 이 일로 갑자기 머리가 복잡해진 엘리자베스는 목사관 맞은편의 울타리가 보이자 안심이 되었다.

어느 날, 엘리자베스는 최근에 제인이 보낸 편지를 다시 읽으며 산책을 하고 있었다. 제인이 의기소침하게 쓴 구절을 보며 생각에 잠겨 있을 때쯤, 이번에는 다아시가 나타나 놀라게 하는 대신 피츠윌리엄 대령이 인사를 건넸다. 그녀는 곧바로 편지를 치우고 어색한 미소를 지으며 말했다.

"어머, 이 길을 산책하시는 줄은 몰랐어요."

"매년 그랬듯 장원 전체를 살펴보고 있었습니다. 다 둘러본 뒤에 목사관을 찾아갈 예정이었지요. 이쪽으로 계속 가실 건가요?"

"아니에요. 이제 막 돌아가려는 중이었어요."

그녀는 발길을 돌렸고, 그들은 함께 목사관 쪽으로 걸어갔다.

"이번 토요일에 켄트를 떠나시나요?" 그녀가 말했다.

"네, 그렇습니다. 다아시가 또 한 번 떠나는 날을 미루지 않는다면요. 저는 다아시가 원하는 대로 할 거니까요. 다아시가 일정을 조정하기 때문이죠."

"다아시 씨는 자신이 결정권을 가졌기 때문에 일정이 마음에 들지 않더라도 꽤 즐거우시겠군요. 그분은 자신의 뜻대로 하는 것을 누구보다 즐기시는 분이니까요."

"다아시가 자신의 의지대로 하는 것을 좋아하긴 하지요." 피츠윌리엄 대령이 말했다. "하지만 그렇지 않은 사람이 어디 있겠습니까. 다만 다아시한테는 자신의 의지대로 할 수 있는 능력이 있을 뿐이고, 그는 재력가이며 다른 사람들은 그렇지 못하니까요. 장남이 아닌 차남은 자제와 의존에 익숙해져야 된답니다."

"제 생각엔 백작의 차남이라면 자제든 의존이든 그다지 상관이 없을 것 같은데요. 솔직히 말씀해 보세요. 대령님은 자제와 의존에 대해 알고 계신가요? 돈이 없어서 가고 싶은 곳을 못 가셨거나 아니면 갖고 싶은 것을 갖지 못한 경험이 있으신가요?"

"날카로운 질문이군요. 그런 일을 많이 경험했다고 할 수는 없지요. 하지만 좀 더 중대한 일에 있어서는 돈 때문에 곤란한 일이 생기기도 하지요. 장남이 아니라면 좋아하는 사람과 결혼도 할 수 없습니다."

"상대가 재산이 많은 여성이 아니라면 그렇겠지요. 실제로 그런 분들 다수가 재산이 있는 여성을 좋아하기도 하고요."

"우리는 소비 습관 때문에 누군가에게 지나치게 의존하게 되죠. 그래서 저와 같은 신분이면서 돈 문제에 관해 크게 신경을 쓰지 않고 결혼해 줄 만한 여성은 많지 않습니다."

엘리자베스는 '나를 두고 하는 말일까?' 하고 생각하면서 얼굴을 붉혔다. 그러나 다시 평정심을 되찾고 유쾌하게 말했다. "그럼 백작의 차남 몸값은 보통 얼마나 되죠? 장남이 중환자가 아니라면 5만 파운드 이상 요구하진 않겠죠?"

엘리자베스의 말에 그도 똑같이 농담으로 대답했고, 이 이야기는 곧 끝이 났다. 잠시 침묵이 이어졌고 엘리자베스는 피츠윌리엄 대령이 지금까지 나눈 대화 때문에 분위기가 침체되었다고 느낄 수도 있다는 생각이 들었다. 그래서 그녀는 곧 대화를 이어갔다.

"다아시 씨가 자기 마음대로 할 수 있는 사람이 필요했기 때문에 대령님을 이곳에 모셔온 것 같아요. 그분은 결혼을 해서라도 평생 자신의 마음대로 할 수 있는 사람을 얻는 게 좋을 것 같군요. 하지만 현재는 여동생만으로 만족하고 계시겠죠. 그분 혼자서 동생을 보살피고 있으니까 마음대로 할 수 있을 테니까요."

"그렇지 않습니다. 그 행운을 저와 나누고 있죠. 저도 다아시와 함께 조지아나의 후견인입니다."

"어머, 그러신가요? 그렇다면 후견인은 어떤 일을 하나요? 힘들진 않으신가요? 그 나이대의 아가씨들은 종종 다루기 힘든 경우가 있죠. 또한 조지아나 양이 다아시 씨와 비슷한 기질이라면 그 아가씨도 무엇이든 자기 마음대로 하려고 할 테니까요."

이 말을 하고 있을 때 엘리자베스는 피츠윌리엄 대령이 자신을 유심히 쳐다보고 있다는 것을 느꼈다. 그리고 즉시 다아시 양이 왜 자신들을 힘들게 할 것 같다고 느끼는지 되물었기 때문에, 엘리자베스는 자신의 추측이 어느 정도 맞았다고 생각했다. 그녀는 곧바로 이렇게 말했다.

"놀라실 것 없으세요. 다아시 양에 대해 어떤 소문을 듣고 말하는 건 아니에요. 저는 오히려 온순한 아가씨라고 생각해요. 제가 잘 아는 허스트 부인과 빙리 양이 그 아가씨를 무척 좋아하시던데. 그리고 보니 그분들을 아신다고 하신 것 같은데."

"조금 알고 있습니다. 빙리는 상냥하고 신사다운 사람이죠. 다아시와는 매우 친합니다."

"네, 다아시 씨는 빙리 씨에게 유난히 친절하시죠. 아주 잘 보살펴주시기도 하고요." 엘리자베스는 무덤덤한 말투로 말했다.

"보살펴준다고요? 일리 있는 말씀입니다. 여기 오는 도중에 다아시가 저한테 한 얘기를 생각해 보니 아마 빙리가 다아시에게 큰 도움을 받은 것 같더군요. 하지만 빙리였다고 확신할 수 없으니, 그에게 양해를 구해야 할 것 같군요. 단지 제 추측일 뿐입니다."

"무슨 말씀을 하셨는데요?"

"다아시는 다른 사람들이 알게 되길 원치 않을 겁니다. 특히 그 아가씨의 가족이 알게 되면 불쾌할 테니까요."

"절대 아무한테도 얘기하지 않을게요."

"그 대상이 빙리라고 확신할 수 없다는 것을 염두에 두시기 바랍니다. 다아시가 제게 한 말은 이것뿐이에요. 얼마 전에 자신의 친구가 아주 경솔한 결혼을 할 뻔했는데 그를 구해 주어서 기쁘다는 얘기였죠. 하지만 다아시는 이름도 말하지 않았고, 더 이상 자세한 이야기는 하지 않았어요. 제 생각으로는 빙리가 그런 곤경에 빠질 만한 성격 같았고, 또 두 사람이 작년 여름 내내 같이 지냈기 때문에 혹시 빙리가 아닐까 생각해 본 것뿐입니다."

"다아시 씨가 왜 그 일에 개입하셨는지 이유를 말씀하셨나요?"

"그 아가씨를 반대할 만한 몇 가지 이유가 있었던 것 같습니다."

"다아시 씨는 두 사람을 갈라놓기 위해 어떤 방법을 썼을까요?"

"좀 전에 드린 말씀 외에는 아무 말도 하지 않았습니다."

피츠윌리엄 대령이 웃으며 말했다.

엘리자베스는 아무 말도 하지 않고 걸어갔지만 마음속은 분노로 가득 차 있었다. 그녀를 잠시 쳐다보던 피츠윌리엄 대령은 그녀에게 무슨 심각한 생각을 하는지 물어보았다.

"방금 하신 말씀에 대해서 생각 중이었어요. 그분의 행동이 마음에 들지 않아요. 왜 그분은 남의 일에 그렇게 간섭하시는 거죠?"

"다아시가 개입한 것이 불필요하다고 생각하시는군요."

"다아시 씨에게 친구의 감정에 대해 옳고 그르다고 판단할 권리가 있을까요? 자신의 판단으로 친구의 행복을 결정하고 지시할 권리가 과연 그분에게 있는지 모르겠네요." 엘리자베스는 마음을 가다듬으며 계속 말을 이었다. "하지만 자세한 사정을 모르는 상태에서 다아시 씨를 비난한다는 것도 옳은 일은 아니겠죠. 당사자들이 그만큼 애정이 깊지 않았다고 보는 게 낫겠군요."

"일리 있는 말씀입니다. 하지만 그게 사실이라면 다아시가 특별히 잘한 일이라고 할 수는 없겠군요."

그는 농담조로 한 말이었지만, 엘리자베스는 그것은 틀림없는 다아시의 모습이라고 생각했기 때문에 더 이상 다른 말은 하지 않았다. 그들은 화제를 바꾸었고 목사관에 도착할 때까지 일반적인 대화만 나누었다.

엘리자베스는 피츠윌리엄 대령이 돌아가자마자 자기 방에 들어가서 어떤 방해도 받지 않고, 방금 들은 얘기에 대해 곰곰이 생각해 보았다. 엘리자베스는 제인과 빙리를 떼어놓는 일에 다아시가 관여했을 거라고는 생각해 본 적이 없었다. 그저 빙리 양이 계획한 일이라고만 생각했다. 그러나 그가 자신의 행동을 과장한 것이 아니라면, 그의 오만과 편견이 지금 제인이 받는 고통의 원인이었던 것이다. 그는 세상에서 가장 다정하고 마음씨 고운 여인의 행복을 앗아갔으며, 그것이 그녀에게 얼마나 오랫동안 상처로 남을지는 아무도 모르는 일이었다.

'그 아가씨를 반대할 만한 몇 가지 이유가 있었던 것 같습니다.'

피츠윌리엄 대령의 이 말은 아마도, 한 분은 지방 변호사이고 또 한 분은 런던에서 상업을 하고 있는 외삼촌 두 분을 가리키는 것 같았다.

엘리자베스는 외쳤다. "언니 하나만 보면 전혀 문제가 없어. 언니는 정말 사랑스럽고 착한 사람이니까. 현명하고 교양도 있고 몸가짐도 매력적이지. 아버지 때문일 리도 없어. 좀 괴팍하시지만 다아시 씨가 무시할 수 없는 고매한 인격이 있는 분이시니."

하지만 어머니를 떠올리자 엘리자베스는 자신이 없어졌다. 그러나 그것이 다아시가 반대하는 진짜 이유가 될 수는 없을 거라고 생각한 그녀는 다아시가 자신의 오만함으로 반대한 것이고, 또 자기 누이를 위해 빙리를 곁에 두려는 것이라고 결론을 내렸다.

엘리자베스는 이 문제에 대해 너무 고민하며 울다보니 머리가 아팠다. 그리고 저녁 무렵이 되자 두통은 더욱 심해졌다. 다아시도 보기 싫던 참에 마침 두통이 심해졌기 때문에 그녀는 로징스에서 차를 마시기로 했던 약속을 지키지 않기로 했다. 콜린스 부인은 그녀가 정말로 몸이 안 좋아보였기 때문에 강요하지 않았다. 그러나 콜린스는 엘리자베스가 그곳에 가지 않아서 캐서린 부인께서 불쾌해하시지는 않을까 노심초사했다.

11

그들이 떠나자 엘리자베스는 다아시에게 받은 화를 분출하려는 듯 제인에게서 받은 편지를 모두 꺼내 자세히 읽어보았다. 처음 읽었을 때보다 훨씬 더 자세히 편지를 살펴보니, 제인의 불안한 마음이 문장 곳곳에 서려 있음을 느낄 수 있었다.

제인에게 고통을 주면서 자신의 계획이 성공했다고 뿌듯해하고 있는 다아시의 뻔뻔스러움을 알고 나니, 엘리자베스는 언니의 고통을 더욱 뼈저리게 느낄 수 있었다. 하지만 그가 로징스에 머무는 것도 모레면 끝이 나니 다행이라 생각했다. 또 보름 후면 엘리자베스도 제인을 만날 수 있으며, 언니를 만나면 최선을 다해 그녀를 위로해 주리라는 생각에 한층 더 위안이 되었다.

엘리자베스는 다아시가 켄트를 떠날 때 피츠윌리엄 대령도 그와 함께 떠날 것이라는 말을 떠올렸다. 하지만 피츠윌리엄 대령은 그녀에게 청혼할 생각이 없음을 확실히 했다. 그는 분명 괜찮은 사람이었지만 엘리자베스는 그와 헤어지는 것이 괴롭진 않았다.

그녀가 이런저런 생각을 하고 있을 때 갑자기 초인종이 울렸다. 그녀는 피츠윌리엄 대령이 온 게 아닐까 하는 생각에 마음이 흔들렸다. 그는 전에도 한 번 저녁 늦게 방문한 적이 있었기 때문에, 오늘도 그녀에게 안부 인사를 전하러 왔을지도 모를 일이었다.

그러나 놀랍게도 방 안으로 들어온 사람은 다아시였다. 그는 방으로 들어서자마자 조급한 모습을 보이며 건강은 어떠냐고 물었고, 그녀가 좀 괜찮아졌는지 확인하고 싶어서 찾아왔다고 말했다. 엘리자베스는 예의를 갖추었지만 다소 차갑게 답례를 했다. 그는 잠시 앉아 있다가 곧 일어나서 방 안을 거닐기 시작했다. 엘리자베스는 놀라긴 했지만 아무 말도 하지 않았다. 몇 분의 침묵이 흐른 뒤 그는 흥분된 어조로 엘리자베스에게 다가와 말했다.

"아무리 애를 써도 소용이 없었습니다. 제 감정을 억누르려고 노력했지만 그럴 수 없었어요. 제가 당신을 얼마나 사랑하는지 말씀드리지 않을 수 없습니다."

엘리자베스는 너무 놀라 할 말을 잃었다. 그녀는 그를 바라보다가 얼굴을 붉혔고, 잘못 들은 건 아닐까 의심하다가 결국 아무 말도 하지 못했다. 다아시는 그녀의 태도를 보며 긍정의 표현이라 생각했는지 그동안 가슴속에 담아두었던 사랑의 감정을 고백하기 시작했다. 그의 말은 훌륭했지만 애정보다는 자신의 자존심에 대해 이야기할 때 더 열성적인 것 같았다. 엘리자베스의 신분이 낮다는 것과 그런 집안과 혼인을 하면 가문의 수치가 될 수 있다는 점이 자신의 감정을 억눌렀다는 것 등에 대해 자세히 설명했다. 그는 자신의 체면이 손상될까 봐 열변을 토했지만 그것이 그의 청혼에 도움이 되진 못했다.

엘리자베스는 마음 깊이 뿌리박힌 증오심에도 불구하고, 그의 고백에 무덤덤할 수는 없었다. 그의 청혼을 거절하겠다는 결심은 한순간도 변하지 않았지만, 그래도 다아시가 받을 고통을 생각하니 미안한 마음이 들었다. 그러나 그에 대한 연민은 계속된 그의 말 때문에 분노 속으로 사라져버렸다. 그래도 엘리자베스는 그의 말을 끝까지 듣고 나서 대답하기 위해 마음을 진정시키고 있었다.

다아시는 아무리 애를 써도 억누를 수 없는 자신의 사랑은 정말 강한 것이라며, 엘리자베스가 청혼을 받아들여 자신의 사랑에 보답해 주기를 바란다는 말로 끝을 맺었다. 그의 말이 끝나자 얼굴이 붉게 달아오른 엘리자베스는 이렇게 말했다.

"이런 경우, 상대방의 감정에 대해 만족할 만한 답변은 아니더라도 고마움을 표하는 것이 관례겠지요. 물론 고마움을 느끼는 게 당연한 일이지요. 제가 고마움을 느낄 수만 있다면 지금이라도 당장 인사를 드릴 겁니다. 하지만 그럴 수 없을 것 같군요. 저는 당신의 호감을 바란 적이 없습니다. 그리고 저에 대한 당신의 호감도 그리 오래가지는 못할 거예요. 제가 당신을 괴롭게 했다면 미안합니다. 하지만 그것은 제가 알지 못했던 일이고, 그 괴로움이 오래가지 않기를 바랄 뿐입니다."

벽난로 선반에 기대어 엘리자베스의 얼굴에 시선을 고정시키고 있던 다아시는 그녀의 말 한 마디 한 마디에 놀라는 동시에 분노를 느끼는 듯했다. 그의 안색은 분노로 창백해졌고 당혹스러움을 감추지 못했다. 그는 평정심을 되찾으려고 몹시 애를 썼으며, 자신이 그렇게 되었다고 확신할 때까지 아무 말도 하지 않으려는 것 같았다. 엘리자베스에게는 너무도 가혹한 시간이었다. 드디어 다아시가 애써 침착한 목소리로 말했다.

"제가 그토록 기다리던 대답은 겨우 이것이었군요. 왜 청혼을 거절하셨는지, 예의를 차리려는 노력조차 없이 거절하셨는지 그 이유가 궁금하군요. 별로 중요한 것은 아니지만."

엘리자베스가 대답했다. "저도 여쭤보고 싶은 게 있어요. 왜 당신은 제가 불쾌하고 모욕적이라고 느낄 것을 알면서도, 자신의 이성과 인격까지 거역하면서 저를 사랑한다고 말씀하신 거죠? 제가 무례했다면 이것이 그 무례함에 대한 이유가 될 수 있겠죠. 하지만 또 다른 이유도 있어요. 물론 당신도 알고 계실 거예요. 만약 제가 당신에게 반감을 품거나 좋지 않은 감정이 없다고 해도, 설사 당신을 마음에 두고 있다고 해도 제가 가장 사랑하는 언니의 행복을 깨뜨려버린 사람의 청혼을 어떻게 받아들일 수 있겠어요?"

그녀의 말에 다아시의 안색이 바뀌었다. 그러나 그것은 잠시였고, 그는 그녀의 말을 중단시키지 않고 계속 들었다.

"제 입장에선 다아시 씨를 나쁘게 생각할 이유가 충분해요. 당신이 저지른 부당하고 잘못된 행동에 대해서는 변명의 여지가 없을 테니까요. 당신이 이 일을 혼자서 꾸미지 않았더라도 주도적으로 계획했다는 것은 부인할 수 없겠죠. 한 사람은 변덕스럽고 우유부단하다는 세상의 비난을 받게 했고, 또 다른 한 사람은 바라던 일이 좌절되었다는 이유로 웃음거리가 되게 했으며, 두 사람모두를 가장 불행한 사람들로 만들었다는 사실을 결코 부인할 순없을 거예요."

엘리자베스는 말을 멈추었다. 다아시는 조금도 미안해하는 기색 없이 그저 그녀의 말을 잠자코 듣고 있었다. 그녀의 마음은 점점 분노로 차올랐다. 하지만 그는 도저히 믿을 수 없다는 얼굴로 미소까지 띠면서 엘리자베스를 바라보았다.

"그 일에 대해 부인할 수 있으시겠어요?"

그녀가 다시 묻자 그가 애써 태연한 척하며 조용히 대답했다.

"저는 당신의 언니로부터 제 친구를 떼어놓는 일에 최선을 다했고, 그것이 성공해서 기뻤다는 것을 부인하고 싶은 마음은 전혀없습니다. 그것은 제 자신보다 그 친구를 위해서 한 일이니까요."

엘리자베스는 다아시의 마지막 말을 못 들은 척하고 싶었지만 그 뜻만은 놓치지 않았다. 그 말이 그녀의 화를 풀어줄 리도 없었다. 그녀는 계속 말을 이어갔다.

"제가 당신을 싫어하는 것은 그 이유뿐만이 아니에요. 이 일이 있기 훨씬 전부터 위컴 씨에게 당신에 대한 이야기를 들었고, 그때 이미 제 생각은 정해졌어요. 그 문제에 대해서 무슨 하실 말씀이 있으신가요? 우정이었다고 스스로 변명하실 건가요? 그것도 아니면 거짓으로 다른 사람들을 속이실 건가요?"

"그 친구 문제에 꽤 관심이 많으시군요." 다아시의 얼굴은 상기되었고, 다소 불안정한 목소리로 말했다.

"그분의 불운에 대해 알고 있는 사람이라면 어떻게 관심을 갖지 않겠어요?"

"불운이라! 그렇습니다. 정말 불운한 사람이죠." 다아시는 경멸하는 듯한 어조로 말했다.

엘리자베스는 힘주어 외쳤다. "그건 당신이 그렇게 만들었지요. 당신은 그분의 인생에서 가장 중요한 시기에 그분 앞으로 마련된 재산을 빼앗았어요. 그건, 그걸 받을 만한 자격과 권리가 있는 사람의 재정적 독립을 박탈한 것이죠. 바로 당신이 말이에요! 당신은 그 모든 일을 저지르고도 그분의 불행에 대해 경멸과 조소로 대할 수 있는 사람이고요."

다아시는 방 안을 빠른 걸음으로 걸으며 외쳤다. "이것이 저에 대한 당신의 견해이자 평가군요! 자세히 설명해 주셔서 고맙습니다. 당신의 평가에 따르면 저는 정말 큰 잘못을 저지른 셈이군요!"

다아시는 걸음을 멈추고 그녀를 향해 돌아서면서 덧붙였다.

"여러 가지 이유로 당신께 청혼하는 것을 주저하고 있었다고 솔직하게 고백함으로써 당신의 자존심을 상하게 하지 않았더라면, 그런 중대한 잘못을 하마터면 모르고 지나칠 뻔했네요. 제가 만약 저의 솔직한 심정을 감추고 이성적으로 생각해 봐도 완벽한 청혼이라고 믿도록 달콤한 말로 당신의 비위를 맞춰드렸다면, 이렇게 신랄하게 비난하진 않으셨겠죠. 하지만 저는 어떤 위선도 싫어합니다. 그래서 저는 제 감정의 고백에 대해서 조금도 부끄럽지 않습니다. 그것은 자연스럽고 정당한 일이었습니다. 제가 당신 집안이 귀족이 아니어서 기뻐할 거라 생각하셨나요? 저보다 신분이 낮은 사람들과 친척이 되는 것을 행복해할 거라 생각하셨어요?"

엘리자베스는 그의 말을 듣는 매순간마다 분노가 차올랐으나 침착함을 잃지 않으려고 애썼다.

"다아시 씨! 뭔가 잘못 알고 계시네요. 만일 당신이 좀 더 신사답게 행동하셨다면 청혼을 거절하면서도 미안한 마음이 들었겠지만, 당신의 태도 때문에 그런 마음조차 생기지 않았을 뿐 그 이상은 아무 영향도 미치지 않았습니다."

엘리자베스는 이 말을 듣는 순간 그가 깜짝 놀라는 것을 보았다. 그는 아무 말도 하지 않았다. 그녀가 계속 말을 이어갔다.

"당신이 어떤 식으로 청혼하신다 해도 제가 당신의 청혼을 받아들일 리는 없을 거예요."

그는 또 한 번 놀랐다. 그는 믿기 어렵다는 표정과 울분이 섞인 얼굴로 그녀를 바라보았다. 하지만 그녀는 계속 말을 했다.

"당신을 처음 알게 된 바로 그 순간부터 저는 당신이 오만하고 다른 사람의 감정을 무시해 버리는 사람이라고 느꼈습니다. 그 후로 여러 일들이 더해지면서 좋지 않은 감정 위에 혐오감이 자리 잡아 당신에 대한 인상은 그렇게 굳어지게 되었죠. 그래서 당신을 안 지 한 달도 채 못 되어 저는 누가 권한다 해도 절대로 당신과는 결혼하지 않을 거라 결심했어요."

"이제 충분히 알겠습니다, 엘리자베스 양. 당신의 마음은 잘 알았고 다만 지금 제 감정이 부끄러울 뿐입니다. 시간을 너무 많이 빼앗아서 미안하군요. 그럼 건강하게 잘 지내시길 바랍니다."

그는 이 말을 남기고 급히 방을 나갔고, 곧이어 현관문을 열고 집 밖으로 나가는 소리가 들렸다. 그때부터 엘리자베스의 마음은 고통스러웠다. 몸을 가눌 수도 없어서 기운 없이 의자에 앉은 채 반 시간 동안을 울었다. 방금 일어난 일들을 곰곰이 생각해 볼수록 놀라움은 커져갔다. 다아시한테 청혼을 받다니! 그가 몇 달 동안이나 자신을 사랑하고 있었다니! 자신도 모르는 사이에 그에게 강한 애정을 불러일으켰다는 것은 기분 좋은 일이었다.

하지만 그의 오만, 제인에게 한 짓을 변명조차 하지 않고 당당한 태도로 뻔뻔스럽게 그 사실을 인정한 것, 위컴에 대한 얘기를 할 때의 냉정한 모습, 그를 잔인하게 대했다는 것을 부정하려 들지 않았던 모습들은 그녀가 잠시나마 다아시의 애정에 대해 느꼈던 동정심마저 없애버렸다.

그녀는 마음을 진정시키지 못하고 생각에 잠겨 있었다. 그때 캐서린 부인의 마차 소리가 들려왔다. 그녀는 자신의 모습을 보고 혹시라도 샬럿이 이상하게 여길지도 모른다고 생각해서 급히 자기 방으로 들어갔다.

12

다음 날 아침에 눈을 뜬 엘리자베스는 지난밤과 똑같은 생각에서 벗어날 수 없었다. 그녀는 아직 어제의 놀라움에서 벗어날 수 없었고, 다른 일들을 생각할 수도 없었다. 그녀는 어떤 일도 할 수 없을 것 같아서 아침 식사 후 산책을 하기로 마음먹었다. 자주 걷던 산책로를 향해 걷던 그녀는 문득 그 길이 다아시도 종종 찾는 길이라는 생각이 들었다. 그래서 그녀는 장원으로 들어가지 않고 오솔길을 따라 큰길에서 멀리 떨어진 곳으로 발길을 돌렸다.

장원의 울타리는 길 한쪽으로 경계를 이루고 있었고, 그녀는 저택으로 통하는 입구를 지나쳤다. 오솔길을 두세 번 반복해서 걷던 그녀는 아침의 상쾌함을 머금은 장원의 아름다움에 이끌려 한참을 문 앞에 서서 그 안을 들여다보았다. 그녀가 켄트에서 보낸 5주일 동안 주변에는 많은 변화가 있었으며, 나무들은 날마다 그 푸름을 더해갔다.

그녀가 산책을 계속하려고 할 때, 장원을 둘러싸고 있는 낮은 숲 사이로 한 남자의 모습이 보였다. 그는 그녀를 향해 다가오고 있었다. 순간 그녀는 다아시가 아닐까 하는 생각에 되돌아 나오려고 했다. 그는 그녀를 알아볼 만큼 가까이 빠른 걸음으로 다가오면서 그녀의 이름을 불렀다. 그녀는 다아시의 목소리라는 것을 알면서도 계속 걸어갔다. 하지만 둘은 장원의 문 앞에서 맞닥뜨렸고 그가 편지 한 통을 내밀었다. 엘리자베스가 얼떨결에 편지를 받자, 그는 거만하면서도 침착한 표정을 지으며 말했다.

"당신을 만날지도 모른다는 생각에 한참 동안 숲길을 거닐고 있었습니다. 이 편지를 읽어주시면 고맙겠습니다." 그는 가볍게 인사를 하고 장원 안으로 이내 사라졌다. 엘리자베스는 호기심에 편지를 열어보았다. 놀랍게도 편지 안에는 빽빽하게 쓴 편지지가 두 장이나 들어 있었으며, 봉투 역할을 하고 있는 겉장에도 글씨가 가득 적혀 있었다. 엘리자베스는 오솔길을 걸으며 편지를 읽기 시작했다. 편지를 쓴 시간은 로징스에서 아침 8시라고 되어 있었다. 편지의 내용은 다음과 같았다.

이 편지를 받으시고, 지난밤 당신을 무척이나 불쾌하게 했던 저의 감정을 다시 한 번 호소하거나 재차 청혼하기 위한 것은 아니니 놀라지 마십시오. 엘리자베스 양, 이 편지는 서로의 행복을 위해서라도 빨리 잊어야 하는 사실들에 대해 상세히 설명한 것이며, 당신을 또다시 괴롭히거나 제 자신을 비참하게 만들기 위한 것이 아님을 밝힙니다.

어젯밤 당신은 저에게 두 가지의 잘못을 저질렀다며 저를 비난하셨습니다. 첫째는 제가 빙리와 당신 언니의 감정을 고려하지 않고 두 사람을 갈라놓았다는 것이고, 또 하나는 위컴의 현재의 행복을 파괴시키고 장래의 희망마저도 짓밟아버렸다는 것입니다.

어린 시절의 친구이고 제 부친께서 사랑하던 청년이며 우리 집안의 후원이 아니면 의지할 데도 없는 그를, 우리의 후원을 기대하며 성장했던 청년을 고의로 제 기분에 따라 인연을 끊었다면 그것은 잔인하다고 지탄받아 마땅한 일입니다. 이 일에 비하면 만난 지 이제 겨우 2, 3주밖에 안 되는 두 사람 사이를 갈라놓은 것은 비교할 수도 없겠지요. 이 편지를 읽으신 후에는 이 두 사건에 대해 어젯밤처럼 혹독하게 비난하지는 않으실 거라 믿습니다. 그리고 여러 가지 설명을 드리다 보면 당신이 불쾌해하실 내용이 언급될 수도 있는데, 이에 대해서는 죄송하다는 말씀을 드리겠습니다. 부득이한 일이니 더 이상의 사과를 드린다면 오히려 우스워질 수도 있겠지요.

다른 사람들과 마찬가지로 저는 하트퍼드셔에 머문 지 얼마 되지 않아서 빙리가 당신의 언니를 좋아한다는 것을 알게 되었습니다. 하지만 그가 진지한 애정을 갖고 있다고 확인한 것은 네더필드 무도회가 열리던 저녁이었습니다. 저는 예전에도 그가 사랑에 빠진 것을 몇 번 본 적이 있었지요. 무도회에서 제가 당신과 춤을 추는 동안, 당신 언니에 대한 빙리의 애정이 결혼을 기대할 정도로 발전했다는 것을 윌리엄 루커스 경을 통해 우연히 알게 되었습니다. 루커스 경은 두 사람의 결혼은 이미 확정된 사실이고, 이제 날짜를 정하는 일만 남았다는 듯이 말씀하셨습니다.

그때부터 저는 빙리의 행동을 주의 깊게 관찰했습니다. 그리고 저는 제가 전에 보았던 어떤 경우보다 베넷 양에 대한 그의 사랑이 깊다는 것을 알았습니다. 그래서 저는 당신의 언니도 주시했습니다. 그분의 표정과 태도는 솔직하고 명랑했으며 매력적이었지만 특별히 빙리에 대해 호감을 보인다고 느껴지진 않았습니다. 그날 밤 자세히 관찰한 끝에, 저는 베넷 양이 빙리의 관심을 즐겁게 받아들이고 있지만, 빙리만큼의 감정은 아니라고 확신했습니다.

당신 언니에 대해선 분명 저보다 훨씬 더 잘 아실 테니까 제가 잘못 생각한 것일 수도 있겠지요. 만약 제 잘못된 판단으로 당신의 언니께 고통을 드렸다면 당신이 분노하시는 것도 당연한 일이겠지요. 하지만 제가 확신할 수 있는 건, 아주 정확한 관찰자가 봤어도 당신 언니의 표정과 태도가 워낙 차분했기 때문에, 그분이 다정한 성품이라 해도 쉽게 마음이 동요되는 사람은 아니라고 확신했을 겁니다. 베넷 양이 빙리에게 무관심하다고 믿고 싶었던 것은 사실입니다.

제가 그 결혼을 강력하게 반대하는 이유를 간략하게라도 말씀드려야겠습니다. 당신 외가댁의 신분도 그다지 좋지 않지만, 당신 어머니나 세 여동생 그리고 당신 아버지까지 자주 보여주었던 무례함에 비하면 아무것도 아닐 것입니다. 용서하십시오. 이런 식으로 당신의 감정을 상하게 해드려 저도 괴롭습니다. 하지만 당신과 당신 언니는 이러한 행동을 하지 않으셨고, 다른 사람들의 찬사를 받을 만큼의 교양과 인격을 보여주셨지요. 이 말씀이 당신께 위안이 될지 모르겠군요.

무도회가 열리던 그날 밤의 일로 미루어보아 당신 가족들에 대한 제 생각은 확고해졌고, 불행한 결혼에서 빙리를 구해야겠다고 마음먹었습니다. 당신도 기억하시겠지만 빙리는 다음 날 곧 돌아올 계획으로 런던으로 떠났습니다.

제가 한 일을 지금부터 말씀드리겠습니다. 빙리의 자매들 역시 나만큼이나 불안해하고 있었습니다. 우리의 생각이 일치한다는 것을 확인한 저는 조금이라도 빨리 그를 떼어놓아야겠다는 생각에 곧바로 그를 따라 런던에 가기로 결정했지요. 런던에서 저는 빙리에게 그 결혼을 하게 될 경우에 생길 불이익에 대해 설명해 주었습니다. 그러나 저의 충고가 그를 동요시켰다고는 해도 제가 당신 언니의 무관심을 확실히 말하지 않았더라면 그들의 결혼은 깨어지지 않았을 겁니다.

그는 제인 양이 자신만큼은 아니지만 자신의 사랑에 대해 성실하게 호의적으로 대하고 있다고 믿었습니다. 하지만 그는 자신의 판단보다는 제 판단에 더 의존하고 있었기 때문에 그가 스스로 잘못 생각하고 있다는 것을 납득시키는 것은 별로 어렵지 않았습니다. 그렇게 빙리에게 납득을 시킨 후에, 그가 하트퍼드셔로 돌아가지 못하게 하는 일은 순식간에 이루어졌습니다. 이 모든 일에 대해서 저는 제 자신이 잘못했다고 생각하지는 않습니다.

하지만 한 가지 마음에 걸리는 것은, 당신 언니가 런던에 있다는 사실을 그에게 숨겼다는 것입니다. 빙리 양과 저는 그 사실을 알고 있었지만 정작 당사자인 빙리는 지금까지도 그 사실을 모르고 있습니다. 물론 그들이 다시 만난다 해도 결혼을 생각하는 일은 일어나지 않겠지만, 아직은 그 친구의 애정이 제인 양을 만나도 괜찮을 만큼 충분히 식지 않았다고 생각되기 때문입니다.

이런 저의 행동은 제 스스로의 품위를 떨어뜨리는 결과가 되고 말았습니다. 하지만 저는 그것이 최선의 방법이라 생각했습니다. 그 문제에 대해선 더 이상 드릴 말씀도, 사과드릴 것도 없습니다. 만일 당신 언니에게 상처를 주었다면 그것은 저의 의도가 아니었다는 것을 알아주십시오. 그리고 당신이 이러한 저의 행동에 대해 옳지 못하다고 생각하실 수도 있겠지만, 저는 결코 이 일이 비난받아 마땅한 일이라고는 생각하지 않습니다.

또 하나, 위컴에게 피해를 주었다는 가혹한 비난에 대해서는 저의 가정사와 그와의 관계를 모두 밝혀야만 당신의 견해에 반박할 수 있을 것 같습니다. 그가 특히 저에 대해 어떤 식으로 비난했는지는 모르겠지만, 지금부터 말씀드리는 저의 이야기가 모두 사실임을 입증할 수 있는 증인을 내세울 수 있다는 것을 말씀드립니다.

위컴의 부친은 오랫동안 펨벌리의 재산을 관리해 주신 굉장히 훌륭한 분이셨습니다. 그분은 자신의 임무를 잘 수행하셨기 때문에 제 부친께서는 항상 그분에게 도움을 주고자 하셨습니다. 그렇기 때문에 그분의 대를 이을 아들 조지 위컴에게도 후한 친절을 베푸셨습니다. 제 부친께서는 위컴의 학비를 지원하셨고, 후에는 케임브리지에 진학하는데 도움을 주셨습니다. 그것은 그가 공부하는데 있어 꼭 필요한 일이었습니다. 그 이유는 아내의 심한 낭비 때문에 늘 가난할 수밖에 없던 그의 부친이 그를 제대로 교육시킬 수 없었기 때문입니다. 제 부친은 예의 바르고 상냥한 위컴과 자주 대화를 나누셨고, 그를 좋게 평가하셨기 때문에 앞으로 그가 성직자가 될 것을 기대하셨습니다. 그래서 그에게 목사직을 마련해 주실 생각을 하고 계셨지요.

그러나 저는 여러 해 전부터 그를 전혀 다르게 생각하고 있었습니다. 제 부친 앞에서는 감추고 있던 그의 나쁜 면이, 그를 주시하고 있던 제 눈에 보이기 시작했지요. 여기서 다시 당신께 괴로움을 드려야겠습니다. 물론 그 괴로움이 얼마나 큰 것인지는 당신만이 아시겠지만 그의 본성에 대해 꼭 아셔야 하기 때문에 말씀드리는 겁니다.

존경받던 제 부친께서는 5년 전쯤에 돌아가셨습니다. 하지만 마지막 순간까지 위컴에 대한 애정은 변함이 없으셨지요. 그에게 직업이 허락하는 한 최고의 자리에 오르도록 도와줄 것이며, 그가 성직자가 되려 한다면 좋은 자리가 생기는 대로 그 자리에 임명해 주라는 유언을 남기셨습니다. 그리고 제 부친께서는 그에게 1천 파운드의 유산도 남겨주셨지요.

위컴의 부친도 제 부친이 돌아가신 후 얼마 되지 않아 세상을 떠나셨습니다. 그런데 그 일이 있은 지 반 년도 되지 않아 위컴은 저에게 편지를 보냈습니다. 그는 성직을 포기하기로 마음먹었고, 그 대신 지금 당장 쓸 수 있는 돈을 원했으며, 제가 이런 요구를 부당하게 생각하지 않기를 바란다고 했습니다. 그리고 덧붙이기를, 앞으로 법학을 공부할 생각인데 1천 파운드 유산으로는 학비가 턱없이 부족하다고 말했습니다. 저는 그의 말이 진실이라고 믿었기보다는 오히려 그가 진실하기를 바랐습니다. 어쨌든 저는 그의 제안을 받아들였습니다. 위컴은 성직자가 될 만한 사람이 아니라는 것을 잘 알고 있었으니까요. 그래서 그 문제는 잘 해결되었지요. 그가 성직을 받을 일이 생길지라도 그에 대한 모든 권리를 포기할 것이며, 그 대가로 그는 3천 파운드를 받기로 했습니다. 이제 저는 그의 일에 더 이상 관여하지 않아도 될 거라 생각했지요.

저는 그를 좋지 않게 생각했기 때문에 그를 펨벌리에 초대한다거나 런던의 집으로 찾아오는 것도 허락하지 않았습니다. 그는 주로 런던에서 생활한 것으로 알고 있습니다. 그가 법학을 공부한다는 것은 핑계였고, 모든 구속에서 벗어나 나태하고 방탕한 생활을 했다고 합니다. 그 후 3년 정도 그의 소식을 듣지 못했지요.

하지만 그가 승계하려 했던 교회의 목사님이 돌아가시자, 그는 그 목사직을 달라며 저에게 편지를 보냈습니다. 그는 현재 자신의 처지가 무척 어렵다는 얘기를 했습니다. 그는 법률학이 자신에게 맞지 않는다는 것을 알았다면서, 제가 자신을 목사직에 임명해 준다면 앞으로 목사가 되기로 마음을 굳히겠다고 했습니다. 그는 제가 자신을 추천할 것을 확신하고 있는 듯했습니다. 그는 제게 그 자리에 추천할 다른 사람이 있는 것도 아니고, 존경하는 부친의 유언을 잊어서는 안 되는 거라고 생각하고 있었습니다. 그의 간청을 거절했다고 해서, 또 수차례 부탁한 것을 들어주지 않았다고 해서 저를 비난하진 않으시겠지요. 그는 자신의 처지가 어려워진 만큼 저를 원망했고, 저에게 직접 비난을 퍼부었던 것만큼 다른 사람들 앞에서도 제 험담을 했습니다. 그 후로 그와 저의 모든 교제는 끊어졌습니다.

그동안 그가 어떻게 살았는지는 잘 모릅니다. 그러나 지난여름, 제 앞에 나타난 그는 저에게 큰 고통을 안겨주었습니다. 지금부터 말씀드리는 이야기는 잊을 수만 있다면 잊고 싶은 기억입니다. 누구에게도 말하고 싶지 않은 이야기지만 부득이한 상황이니만큼 말씀드리는 것이니, 당신께서도 비밀을 지켜주시리라 믿습니다.

제게는 저보다 열 살 아래인 여동생이 있습니다. 제 어머니의 조카인 피츠윌리엄 대령과 제가 그 애의 후견인이지요. 그 아이는 약 1년 전에 학업을 마쳤고, 런던에서 집을 얻어 살고 있었습니다. 그러다가 지난여름, 제 동생은 자신의 교육을 맡은 부인과 함께 람즈게이트로 갔는데 위컴도 따라갔습니다. 그와 부인은 전부터 아는 사이였던 것이 드러났으니 그 일은 분명 계획적인 것이었죠. 불행히도 우리는 그 부인에게 속았습니다. 그래서 위컴은 부인의 묵인과 협조로 조지아나의 마음을 사로잡았고, 그것을 사랑이라고 믿게 만들어 나중에는 함께 도망가자는 말에 제 동생이 동의하도록 했습니다. 그때 제 동생의 나이는 겨우 열다섯이었기 때문에 제대로 된 판단을 하지 못한 탓도 있습니다.

그 애가 경솔한 행동을 했지만 다행히 그 사실을 제게 알린 것도 동생이었습니다. 그들이 도망치기로 한 이틀 전에 제가 우연히 조지아나를 만나러 갔는데, 그때 조지아나는 아버지처럼 여기던 오빠를 슬프고 괴롭게 만들 거라는 생각에 모든 사실을 털어놓았습니다. 위컴의 목적은 3만 파운드 정도 되는 제 동생의 재산이었음이 확실하며, 저에 대한 보복도 하나의 원인이 되었겠지요. 그의 복수는 완벽하게 이뤄질 뻔했습니다.

엘리자베스 양, 저는 우리가 관심을 가져왔던 문제들에 대해 모든 설명을 드렸습니다. 제 말이 전부 거짓이라고 생각하지 않으신다면, 제가 위컴에게 잔인하게 대했다는 비난만은 거두어주시길 바랍니다. 이 모든 일들에 대해 왜 지난밤에 말씀드리지 않았느냐고 의아해하실지도 모릅니다. 하지만 저는 그때 제 감정을 억누를 수 없어서 진실에 대해 어디까지 밝혀야 되는지 판단할 수 없었습니다.

제가 말씀드린 모든 것은 분명한 사실임을 피츠윌리엄 대령의 증언을 통해 알 수 있을 겁니다. 당신이 저에 대한 증오심 때문에 제 말을 믿지 않으신다 해도, 피츠윌리엄 대령과 대화를 나누는 것은 가능하시겠지요. 그의 설명을 들을 시간을 위해서라도 이 편지가 오늘 오전 중으로 당신께 전해지도록 노력하겠습니다.

신의 은총이 당신과 함께하기를 바라며.

피츠윌리엄 다아시

13

다아시에게 편지를 받았을 때 엘리자베스는 그가 다시 청혼할 것이라고는 생각하지 않았지만, 어떤 내용일지는 전혀 예상하지 못했다. 그러나 너무도 놀랄 만한 내용이었기 때문에 그녀는 열심히 그 편지를 읽었으며, 읽는 내내 상반된 감정 때문에 마음이 매우 혼란스러웠다. 편지를 읽는 동안 그녀의 마음은 뭐라 설명할 수 없이 복잡해졌다. 처음에 그녀가 놀란 것은 다아시가 뻔뻔스럽게도 변명을 늘어놓았다는 사실이고, 그 다음에는 올바른 사람이라면 입 밖에 낼 수 없는 사실이라는 것이었다. 그가 말한 모든 것에 대해 강한 편견을 가지고 그녀는 네더필드에서 있었던 일들에 대한 그의 설명을 읽기 시작했다. 하지만 너무 몰두한 나머지 문장의 뜻을 제대로 이해할 수 없었고, 다음엔 어떤 문장이 쓰여 있을까 궁금해서 지금 읽고 있는 문장마저도 제대로 파악할 수 없었다.

그녀는 자신의 언니가 무관심해 보였다는 그의 말에 대해서는 곧 거짓이라고 단정했다. 그리고 그 결혼을 반대한 가장 큰 이유가 그녀를 너무 화나게 만들었기 때문에, 그녀는 다아시를 제대로 판단하고 싶은 마음조차 사라져버렸다. 그는 자신의 행동에 대해서 엘리자베스에게 양해를 구할 만한 미안한 감정은 전혀 나타내지 않았고, 반성하기는커녕 오만하고 불손했다.

그러나 위컴에 관한 부분에 대해서는 좀 더 마음을 진정시키고 읽을 수 있었다. 만약 그 내용이 사실이라면 위컴에 대해 훌륭하다고 판단했던 그녀의 생각들을 모두 뒤엎어버려야 했다. 또한 위컴이 말했던 것과 같았기 때문에 그녀는 마음이 너무 아팠고, 말로 표현할 수 없는 감정을 느꼈다. 놀라움과 걱정, 심지어 공포감마저 생겨 그녀의 마음은 무거워졌다.

"분명 거짓말이야! 그럴 리가 없어! 가장 비겁한 거짓말이야!"
거짓이라 믿고 싶었기에 그녀는 수차례 외쳤다.

그리고 편지를 거의 다 읽었을 즈음 마지막 한두 줄은 무슨 말인지조차 파악하지 않은 채로 급히 편지를 접고서는 다시는 읽지 않겠다고 다짐했다. 그녀는 이렇듯 혼란스러워 마음의 갈피를 잡지 못하고 있었다. 하지만 그대로 있을 수만은 없었다. 그녀는 30초도 안 되어 다시 편지를 펼쳤다. 그리고 최대한 마음을 진정시키며 위컴에 대한 부분만 다시 읽었고, 감정을 억누르며 문장 하나하나의 의미를 파악했다.

위컴과 펨벌리 집안과의 관계에 대한 얘기와, 돌아가신 다아시 부친의 배려에 관한 말도 위컴의 말과 일치했다. 다아시가 한 치의 망설임도 없이, 위컴이 항상 무절제하고 방탕했다고 비난한 것은 엘리자베스로서는 큰 충격이었다. 더구나 그것이 부당하다고 입증할 수도 없었기에 그녀는 더욱 심란했다.

엘리자베스는 그가 런던에서 몇 번 만난 청년의 권유로 ○○ 부대에 입대하게 되었다는 설명 외에는, 그가 ○○ 부대에 입대하기 전에 어떤 생활을 했는지 들어본 적이 없었다. 그의 과거에 대해서는 스스로 말한 것 외에는 어떤 것도 하트퍼드셔에 알려져 있지 않았기 때문이다. 그녀는 그의 용모와 음성, 태도만을 보고 그가 훌륭한 사람이라고 섣부른 판단을 했던 것이다

엘리자베스는 계속해서 편지를 읽었다. 하지만 안타깝게도 그가 재산을 노리고 접근했다는 다아시 양에 대한 대목은, 바로 어제 아침 그녀가 피츠윌리엄 대령과 나누었던 대화와 어느 정도 일치했다. 그리고 편지의 마지막에는 자신의 말을 피츠윌리엄 대령에게 확인해도 좋다는 내용이 쓰여 있었다. 피츠윌리엄 대령은 사촌에 대한 일이라면 거의 다 알고 있다고 말했었고, 또한 그녀가 그의 인격을 의심할 만한 어떤 이유도 없었다. 순간, 그녀는 그에게 직접 물어봐야겠다고 결심했다. 하지만 너무 어색할 것 같아서 망설이다 결국 포기했다.

이제는 위컴에 대한 모든 것들이 다르게 보이기 시작했다. 그가 킹 양에게 관심을 가진 것은 혐오스럽게도 오직 돈 때문이 아니었을까. 그녀의 재산이 대단하지는 않았지만 그렇다고 그가 욕심이 없었기 때문이 아니라, 되는 대로 아무나 붙잡으려 했다는 것을 증명하는 것이었다. 또한 이제는 그가 엘리자베스에게 보였던 호감도 의심스러워졌다. 그가 엘리자베스의 재산에 대해 잘못 알았거나, 아니면 그녀의 경솔했던 호감을 부추겨 자기의 허영심을 만족시켰던 것일 수도 있었다. 이렇듯 위컴에게 유리하도록 해석하려는 노력은 점점 약해졌다.

그녀의 머릿속엔 다아시가 옳았다는 것을 인정할 수밖에 없는 일들이 계속 떠올랐다. 오래전에 빙리는 위컴에 대한 제인의 질문에 다아시의 잘못은 없다고 주장했었다. 비록 다아시가 오만하긴

했지만, 그와 알고 지내는 동안 그녀는 다아시가 원칙을 어긴다거나 부당하다고 여길 만한 행동을 한 번도 본 적이 없었다. 최소한 자신의 주변 사람들에게는 존경을 받고 있다는 것은 확실했다. 위컴조차도 다아시가 오빠로서는 훌륭하다고 인정했고, 그녀 또한 그가 누이에 대해 사랑스럽게 이야기하는 것을 들었기 때문이다. 만일 위컴의 말처럼 다아시가 그런 행동을 했다면 세상 사람들이 그의 부당한 행위에 대해 전혀 모를 리 없었을 것이고, 빙리처럼 좋은 사람이 그런 사람과 우정을 나누지도 않았을 것이다.

엘리자베스는 자신이 너무 부끄러웠다. "내 행동은 얼마나 어리석었던가!" 그녀가 외쳤다. "판단력만큼은 확실하다고 자부했었는데! 언니의 관대하고 솔직한 성격을 비웃고, 쓸데없는 불신으로 허영심을 만족시켰던 내가 아니었던가! 이제야 알게 되었으니 얼마나 부끄러운 일인가! 아무리 사랑에 빠졌다 해도 이보다 더 어리석을 수는 없을 테지. 더구나 그건 사랑이 아니라 허영심이었던 거야. 처음 만났을 때 나를 멸시했던 한 사람과 나에게 호감을 드러냈던 다른 한 사람, 두 사람에 대해서 나는 편견과 무지에 빠져 있었기에 판단력을 잃었던 거야. 지금까지 나는 나 자신에 대해 모르고 있었던 거야."

자신에게서 제인에게로, 제인에게서 빙리에게로 엘리자베스의 생각은 끊임없이 이어져 커다란 흐름으로 변했고, 그러던 중 빙리와 제인 두 사람에 관한 다아시의 설명이 부족하다는 생각이 들었다. 그래서 편지를 꺼내 그 대목을 다시 한 번 읽어보았는데, 두 번째 정독한 결과는 처음과는 아주 달랐다. 어떤 부분은 옳다고 믿으면서 어떻게 다른 한 부분은 부인하겠는가! 다아시는 언니의 사랑을 전혀 확인하지 못했다고 말했는데, 그 부분에 대해서 그녀는 샬럿이 늘 했던 말을 떠올릴 수밖에 없었다. 또한 제인에 대한 다아시의 설명이 틀렸다고 할 수도 없었다. 제인이 비록 열렬한 감정이었다 해도 그녀는 감정을 거의 드러내지 않는 사람이며, 또한 평소 그녀의 태도가 상대방에 대한 관심과는 상관없이 상냥했던 것도 사실이었다.

자신의 가족에 대한 비난에 대해서는 몹시 분하고 수치스러웠다. 하지만 그것은 부인할 수 없는 정당한 비난이었다. 네더필드의 무도회에서 일어났던 일들 때문에 다아시가 그녀의 가족에 대해 좋지 않은 감정을 갖게 되었다고 했지만, 그녀 자신 또한 그것이 문제라고 느꼈던 것이다. 그녀와 언니에 대한 찬사가 어느 정도 위로가 되긴 했지만, 자신의 가족들이 자초한 모욕 때문에 그녀의 마음은 편치 않았다. 제인을 절망스럽게 만든 것은 결국 자신의 가족들이었던 것이다. 그들의 부끄러운 행동 때문에 자신과 언니에 대한 평판이 얼마나 안 좋아졌을지 생각하자, 그녀는 한 번도 느껴본 적 없던 참담한 기분이 들었다.

이런저런 일들을 떠올리며 하나씩 다시 생각해 보고 그 타당성을 따져보며, 이렇듯 갑작스럽고 중대한 변화에 되도록 자신을 적응하려 애쓰다 두 시간 정도 좁은 길을 배회하던 엘리자베스는 피곤하기도 하고 또 너무 오랫동안 집을 나와 있었다는 생각에 집으로 발길을 돌렸다. 그녀는 평소와 다름없이 명랑하게 보이려고 애쓰며 다른 사람들과의 대화를 방해할 만한 생각들은 접어두기로 마음먹었다.

엘리자베스가 집으로 들어서자, 그녀가 없는 동안 로징스에서 두 사람이 각각 다녀갔다는 이야기를 들었다. 다아시는 작별 인사를 하려고 몇 분 정도 기다리다가 갔으며, 피츠윌리엄 대령은 한시간 정도 그녀를 기다리다가 그녀를 찾아 나서려고 했다는 것이다. 엘리자베스는 그들을 만나지 못해 아쉬워하는 척했지만 속으로는 다행이라고 생각했다. 그녀에게 피츠윌리엄 대령은 더 이상 관심의 대상이 아니었다. 그녀는 오로지 다아시의 편지에 대한 생각뿐이었다.

14

다음 날 아침, 두 신사는 로징스를 떠났다. 두 사람과 작별 인사를 나누기 위해 소작인의 오두막 근처에서 기다리고 있던 콜린스는 그들이 로징스에서 아쉬운 작별 인사를 나눴음에도 불구하고, 그런대로 기분이 괜찮아보였다는 반가운 소식을 전해 주었다. 그러고 나서 콜린스는 캐서린 부인과 그 딸을 위로하기 위해 급히 로징스로 향했다. 그는 캐서린 부인이 너무 울적해서 그들과 함께 만찬을 즐기고 싶어 한다는 소식을 가지고 만족스러운 기분으로 돌아왔다.

엘리자베스는 캐서린 부인을 보게 되자, 자신이 마음만 먹었다면 지금쯤 캐서린 부인의 조카며느리로 인사를 했을 것이고, 만약 그렇게 되었다면 부인이 얼마나 탐탁지 않게 여겼을까 하고 생각하며 미소 지었다. '부인은 뭐라고 말했을까? 어떻게 행동했을까?' 그녀는 혼자 이런 질문들을 떠올리며 즐거워했다.

그들의 첫 번째 화제는 로징스의 가족이 줄었다는 이야기였다. 캐서린 부인이 말했다. "마음이 너무 허전해. 누군가가 떠난 자리를 나만큼 아쉬워하는 사람도 없을 거야. 물론 그 애들에게 내가 각별한 애정이 있긴 하지만, 그 애들 역시 나한테 애정을 갖고 있는 것도 알고 있지. 늘 그러긴 했지만 떠나는 걸 어찌나 아쉬워하던지 이번에는 특히 그랬어. 그래도 피츠윌리엄은 끝까지 밝은 모습이었는데, 다아시는 작년보다 더 아쉬워하더라고. 로징스에 대한 애정이 매년 커지는 것 같아."

그러자 콜린스가 대화에 끼어들어 호응했고, 캐서린 부인과 그 딸도 상냥한 반응을 보였다.

저녁 식사 후 캐서린 부인은 엘리자베스의 기분이 썩 좋지 않은 것 같다며, 그녀가 집에 돌아가고 싶지 않아서 그러는 것이라 짐작하고는 이렇게 덧붙였다.

"그 이유 때문이라면 어머니께 편지를 써서 좀 더 머무는 게 어때요. 콜린스 부인도 분명히 기뻐할 텐데."

"친절하신 말씀 정말 감사합니다." 엘리자베스가 대답했다. "하지만 그러긴 힘들 것 같아요. 저는 다음 토요일까지 런던에 가야 합니다."

"저런, 그렇다면 베넷 양은 겨우 6주 동안 머무는 셈이군요. 두 달쯤 머물 것 같다고 베넷 양이 오기 전에 콜린스 부인이 그렇게 말했는데. 이렇게 일찍 떠나야 할 필요는 없을 텐데 말이야. 보름 더 머문다 해도 어머님이 반대하진 않으실 텐데."

"하지만 아버지는 안 그러실 거예요. 지난번 편지에도 빨리 돌아오라고 쓰셨거든요."

"이것 참! 어머님이 허락하시면 아버님도 그렇게 하시겠지요. 아버지한텐 딸들이 그렇게 중요하지 않을 테니. 만일 한 달을 더 머문다면, 내가 두 사람 중 한 명을 런던까지 데려다 줄 수도 있어요. 6월 초에 런던에 가서 일주일 정도 있을 생각이니 두 사람 중 한 명이 탈 자리는 있을 거야. 날씨만 선선하다면 두 사람 다 데려가도 될 테고, 두 아가씨들 몸집이 그렇게 크진 않으니까."

"부인의 호의는 정말 감사합니다만 원래의 계획대로 해야 할 것 같습니다."

캐서린 부인이 단념한 듯 말했다.

"콜린스 부인, 두 사람에게 하인을 딸려 보내도록 해요. 아가씨 둘이서 역마차로 여행한다는 건 생각할 수도 없는 일이니까. 그건 품위에 어긋나는 행동이지. 젊은 아가씨들은 늘 자신의 신분에 맞게 적절히 보호를 받고 시중을 받아야 해요. 지난여름에 내 조카딸 조지아나가 람즈게이트에 갈 때도 하인 두 사람을 같이 보냈었지. 그렇게 하지 않는 건 돌아가신 펨벌리의 다아시 씨와 앤 부인의 품위에도 어긋나는 행동이지. 난 이런 일에 특별히 신경을 쓰고 있어요. 콜린스 부인, 이 아가씨들과 존이 함께 가도록 해줘요. 때마침 일러줄 수 있어서 다행이군. 아가씨들만 보냈더라면 결례가 되었을 테니."

"저희 외삼촌께서 하인을 보내주신다고 합니다."

"오! 외삼촌이? 가족 중에 그런 생각을 하는 분이 계시다니 다행이군요. 어디서 말을 바꿀 건가요? 물론 브럼리겠지. 거기 벨 식당에서 내 이름을 말하면 잘해 줄 거예요."

캐서린 부인은 그들의 여행에 대해 많은 질문을 하면서, 그 질문에 대한 대답을 기다리지 않았기 때문에 그녀는 부인의 말을 주의해서 들어야만 했다. 엘리자베스는 그것이 오히려 다행이라 생각했다. 그렇지 않았다면 편지 때문에 심란해진 엘리자베스는 자신이 어디에 있는지조차 잊었을 것이다.

다아시의 편지는 이제는 거의 외울 정도였다. 엘리자베스는 문장을 하나하나 살펴보았는데, 그에 대한 감정은 읽을 때마다 달라졌다. 그가 청혼했을 때의 말투를 떠올리면 아직도 화가 났다. 하지만 그녀는 자기가 그를 부당하게 비난하고 질책한 것을 생각하면 스스로에게 화가 났고, 그가 낙심했을 거라는 생각에 안타까웠다. 그의 애정에 감사한 마음이 들었고, 그의 인품에 대해서는 존경심도 생겨났다. 하지만 그녀는 아직 그를 받아들일 수 없었다. 그의 청혼을 거절한 것에 대해서는 한 번도 후회하지 않았고, 그를 다시 만나고 싶은 생각도 전혀 없었다. 그녀는 자신의 행동에 대해서 계속 당혹스러웠고 후회가 되었으며, 자기 가족의 결점을 생각할수록 더욱 불행하다고 느꼈다.

그녀의 또 다른 고민은 제인에 대한 안타까움이었다. 다아시의 해명 덕분에 빙리를 다시 예전처럼 좋은 사람이라고 생각하게 되었지만, 제인이 그런 사람을 잃게 된 것이 속상했다. 빙리의 애정은 분명 진심이었고, 빙리가 친구를 맹목적으로 신뢰한다는 것 외에는 그의 행동을 비난할 수가 없었다. 모든 면에서 제인에게 바람직하고 이점이 있는, 또한 행복이 보장된 결혼을 가족들의 어리석음과 무례함 때문에 놓쳤으니 얼마나 괴로운 일인가!

이런 생각과 더불어 위컴에게 속았던 사실 때문에, 늘 긍정적이고 명랑했던 엘리자베스도 너무 우울해서 태연한 척할 수가 없었다.

마지막 일주일 동안은 그들이 처음 도착했을 때만큼이나 자주 로징스를 찾았다. 떠나기 전날 밤에도 그곳에서 보냈는데, 캐서린 부인은 그들의 여행에 대해 자세히 물으며 짐을 꾸리는 좋은 방법에 대해 알려주었다.

그들이 떠날 때가 되자 캐서린 부인은 여행 잘 다녀오라는 인사를 하며, 내년에 다시 헌스퍼드에 오라고 초대했다. 드 버그 양도 무릎을 굽혀 인사를 하고서는 손을 내밀었다.

15

토요일 아침, 엘리자베스와 콜린스는 다른 사람들이 들어오기 몇 분 전에 식당에서 만났다. 그래서 그는 꼭 해야만 했던 작별 인사를 나눌 기회를 얻을 수 있었다.

"엘리자베스 양, 누추한 저희 집을 찾아주시는 친절에 대해 아내가 감사를 표했는지 모르겠군요. 만일 그렇지 않았다면 떠나시기 전에 아내가 감사 인사를 전할 겁니다. 이곳에 머물러주신 것에 대해 정말 감사하게 생각합니다."

엘리자베스는 진심으로 그동안 고마웠고 매우 즐거웠다고 말했다. 6주일 동안 정말 즐겁게 보냈고, 샬럿과 같이 지낼 수 있어서 좋았으며, 친절을 베풀어주셔서 감사하다고 말했다. 이 말에 콜린스는 흡족해하며 약간의 미소를 띤 채 점잖게 대답했다.

"지루하지 않으셨다니 정말 기쁩니다. 사실 저희들은 최선을 다했습니다. 다행스럽게도 귀한 분들께 당신을 소개해 드릴 수 있었고 로징스 댁과의 인연으로 단조로운 생활에 종종 변화를 줄 수 있어서 헌스퍼드 방문이 전혀 지루하지 않으셨을 거라 생각합니다. 캐서린 부인 일가와 가까이 지내는 것은 소수만이 누릴 수 있는 축복이며 혜택이지요. 또 우리가 얼마나 로징스 댁과 가까운 사이인지 아셨을 겁니다. 비록 이 목사관이 누추하고 부족한 점이 많지만, 로징스 댁과 친분을 나누는 이상은 결코 동정의 대상이 될 수는 없는 일입니다."

콜린스는 감정이 고조됨에 따라 말로는 부족했는지, 엘리자베스가 예의와 진심을 담은 짧은 몇 마디 말들을 만들기 위해 애쓰는 동안 방 안을 이리저리 왔다 갔다 했다.

"하트퍼드셔로 돌아가시면 저희들이 아주 잘 지내고 있다고 전해 주셔도 좋습니다. 엘리자베스 양, 당신이라면 기꺼이 그렇게 하실 거라 믿습니다. 캐서린 부인께서 제 아내에게 얼마나 친절을 베풀어주시는지 매일 보셨을 테니까요. 그러니 저는 당신의 친구가 선택을 잘못했다고 생각하지는…… 이 부분에 대해서는 말을 아끼는 게 좋을 것 같습니다. 하지만 제가 말씀드리고 싶은 것은, 당신도 저희들처럼 행복한 결혼을 하시기를 진심으로 바란다는 겁니다. 사랑하는 아내와 저는 같은 마음으로, 같은 생각을 하며 살고 있습니다. 성격이나 사상 등 모든 면에서 저희들은 정말 비슷합니다. 이런 인연이 또 있을까 싶습니다."

엘리자베스는 편안한 마음으로, 잘 어울리는 두 사람이 결혼해서 매우 행복해 보인다는 말을 전했고, 앞으로도 그의 가정에 행운이 함께할 것을 기쁜 마음으로 확신한다고 덧붙였다. 콜린스는 자신의 행복에 대해 세세하게 설명하려 했으나, 때마침 그의 아내가 들어왔기 때문에 중단될 수밖에 없었다. 하지만 엘리자베스는 그 사실이 전혀 아쉽지 않았다. 가엾은 샬럿! 그녀를 이곳에 남겨 두고 가야 하는 건 서글픈 일이었다. 하지만 이것은 그녀의 선택이었다.

샬럿은 손님들이 떠나는 것을 서운해했지만 동정을 바라진 않는 듯했다. 그녀의 가정과 집안 살림, 교구와 가축들, 그리고 자질구레한 일들이 아직 그녀에게 활력을 주는 것 같았다.

마침내 마차가 도착했다. 샬럿과 작별 인사를 하고 난 후 엘리자베스는 콜린스의 안내를 받으면서 마차로 향했다. 그는 곧이어 마리아가 마차에 타는 것을 도와주었다. 마차의 문을 막 닫으려는 순간, 갑자기 콜린스가 몹시 놀란 표정으로 그들이 로징스 저택에 계신 분들에게 전할 인사말을 남기지 않았다고 알려주었다.

"하지만." 그가 덧붙였다. "당연히 두 분은 여기 머무시는 동안 그분들께서 베풀어주신 호의에 대한 감사의 말씀을 전해 주길 바라시겠지요?"

엘리자베스는 반박하지 않았다. 그때서야 문을 닫을 수 있었고 마차가 출발했다.

"세상에!" 얼마간의 침묵이 흐른 뒤 마리아가 말했다. "우리가 여기 온 지 하루 이틀밖에 안 된 것 같은데! 그동안 얼마나 많은 일이 일어났는지!"

"정말 많은 일이 있었지." 엘리자베스가 한숨을 쉬며 말했다.

"로징스에서 아홉 번이나 식사를 했고, 두 번이나 차를 마시러 갔었지! 사람들한테 할 얘기가 어찌나 많은지!"

엘리자베스는 속으로 말했다. '그리고 나에겐 숨길 일이 얼마나 많은지!'

그들은 많은 대화 없이, 그리고 특별히 위험한 일도 없이 가고 있었다. 헌스퍼드를 떠난 지 네 시간 만에 가드너 댁에 도착했다. 그들은 그곳에 며칠간 머물 계획이었다.

제인의 건강은 괜찮아 보였다. 하지만 친절한 외숙모가 그들을 위해 여러 가지 사교 모임을 마련해 놓았기 때문에 자세히 살펴볼 수는 없었다. 그러나 곧 제인도 함께 롱본으로 돌아갈 것이기에, 엘리자베스는 집에 도착하면 그녀를 관찰할 시간은 충분할 거라고 생각했다.

한편 엘리자베스는 다아시가 자기에게 청혼했다는 사실을 롱본으로 돌아갈 때까지 제인에게 말하지 못한다는 사실이 힘들었다.

하지만 그녀는 어디까지 말해야 할지 판단이 서지 않았다. 또한 그 얘기를 하다보면 자연스럽게 빙리에 대해 언급하게 될 테니, 혹시라도 그것이 언니를 슬프게 만들 수도 있다는 걱정 때문에 그녀는 말하고 싶은 충동을 참아야만 했다.

16

5월 둘째 주, 세 아가씨들은 그레이스처치 가를 출발해서 하트퍼드셔의 ○○으로 향했다. 얼마 후, 그들은 베넷 씨의 마차가 그들을 마중 나오기로 되어 있던 여관에 도착했다. 마부가 시간을 잘 지킨 덕분에 이층 식당에서 키티와 리디아가 밖을 내다보고 있는 것을 볼 수 있었다. 이 두 아가씨는 그곳에서 한 시간 가량을 기다리며 맞은편에 있는 모자 가게를 구경하기도 하고, 근무 중인 위병도 바라보고, 또 오이 샐러드를 만들면서 재미있는 시간을 보내고 있었다.

그녀들은 언니들을 맞이한 다음 여관 식당에서 흔히 내놓는 냉동고기로 차려진 식탁을 자랑스럽게 가리키며 소리쳤다. "근사하지 않아? 깜짝 놀랐지?"

"우리가 언니들한테 대접할게." 리디아가 덧붙여 말했다.

"하지만 돈을 좀 빌려줘야 돼. 갖고 있던 돈을 저 가게에서 다 써버렸거든." 그녀는 산 물건들을 보여주며 말했다. "이것 좀 봐.

나 이 모자 샀어. 그렇게 예쁘진 않지만 그래도 사는 게 낫겠다고 생각했어. 집에 가면 뜯어서 다시 예쁘게 만들려고."

언니들은 모자가 예쁘지 않다고 했지만 그녀는 전혀 아랑곳하지 않으며 말했다. "그렇지만 가게에는 이것보다 훨씬 더 보기 싫은 게 두세 개나 있었어. 예쁜 색 새틴을 좀 사서 가장자리를 장식하면 괜찮아질 거야. 게다가 ○○ 부대가 메리튼을 곧 떠날 테니 올 여름엔 무슨 모자를 쓰면 어떻겠어. 보름 안에 부대가 떠난대."

"정말이야?" 엘리자베스가 기쁜 듯이 외쳤다.

"브라이튼 근처에서 주둔할 거래. 아빠가 여름에 우리를 브라이튼으로 데려갔으면 좋겠어. 흥미진진한 계획 아니야? 비용도 얼마 안 들 테고. 엄마도 무조건 가고 싶어 하실 거야. 그렇게라도 하지 않는다면 이번 여름은 너무 지겨울 텐데."

엘리자베스는 생각했다. '그래, 분명 즐거운 계획이야. 우리 모두에게 좋은 일이야. 세상에! 브라이튼이라고? 민병대 하나에도 떠들썩했고, 고작 한 달에 한 번 열리는 메리튼 무도회에 흥분하던 우리들한테.'

"그런데 언니들한테 알려줄 게 있는데." 모두들 식탁에 앉자 리디아가 말했다. "뭔지 알아맞혀 봐. 아주 멋지고 중요한 소식이야. 우리 모두가 좋아하고 있는 어떤 사람에 관한 건데."

제인과 엘리자베스는 서로 마주보았다. 그러고 나서 웨이터에게 나가도 좋다고 말했다. 리디아가 웃으며 말했다.

"아이 참, 언니들은 늘 그렇게 격식을 차리고 신중하다니까. 웨이터가 들으면 안 될 얘기라 생각하나 본데, 무슨 관심이나 있겠

어? 하지만 저 사람은 내가 지금 하려는 얘기보다 더 많은 것들을 들을 텐데 뭐. 그래도 못생기긴 했어. 나가서 다행이야. 저렇게 긴 턱은 처음 본다니까. 그건 그렇고 그 소식은 바로 위컴 씨에 관한 얘기야. 웨이터가 듣기엔 너무 좋은 소식이지? 위컴 씨가 메리 킹하고 결혼하지 않을 거래. 어때? 그래서 그녀는 리버풀에 있는 삼촌댁으로 갔대. 거기서 머물 작정인가 봐. 이제 위컴 씨는 안전해."

"메리 킹도 안전하게 됐지!" 엘리자베스가 덧붙여 말했다. "상속인으로서 그런 경솔한 결혼을 하지 않아도 되니 말이야."

"위컴 씨를 좋아하면서도 그렇게 가버리다니 정말 바보 같아."

"그렇지만 둘 다 별로 애정이 없었던 거 아닐까?" 제인이 말을 받았다.

"물론 위컴 씨한텐 없었겠지. 확실하다고. 그렇게 성격이 못되고 주근깨 많은 작은 여자를 누가 좋아하겠어?"

식사를 마치고 언니들이 계산을 끝낸 후 곧 마차를 불렀다. 상자와 반짇고리, 여러 짐 꾸러미들과 함께 키티와 리디아가 산 못마땅한 물건들을 가지고 마차에 올라탔다.

"참 대단하게도 붙어 앉았네!" 리디아가 소리쳤다.

"모자는 정말 잘 산 것 같아. 집에 도착할 때까지 우리 편안하게 앉아서 웃고 얘기하면서 가자. 그럼 먼저 그동안 있었던 언니들의 얘기부터 듣자고. 괜찮은 남자들은 만났어? 교제는 안 했고? 언니들 중 누구라도 돌아올 때 남편감을 얻어오길 바라고 있었는데. 얼마 안 있으면 큰언니는 노처녀가 될 거 아냐. 벌써 스물셋이 다 됐으니! 오, 만약 내가 스물셋까지도 결혼을 못 하고 있으면 얼마나 창피할까! 필립스 이모가 언니들이 결혼하기를 얼마나 바라는 지 모를 거야. 그리고 이모는 리지 언니가 콜린스 씨와 결혼을 했더라면 좋았을 거래. 내가 언니들보다 먼저 결혼할까? 그렇게 되면 무도회에 갈 때마다 내가 어른처럼 언니들을 데려갈 텐데. 지난번에는 포스터 대령님 댁에서 정말 재미있게 놀았어. 포스터 부인이 저녁에 작은 무도회를 열겠다고 약속했지. 그래서 부인이 해링턴 댁의 두 딸을 불렀는데, 해리엇이 아파서 펜 혼자 올 수밖에 없었어. 그런데 우리가 어떻게 했는지 알아? 챔벌린한테 여장을 시켰어. 얼마나 재밌었는지 몰라. 대령님과 대령님 부인, 키티하고 나, 그리고 필립스 이모 외에는 아무도 그 사실을 몰랐다니까. 얼마나 멋있었는지 아마 상상도 못 할 거야. 무도회에 데니 씨와 위컴 씨, 프랫 씨, 그리고 남자들 두세 명이 더 왔지만 전혀 눈치 채지 못했어. 나하고 포스터 대령 부인이 얼마나 웃었던지! 그런데 우리가 너무 웃어서 남자들이 의심을 하더라고. 결국 들통 나고 말았지."

리디아는 롱본으로 가는 동안 파티에서 있었던 일들에 대해 떠들고 농담하면서 언니들을 즐겁게 해주려 애썼다. 엘리자베스는 될 수 있으면 흘려들으려 했지만, 위컴의 이름이 계속 나왔기 때문에 귀 기울일 수밖에 없었다.

드디어 집에 도착했다. 식구들은 그들을 무척 다정하게 맞아주었다. 베넷 부인은 제인이 여전히 아름다운 것을 보며 기뻐했고, 베넷 씨는 식사를 하면서도 여러 번 "리지야 돌아와서 기쁘구나." 라고 엘리자베스에게 말했다.

루커스 가의 식구들 대부분이 마리아를 통해 소식을 들으려고 왔기 때문에 식당은 많은 사람들로 붐볐고 화제도 다양했다. 루커스 부인은 식탁 너머로 마리아에게 샬럿의 안부와 그 집에 있는 닭이나 오리에 관해서 물었고, 베넷 부인은 자신의 아래쪽에 앉아 있는 제인에게 요즘 유행에 대한 얘기를 듣고서 그것을 루커스 가의 어린 딸에게 다시 전해 주느라 분주했다. 리디아는 제일 큰 목소리로 아무나 들으라는 듯, 아침에 있었던 즐거운 일들에 관해 떠들어댔다. 그녀가 말했다.

"아이 참! 메리 언니, 우리하고 같이 갔더라면 좋았을 텐데. 얼마나 재미있었다고! 가다가 차양을 모두 내리고 마차 안에 아무도 없는 것처럼 했었지 뭐야. 키티가 멀미만 안 했어도 계속 그러고 갔을 거야. 조지 여관에 갔을 때도 아주 멋지게 굴었지. 언니들과 마리아에게 점심으로 세상에서 제일 멋진 냉동고기를 대접했거든. 집에 돌아올 때도 정말 재미있었어! 얼마나 큰 소리로 얘기하고 웃었던지 아마 10마일 밖에서도 들렸을 거야!"

이 말을 들은 메리가 진지한 표정으로 말했다. "리디아, 난 너의 즐거움을 무시할 생각은 전혀 없어. 그것은 아마 여자들의 일반적인 습성과 합치되는 것일 테지. 하지만 나한텐 그런 것들이 전혀 흥미가 없단다. 나는 책이 훨씬 더 좋으니까."

그러나 리디아는 그녀의 말을 한 마디도 듣지 않았다. 그녀는 누구에게도 30초 이상 귀를 기울인 적이 없었고, 특히 메리의 말이라면 전혀 귀담아듣지 않았다.

오후가 되자 리디아와 나머지 숙녀들은, 다들 잘 지내고 있는지 궁금하다며 메리튼에 가자고 했지만 엘리자베스는 끝까지 반대했다. 베넷 집안의 딸들이 집에 돌아온 지 반나절도 안 되어 장교들을 따라다닌다는 소리를 들을 수는 없었기 때문이다. 그녀가 반대하는 이유는 또 있었다. 위컴을 다시 만나기가 꺼려졌고, 가능한 한 피하고 싶었다.

집에 돌아온 지 몇 시간도 되지 않아, 엘리자베스는 리디아가 여관에서 언급했던 브라이튼으로 가는 계획에 대해 부모들이 논의하고 있다는 사실을 알게 되었다. 엘리자베스는 아버지가 그것을 허락할 생각이 전혀 없다는 것도 곧 알아챘다. 하지만 아버지의 대답이 확실하지 않았기 때문에, 어머니는 실망을 하다가도 이 계획이 반드시 성공할 거라는 희망을 갖고 있었다.

17

엘리자베스는 그동안 있었던 일들을 제인에게 말하고 싶은 마음을 더 이상 억누를 수 없었다. 그래서 그녀는 언니에게 놀라지 말라면서, 언니와 관련되는 부분은 빼놓고 다아시와 있었던 일에 대해 간략하게 얘기해 주었다.

제인은 몹시 놀랐지만 곧 진정이 되었다. 그녀는 동생에 대한 사랑이 너무 강했기 때문에 엘리자베스가 아무리 대단한 칭찬을 받는다 해도 그것은 너무도 당연한 일이라 생각했던 것이다. 제인은 다아시가 자신의 감정을 제대로 전하지 못한 것을 안타깝게 생각했으며, 또한 동생의 거절로 상심하고 있을 그의 처지를 가엾게 여겼다.

"당연히 성공할 거란 생각은 잘못이었어." 그녀가 말했다. "더구나 그게 표정으로 드러나서는 안 되는 건데. 하지만 그만큼 실망도 컸을 거야."

"정말 그래." 엘리자베스가 말했다. "미안하게 생각해. 진심으로. 하지만 그분은 다른 감정들 때문에 나에 대한 호감은 금방 잊을 거야. 그분을 거절했다고 나를 나무라지는 않겠지?"

"나무라다니! 절대 그렇지 않아."

"그렇지만 위컴 씨에 대해 지나치게 흥분하며 이야기한 건 나무랄지도 몰라."

"아니야, 난 네가 무슨 잘못이 있다고 생각하진 않아."

"하지만 바로 그 다음 날 있었던 일을 알려줄게. 그럼 내 잘못을 알게 될 거야."

엘리자베스는 그 편지의 내용을 말하며, 조지 위컴에 대한 이야기를 여러 번 반복해서 말해 주었다. 가엾은 제인이 받은 충격은 얼마나 컸던지! 제인은 다아시에 대한 오해가 풀렸기 때문에 다행이라고 생각했지만, 이것이 위컴과 관련한 사건에 대한 위로가 되어주진 못했다. 그녀는 무슨 오해가 있을지도 모른다는 생각에 그것을 증명해 보이려고, 어느 한쪽을 끌어들이지 않고 다른 한쪽의 결백을 밝혀보려고 몹시 애를 썼다.

"소용없어. 두 사람 모두를 좋은 쪽으로 생각할 수는 없을 거야.

어느 한쪽을 선택해야 해. 한 사람한테만 만족해야 한다고."

"이렇게 큰 충격은 처음이야." 제인이 말했다. "위컴 씨가 그렇게 나쁜 사람이라니! 믿을 수가 없어! 그리고 다아시 씨는 너무 안됐어!"

"난 그분을 싫어한다는 뜻을 확실하게 보임으로써 현명한 척하려고 했던 것 같아. 아무런 근거도 없이."

"다아시 씨에게 위컴 씨에 관한 얘기를 하면서 항상 심한 표현만 했으니 어쩌면 좋니! 이젠 그 말들이 틀렸다는 게 확실해졌으니."

"맞아. 하지만 그렇게 심한 말을 해서 망신을 당한 것은 내 잘못이지. 그분에 대해 평소에 편견을 갖고 있었으니 말이야. 언니한테 꼭 조언을 구하고 싶은 게 하나 있어. 지인들에게 위컴 씨의 진짜 인격에 대해 알려야 할까?"

제인은 잠시 생각에 잠겨 있다가 대답했다. "위컴 씨에 대해 그렇게 무자비하게 폭로할 필요가 있을까? 네 생각은 어떠니?"

"나도 마찬가지야. 다아시 씨도 자신의 생각을 공개해도 된다고 하진 않았으니까. 그리고 자기 누이동생에 대한 자세한 얘기는 가능한 한 나 혼자 알고 있으라고 했어. 만일 그 부분을 빼고 나머지 일만 얘기한다면 누가 믿어주겠어? 그리고 다아시 씨에 대한 편견이 너무 강해서, 그분에 대해 좋게 말했다가는 오히려 메리튼에 있는 사람들이 난리를 피울 거야. 또 위컴 씨는 곧 떠날 사람이니 그의 인격이 원래 어떻든 무슨 문제가 있겠어. 언젠가는 모든 사실이 밝혀질 거야."

"네 말이 맞아. 위컴 씨의 만행을 세상에 알린다면 그 사람을 영

원히 망칠 수도 있어. 지금쯤 그 사람도 자신의 행동을 후회하고 명예를 회복하고 싶어 할 거야. 그를 절망에 빠뜨려서는 안 돼."

엘리자베스는 보름 동안이나 자신을 억누르고 있던 비밀 두 가지를 털어놓게 되었고, 언제든 다시 얘기를 꺼내고 싶을 때면 제인이 흔쾌히 들어줄 거라는 확신이 생겼다. 하지만 조심하느라 아직 말하지 못한 무언가가 마음에 남아 있었다. 그녀는 다아시 편지의 나머지 반을 제인에게 말할 수 없었고, 빙리가 언니를 얼마나 소중하게 생각했는지를 밝힐 수도 없었다. 오직 제인과 빙리 두 사람이 서로를 완전히 이해하는 것만이 유일한 해결책일 것이다.

'별로 가능성 없는 일이지만, 그래도 그 일이 일어난다면 굳이 내가 나설 필요도 없겠지. 빙리 씨가 본인 입으로 더 잘 이야기할 테니까.'

집으로 돌아오자 엘리자베스는 제인의 기분을 살필 여유가 생겼다. 제인은 행복해 보이지 않았다. 제인은 여전히 빙리에 대한 마음을 간직하고 있었던 것이다. 예전에는 사랑에 빠졌다는 것을 상상조차 해본 적이 없었기에, 그녀는 첫사랑의 열정만큼 뜨거운 사랑을 간직하고 있었다. 그녀는 빙리에 대한 추억을 소중히 여겼다. 그리고 다른 어떤 남자들보다 그를 좋게 생각했기 때문에, 자신의 건강과 주변 사람들의 안정을 해칠 만큼의 슬픔에 빠지지 않도록 주의하면서 다른 사람들의 기분을 배려하고 있었다.

"리지야." 어느 날 베넷 부인이 말했다. "넌 언니 일에 대해 어떻게 생각하니? 나는 누구에게도 두 번 다시 그 얘기를 하지 않기로 결심했다. 하지만 제인이 런던에서 그 사람을 만났는지는 모르겠다. 정말 형편없는 녀석이야. 제인이 그 사람과 잘될 확률은 거의 없겠지. 알 만한 사람들한테 다 물어봤지만 그 사람이 여름에 네더필드에 온다고 하는 사람은 없더라."

"네더필드에 와서 더 살지는 않을 것 같아요."

"그건 자기 마음이지. 그 인간이 오는 걸 아무도 바라진 않을 테니까. 내가 네 언니라면 가만히 있진 않을 거야. 제인이 마음이 아파 죽기라도 해야 그 인간이 정말로 후회하겠지."

하지만 엘리자베스는 그런 말로는 어떤 위로도 받을 수 없었기에 아무 대답도 하지 않았다. 잠시 후, 베넷 부인이 말을 이었다.

"그런데 리지야, 콜린스 부부는 잘 지내지? 오래오래 행복하기를 바랄 뿐이다. 그런데 식탁은 잘 차려놓았니? 샬럿이야 뭐 대단한 살림꾼이니. 자기 어머니 반만큼이라도 야무지다면 돈도 꽤 모을 테지. 아마 그 사람들 살림하면서 낭비하는 일은 없을 거야."

"네, 전혀 없어요."

"잘 꾸려나가겠지, 그렇고말고. 지출이 수입을 넘지 않도록 노력하겠지. 돈 때문에 문제가 생기진 않을 거야. 어쨌든 아주 잘된 일이네. 그런데 참, 네 아버지가 돌아가시면 롱본이 자기들 것이 된다고 자주 얘기하지?"

"제 앞에서 그런 얘기는 못 하죠."

"그렇겠지, 그랬다면 이상한 거지. 하지만 분명 자기들끼리는 자주 그런 얘기를 할 거야. 나 같으면 자기 재산도 아니면서 한정 상속을 받는다는 게 수치스러울 텐데 말이야."

18

제인과 엘리자베스가 집에 돌아온 지도 어느덧 일주일이 훌쩍 지나고, 둘째 주로 접어들었다. 부대가 메리튼에 주둔하는 마지막 주였기 때문에 이웃에 있는 젊은 아가씨들은 모두 기운이 하나도 없어보였다. 오직 베넷 가의 두 큰딸들만이 평소처럼 먹고 마시고 잠을 자며 자신의 일상생활을 하고 있었다. 이런 무관심한 태도 때문에, 극도로 슬픔에 빠진 키티와 리디아는 그녀들에게 무정하다며 비난했다.

"어쩌지! 이제 우린 어떻게 되는 거야? 어떻게 해야 되냐고! 어쩌면 리지 언니는 그렇게 웃을 수 있어?" 슬픔에 빠진 동생들은 종종 이렇게 소리쳤다.

정이 많은 어머니도 그녀들과 슬픔을 함께했다. 25년 전, 그녀도 그와 비슷한 경험을 했기 때문이다. 자신의 괴로웠던 기억을 떠올리며 그녀는 이렇게 말했다.

"예전에 나도 밀러 대령의 부대가 떠나고 나서 이틀 동안이나 울었단다. 가슴이 찢어질 만큼 괴로웠지."

"내 가슴도 찢어질 것 같아." 리디아가 말했다.

"브라이튼으로 갈 수만 있다면 좋을 텐데!" 베넷 부인이 말했다.

"그러니까 말이야! 브라이튼으로 갈 수만 있다면! 하지만 아빠가 싫어하실 거야."

"해수욕을 하면 기분도 좋아질 텐데."

"필립스 이모도 해수욕이 좋을 거라고 하셨는데." 키티가 말했다.

이런 한탄의 소리가 롱본 가에서는 끊이질 않았다. 엘리자베스도 그녀들과 함께 한탄하며 기분을 전환하고 싶었지만, 즐거운 기분은 사라지고 수치스러움만 남게 되었다. 그녀는 새삼 다아시의 말이 옳다고 느꼈고, 그가 친구의 일에 간섭했던 것을 용서하고 싶다는 생각이 들었다.

얼마 후 리디아는 우울한 상태에서 벗어나게 되었다. 포스터 대령의 부인이 리디아에게 브라이튼에 함께 가자고 초청했던 것이다. 둘 다 명랑하고 활동적인 성격이라 그런지 서로 금방 친해졌으며, 알게 된 지 석 달 만에 절친한 사이가 된 것이다.

이 소식을 들은 리디아의 기쁨, 포스터 부인에 대한 찬사, 베넷 부인의 환희, 그리고 키티의 불만 등은 말로 설명할 수 없을 정도였다.

"왜 포스터 부인은 리디아만 초대하고 나는 초대하지 않은 거야. 내가 자기와 친한 사이가 아니라 해도 난 리디아보다 두 살이나 더 많은데. 난 리디아보다 더 초대받을 권리가 있단 말이야."

엘리자베스가 알아듣게 설명하고, 제인은 그녀가 단념하도록 설득했지만 아무 소용이 없었다. 엘리자베스는 포스트 부인의 초대에 대해 어머니나 리디아처럼 흥분하기는커녕 오히려 나중에 그 사실이 알려져 미움을 받을지라도, 아버지께 리디아를 보내지 말라고 몰래 말씀드렸다. 엘리자베스는 리디아의 행실이 바르지 못하다는 것, 포스터 부인 같은 여자와 교제해서 별로 이득 될 것이 없다는 것, 브라이튼은 집에서보다 더 유혹이 많은 곳이라 그곳에 간다면 분별없는 행동을 할 거라는 등을 아버지께 말씀드렸다. 그는 주의 깊게 듣고 난 후 이렇게 말했다.

"리디아는 사람들이 북적이는 곳에 있기를 좋아하는 아이란다. 더욱이 이번에는 돈도 안 들고 가족들에게 폐 끼치는 일도 없을 테니 괜찮을 것 같구나."

"리디아가 경솔하게 행동해서 사람들이 알게 되면 우리 모두가 피해를 입게 될 거예요. 아니 이미 피해를 입었죠. 그러니까 이번 일에 대해 달리 판단해 주세요."

"벌써 피해를 입었다니! 리디아 때문에 네 애인이 달아나기라도 했니? 가엾은 리지! 하지만 실망하진 마라. 좀 어리석은 가족이 있다고 해서 친척이 될 수 없다는 속 좁은 청년이라면 아쉬워할 것도 없지. 자, 리디아의 어리석은 짓 때문에 달아난 녀석이 누군지 말해 보렴."

"잘못 생각하셨어요. 제가 그런 피해를 입었다는 게 아니에요. 제멋대로 굴고 염치도 없으며 절제할 줄도 모르는 리디아의 성격 때문에, 우리 집안의 가치라든가 평판이 떨어질 수밖에 없잖아요. 죄송한 말씀이지만 솔직하게 말씀드려야겠어요. 지금 아버지께서 리디아의 걷잡을 수 없는 성격과 남자들만 쫓아다니는 무분별한 행동을 바로 잡지 않으신다면, 그 애는 돌이킬 수 없게 될 거예요. 열여섯 살이 되면 자신과 가족들에게 폐를 끼치는 애가 되고 말거예요. 아주 천박한 바람둥이가 될 거라고요. 어리고 몸매가 좀 괜찮다는 것 말고는 매력이 없잖아요. 무식하고 머리는 텅 비었으면서도 남들에게 찬사를 받고 싶어 하니, 사람들이 모두 그 애를 경멸할 텐데 그 애는 그런 경멸을 조금도 감당할 수 없을 거예요. 키티도 마찬가지예요. 그 애는 리디아가 하는 대로 따라할 테죠. 허영심에 가득 차 있고, 무식하고, 게으르고, 뭐든지 제멋대로잖아요! 이러다가는 그 애들의 언니인 저희들까지도 그 치욕을 감당해야 한다고요!"

베넷 씨는 엘리자베스의 마음이 이 문제로 가득 차 있다는 것을 알았다. 그래서 그는 다정하게 그녀의 손을 잡으며 말했다.

"리지야, 너무 걱정 마라. 너와 제인은 어딜 가도 대접받고 사랑받을 테니. 어리석게 구는 동생이 두세 명 있다고 해서 크게 손해보지는 않을 거야. 리디아가 브라이튼에 가지 않으면 이 집안에 평화는 없을 거다. 그러니 보내주도록 하자. 포스터 대령은 지각 있는 사람이니 리디아가 사고를 일으키지 않게 돌봐줄 거다. 또 그 애는 다행히 가진 게 없으니 누가 해치려고 하지도 않을 테고. 그 애가 브라이튼에 간다 해도 장교들은 더 가치 있는 여자들에게 관심을 보일 테니, 거기 가서 자신이 얼마나 초라한지 깨닫게 하도록 하자꾸나. 어쨌든 그래도 더 나빠진다면 그때는 리디아를 평생 가둬놔야겠지."

엘리자베스는 아버지의 말씀을 따를 수밖에 없었지만 자신의 생각은 변함이 없었기 때문에 실망스럽고 섭섭한 마음을 안고 방에서 나왔다. 그렇지만 그녀는 괴로운 마음을 오래 갖고 있는 성격은 아니었다. 그녀는 자신이 할 수 있는 일은 다했다며 편하게 생각하기로 했다.

엘리자베스가 아버지와 나눈 대화의 내용을 리디아와 어머니가 알게 된다면, 두 사람은 몹시 분노했을 것이다. 리디아는 브라이튼에 가는 것을 이 세상에서 누릴 수 있는 가장 큰 행복이라 생각하고 있었다. 그녀는 수많은 상상 속에서 장교들로 붐비는 즐거운 해수욕장의 거리와 수십 명의 장교들이 자기에게 관심을 보이는 모습들을 보았다. 아름답게 줄지어 늘어서 있는 막사 안에는 붉은 군복을 입은 수많은 멋진 장교들이 있었다. 그리고 그 막사 아래에서 적어도 여섯 명의 장교들과 함께 앉아 놀고 있는 자신의 모습을 그려보았다.

그런데 자기 언니 때문에 이러한 기대가 무너지고 말았다면 리디아의 심정은 어땠을까? 분명 어머니도 똑같이 느끼고 있었을 테니, 그 기분은 오직 어머니만이 이해할 수 있을 것이다. 베넷 부인은 남편이 브라이튼에 갈 생각이 전혀 없다는 것을 알게 되었지만, 그래도 리디아가 브라이튼에 간다는 사실이 그녀에게 위안이 되었다. 하지만 그녀들은 엘리자베스와 아버지 사이에 있었던 일을 전혀 알지 못했기 때문에, 리디아가 집을 떠나는 당일까지도 두 사람은 몹시 기뻐하고 있었다.

엘리자베스는 마지막으로 위컴을 만나게 되었다. 그러나 마음의 동요는 이미 진정되었고 애정을 갖고 있던 지난날의 설렘은 사라져버렸다. 또한 그녀는 자신에 대한 현재 그의 태도에서 불쾌함을 느꼈다. 그녀는 자신이 무의미하고 경박한 연애의 대상으로 선택되었다는 사실을 알고부터는 그에 대한 모든 흥미를 잃었던 것이다.

부대가 메리튼에서 머무는 마지막 날, 위컴도 다른 장교들 몇몇과 함께 롱본에서 식사를 했다. 엘리자베스는 위컴과 유쾌한 마음으로 헤어지고 싶은 생각이 들지 않았다. 그가 헌스퍼드에서 어떻게 지냈는지 묻자 그녀는 피츠윌리엄 대령과 다아시가 3주 동안 로징스에서 머물렀다면서, 그에게 대령을 아느냐고 물었다.

그는 몹시 놀라고 당황해하며 불쾌한 표정을 지었다. 그러나 곧 마음을 가다듬고 미소를 지으며 예전에 자주 만났었다고 대답했다.

"정말 신사다운 분이지요. 당신은 어땠나요?"

"정말 멋진 분이시더군요."

"그분이 얼마 동안 로징스에 계셨다고 하셨죠?"

"3주 정도 돼요."

"자주 보셨습니까?"

"네, 거의 매일 만났죠."

"자기 사촌과는 상당히 다를 겁니다."

"네, 아주 다르더군요. 하지만 다아시 씨도 자주 만나보니 괜찮은 사람 같던데요."

"그렇군요!" 위컴이 외쳤다. 그때 그녀는 그의 표정을 놓치지 않고 관찰했다.

"그런데 한 가지 여쭤봐도 될까요?" 그는 감정을 절제하는 듯하면서 좀 더 밝은 어조로 말했다. "말솜씨가 괜찮아졌던가요? 아니면 좀 더 정중해졌던가요?" 그러면서 그는 좀 더 진지하고 낮은 목소리로 말을 이어갔다. "하지만 본질적으로 나아졌을 거라고는 전혀 생각하지 않습니다."

"네, 맞아요! 본질적으로는 예전과 다름없다고 생각해요." 엘리자베스가 말했다.

위컴은 엘리자베스의 말에 기뻐해야 할지 아니면 의심해야 할지 판단이 서지 않았다. 그녀의 표정에는 위컴을 불안하게 만들며, 그가 그녀의 말을 주의 깊게 들어야만 될 무언가가 있었다. 그녀는 계속 말을 이어갔다.

"제 말뜻은 그분의 마음이나 태도가 나아졌다는 게 아니라, 그분을 좀 더 알게 되면서 더 잘 이해할 수 있게 되었다는 뜻이에요."

위컴은 너무 놀라서 얼굴이 달아오르며 어쩔 줄 몰라 했다. 몇 분 동안 침묵이 흐른 뒤, 위컴은 마음을 진정시키고 다시 엘리자베스를 향해 부드러운 어조로 말했다.

"당신은 다아시에 대한 제 감정이 어떤지 잘 아실 테니, 그가 겉모습이라도 올바른 척하려는 것이 제게 얼마나 기쁜 일인지 이해하실 수 있을 거예요. 그의 오만함도 스스로에게는 어떨지 모르겠지만, 다른 사람들에게는 도움이 될 수도 있을 겁니다. 그 오만함 덕분에 제게 했던 부당한 짓을 다른 사람한테는 하지 않게 될 테니까요. 다만 제가 염려되는 것은, 다아시의 그런 조심성이 자신의 이모를 방문할 때만 나타나는 것이 아닌가 하는 겁니다. 그는 이모한테 어떻게든 잘 보이고 싶어 하고 이모를 어려워하죠. 그것은 그가 드 버그 양과 결혼하고 싶은 마음이 크기 때문이죠."

이 말을 들은 엘리자베스는 웃음을 참기 힘들었다. 하지만 대답 대신 고개를 살짝 끄덕였다. 그는 해묵은 원한 쪽으로 화제를 돌리며 그녀를 끌어들이고 싶어 했지만, 그녀는 전혀 그러고 싶지 않았다. 저녁 시간이 지난 후에 위컴은 평소처럼 명랑한 척했지만, 엘리자베스에게 특별한 관심을 보이지는 않았다. 결국 두 사람은 예의를 지키며 서로 다시는 만나고 싶지 않은 마음으로 헤어졌다.

모임이 끝나자 리디아는 포스터 부인과 함께 메리튼으로 돌아갔다. 그들은 거기서 다음 날 아침 일찍 떠날 예정이었다. 리디아와 식구들과의 이별은 슬프다기보다는 어수선했다. 키티만이 눈물을 흘렸는데, 슬퍼서가 아니라 속상하고 부러웠기 때문이다. 베넷 부인은 거듭 딸의 행운을 빌어주며 기회가 되면 마음껏 즐기라고 당부했다. 리디아가 흥분해서 떠들썩하게 인사를 하는 바람에 언니들의 조용한 작별 인사는 들리지도 않았다.

19

엘리자베스의 생각이 자기 가족을 중심으로 형성되었다면, 그녀는 결혼의 행복이나 가정의 안락에 대해 그리 즐겁게 묘사할 수는 없을 것이다. 그녀의 아버지는 젊고 아름다운 아내의 모습에 반했고, 외모만큼 마음씨도 착할 거라는 생각에 결혼을 하게 되었다. 하지만 결혼을 하고 나서야 그는 아내가 이해심도 부족하고 속이 좁다는 것을 알게 되었고, 그가 결혼 초기에 품었던 애정은 사라져버렸다. 그래서 존경, 존중, 신뢰를 영원히 잃었으며 가정의 행복을 바라던 그의 생각들도 모두 산산 조각이 났다.

엘리자베스는 아버지의 행동이 남편으로서 적절하지 않다는 것을 알고 있었다. 그녀는 그것에 대해 늘 안타까워했다. 하지만 아버지의 재능을 존경했고, 자신에 대한 애정에 감사하면서, 그냥 지나칠 수 없는 것들까지도 잊으려 노력했다. 그리고 부부 간의 의무나 예절이 빈번하게 지켜지지 않는 것과, 남편으로서 아내가 자식들에게 무시당할 지경이 될 때까지 방관하고 있다는 사실에 불만이 있었지만, 그녀는 잊으려고 애썼다. 하지만 엘리자베스는 잘못된 결혼이 얼마나 자식들에게 피해를 주는가에 대해 지금처럼 절실히 느낀 적이 없었다. 그리고 아버지의 재능이 잘못 쓰였기 때문에 생겨난 불행에 대해서도 뼈저리게 느꼈다. 아버지가 재능을 올바로 쓰기만 했다면, 비록 어머니의 마음을 넓힐 수는 없었을지라도 적어도 딸들만큼은 자랑스럽게 키울 수 있었을 테니까 말이다.

엘리자베스는 위컴이 떠난 것이 기뻤지만, 군대가 사라져버린 것은 별로 유쾌하지 않았다. 외부에서 열리던 파티가 줄어들었고, 모든 게 지루하다는 어머니와 동생들의 계속되는 불평은 집안을 우울하게 만들었다. 키티는 그녀의 마음을 어지럽히던 장교들이 떠난 이상 머지않아 원래 상태로 회복될 것이다. 그러나 리디아는 해수욕장과 군대의 주둔지라는 두 가지의 위험 때문에 그녀의 어리석음과 뻔뻔함은 곧 드러나게 될 것이다.

엘리자베스는 전에도 가끔 경험했지만 초조한 마음으로 간절히 원하던 일이 이루어진다고 해도 기대했던 만큼의 만족을 가져다 주지는 않는다는 것을 알았다. 따라서 사실상의 행복을 시작하기 위해서는 자신의 소원이 이루어질 시기를 정하고, 그것을 기대하는 기쁨을 즐기며 스스로를 위로하고 실망에 대비하는 것이 최선이라 생각했다. 그래서 현재 엘리자베스가 이룰 수 있는 가장 즐거운 소망은 외숙모와 함께 호수 지방으로 여행을 떠나는 것이었다. 이 여행 계획에 제인을 포함시킬 수만 있다면 그것은 더욱 완벽했을 것이다.

'하지만 무언가 바랄 것이 있다는 게 더 좋은 건지도 몰라.' 그녀는 생각했다. '만약 모든 게 완벽하게 갖춰진다면 분명 실망하게 될 거야. 언니가 함께하지 못하는 안타까운 마음이 계속 될 테니, 내가 기대하는 만큼의 즐거움은 당연히 실현될 거라 믿어도 되겠지. 완벽한 즐거움이 보장된 계획은 이뤄질 수 없어. 작은 걱정거리로 큰 실망을 피하는 거지.'

리디아는 집을 떠나면서 어머니와 키티에게 자세한 편지를 자주 쓰겠다고 약속했다. 그러나 그녀의 편지는 무척 오래 기다려야 했고, 내용 또한 항상 짧았다. 어머니에게 보낸 편지에는 도서관에 갔다 오는 길에 이러이러한 장교를 만났고, 정말 깜짝 놀랄 만큼 예쁜 장식물을 봤다는 것, 가운과 파라솔을 사서 그것에 대해 자세히 쓰고 싶은데 포스터 부인이 자신을 부르기 때문에 그만 써야겠다는 것, 곧 부대로 간다는 등의 이야기뿐이었다. 키티에게 보낸 편지는 더욱 형편없었다. 좀 길게 쓰긴 했지만 단어 밑에 줄을 그어놔서 제대로 볼 수 없게 해놨기 때문이다.

리디아가 떠난 지 2, 3주일이 지나자 롱본에도 다시 건강하고 활기찬 기운과 함께 명랑함이 찾아왔다. 모든 것이 예전보다 더 행복해 보였다. 겨울 동안 런던에 가 있던 가족들도 돌아왔고, 여름옷과 파티에 관한 이야기도 자주 오갔다. 베넷 부인은 평소처럼 안정을 되찾아 수다스러워졌고, 6월 중순이 되자 키티도 울지 않고 메리튼에 갈 수 있을 정도로 괜찮아졌다.

어느덧 북부 지방으로 여행하려고 계획했던 시간이 다가오고 있었다. 그날이 보름 정도 남았을 무렵, 가드너 부인에게서 편지 한 통이 도착했다. 편지 내용은 출발을 연기하고 여행 일정을 단축한다는 것이었다. 가드너 씨가 업무 때문에 7월 중순이 되어서야 떠날 수 있고, 또 한 달 안으로 런던에 돌아와야 한다는 것이었다. 따라서 호수 지방은 포기하고 좀 더 가까운 곳으로 여행지를 바꿀 수밖에 없어서, 더비셔보다 더 북쪽으로는 가지 못할 것 같지만 그 주변에도 볼 것이 많으니 다 둘러보려면 꼬박 3주일은 걸릴 거라며 가드너 부인은 특별히 그곳에 가보고 싶다고 했다.

엘리자베스는 무척 실망했다. 그녀는 호수 지방에 대한 기대로 가득 차 있었기 때문이다. 그리고 사정이 그렇다 해도 3주일 정도면 호수 지방을 구경하기에 충분하다고 생각했다. 그러나 그녀는 그것에 만족하며 즐거워하기로 마음먹었다. 그래서 모든 일이 다시 순조롭게 되었다.

더비셔라고 하니 생각나는 게 많았다. 그녀는 그 말을 들을 때마다 펨벌리와 그 주인을 떠올리지 않을 수 없었다. '하지만 그분 소유의 땅에 들어간다고 해서 죄를 짓는 건 아니잖아. 형석 몇 개를 그분 몰래 가져올 수도 있을 거야.' 라고 그녀는 생각했다.

외삼촌과 외숙모가 도착하려면 한 달이나 기다려야 했다. 그러나 그 기간도 지나갔고, 드디어 가드너 부부가 네 명의 아이들을 데리고 롱본으로 왔다. 여섯 살과 여덟 살인 두 여자 아이와 두 명의 남동생들은 제인이 보살피기로 했다. 아이들은 모두 제인을 가장 좋아했다. 그녀는 성품이 바르고 마음이 따뜻했기 때문에, 아이들을 가르치고 귀여워하며 같이 놀아주는 것은 그녀에게 아주 잘 맞는 일이었다.

가드너 부부는 롱본에서 하룻밤을 보냈고, 다음 날 아침 엘리자베스와 같이 새로움과 즐거움을 찾아 길을 떠났다. 그중에서 확실한 한 가지 즐거움은, 마음이 잘 맞는 동반자와 함께한다는 것이었다.

더비셔나 그곳으로 가는 길에 있는 주요한 명승지에 대해서는 굳이 설명할 필요는 없을 것 같다. 지금은 더비셔의 작은 일부분만이 중요하니까. 그곳의 주요 명승지를 모두 구경한 후, 그들은 예전에 가드너 부인이 살던 곳이며 아직도 아는 사람들 몇몇이 살고 있는 램튼이라는 작은 도시로 발길을 돌렸다. 엘리자베스는 외숙모에게 램튼에서 5마일도 안 되는 곳에 펨벌리가 있다는 얘기를 들었다.

펨벌리가 아주 가까이에 있진 않았지만, 그렇다고 멀리 떨어져 있지도 않았다. 지난 밤, 여행 계획에 대해 상의할 때 가드너 부인은 펨벌리를 구경하고 싶다고 말했다. 가드너 씨도 흔쾌히 동의했으며 엘리자베스도 함께 가자고 했다.

"그렇게 귀에 못이 박히도록 자주 듣던 곳인데 가보고 싶지 않

니? 네가 아는 많은 사람들과도 관련되는 곳이지. 너도 알겠지만 위컴이 유년 시절 내내 그곳에서 살았잖니."

외숙모의 말에 엘리자베스는 마음이 괴로웠다. 펨벌리에는 가고 싶지 않았으므로 그녀는 이제 대저택에 싫증이 났고, 여러 곳을 돌아다녔기 때문에 훌륭한 양탄자나 새틴 커튼 같은 것에도 흥미를 잃었다고 말했다.

가드너 부인은 그녀의 어리석은 생각을 나무랐다. "펨벌리가 단지 화려한 가구로만 가득 찬 멋진 집이라면 나도 별 흥미가 없을 거다. 하지만 장원이 얼마나 멋진지 모른단다. 이 고장에서 제일 멋진 숲들도 있지."

엘리자베스는 더 이상 아무 말도 하지 않았다. 하지만 그곳에 정말로 가고 싶지 않았다. 그곳을 구경할 때, 혹시라도 다아시를 만날지도 모른다는 생각이 들었기 때문이다. 그녀는 그 생각만으로도 얼굴이 달아올랐고, 차라리 외숙모에게 모든 사실을 다 털어놓는 게 나을 것 같다는 생각이 들었다. 그러나 그것도 문제가 생길 것 같았다. 그래서 결국 엘리자베스는 주인이 있는지 여부를 슬쩍 알아보고, 그가 집에 있다면 그때 최후의 수단으로 모든 것을 이야기하기로 결심했다.

그래서 그녀는 밤에 방으로 돌아와서 하녀에게 펨벌리가 그렇게 멋진 곳인지, 주인은 누구인지, 그리고 가족들은 여름을 보내러 돌아왔는지에 대해 다소 불안한 마음으로 물어보았다. 마지막 질문에는 다행히도 그렇지 않다는 대답을 들었다. 그때서야 엘리자베스는 불안한 마음이 사라졌고 마음의 여유가 생겨서 펨벌리에 가보고 싶은 호기심이 생겨났다. 이튿날 아침, 외삼촌과 외숙모가 그 문제에 관해 다시 언급하며 엘리자베스의 생각을 한 번 더 묻자, 그녀는 시치미를 떼며 그렇게 가기 싫은 것은 아니라고 대답했다. 그래서 그들은 마침내 모두 펨벌리로 가게 되었다.

제3장

1

　마차를 타고 가는 동안 엘리자베스는 초조한 심정으로 펨벌리의 숲을 바라보았다. 그리고 마차가 저택 근처에 들어서자 엘리자베스의 마음은 설레기 시작했다. 장원은 아주 넓었고 지형도 다양했다. 그들은 가장 낮은 지역으로 들어가 넓게 펼쳐진 아름다운 숲을 한참 동안 가로질러 지나갔다.

　엘리자베스의 마음은 벅차올라 아무 말도 할 수 없었다. 그녀는 주변의 멋진 경치들을 감상하기 시작했다. 반 마일 정도를 올라가니 꽤 높은 산마루에 이르렀는데, 그곳에서 숲이 끊어지고 골짜기 건너편에 위치한 펨벌리 저택이 한눈에 들어왔다. 저택은 높은 곳에 세워진 크고 위엄 있는 건물이었다. 뒤에는 울창한 숲으로 이뤄진 산들이 둘러싸여 있었고, 앞에는 냇물이 불어서 큰 개울을 이루며 흘렀는데 인공을 가미한 흔적은 전혀 느껴지지 않았다.

　엘리자베스는 즐거웠다. 그녀는 훼손되지 않은 자연의 아름다움이 살아 있는 곳을 지금껏 단 한 번도 보지 못했다. 이 아름다운 모습에 그들은 모두 입을 모아 칭찬했다. 엘리자베스는 그 순간, 펨벌리의 안주인이 되는 것도 꽤 멋진 일이라는 생각이 들었다.

　그들은 언덕을 내려와 다리를 건너 문 쪽을 향해 마차를 몰았다. 엘리자베스는 이 저택의 주인과 마주칠까 봐 두려웠다. 혹시라도 여관의 하녀가 잘못 알고 있었던 것은 아닐까 걱정이 되었다.

집 구경을 하고 싶다고 부탁하자, 그들은 현관으로 안내되었다. 하녀를 기다리는 동안 차츰 마음의 여유가 생긴 엘리자베스는 자기가 지금 이곳에 와 있다는 사실이 새삼스럽게 느껴졌다.

이내 안내를 맡은 하녀가 나타났다. 그녀는 점잖아 보이는 중년 부인이었고, 생각했던 것보다 세련되진 않았지만 친절한 사람이었다. 일행은 부인을 따라 응접실로 들어갔다. 모든 것을 고루 갖춘, 크고 균형이 잘 잡힌 방이었다. 엘리자베스는 방을 한 번 둘러보고 창가로 가서 경치를 감상했다. 그들이 방금 내려온 언덕은 무성한 숲으로 덮여 있었고, 멀리서 바라보니 더욱 가파르게 보였으며 매우 아름다웠다.

다른 방으로 들어가서 보면 전망은 바뀌었지만, 어느 창문에서 보든지 경치는 저마다 아름다웠다. 방들은 고상하고 훌륭했으며, 가구도 주인의 재산에 걸맞은 것들이었다. 엘리자베스는 펨벌리의 가구가 필요 이상으로 겉만 번지르르하거나 쓸데없이 화려하지 않아서 로징스의 가구보다 더 우아한 것을 보고 다아시의 취향에 감탄했다.

'내가 이곳의 안주인이 될 뻔했었지. 그랬더라면 지금쯤은 이런 방들과 친숙해졌을지도 몰라. 이 방들을 손님으로서 구경하는 대신 내 것으로 기뻐하며 외삼촌과 외숙모를 손님으로 초대할 수도 있었겠지.' 하고 그녀는 생각했다. 하지만 곧 마음을 가다듬고 '아냐, 아냐, 절대 그럴 수 없을 거야. 외삼촌, 외숙모와의 인연이 끊어졌겠지. 두 분을 초대하도록 허락받지도 못했을 테니까.'

그녀는 이런 생각을 하면서 후회할 뻔했던 마음을 진정시켰다.

그녀는 하녀에게 주인이 정말 없느냐고 묻고 싶었지만 그럴 용기가 나지 않았다. 그러나 마침 외삼촌이 그 질문을 했고 엘리자베스는 덜컥 겁이 나서 돌아서 있었다. 하녀인 레이놀즈 부인은 주인이 집에 계시지 않는다고 말하면서 "하지만 내일은 친구분들을 모시고 오실 겁니다."라고 덧붙였다.

　엘리자베스는 자신들의 여행이 특별한 사정으로 인해 하루 연기되지 않았다는 사실에 속으로 감사해했다. 그때 외숙모가 어떤 그림 하나를 가리키며 엘리자베스를 불렀다. 그녀가 가까이 가서 보니, 벽난로 위 다른 그림들 사이에 위컴의 초상화가 걸려 있었다. 외숙모는 웃으며 엘리자베스에게 그림이 어떠냐고 물어보았다. 그러자 하녀가 다가와서, 그 그림은 돌아가신 선대 주인의 집사 아들로서 주인께서 후원해서 공부시킨 청년이라고 말했다. 그리고는 "지금은 군대에 가 있는데 아주 방탕하다는 소문이 있어요."라고 덧붙였다.

　가드너 부인이 웃으며 엘리자베스를 바라보았지만 그녀는 웃을 수가 없었다. "그리고 저 그림이 현재 주인님이세요. 아주 실물과 똑같다니까요. 8년 전쯤에 그린 것이지요." 레이놀즈 부인이 다른 그림을 가리키며 말했다.

　"주인께서 훌륭하시다는 얘기를 여러 번 들었습니다. 미남이시군요." 가드너 부인이 그림을 보면서 말했다. "리지야, 너는 저 그림이 그분과 닮았는지 알 수 있겠구나."

　레이놀즈 부인은 엘리자베스가 자기 주인을 안다고 하자 큰 관심을 보였다.

"아가씨께서 다아시 도련님을 아세요?"

엘리자베스는 얼굴을 붉히며 말했다. "조금요."

"그럼 그분께서 정말 잘생기셨다고 생각하지 않으세요?"

"네, 정말 잘생기셨어요."

"저는 그렇게 잘생기신 분은 없다고 생각해요. 이층 화랑에 가시면 이것보다 더 멋지고 큰 그림이 있습니다. 이 방은 돌아가신 주인님께서 좋아하시던 방이고, 이 그림들은 그때 그대로 보존되어 있답니다. 그분께서 이 그림들을 아주 좋아하셨지요."

이 말을 듣고 난 엘리자베스는 위컴의 초상화가 이곳에 있는 것이 이해되었다. 그러고 나서 레이놀즈 부인은 다아시 양의 초상화가 있는 곳으로 주의를 돌리게 했다. 그림은 그녀가 여덟 살 때의 모습이었다.

"다아시 양도 오빠만큼 용모가 아름다우신가요?" 하고 가드너 씨가 물었다.

"네, 물론이죠. 세상에서 가장 아름다운 분이세요. 교양도 많으시죠. 하루 종일 연주하시고 노래를 부르세요. 다음 방에 주인님께서 아가씨에게 선물하신 새로운 악기가 있답니다. 아가씨도 내일 주인님과 함께 오세요."

가드너 씨는 편하고 쾌활한 성격이었다. 질문도 하고 레이놀즈 부인의 말에 맞장구를 치기도 했기 때문에, 그녀는 흥분해서 말을 길게 늘어놓았다. 그녀는 주인에 대한 자부심 때문인지 아니면 애정 때문인지 자기 주인과 그 여동생에 대한 이야기를 하며 무척 즐거워했다.

"주인께서는 연중 펨벌리에 머무는 날이 많으신가요?"

"저는 주인님께서 더 오래 머무르시길 바라지만, 일 년에 절반 정도 이곳에서 보내고 계시지요. 아가씨는 여름에는 언제나 내려오세요."

'람즈게이트에 갈 때를 빼고 그렇겠지.' 엘리자베스는 생각했다.

"주인께서 결혼을 하시면 이곳에 더 오래 머무르시겠네요."

"네, 그렇겠지요. 하지만 언제 결혼하게 되실지 모르겠네요. 그분께 어울릴 만큼 훌륭한 분이 있을지 알 수가 없으니."

가드너 부부는 미소를 지었다. 그러나 엘리자베스는 이렇게 말할 수밖에 없었다.

"그렇게 생각하시다니, 그분은 정말 훌륭한 분이신 것 같군요."

"저는 있는 그대로 말씀드릴 뿐입니다. 그분을 아는 사람들은 다들 그렇게 말합니다."라고 부인이 대답했다.

엘리자베스는 그녀의 말이 좀 과장이라고 생각하고 있었는데, 하녀가 다음과 같은 말을 하자 더욱 놀랐다. "그분께서 네 살 되셨을 때부터 계속 모시고 있었지만, 지금껏 그분께서 화내시는 것을 한 번도 보지 못했습니다."

이 칭찬은 다아시에 대한 어떤 다른 칭찬들보다 더 의외였고, 엘리자베스의 생각과는 정반대의 것이었다. 다아시의 성격이 좋지 않다는 것만큼은 엘리자베스의 확고한 생각이었다. 그녀는 그 얘기에 관심이 생겨 더 듣고 싶었는데, 때마침 외삼촌이 고맙게도 이런 말을 해주었다.

"그런 찬사를 듣는 분은 정말 드물 겁니다. 그렇게 훌륭한 분을 주인으로 모신다니 좋으시겠습니다."

"네, 저도 그렇게 생각합니다. 온 세상을 다녀봐도 더 좋은 분을 만날 수는 없을 거예요. 주인님께서는 어렸을 때부터 마음이 따뜻하고 이해심이 많은 분이셨어요."

엘리자베스는 눈이 휘둥그레졌다. 그리고 '정말 다아시 씨가 그랬을까?' 하고 생각했다.

"선친께서도 훌륭한 분이셨지요." 가드너 부인이 말했다.

"그렇습니다. 정말 훌륭하셨어요. 그분을 꼭 닮으셔서 아드님도 가난한 사람들에게 친절하신 겁니다."

엘리자베스는 놀랍고 의심스럽기도 해서 그 얘기가 더 듣고 싶어졌다. 마음이 조급해진 그녀는 레이놀즈 부인이 하는 다른 얘기에는 흥미가 생기지 않았다. 가드너 씨는 레이놀즈 부인이 자기 주인을 극찬하는 것에 흥미가 생겼기에, 곧 화제를 그쪽으로 돌렸다. 넓은 층계를 함께 올라가면서 부인은 자기 주인의 칭찬을 또 늘어놓았다.

"그분께서는 세상에서 가장 훌륭하신 지주이며 주인이세요. 자기밖에 모르는 요즘의 버릇없는 청년들과는 다르죠. 소작인이나 하인들 중에서도 그분에 대해 칭찬하지 않는 사람은 없습니다. 몇몇 사람들은 그분을 오만하다고 하는데, 저는 한 번도 그런 느낌을 받은 적이 없어요. 제 생각에는 그분께서 말수가 적으셔서 그런 것 같아요."

'이 말이 사실이라면 다아시 씨는 정말 좋은 사람이네.' 하고 엘리자베스는 생각했다.

"그 사람에 대해 이렇게 멋진 평판은 가엾은 위컴에게 한 행동과는 전혀 다르구나." 외숙모가 걸어가면서 속삭였다.

"우리가 위컴 씨에게 속았을지도 모르죠."

"그런 것 같진 않아. 꽤 믿을 만한 사람이 한 얘기니까."

위층의 넓은 복도에 이르자 그들은 아래층 방들보다 더 우아하고 밝게 꾸민 아름다운 응접실로 안내되었다. 이 방은 다아시 양이 가장 마음에 들어 했던 곳이었으며, 다아시 양을 기쁘게 해주기 위해 최근에 다시 꾸민 것이라고 했다.

"좋은 오빠인 것은 확실하군요." 창가로 걸어가면서 엘리자베스가 말했다.

레이놀즈 부인은 이 방을 보게 되면 다아시 양이 기뻐할 거라고 말했다. "그분은 늘 이런 식으로 하세요. 아가씨가 좋아하는 일이라면 무엇이든 순식간에 하시지요. 동생을 위해서는 무슨 일이든 하실 겁니다."

이제 구경해야 할 곳은 화랑과 두세 개의 침실뿐이었다. 화랑에는 멋진 유화가 많았지만, 엘리자베스는 유화에 대해서 잘 몰랐기 때문에 다아시 양이 크레용으로 그린, 재미있고 이해하기 쉬운 그림들에 더 흥미가 생겼다.

화랑에는 집안사람들의 초상화가 많았지만 손님들의 관심을 끌 정도는 아니었다. 엘리자베스는 아는 얼굴의 그림을 찾아 걷고 있었다. 드디어 하나를 발견했는데, 그것은 다아시와 놀랄 만큼 닮은 초상화였다. 그림은 다아시가 자기를 바라볼 때 때때로 본 적이 있는 그런 미소를 띠고 있었다. 그녀는 그림을 바라보며 한참 동안 서 있었다. 그리고 일행이 화랑을 나오기 전에 다시 한 번 그림이 있는 곳을 돌아보았다. 레이놀즈 부인은 그 그림은 선친께서 살아 계실 때 그려진 것이라고 알려주었다.

그 순간, 엘리자베스의 마음속에는 그들이 한창 만날 때보다 더 친근한 감정이 들기 시작했다. 레이놀즈 부인이 늘어놓은 다아시에 대한 찬사는 절대 무시할 수 없는 것이었다. 현명한 하인의 찬사만큼 더 값진 것은 없을 것이다. 그녀는 자기와 시선을 맞추고 있는 그의 초상화 앞에 서 있을 때 예전에는 느껴보지 못했던 감사한 마음이 생겨났다. 엘리자베스는 그의 열정을 떠올렸고, 적절하지 못했던 표현에 대해서도 이해하게 되었다.

방문객들에게 공개 가능한 부분은 다 둘러보고 난 뒤 그들은 아래층으로 내려와 하녀와 작별 인사를 나누었고, 현관에서 기다리던 정원사의 안내를 받았다. 그들은 잔디밭을 가로질러 강 쪽으로 향했는데, 엘리자베스는 다시 한 번 저택을 둘러보기 위해 돌아섰다. 외삼촌과 외숙모도 걸음을 멈추었다. 엘리자베스가 이 건물이 언제쯤 지어졌을지 생각하고 있을 바로 그때, 갑자기 이 건물의 주인인 다아시가 집 뒤편 마구간으로 통하는 길목에서 나왔다.

두 사람 사이의 거리는 20야드(약 18미터)도 채 안 되었고, 또 다아시가 너무 갑작스럽게 나타났기 때문에 그의 시선을 피하는 것은 불가능한 일이었다. 곧 두 사람의 시선이 마주쳤고, 둘의 뺨은 새빨갛게 달아올랐다. 다아시는 너무 놀랐는지 한동안 그 자리에서 움직이지 않고 서 있었다. 하지만 곧 정신을 차리고 그들에게 다가와 아주 태연하게 행동할 순 없었지만 그래도 정중하게 인사를 했다. 엘리자베스는 본능적으로 돌아섰지만 다아시가 다가오자 멈춰 서서 당황한 기색을 감추지 못한 채 그의 인사를 받았다.

가드너 부부는 다아시가 엘리자베스에게 이야기하는 동안 약간 떨어져서 서 있었다. 엘리자베스는 놀라고 당황했기 때문에 그와 시선을 마주치지도 못했고, 그가 가족의 안부를 물었음에도 무슨 대답을 해야 할지 몰랐다. 그들이 헤어진 이후, 그때의 모습과는 너무도 달라진 그의 태도에 놀란 그녀는 그가 말을 할 때마다 더욱 당황스러웠다. 그리고 자기가 이곳에 있다는 것을 그가 이상하게 여길 거라는 생각이 들자, 그녀는 그와 함께 서 있는 몇 분의 시간이 그녀의 일생에서 가장 불편한 순간이 되었다. 다아시도 완전히 편해 보이진 않았다. 평소와 달리 그의 어조는 침착하지 못했고, 롱본에서 언제 떠난 건지, 더비셔에는 얼마나 머물지에 대해 성급하게 여러 번 질문하며 무슨 말을 해야 할지 몰라 당황하고 있는 것 같았다. 결국 그는 잠시 동안 말 한 마디 없이 서 있다가, 갑자기 정신을 차리고는 작별 인사를 했다.

가드너 부부가 엘리자베스에게 다가와 그의 인물이 좋다며 칭찬했지만 그녀는 한 마디도 들리지 않았다. 그녀는 완전히 자기감정에 도취되어 말없이 그들과 함께 걸었다. 수치심과 괴로움이 밀려왔다. 자기가 펨벌리에 온 것은 세상에서 가장 운이 없고 주책없는 일이었다. 그 사람이 얼마나 이상하게 생각했을까! 그렇게 자존심이 강한 남자에게 얼마나 못 볼 꼴을 보인 것인가! 내가 일부러 자기 앞에 나타났다고 생각할 수도 있겠지! 아! 나는 왜 여기에 왔을까? 그는 왜 예정보다 하루 먼저 왔단 말인가! 우리가 20분만 일찍 나왔더라도 그와 마주치지는 않았을 텐데.

그녀는 이 얄궂은 만남을 떠올리며 얼굴을 붉혔다. 하지만 예전과 달라진 그의 태도는 어떤 의미일까? 그가 먼저 말을 건넨 것부터가 놀라웠다. 게다가 그렇게 정중하게 가족의 안부를 묻다니! 그가 오늘만큼 권위적이지 않았던 적이 없었고, 그렇게 부드러운 말투를 들어본 적도 없었다. 로징스 정원에서 편지를 주며 했던 그때의 말과 얼마나 대조적인가! 그녀는 이 상황을 어떻게 생각해야 할지, 어떻게 받아들여야 할지 몰랐다.

일행은 강가로 향한 아름다운 산책길로 접어들었다. 하지만 엘리자베스는 한동안 그 어떤 것도 눈에 들어오지 않았다. 일행들이 그녀에게 왜 그렇게 넋이 나가 있는지 묻자 그때서야 정신이 든 엘리자베스는 평소처럼 행동해야겠다고 생각했다.

그들은 강을 벗어나 숲 속으로 들어가 더 높은 곳으로 올라갔다. 나무들 사이로 계곡의 아름다운 경치와 울창한 숲이 펼쳐진 맞은편 언덕들이 보였고, 때때로 강들이 눈에 띄었다. 가드너 씨는 장원 전체를 둘러보고 싶어 했지만, 걸어서 갈 수 있는 거리가 아닌 것 같아 안타까워했다. 정원사는 자랑스러운 미소를 보이며 둘레가 10마일이나 된다고 말했다. 그들은 경치와 잘 어울리는 다리를 건넜는데, 그곳은 그들이 지금까지 봤던 어떤 곳보다 소박해 보였다. 골짜기는 그곳에서 협곡을 이루고 있어 개울과 주변의 무성한 수풀 사이로 좁은 산책길이 있는 정도였다.

엘리자베스는 구불구불한 그 길을 전부 답사해 보고 싶었다. 그러나 오래 걷지 못하는 가드너 부인은 더 이상 멀리 갈 수 없었고,

가능한 한 빨리 마차로 돌아가고 싶어 했다. 엘리자베스도 외숙모의 뜻에 따를 수밖에 없었기에, 그들은 강 건너편에 있는 저택 쪽으로 향했다. 하지만 낚시를 매우 좋아하는 가드너 씨가 가끔 물 위로 튀어오르는 송어를 보며 정원사와 이야기를 주고받느라 그들이 걷는 속도는 느려질 수밖에 없었다.

그들이 이렇게 천천히 걷고 있을 때, 멀지 않은 거리에서 다아시가 다가오는 것을 보았다. 그들은 또 한 번 놀라지 않을 수 없었다. 엘리자베스도 놀라긴 했지만 아까보다는 마음의 준비가 되어 있었기 때문에 그가 정말로 자기들을 만나러 오는 거라면 이번에는 침착하게 대할 것이라 마음먹었다. 그러나 그녀는 잠시 그가 다른 길로 접어든 건 아닌가 생각했다. 왜냐하면 산책로가 굽어 그의 모습이 보이지 않았기 때문이다. 하지만 그 모퉁이를 돌아서자 바로 앞에 서 있는 그와 마주쳤다.

가드너 부인은 조금 뒤에 서 있었는데, 다아시는 엘리자베스에게 일행을 소개해 달라고 청했다. 엘리자베스로서는 전혀 예상하지 못한 친절이었다. 그녀는 그가 자기에게 청혼할 때, 자존심을 상하게 했던 바로 그 사람들과 알고 지내려 한다는 사실에 웃음을 참을 수가 없었다. '이분들이 누구인지 알면 깜짝 놀라겠지! 분명 상류사회 사람들로 알고 있을 거야.' 그녀는 생각했다.

그녀는 곧 그들을 소개했다. 엘리자베스는 그들과 자기와의 관계를 말하면서, 그가 어떤 모습을 보일지 생각하며 그의 표정을 살펴보았다. 그녀는 그가 이런 부끄러운 사람들로부터 될 수 있으면 빨리 벗어나려고 하지 않을까 하고 생각했다. 다아시는 놀라긴 했지만 태도에는 변함이 없었고, 달아나기는커녕 함께 돌아서서 가드너 씨와 이야기를 나누었다. 엘리자베스는 기쁘고 자랑스러웠다. 자기에게도 부끄러워할 필요가 없는 친척이 있다는 것을 다아시가 알게 되어 다행이라고 생각했다. 엘리자베스는 두 사람의 대화에 귀 기울였고, 교양 있고 정중한 외삼촌의 말솜씨를 자랑스럽게 생각했다.

화제는 곧 낚시로 바뀌었다. 그녀는 다아시가 정중한 태도로 낚시 도구를 빌려드리겠다는 말을 건네며, 고기가 제일 잘 잡히는 곳을 가리키면서 이 근처에 머무는 동안 언제든지 낚시를 하시라는 이야기를 들었다. 엘리자베스와 팔짱을 끼고 걷던 가드너 부인은 놀란 표정으로 그녀를 바라보았다. 엘리자베스는 아무 말도 하지 않았지만, 다아시의 호의는 분명 자기 때문일 거라는 생각에 마음속으로 무척 기뻤다. 하지만 그녀도 몹시 놀랐기 때문에 계속 이렇게 자문했다. '왜 이렇게 달라진 걸까? 나 때문은 아닐 거야. 태도가 저렇게 부드러워진 건 나를 생각해서는 아니겠지. 헌스퍼드에서 내가 비난을 했다고 이렇게 달라질 순 없지. 그가 아직도 나를 사랑한다는 건 불가능한 일이야.'

한동안 여자들은 앞에서 걷고 남자들은 뒤에서 걸었다. 그러다가 오전 내내 걸어서 녹초가 된 가드너 부인이 엘리자베스의 팔에 의지하는 것만으로는 힘이 들어 남편의 팔을 잡고 걷게 되었다. 그래서 다아시는 엘리자베스와 나란히 걷게 되었다. 얼마간의 침묵이 흐른 뒤, 엘리자베스는 그가 이곳에 없다는 사실을 확인했기 때문에 그의 귀가는 전혀 예상치 못한 일이라며 말문을 열었다.

"하녀인 레이놀즈 부인도 분명 내일 오실 거라고 말했어요. 그래서 저희가 베이크웰을 떠나기 전에 당신을 만나게 될 줄은 정말 생각지도 못했어요." 그녀가 덧붙여 말했다.

다아시는 사실 그럴 예정이었지만 볼 일이 생겨서 동행했던 사람들보다 몇 시간 먼저 돌아왔다고 말했다. "그들은 내일 일찍 이곳에 올 겁니다. 그들 중에는 당신도 알고 있는 빙리와 그 누이들도 있습니다."

엘리자베스는 대답 대신 고개를 조금 숙였다. 하지만 빙리의 이름을 들으니 그녀는 지난날들이 떠올랐다. 그의 안색을 보니 그도 같은 생각을 하고 있는 듯했다. 잠시 머뭇거리다가 다아시가 말했다. "일행 중에는 또 다른 사람도 있는데, 당신을 무척 알고 싶어하는 사람이 있습니다. 램튼에 머무시는 동안 당신께 제 동생을 소개해 드려도 되겠습니까? 너무 지나친 바람일까요?"

엘리자베스는 너무 놀라서 그의 제안에 어떻게 받아들여야 할지 몰랐다. 다아시 양이 자기와 알고 지내기를 원하는 이유는 어디까지나 그녀의 오빠 때문이란 것을 느낄 수 있었다. 이런 생각을 하니 그녀는 매우 만족스러웠다. 또한 그를 비난했던 일 때문에 자신을 나쁘게 생각하고 있진 않다는 사실에 매우 기뻤다.

두 사람은 서로 깊은 생각에 몰두하며 말없이 걸었다. 엘리자베스의 마음은 편치 않았다. 그러나 한편으로는 만족스럽고 기분이 좋았다. 다아시가 동생을 소개해 주고 싶다는 것은 대단한 호의였기 때문이다. 엘리자베스와 다아시는 이내 가드너 부부를 앞섰고, 그들이 마차가 세워진 곳에 도착했을 때 가드너 부부는 8분의 1마일이나 뒤떨어져 있었다. 그래서 다아시는 엘리자베스에게 집 안으로 들어가자고 청했으나 그녀가 피곤하지 않다고 사양하자 두 사람은 잔디밭에 그냥 서 있었다. 이럴 때일수록 말없이 가만히 있으면 더욱 어색해지기 때문에 어떤 이야기든 많이 해야 했다.

그녀는 무슨 말이든 하고 싶었으나 어느 화제도 하나같이 입 밖에 내서는 안 될 것으로 여겨졌다. 그러다가 자기가 여행 중이라는 사실을 떠올리며 매틀록과 더브데일에 대한 이야기를 참을성 있게 주고받았다. 그러나 시간이나 외숙모의 걸음걸이나 모두 느려서 둘이 나누는 대화가 다 끝나기도 전에 그녀의 인내심은 바닥이 나고 말았다.

가드너 부부가 도착하자 다아시는 다과를 대접하겠다고 청했으나 일행은 정중하게 거절하고 작별 인사를 나누었다. 그는 여자들이 마차에 타는 것을 도와주었다. 마차가 떠나자 엘리자베스는 그가 무거운 발걸음으로 집 쪽을 향해 천천히 걸어가는 것을 보았다.

외삼촌과 외숙모는 다아시가 생각했던 것보다 훨씬 더 훌륭하다고 입을 모았다.

"행동 하나하나가 훌륭하고, 예의 바르고 겸손하더구나."

이 말에 가드너 부인이 동의했다.

"맞아요, 그 사람은 확실히 위엄이 있어요. 그래서 누군가는 그를 오만하다고 말하지만 레이놀즈 부인의 말처럼 내 눈에도 그의 심성이 착하고 순해 보이더군요."

"우리를 대하는 그의 태도에 아주 놀랐어. 정중할 뿐만 아니라 그 이상으로 신경을 써주었지. 그럴 필요까진 없었는데. 엘리자베스와 아는 사이라 그렇다지만 그게 뭐 큰 이유가 될 수 있나."

"리지야, 그가 위컴만큼은 아니지만 더할 나위 없이 출중하던데 넌 왜 그 사람이 그렇게 마음에 안 든다고 했던 거니?"

엘리자베스는 둘러대면서, 켄트에서 만났을 때도 전보다는 나아진 거였지만 그가 오늘처럼 부드러운 태도를 보인 적은 없었다고 말했다.

"좀 변덕스러운 구석이 있는 거 아닌가? 신분이 높은 사람들은 대부분 그렇거든. 그래서 낚시하러 오라는 말을 곧이듣진 않을 거야. 언제 또 마음이 변해서 자기 땅에서 나가라고 할지도 모르는 일이니까."

엘리자베스는 두 분이 다아시의 성격을 오해하고 있다고 느꼈지만, 아무 말도 하지 않았다. 가드너 부인이 말을 이었다. "우리가 본 바로는 그가 가엾은 위컴에게 한 지독한 행동을 다른 누군가에게도 했을 거라고 생각하면 안 될 것 같아요. 나쁜 사람은 아니에요. 오히려 그 반대죠. 말할 때 입가에 상냥한 표정과 또 품위가 있어요. 하지만 집 구경을 시켜주었던 그 부인의 말은 분명 과장된 거예요. 어떤 때는 크게 웃을 뻔했다니까요. 어쨌든 너그러운 주인인 건 맞는 것 같고, 하인의 시선에서 봤을 때 그거면 훌륭한 거니까요."

이때 엘리자베스는 위컴과 관련된 다아시의 행동에 대해 변호할 수 있는 무슨 말이라도 해야겠다고 생각했다. 그래서 그녀는 최대한 조심스러운 태도로, 켄트에서 그의 친척에게서 들은 바로는 그의 행동에 대해서 상당히 다르게 해석될 수도 있고, 자신들

270 오만과 편견

이 하트퍼드셔에서 생각했던 것만큼 다아시의 성격이 나쁘진 않으며, 위컴의 성격에도 문제가 있다고 말했다. 엘리자베스는 이 말을 해준 사람이 누군지 밝힐 수는 없지만 신뢰할 만한 사람이며, 이것이 사실이라는 것을 증명하기 위해 그들 사이에 있었던 금전 거래들에 대해 자세히 알려주었다.

가드너 부인은 몹시 놀라며 걱정스러운 모습을 보였다. 그러나 오래전 즐겁게 지내던 장소에 다다르자, 옛 추억에 잠겨 다른 생각은 잊은 듯했다. 외숙모는 오전 내내 많이 걸었기 때문에 지쳐 있었지만, 식사를 끝내자마자 옛 친구들을 찾아 나섰다. 그리고 그날 밤은 오랫동안 연락이 끊어졌던 사람들과 다시 만나게 된 것에 만족하며 시간을 보냈다.

엘리자베스는 그날 있었던 일들이 머릿속에 가득 차 있어서, 새로 알게 된 사람들에게도 그다지 흥미가 생기지 않았다. 엘리자베스는 다아시의 친절과 그가 왜 자기 여동생을 소개해 주고 싶어 하는지에 대해서 계속 생각했다.

2

엘리자베스는 다아시가 자기 동생이 펨벌리에 도착하는 다음 날쯤 데리고 찾아올 거라 생각하고, 그날 오전에는 여관에 머물지 않기로 마음먹었다. 그러나 그녀의 예상은 빗나갔다. 왜냐하면 다아시의 여동생이 램튼에 도착한 바로 다음 날 아침에 다아시 남매가 찾아왔기 때문이다.

그날 아침 일행은 새로 사귄 친구 몇 사람과 시내를 산책한 후 함께 식사하기 위해 옷을 갈아입으러 막 여관에 되돌아왔을 때였다. 마차 소리가 들려서 창문을 내다보니 두 남녀가 마차를 타고 달려오는 모습이 보였다. 옷차림만으로도 신분을 금방 가려낼 수 있었기 때문에 엘리자베스는 그들이 다아시 일행임을 직감했다.

엘리자베스는 자신이 예상하고 있던 영광스러운 일을 외삼촌 내외에게 알림으로써 그들을 놀라게 했다. 그들은 평소와 다른 엘리자베스의 당황해하는 태도와 전날의 여러 상황들을 종합해 본 결과, 다아시와 엘리자베스의 교제가 보통 이상의 의미가 있음을 짐작했다. 그전에는 전혀 눈치 채지 못했으나 다아시의 친절은 엘리자베스에 대한 사랑밖에는 달리 해석할 방법이 없었다.

이러한 생각들이 외삼촌 부부의 머리를 스칠 때 엘리자베스는 점점 더 감정이 동요됨을 느꼈다. 그녀 스스로도 자신의 당황스러움에 놀랐지만 다른 모든 불안 중에서도 다아시가 그의 여동생에게 자신의 장점만을 말하지 않았나 두려워할 정도였다. 그리고 손님을 기쁘게 해주기 위해 지나치게 애쓰다가 오히려 역효과를 가져오는 것은 아닐까 하는 생각마저 들었다.

엘리자베스는 다아시 남매가 자기를 볼까 봐 두려워서 창가에서 멀찌감치 물러나 있었다. 그리고는 마음을 가라앉히기 위해 방 안을 이리저리 서성였으나 외삼촌 내외의 의아해하는 얼굴을 본 순간 그 모든 노력도 수포로 돌아갔다.

드디어 다아시 양과 그의 오빠가 왔고, 엘리자베스가 두려워하던 만남이 이루어졌다. 엘리자베스는 다아시 양도 자기만큼 당황하고 있다는 사실에 적잖이 놀랐다. 램튼에서는 다아시 양이 몹시 거만한 아가씨라고 소문이 나 있었으나, 잠깐 동안 가까이서 관찰해 본 결과 그녀는 거만한 것이 아니라 매우 수줍어한다는 것을 알았다. 다아시 양은 키가 컸고 체구도 엘리자베스보다 컸다. 열여섯이 채 안 되었지만 성숙하고 정숙하며 교양 있어 보였다. 외모는 다아시보다 뛰어나진 않았지만 현명하고 선한 얼굴이었고, 태도도 아주 공손하고 부드러웠다. 엘리자베스는 그의 여동생도 다아시처럼 날카롭고 항상 차분한 관찰자일 거라고 예상했으나 그와는 다르다는 것을 알고 안심했다.

잠시 시간이 흐른 후 다아시는 엘리자베스에게 빙리도 곧 방문할 예정이라고 말했다. 엘리자베스가 유쾌하게 손님을 맞을 준비를 하기도 전에 계단을 올라오는 빙리의 빠른 발걸음 소리가 들려왔고, 그는 곧바로 방 안으로 들어왔다.

빙리에 대한 엘리자베스의 분노는 오래전에 사라졌지만 혹시라도 아직 조금 남아 있다고 해도 그가 엘리자베스를 대하는 진심 어린 태도 때문에 모두 잊어버렸을 것이다. 인사는 누구나 의례적으로 하는 것이지만, 그는 다정한 모습으로 엘리자베스에게 가족의 안부를 물었다. 그는 늘 그랬듯 상냥한 모습이었다.

가드너 부부도 빙리에게 많은 관심을 갖고 있었다. 그들은 오래전부터 그를 보고 싶어 했다. 물론 빙리뿐 아니라 방 안의 모든 사람들에게 두 사람은 관심을 쏟았다. 특히 다아시와 엘리자베스의 관계에 대해 품었던 의심 때문에 두 사람을 자세히 살펴보기로 했다. 그 결과 적어도 둘 중 한 사람은 사랑을 하고 있다는 확신이 들었다. 엘리자베스의 감정에 대해서는 아직 의심의 여지가 있었지만, 다아시가 사랑에 빠진 것만은 확실했다.

엘리자베스는 할 일이 많았다. 그녀는 손님들의 마음을 자세히 살피고 싶었고, 자기의 마음을 가다듬고 모든 사람들을 다정하게 대해 주고 싶었다. 빙리는 언제나 즐거워할 준비가 되어 있었고, 조지아나는 즐겁게 지낼 수 있기를 희망했으며, 다아시는 분명 즐겁게 지내기로 결심한 것 같았다.

빙리를 만나니 엘리자베스의 마음은 자연스럽게 언니에게로 향했다. 아! 빙리의 마음도 자신과 비슷한지 얼마나 궁금해했던가! 엘리자베스는 때때로 그가 예전보다 말수가 줄었다는 생각을 했고, 자기를 바라볼 때 그의 얼굴은 지난 일들을 떠올리려고 하는 것 같아 기쁠 때도 있었다. 그러나 이 생각이 상상에 지날지라도 제인의 경쟁자였던 다아시 양에 대한 빙리의 태도는 오해할 수가 없었다. 어느 쪽에서도 특별한 호의는 보이지 않았고 빙리 양이 희망하던 일은 두 사람 사이에서 일어나지 않았다. 이러한 이유에서 엘리자베스는 안심할 수 있었다. 그리고 그들이 떠나기 전에 몇 번 제인과 관련된 이야기가 나왔고, 제인에 대한 이야기를 계속했으면 하고 그가 바라는 듯한 느낌이 들기도 했다. 다른 사람들이 대화를 하고 있을 때, 그는 엘리자베스에게 안타까운 마음으로 언니를 오랫동안 만나지 못해 너무도 아쉽다고 말했다. 그리고 엘리자베스가 대답도 하기 전에 이렇게 덧붙였다.

"8개월이 넘었군요. 네더필드에서 함께 춤을 추었던 11월 26일 그날 이후로 만나지 못했으니까요."

엘리자베스는 그가 그렇게 정확히 기억하고 있다는 사실이 기뻤다. 그는 그 이후에도 다른 사람들이 주의를 기울이지 않는 틈을 타, 자매분들이 모두 롱본에 있느냐고 물었다. 이 질문이나 앞서 했던 말에서 특별한 내용은 없었지만 그의 표정과 태도만큼은 의미심장했다.

그녀는 다아시를 자주 쳐다보진 않았지만 가끔 볼 때마다 그는 온화한 표정이었고, 그의 말도 오만하다거나 다른 사람들을 경멸하는 말투는 전혀 아니었다. 그래서 그녀는 어제 보았던 변화된 그의 모습이 하루 정도는 유지되고 있다는 것을 알 수 있었다.

방문객들은 반 시간 정도 머물렀다. 그들이 떠나려고 일어설 때, 다아시는 누이에게 가드너 부부와 엘리자베스가 이곳을 떠나기 전에 펨벌리의 만찬에 초대하자고 말했다. 다아시 양은 누군가를 초대하는 일에 익숙하지 않았는지 다소 주저하는 모습이었지만 오빠의 뜻에 흔쾌히 따랐다.

가드너 부인은 이 초대와 가장 관련이 있는 자기 조카의 생각이 어떤지 궁금해서 그녀를 쳐다보았는데, 엘리자베스는 고개를 돌려버렸다. 그러나 엘리자베스가 의도적으로 회피했던 것은 초대가 싫어서가 아니라 순간적으로 당황했기 때문이라 생각했고, 또 사교를 좋아하는 남편이 흔쾌히 수락할 것임을 알기에 가드너 부인은 그렇게 하겠다고 약속했다. 날짜는 이틀 후였다.

빙리는 엘리자베스에게 할 얘기도 많고, 하트퍼드셔에 있는 사람들에 대해 궁금한 것도 많았기에 다시 만날 수 있어서 정말 반가웠다고 말했다. 엘리자베스는 이 말을 언니에 대한 이야기를 듣고 싶다는 뜻으로 받아들였고, 그렇게 생각하자 기분이 좋아졌다.

다른 이유도 있었지만 이런 생각 때문에 그녀는 방문객들이 모두 떠난 뒤에도 즐거운 마음이었다. 엘리자베스는 혼자 있고 싶었고. 또 외삼촌 내외가 질문하거나 자신들의 생각을 말할까 두려워, 그녀는 빙리에 대한 칭찬만 듣고는 옷을 갈아입어야겠다며 서둘러 나와버렸다. 그러나 엘리자베스는 가드너 부부의 호기심까지 두려워할 필요는 없었다. 그들은 엘리자베스에게 억지로 질문하려고 하진 않을 것이다. 그들이 생각한 것보다 엘리자베스와 다아시가 훨씬 더 친밀한 사이이며, 또 그가 엘리자베스를 사랑하고 있다는 것도 분명한 일이었다. 그들은 알고 싶은 부분이 많았지만 엘리자베스에게 속시원히 물어볼 수는 없었다. 다만 그들이 바라는 것은 이제부터 다아시를 좋게 평가하는 것이었다.

그들은 다아시에게서 어떠한 단점도 찾을 수 없었고, 그의 정중한 태도에 감명받았다. 만약 그들이 다아시의 성격을 자기들의 생각과 가정부의 칭찬만으로 묘사한다면 하트퍼드셔 사람들은 아무도 인정하지 않겠지만, 네 살부터 그를 봐온 예의 바른 가정부의 말을 부정할 수는 없었다. 램튼에 있는 그의 친구들도 오만함 외에는 그를 비난할 것이 없다고 했다. 확실히 그는 오만했고, 또 이런 이야기는 다아시 가족들과 교류가 없는 마을 사람들이 그를 잘 알지 못해서 퍼뜨린 소문일 수도 있다. 그러나 그가 관대하며 가난한 사람들을 위해 좋은 일을 많이 했다는 것은 인정받고 있었다.

일행들은 이곳에서 위컴에 대한 평판이 좋지 않다는 것을 알게 되었다. 위컴과 다아시 사이에 무슨 일이 있었는지 확실히 알려져 있진 않았지만, 위컴이 더비셔를 떠나면서 많은 빚을 남겼고, 후에 다아시가 그것을 다 갚아주었다는 사실은 소문이 나 있었다.

그날 밤, 엘리자베스는 지난밤보다 더 펨벌리 생각이 났다. 밤이 길게 느껴졌지만 그 저택에 있는 한 사람에 대한 감정을 결론 짓기에는 부족한 시간이었다. 그녀는 두 시간 동안 잠을 자지 않고 자신의 마음을 정리해 보려고 애를 썼다.

그녀는 분명 다아시를 미워하지는 않았다. 아니, 미움은 이미 오래전에 사라졌고 그를 증오했던 그 마음이 부끄러웠다. 그의 장점들을 알고 나니 이제는 그에 대한 존경심이 생겼다. 그러나 존경이나 존중보다 더 엘리자베스의 마음을 강하게 움직였던 것은 감사의 마음이었다. 그녀는 자신에게 사랑을 고백하던 그를 무례하게 거절하며 온갖 비난을 퍼부었던 자신의 행동을 용서할 만큼, 자신을 사랑하고 있다는 것에 감사했다.

또한 그녀는 그가 자신을 적대하며 피할 거라 생각했다. 하지만 우연히 만났던 그날, 그의 태도는 서로 잘 지내기를 원하는 듯했고, 그녀의 친척들에게 호감을 얻으려 노력했으며, 자신의 누이를 소개하려고 애를 쓰는 모습을 보여주었다.

엘리자베스는 이런 그를 존경하게 되었고, 경의를 표하고 감사했으며, 그가 진정으로 행복했으면 하고 바랐다. 그리고 그녀는 그의 행복이 그녀 자신에게 달려 있을지 궁금해졌다. 그가 다시 청혼할 수 있게 만들 힘이 아직도 자기에게 남아 있을지도 모른다고 생각하며, 그녀는 자기가 그 힘을 발휘하는 것이 서로의 행복에 얼마나 도움이 될까 생각해 보았다.

그날 밤 외숙모와 엘리자베스는 이렇게 결정을 내렸다. 펨벌리에 도착해서 아침 식사를 한 후, 바로 그날 자기들을 방문했던 다아시 양의 대단한 호의에 보답해야겠다고 생각했다. 그래서 다음 날 아침 펨벌리로 그녀를 방문하는 것이 가장 좋을 것 같다고 생각했고, 모두들 그렇게 하기로 결정했다. 이유는 잘 몰랐지만 엘리자베스의 마음은 즐거웠다.

가드너 씨는 아침 식사를 마치자마자 나갔다. 전날 낚시할 계획을 세웠고, 정오에 펨벌리에서 몇몇 사람을 만나기로 약속이 되어 있었기 때문이다.

3

엘리자베스는 빙리 양이 자기를 싫어하는 것은 질투 때문이라고 확신했기 때문에, 그녀가 펨벌리에 가는 것을 빙리 양이 좋아하지 않을 거라 생각했다. 엘리자베스는 과연 그쪽에서 얼마나 정중한 태도로 나올지 궁금해졌다.

펨벌리 저택에 도착하자 그들은 현관의 홀을 지나 응접실로 안내되었다. 이 방에서 허스트 부인과 빙리 양, 그리고 런던에서 같이 사는 부인과 함께 앉아 있던 조지아나는 아주 정중한 태도로 그들을 맞았다. 조지아나는 원래 내성적인 성격으로 혹시나 실수하지는 않을까 하는 두려운 마음에 불안해하며 조심스레 행동했다. 그래서 신분이 낮아 열등감을 느끼는 사람들에게는 오만하고 딱딱하다는 오해를 불러일으킨 것 같았다. 그러나 가드너 부인과 엘리자베스는 그녀의 마음을 알고 있었으므로 이해할 수 있었다.

허스트 부인과 빙리 양은 그저 예의상 형식적인 인사를 할 뿐이었다. 그들이 자리에 앉자 한동안 어색한 침묵이 이어졌다. 이 침묵을 깬 사람은 품위 있고 인상이 좋아 보이는 앤즐리 부인이었다. 어떤 이야기라도 해보려고 하는 모습에서 다른 두 사람보다 더 교양 있는 부인이라는 것을 알 수 있었다. 그래서 앤즐리 부인과 가드너 부인은 서로 대화를 나누었고, 때때로 엘리자베스가 대화에 끼어들기도 했다. 다아시 양도 이 대화에 끼어들고 싶어 하는 듯했으나, 남들이 거의 듣지 않을 것 같은 기회를 틈 타 때때로 짧게 몇 마디씩 할 뿐이었다.

엘리자베스는 빙리 양이 자기를 유심히 관찰하고 있으며, 다아시 양에게 말을 건넬 때는 무척 신경 쓴다는 것을 알게 되었다. 두 사람이 서로 대화를 하기에는 불편한 거리에 앉아 있었기 때문에, 엘리자베스는 빙리 양이 신경 쓰여서 다아시 양과 많은 이야기를 나누지 못했지만 크게 섭섭하지는 않았다. 왜냐하면 그녀의 마음 속은 복잡한 생각으로 가득 차 있었기 때문이다.

엘리자베스는 남자들이 이 방으로 들어올 수도 있다고 생각하면서, 그중에 다아시가 있기를 바라는 마음과 한편으로는 두려움 때문에 어떤 마음이 더 강한지 자신의 마음을 가늠할 수 없었다.

그들이 다과를 들고 있는 동안 다아시가 방으로 들어왔다. 엘리자베스는 방금 전까지는 그가 들어오기를 바라는 마음이 더 크다고 생각했으나, 실제로 그가 들어오자 차라리 오지 않았으면 더 좋았을 거라는 생각이 들었다.

다아시는 펨벌리에 와 있는 두세 명의 다른 남자들과 낚시를 하던 가드너 씨와 함께 있다가, 그날 아침 가드너 부인과 엘리자베스가 조지아나를 방문할 계획이라는 말을 듣고서 돌아왔던 것이다. 그가 나타나자 엘리자베스는 마음을 편하게 갖고 침착해지기로 마음먹었다. 그런데 그가 방에 들어서자 갑자기 모든 사람들이 의심의 눈초리로 두 사람의 일거수일투족을 지켜보았다. 특히 빙리 양이 강한 호기심을 보였는데, 그가 이야기를 할 때면 항상 미소를 띠고 있었다. 그녀는 질투하고 있었으며 다아시에게 여전히 관심을 갖고 있었다.

다아시 양은 오빠가 들어오자 무슨 말이든 하려고 애를 썼고 다아시는 자신의 동생과 엘리자베스가 친해질 수 있게 두 사람이 서로 많은 대화를 나눌 수 있도록 노력하는 모습을 보였다. 빙리 양도 이 사실을 알아채고는 화가 나서 차가운 말투로 말했다.

"엘리자 양, ○○ 부대가 메리튼에서 철수했다죠? 당신 가족들에게는 손실이 크겠군요."

다아시가 있었기에 그녀는 위컴의 이름을 언급하진 않았지만, 엘리자베스는 그녀가 그를 염두에 두고 하는 말이라는 것을 금방 눈치 챘다. 엘리자베스는 그와 관련된 모든 기억들 때문에 한순간 괴로워졌으나 이 심술궂은 공격에 대항하기 위해 용기를 내어 태연한 목소리로 바로 대답했다. 엘리자베스는 말을 하면서 다아시를 흘끗 쳐다보았다. 그는 상기된 얼굴로 그녀를 유심히 쳐다보고 있었고, 그의 여동생은 당황한 모습으로 눈을 내리깔고 있었다. 빙리 양이 만약 자기가 가장 소중한 친구에게 얼마나 큰 괴로움을 주고 있는지 알았다면, 분명 그런 질문은 하지도 않았을 것이다.

　그러나 빙리 양은 단지 엘리자베스가 좋아하는 남자에 관한 이야기를 꺼내서 그녀를 불편하게 만들고, 그녀가 다아시에게 나쁜 인상을 줄 만한 감정을 드러내게 만들려는 생각뿐이었다. 또 그녀의 가족들이 부대와 관련해서 저지른 어리석고 터무니없는 짓들을 그에게 상기시키려 했던 것이다. 빙리 양은 다아시 양과 위컴이 도망가려 했던 일에 대해서는 전혀 모르고 있었다. 엘리자베스를 제외하고는 어떤 사람에게도 말하지 않았던 것이다. 다아시는 빙리 집안사람들에게 이 사실을 숨기려고 특별히 애를 썼는데, 그것은 자기 동생이 빙리 집안의 식구가 되기를 바랐기 때문이었다. 엘리자베스는 이런 다아시의 마음을 오래전부터 짐작하고 있었고, 그는 확실히 이런 계획을 갖고 있었다. 그 때문에 빙리와 베넷 양을 갈라놓으려 했던 거라고 할 수는 없을지라도, 이것이 빙리의 행복을 바라는 그에게 도움이 될 수는 있었을 것이다.

　하지만 엘리자베스의 침착한 태도가 그의 감정을 곧 진정시켰다. 빙리 양은 화가 나고 실망도 해서 위컴의 이름을 바로 꺼낼 생각도 할 수 없었기 때문에, 조지아나도 곧 진정되었다. 그녀는 오빠와 눈이 마주칠까 봐 두려워했지만, 다아시는 조지아나가 그 얘기와 관련되었다는 것을 생각지도 못한 듯했다. 다아시의 마음을 엘리자베스에게서 돌려놓으려고 계획했던 일이 오히려 엘리자베스를 향한 그의 마음을 더욱 확고하게 만들었다.

그녀들의 방문 시간은 길지 않았다. 다아시가 그들을 마차까지 배웅하러 나간 사이에 빙리 양은 엘리자베스의 몸가짐과 태도, 옷차림 등에 대해 평가하며 험담을 했다. 하지만 조지아나는 거기에 끼어들지 않았다. 오빠가 그녀를 자신에게 소개해 준 것만으로도 그녀가 엘리자베스의 편에 설 이유는 충분했다. 다아시가 응접실로 돌아오자 빙리 양은 조지아나에게 했던 말을 반복했다.

"다아시 씨! 오늘 아침 엘리자 양의 얼굴이 너무 핼쑥해 보이지 않았나요?" 그녀는 목소리를 높여 말했다. "지난겨울 이후 그렇게 변할 수가 있다니, 그런 사람은 생전 처음 봤어요. 얼굴이 아주 시커멓고 거칠어졌더라고요! 루이자와 저는 차라리 그녀를 다시 만나지 않는 게 나았을 거라고 말했죠."

다아시는 이런 말을 듣고 유쾌할 수는 없었다. 그는 그녀가 얼굴이 좀 탄 것 외에는 별로 변한 것이 없으며, 여름에 여행을 하면 그럴 수밖에 없다고 냉정하게 대답하며 넘어갔다. 빙리 양이 말했다. "저는 그녀에게서 어떤 아름다움도 찾을 수가 없었어요. 얼굴은 너무 말랐고 활기도 없어요. 이목구비도 특별히 내세울 데가 없고요. 눈이 아주 예쁘다는 얘기도 있던데, 제가 보기에는 그저 날카롭고 심술궂어 보여요. 태도에는 품위가 없고 자존심은 세고, 정말 예쁜 구석이 하나도 없다니까요."

다아시가 엘리자베스를 좋아한다는 것을 알고 있다고 해도 빙리 양이 이렇게 말하는 것은 자신을 돋보이게 만드는 최선의 방법은 아니었다. 하지만 사람이 화가 나면 지혜로울 수 없는 법이다. 다아시가 약간 화간 난 듯한 표정을 짓자, 빙리 양은 자신의 계획이 성공했다고 생각했다. 그러나 그는 끝내 아무 말도 하지 않았기 때문에 그녀는 그의 입을 열게 하려고 계속 말을 이어갔다.

"우리가 하트퍼드셔에서 처음 그녀를 알게 되었을 때, 그녀가 대단한 미인이라고 소문났다는 사실을 알고는 다들 얼마나 놀랐었다고요. 그리고 어느 날 밤, 모두들 네더필드에서 식사를 마치고 나서 당신께서 하신 말씀이 특별히 기억나네요. '저 여자가 정말 미인이라니! 그녀의 어머니는 참 재치가 있으시군.' 하고 말씀하셨죠. 그 후로 엘리자베스를 점점 좋게 보셨나 봐요. 한때는 엘리자베스를 아름답다고 생각하신 것 같으니."

더 이상 참을 수 없던 다아시가 대답했다. "그랬죠. 하지만 그것은 그녀를 처음 만났던 때의 일이었습니다. 그 후로 여러 달 동안, 제가 아는 사람들 중에서 엘리자베스 양이 가장 아름답다고 생각해 왔습니다."

이렇게 얘기하고 그는 나가버렸다. 빙리 양은 자기 자신 외에는 누구에게도 고통을 주지 않는 그 말을 하도록 만들었다는 사실에 쓰디쓴 만족감을 느껴야 했다.

가드너 부인과 엘리자베스는 돌아오는 길에 그 저택을 방문하는 동안 일어났던 일들에 대해 얘기를 나누었지만, 정작 그들의 가장 큰 관심사는 빼놓았다. 그러나 엘리자베스는 가드너 부인이 다아시를 어떻게 생각하는지 궁금했고, 가드너 부인도 엘리자베스가 먼저 그 얘기를 꺼내기를 기다리고 있었다.

4

램튼에 처음 도착하던 날, 엘리자베스는 제인에게서 편지가 와 있지 않아 몹시 실망했다. 그리고 이 실망은 이틀간의 아침마다 계속되었다. 하지만 사흘째 되던 날 아침에 제인에게서 두 통의 편지를 받았기 때문에 그녀는 불평을 멈추었다. 편지 중 하나에는 다른 곳으로 잘못 배달되었다는 도장이 찍혀 있었다. 제인이 주소를 제대로 쓰지 않았기 때문이었다.

편지가 왔을 때 그들은 산책을 나가려고 준비하고 있었다. 외삼촌과 외숙모는 엘리자베스 혼자 조용히 편지를 읽으라며 밖으로 나갔다. 엘리자베스는 잘못 전달되었던 편지를 먼저 읽기 시작했다. 닷새 전에 쓴 편지였는데, 편지의 첫 부분에는 작은 파티나 모임 등 흔히 들어왔던 소식들이 적혀 있었다. 하지만 그 다음 날 쓴 편지에는 복잡한 심경이 담겨 있는 것 같아 더욱 집중해서 읽기 시작했다. 편지의 내용은 다음과 같았다.

사랑하는 리지!

예상치 못한 큰일이 생겼어. 너무 놀라지는 마. 우리는 모두 다 잘 지내니까. 내가 지금 말하려는 것은 가엾은 리디아에 관한 얘기야.

다들 잠이 들려고 하던 어젯밤 12시쯤에 포스터 대령에게서 속달 편지가 왔어. 리디아가 그의 부하 장교와 스코틀랜드로 도망갔다는 얘기였어. 그 부하는 위컴 씨야. 우리가 얼마나 놀랐을지 상상이 되니.

그런데 키티는 짐작하고 있었던 것 같아. 나는 너무 분하고 안타까워 견딜 수가 없었단다. 그렇게 경솔한 결혼이 어떻게 있을 수 있니! 하지만 잘 될 거라 믿어야지. 위컴 씨의 인격에 대해서는 우리가 오해하고 있었다고 생각하고 싶어. 그는 분별력이 없고 신중하지 못하지만 그렇다고 나쁜 사람이라고 믿고 싶진 않구나. 그가 그런 선택을 한 것은 적어도 재산에 관심이 없었다는 뜻이니까 그 점에 대해선 우리 기쁘게 생각하자. 가엾은 어머니는 슬픔에 빠지셨어. 그래도 아버지는 잘 견디고 계셔. 위컴 씨에 대한 좋지 않은 얘기들을 부모님께 전해 드리지 않은 것이 얼마나 다행인지 모르겠어. 그 얘긴 우리도 잊어버리자.

두 사람은 토요일 밤 12시쯤 떠난 것 같은데, 어제 아침 8시까지도 아무도 몰랐다는구나. 그 사실을 알자마자 포스터 대령님이 속달 편지를 보내신 거래. 두 사람은 여기서 10마일도 안 되는 곳을 지나갔을 텐데. 그래서 포스터 대령님이 곧 이곳으로 오신다고 하셨어. 리디아가 떠날 때, 대령님 부인께 자기들의 계획에 관해 몇 줄 적어놓고 간 것 같아. 가엾은 어머니를 오래 혼자 둘 수 없으니 이제 그만 써야겠다. 편지 내용만 보고는 무슨 일인지 잘 모르겠지? 나도 내가 무슨 말을 쓰고 있는지 모르겠구나.

엘리자베스는 생각해 볼 여유도 없이, 자신의 감정이 어떤지조차 알지도 못한 채 서둘러 다음 편지를 집어 들고 읽기 시작했다. 그것은 하루 뒤에 쓴 편지였다.

사랑하는 동생 리지야! 지금쯤이면 내가 급하게 써서 보낸 편지를 받았겠구나. 이 편지는 먼저 쓴 편지보다 좀 더 이해가 잘 되었으면 좋겠구나. 시간이 모자랐던 것도 아닌데, 내 머릿속이 너무 복잡해서 조리 있게 쓸 수 있을지 모르겠어.

사랑하는 리지야, 안 좋은 소식이지만 지체할 수가 없구나. 위컴 씨와 가엾은 리디아의 결혼이 분별없는 일이긴 하지만, 그래도 우리는 지금쯤 두 사람이 결혼했다는 소식이 들리기를 간절히 바라고 있어. 그들이 스코틀랜드로 가지 않았을 것 같아서 너무 걱정이 되기 때문이야.(당시 스코틀랜드에서는 부모의 동의 없이 미성년자의 결혼이 가능했다.-옮긴이) 포스터 대령님은 그저께 브라이튼을 떠나셔서 어제 우리가 속달 편지를 받은 몇 시간 후에 도착하셨어.

리디아가 포스터 부인께 남긴 짤막한 편지를 보고 그들이 그레트나그린으로 간 거라 생각했어. 하지만 위컴 씨의 동료 데니 씨의 말로는, 위컴 씨는 그레트나그린에 갈 생각이 없고 또 리디아와 결혼할 생각도 전혀 없다고 했다는 거야. 포스터 대령님이 그 말을 듣고 놀라서 두 사람을 쫓아갈 생각으로 브라이튼을 출발해서 클래펌까지는 쉽게 따라갔지만 그 이상은 갈 수 없으셨대. 그곳에서 두 사람은 타고 온 마차를 돌려보내고 임대마차로 바꿔 탔기 때문이야. 그 후로 우리가 알고 있는 건 그들이 런던으로 가는 것을 누군가가 목격했다는 것뿐이야.

난 도무지 어떻게 생각해야 할지 모르겠어. 포스터 대령님이 런던 주변에 온갖 수소문을 해보시고, 바넷과 해트필드의 통행 요금을 받는 곳과 여관들을 다 찾아보았지만 성과가 없으셨대. 그런 사람들을 본 적이 없다는 거야. 포스터 대령님은 걱정이 되어 롱본까지 오셔서 걱정하고 있는 일들에 대해 설명해 주셨단다. 난 대령님 내외분께 진심으로 죄송하게 생각해. 그 누구도 그분들을 탓할 수는 없어.

사랑하는 리지! 우리의 슬픔은 너무 크단다. 부모님께서는 최악의 경우까지 생각하고 계시지만, 난 그 사람을 나쁜 사람이라 믿고 싶진 않구나. 위컴 씨가 여러 사정을 고려해서 원래의 계획을 바꾸고 런던에서 비밀리에 결혼하는 게 더 나을지도 모르겠어.

하지만 포스터 대령님은 두 사람이 결혼했을 거라 생각하진 않으시니 우울해지는구나. 대령님은 위컴 씨가 믿을 만한 사람이 아니라고 하셨어. 가엾은 어머니는 병이 나셔서 방에만 계신단다. 마음을 굳게 잡수시면 좋으련만 지금 어머니께 그걸 바라는 건 무리인 것 같아.

그리고 아버지가 지금처럼 힘들어하시는 모습을 본 적이 없어. 키티에게는 두 사람의 일을 숨겼다고 화를 내셨지만 말이야.

사랑하는 리지! 너라도 이런 비극적인 상황에서 벗어나 있으니 정말 다행이야. 하지만 지금은 처음보다 충격도 가셨을 테니 집에 돌아오면 안 되겠니? 하지만 내키지 않으면 강요하지는 않을게. 내 생각만 할 수는 없으니까.

내가 다시 편지를 쓰는 이유는, 이 말은 하지 않으려 했는데 상황이 안 좋은 만큼 외삼촌께 가능한 한 빨리 집으로 출발하자고 부탁해 보렴. 난 외삼촌 내외분을 잘 알고 있단다. 그런 부탁을 하기가 그리 힘들지는 않을 거야. 그리고 외삼촌께 특별히 부탁드리고 싶은 게 또 있어. 아버지께서 포스터 대령님과 같이 리디아를 찾으러 즉시 런던으로 가실 거야. 어떻게 하시려는지 잘 모르겠지만, 극한 상황에 처해 있으니 가장 안전하고 최선의 방법으로는 하지 못하실 것 같아. 그리고 포스터 대령님은 내일 저녁까지는 브라이튼으로 다시 돌아가셔야 한다는구나. 이런 다급한 상황에서 외삼촌의 조언과 도움이 절실해. 외삼촌은 내 마음을 충분히 이해하시고 도와주실 테니까.

"아! 외삼촌은 어디 계신 걸까?" 그녀는 편지를 다 읽자마자 서둘러 외삼촌을 찾아 나서려고 자리에서 일어나 문으로 갔을 때, 하인이 밖에서 문을 열었고 다아시가 서 있었다. 그는 그녀의 창백한 얼굴과 서두르는 모습을 보며 몹시 놀랐다. 그가 말을 꺼내기도 전에, 리디아 때문에 정신이 없었던 그녀가 급히 소리쳤다.

"실례인 줄 알지만 지금 바로 나가야겠어요. 급한 일이 생겨 외삼촌을 빨리 찾아야 해요. 시간이 없어요."

"아니, 대체 무슨 일입니까?" 그는 예의를 차리기보다는 감정이 앞선 목소리로 소리쳤다. 그러다 곧 정신을 가다듬고 말했다. "지체시키자는 것은 아닙니다. 하지만 그분을 찾는 것은 저나 하인에게 맡기십시오. 안색이 좋지 않으신데 혼자 보낼 수는 없습니다."

엘리자베스는 망설였다. 하지만 그녀는 무릎이 마구 떨렸고, 자신이 그들과 함께 가드너 부부를 찾으러 따라가 봤자 별 소용이 없다는 것을 알았다. 그래서 그녀는 하인을 불러 자기도 거의 알아들을 수 없는 가쁜 목소리로 즉시 외삼촌 부부를 집으로 모셔오라고 말했다.

하인이 나가자 그녀는 몸을 가누지 못하고 의자에 주저앉았다. 그녀의 안색이 너무 좋지 않았기에 다아시는 엘리자베스 곁을 떠나지 못하고, 동정 어린 부드러운 목소리로 말했다. "하녀를 부르겠습니다. 무엇을 좀 마시는 게 좋을 것 같아요. 포도주라도 한 잔 갖다 드릴까요? 안색이 무척 안 좋아요."

"아니에요, 괜찮아요. 감사합니다." 그녀는 기운을 차리려 애쓰면서 대답했다. "저는 괜찮아요. 아무 일 없어요. 방금 롱본에서 받은 편지에 너무나 끔찍한 소식이 있어서 몹시 속상할 뿐이에요."

엘리자베스는 이 말을 꺼내자 눈물이 쏟아졌고, 몇 분 동안 아무 말도 할 수 없었다. 다아시는 무슨 일인지 몰라 답답하고 안타까운 마음으로 그녀를 바라볼 수밖에 없었다. 마침내 그녀가 말했다. "방금 언니에게서 편지를 받고는 너무 놀랐어요. 누구에게도 숨길 수 없는 일이에요. 막냇동생이 친구들과 친척들, 가족들을 버리고 위컴 씨와 도망쳤대요. 위컴 씨를 잘 아시니까 그 다음 일도 짐작하시겠지요. 리디아는 돈도 없고, 대단한 친척도 없어요. 위컴 씨를 매혹할 만한 것은 아무것도 없다고요. 리디아의 인생은 이제 끝이 난 거예요."

다아시는 몹시 놀라 온몸이 얼어붙은 듯했다. 엘리자베스는 이번에는 더욱 떨리는 목소리로 덧붙였다. "제가 이 일을 사전에 막을 수 있었을 텐데, 그 생각만 하면! 저는 그가 어떤 사람인지 알고 있었으니까요. 제가 아는 일부분이라도 가족들에게 말해 주었더라면, 극히 일부분만이라도요! 가족들이 그 사람의 인격을 알기만 했어도 이런 일은 없었을 텐데. 하지만 이젠 너무 늦었어요."

"정말 마음 아픈 일입니다." 다아시가 말했다. "가슴 아프고 충격적인 일이네요. 하지만 정말로 확실한가요?"

"네, 확실해요! 두 사람은 일요일 밤에 브라이튼을 떠났는데, 런던으로 간 것까지는 확인되었어요. 하지만 그 이상은 확인이 안돼요. 스코틀랜드로 가지 않은 건 확실해요."

"그러면 동생분을 찾기 위해서 어떤 방법을 썼답니까?"

"아버지께서 런던으로 가셨대요. 언니가 외삼촌에게 도움을 구하는 편지를 보냈어요. 제 생각이긴 하지만 아마도 30분 안에 떠날 계획이에요. 하지만 아무리 노력해도 소용없을 거예요. 어찌할 방법이 없어요. 너무 끔찍한 일이에요!"

다아시는 말없이 동의하며 고개를 저었다.

"제가 그 사람의 본모습을 확실히 알았을 때 제가 해야만 하는 일, 용기를 내서 제가 해야 할 일을 했더라면! 하지만 이런 일이 생길 줄은 몰랐어요. 그렇게까지 하는 건 너무하다고 생각했어요. 정말 끔찍하게 큰 실수를 한 거예요."

다아시는 아무 대답도 하지 않았다. 그는 그녀의 말을 제대로 듣는 것 같지 않았고, 이마를 찌푸린 채 깊은 생각에 잠겨 방 안을 서성거렸다. 엘리자베스는 그의 모습을 보며 그 의미를 즉시 이해할 수 있었다. 그녀 가족의 결함과 커다란 치부가 드러난 지금, 엘리자베스를 향한 그의 마음이 흔들리고 있는 것이다. 하지만 그런 마음을 다아시가 자제하고 있다는 생각이 들었지만 그것은 아무 위로가 되지 못했고, 그녀의 슬픈 마음을 덜어주지 못했다. 그 반대로 엘리자베스는 자신이 진정으로 원하는 게 무엇인지 분명히 깨닫게 되었다. 모든 사랑이 아무 소용없어진 지금만큼, 엘리자베스가 그를 사랑할 수 있을 거라고 느껴본 적은 없었던 것이다.

하지만 리디아로 인한 치욕과 비참함이 엘리자베스의 사사로운 걱정을 모두 삼켜버렸다. 그녀는 손수건으로 얼굴을 가린 채 몇 분 동안 자신의 상황을 잊고 있다가, 다아시의 목소리를 듣고 나서야 정신을 차렸다. 그는 동정적이면서도 절제된 목소리로 말했다.

"아까부터 제가 이곳에 없었으면 하고 바라셨는지 걱정이 됩니다. 아무 도움이 되진 않겠지만, 진심으로 걱정이 된다는 것 외에는 제가 이곳에 머물러 있는 이유를 설명할 방법이 없군요. 제가 당신께 어떤 위로가 될 만한 말이나 어떤 일을 해드릴 수 있으면 좋겠습니다. 하지만 쓸데없는 위로의 말을 하면서 공치사나 받으려는 것 같은 행동으로 당신을 괴롭게 하고 싶진 않습니다. 오늘 제 동생은 펨벌리에서 당신을 뵙지 못하겠군요."

"네, 다아시 양께 대신 사과의 말씀을 전해 주세요. 급한 일로 서둘러 집으로 돌아가게 되었다고요. 이 불행한 일은 가능하면 오랫동안 숨겨주세요. 그리 오래가진 않겠지만요."

그는 선뜻 비밀을 지킬 것을 약속하며 그녀의 슬픔에 다시 한 번 유감의 뜻을 표하고, 좋은 소식이 있기를 바란다고 말했다. 그리고 친척들에게 안부 인사를 전하며 진지하게 이별의 눈길을 보내고는 가버렸다. 그가 가버리자 엘리자베스는 더비셔에서 몇 번 만났을 때와 같은 애정으로 서로가 다시 만난다는 것은 어려운 일이라고 생각했다. 지금까지 모순과 변화로 가득했던 자신들의 교제를 떠올리며 심술궂은 감정의 변화에 한숨 쉬었다. 예전 같으면 그와의 교제가 끝나는 것을 기뻐했을 텐데 지금은 이 교제가 지속되길 원하고 있으니 말이다.

제인의 두 번째 편지를 읽고 난 그녀는, 위컴이 리디아와 결혼할 수도 있다는 생각은 전혀 할 수 없었다. 제인 말고는 그런 기대를 갖고 있는 사람도 없을 것이다. 첫 편지의 내용이 마음에 남아 있는 동안 엘리자베스는 그저 놀라울 따름이었다. 위컴이 재산이 없는 여자와 결혼할 수도 있다는 사실이 놀라웠고, 리디아가 어떻게 위컴의 마음을 사로잡았을지 이해할 수 없었다. 하지만 이제는 모든 것이 너무 분명해졌다. 그런 종류의 사랑이라면 리디아에게서 그것을 얻을 만한 매력을 충분히 느꼈을 수도 있을 것이다. 그애의 도덕성이나 분별력으로 볼 때, 그에게 쉽게 넘어가리라는 것은 예상할 수 있는 일이었다.

엘리자베스는 부대가 하트퍼드셔에 주둔하고 있을 때에는 리디아가 그를 좋아하고 있다는 사실을 전혀 모르고 있었다. 하지만 그 애는 누군가가 호의를 보이기만 하면 금방 그 사람을 사랑할 수 있는 성격이었다. 자기에게 호의를 베푸는 정도에 따라 관심을 보이며 이 남자, 저 남자로 옮겨가며 헤매고 다녔으니 말이다. 엘리자베스는 그런 애를 내버려두었다는 게 너무도 후회가 되었다.

엘리자베스는 집에 가고 싶어 미칠 것 같았다. 이런 심각한 상황에서 모든 일을 떠맡고 있을 제인과 그 걱정을 함께 나누고 싶었다. 그리고 아버지도 집에 안 계시니, 이런 상황에 대처할 수 없는 어머니를 계속 돌봐드려야 했기 때문이다.

가드너 부부는 하인의 말을 듣고 엘리자베스가 갑자기 병이라도 난 줄 알고는 놀라서 서둘러 달려왔다. 그런 것은 아니라며 즉시 그들을 안심시킨 후에, 엘리자베스는 편지 두 통을 소리 내어 읽기 시작했다. 특히 두 번째 편지의 추신은 떨리는 목소리로 강조해서 읽으며, 그녀가 그들을 찾은 이유에 대해 설명했다. 가드너 부부는 리디아를 특별히 좋아하지는 않았지만 몹시 충격을 받았다. 가드너 씨는 놀라고 어이가 없어서 탄성을 지르며, 힘이 닿는 한 최선을 다해 돕겠다고 약속했다. 그럴 거라고 예상은 했었지만 엘리자베스는 눈물을 흘리며 감사의 마음을 전했다. 세 사람은 여행에 관한 모든 일들을 빠르게 정리하고, 될 수 있는 대로 빨리 출발하기로 했다. 가드너 부인이 말했다.

"하지만 펨벌리 일은 어떻게 하지? 존이 그러던데 네가 우리를 부르러 보냈을 때 다아시 씨가 여기 왔었다는데 사실이니?"

"네, 약속을 지킬 수 없게 되었다고 말했어요. 그 일은 다 해결됐어요."

"다 해결되었다니." 외숙모는 짐을 챙기기 위해 방으로 들어가며 계속 중얼거렸다. "그 사실을 다 털어놓을 정도로 가까운 사이였다는 건데! 도대체 어떤 관계인지 알고 싶네."

하지만 지금은 그런 소망을 이룰 수 없었다. 엘리자베스에게 여유가 있었다면 자신만큼 슬픔에 빠진 사람은 아무 일도 할 수 없다는 것을 알았을 테지만, 그녀는 가드너 부인과 마찬가지로 할 일이 많았다. 그중 하나는 램튼에 있는 친구들에게 그들이 갑자기 떠나야 하는 이유를 변명하는 편지를 쓰는 것이었다. 그 일은 한 시간 정도 걸렸다. 가드너 씨가 여관비를 치르고 나자, 이제는 출발하는 일만 남았다. 오전 내내 슬픔에 잠겨 있던 엘리자베스는 생각보다 빨리 마차에 올라 롱본으로 가게 되었다.

5

"엘리자베스, 다시 한 번 생각해 봤는데." 마차가 시내를 벗어나자 외삼촌이 말했다. "깊이 생각해 보면 네 언니의 말을 믿는 게 나을 것 같구나. 보호자나 친지들도 다 있는, 게다가 자기 상사의 집에 머물고 있는 아가씨에게 어떤 청년이 그런 음모를 꾸밀 수 있겠니. 그건 있을 수 없는 일이야, 그래서 난 긍정적으로 생각하고 싶구나. 그 사람도 리디아의 친지들이 나설 거란 생각을 안 했겠니? 그리고 포스터 대령에게 그렇게 모욕을 주고 다시 부대로 돌아갈 수 있다고 생각했을까? 그런 위험을 감수할 만큼 매혹적인 일은 아니지."

"그럴까요?" 순간 엘리자베스의 목소리가 명랑해졌다.

"물론이지." 외숙모가 대답했다. "나도 네 외삼촌과 같은 생각이란다. 그 사람이 그런 짓을 저지른다면 그의 체면과 명예와 이익을 모두 무너뜨리게 되는 거니까. 난 위컴 씨가 그렇게까지 나쁜 사람이라고 생각하진 않는다. 리지, 넌 어떻게 생각하니? 그 사람이 그런 짓까지 저지를 수 있다고 생각하니?"

"자신한테 이득이 되는 건 놓치지 않겠죠. 그러나 그 외에 다른 부분에 대해서는 그럴 만한 사람이라고 생각해요. 하지만 저는 어떤 기대도 할 수 없어요. 일이 그렇게 진행되었다면 왜 두 사람은 스코틀랜드로 가지 않았을까요?"

"두 사람이 스코틀랜드로 가지 않았다는 확실한 증거는 없지."
가드너 씨가 대답했다.

"하지만 왜 두 사람은 도피하려는 걸까요? 무엇이 겁나서 그런 거죠? 왜 두 사람은 몰래 결혼식을 올리려 하는 걸까요? 아, 아니에요, 아니에요, 그럴 리 없어요. 제인의 편지에 그의 친한 친구가 위컴 씨는 리디아와 결혼할 생각이 없다고 했어요. 위컴 씨도 경제적으로 부족하니까 돈이 없는 여자와는 결혼하지 않을 거예요. 리디아에게는 젊고 건강하고 활발하다는 것 외에는 위컴 씨가 조건이 좋은 결혼을 포기할 만큼 특별한 매력이나 장점이 있는 것도 아니고요. 부대에서 면목이 없기 때문에 리디아와 도피하는 것을 포기한다는 건, 제가 판단할 수 있는 부분은 아닌 것 같아요. 외삼촌의 의견이 맞는 건지 잘 모르겠고요. 리디아에게는 이런 일에 나서줄 남자 형제도 없잖아요. 그리고 위컴 씨는 집안에서 일어나는 일에 무관심하고 신경 쓰지 않으셨던 저희 아버지의 평소 모습을 보고서, 이런 일이 생겨도 별로 신경도 안 쓸 거라고 생각했을지도 몰라요. 보통 아버지들이 그렇듯이 말이에요."

"하지만 리디아가 그에 대한 사랑 때문에 모든 걸 다 감수할 수 있다고 생각하니? 결혼도 하지 않고 그와 살 거라고 말이야."

"이런 일로 동생의 도덕성을 의심한다는 것이 너무 가슴 아파요."
엘리자베스는 눈물을 글썽이며 말했다.

"뭐라고 말씀드려야 할지 모르겠어요. 제가 리디아를 잘못 알고 있는지도 모르겠어요. 하지만 그 애는 아직 어려서 중요한 문제에 대해 신중해야 한다는 것을 배우지 못했어요. 그리고 지난 반 년 동안, 아니 일 년 동안을 쾌락과 허영에만 빠져 살았죠. 시간을 헛되이 낭비했고 무슨 일이든 제멋대로 행동했어요. 메리튼에 부대가 처음으로 주둔한 이후로, 그 애 머릿속엔 사랑이나 연애나 장교들 같은 생각으로만 가득 차 있었어요. 그리고 위컴 씨가 여자의 환심을 살 만큼 외모와 말솜씨를 갖추고 있었다는 것은 우리 모두가 아는 사실이고요."

"하지만 제인은 위컴 씨를 그렇게까지 나쁘게 보고 있진 않던데." 외숙모가 말했다.

"언니가 언제 누군가를 나쁘게 생각한 적이 있었나요? 과거의 행실이 어쨌든 간에 그 사람이 그런 짓을 할 만하다고 생각한 사람은 없잖아요? 하지만 제인도 위컴 씨가 어떤 사람인지 아주 잘 알고 있어요. 그가 바람둥이며 착실하지도 않고 뻔뻔하며 아부를 잘하고 남을 기만한다는 것을 우리 둘도 잘 알고 있어요."

"아니, 그게 정말이니?" 가드너 부인이 호기심 가득한 얼굴로 소리쳤다.

"네, 정말이에요." 엘리자베스가 얼굴을 붉히며 대답했다.

"언젠가 그가 다아시 씨에게 저지른 파렴치한 행동에 대해 말씀드렸잖아요. 그리고 외숙모도 지난번 롱본에서 위컴 씨가 자기에게 그렇게 잘 대해 주었던 사람을 어떻게 말하는지 들으셨고요. 사정상 말할 수 없는 다른 일이 또 있어요. 말할 가치도 없지만. 하지만 펨벌리 가에 대한 그의 거짓말은 끝이 없어요. 그가 다아시 양에 대해 하는 말을 듣고서, 저는 다아시 양이 오만하고 사람을 무시하는 여자라고 생각했어요. 하지만 그는 그 반대라는 것을 알고 있었어요. 우리가 봤던 것처럼 다아시 양이 친절하고 솔직한 사람이라는 것을 알고 있었을 테니까요."

"그런데 리디아는 이런 사실에 대해서 아무것도 모른단 말이니? 너와 제인은 그렇게 잘 알고 있는 걸 왜 리디아는 전혀 몰랐을까?"

"네, 그렇게 됐어요. 그게 가장 큰 문제예요. 켄트에서 다아시 씨와 그분의 친척인 피츠윌리엄 대령을 만나기 전까지는 저도 그 사실을 몰랐어요. 집에 돌아왔을 때, ○○ 부대는 1, 2주일 내로 메리튼을 떠나게 되어 있었고요. 일이 그렇게 되자 저한테 얘기를 들어 알고 있는 제인과 저는, 우리가 알고 있는 사실을 굳이 다른 사람들에게 알릴 필요가 없을 거라 생각했어요. 이웃 사람들이 그 사람을 좋게 생각하고 있는 그때, 뒤집는다 한들 무슨 소용이 있을까 싶었고요. 그리고 리디아가 포스터 대령 부인과 함께 가는 것이 결정되었을 때도 리디아에게 그 사람의 성격에 대해서 알려 줘야겠다는 생각은 하지 못했어요. 이런 일이 생길 줄은 꿈에도 몰랐으니까요."

"그러니까 위컴 씨와 리디아가 브라이튼으로 갔을 땐, 두 사람이 서로 좋아한다고 믿을 만한 이유가 없었다는 얘기구나."

"전혀 없었어요. 그런 기미가 보였더라면 가족들이 모른 척했을 리 없잖아요. 위컴 씨가 임관했을 때 그 애는 그를 정말 좋아했어요. 하지만 그땐 우리 모두 다 좋아했어요. 메리튼과 그 주변의 여자들은 처음 두 달 동안 모두 그 사람한테 빠져 있었지요. 그가 리디아에게 마음이 있어서 특별히 호의를 베풀었던 것도 아니고요. 그리고 어느 정도 시간이 지나자 그를 터무니없이 열광적으로 좋아했던 마음도 식게 되었고, 그 애는 자기에게 관심을 보이는 다른 남자들을 좋아하게 되었어요."

이 문제에 대해 계속 대화를 나누었지만 그들의 걱정이나 희망, 추측에는 어떤 도움도 되지 않았다. 하지만 워낙 큰 문제다 보니 다른 화제를 꺼냈다가도 다시 이 문제로 돌아와 이야기를 하게 되었다. 엘리자베스의 머릿속은 온통 이 생각뿐이었다. 극심한 고통과 죄책감 때문에 그녀는 먹을 수도, 이 일을 잊어버릴 수도 없었다.

그들은 가능한 한 빨리 달렸고 잠도 마차에서 자며 다음 날 저녁때쯤 롱본에 도착했다. 엘리자베스는 제인을 너무 오래 기다리게 만들어 그녀가 지치지는 않았을까 걱정했지만 다행히 빨리 도착할 수 있었다. 마차가 문 앞에 도착하자, 조카들은 놀라움과 반가움에 가득 차 폴짝폴짝 뛰며 즐거워했다. 엘리자베스는 마차에서 뛰어내려 아이들에게 입을 맞추고는 서둘러 현관으로 달려갔다. 그때 어머니의 방에서 나와 계단을 뛰어 내려오고 있는 제인과 마주쳤다. 둘은 서로를 부둥켜안고 눈물을 흘렸다. 엘리자베스는 도망간 그들에게 무슨 소식이 없느냐고 서둘러 물었다.

"아직은 없어." 제인이 대답했다. "하지만 외삼촌이 오셨으니, 이제 모든 일이 다 잘 될 거야."

"아버지는 런던에 계서?"

"응. 편지에 쓴 대로 화요일에 가셨어."

"아버지 소식은 자주 있어?"

"딱 한 번 있었어. 수요일에 짤막한 편지를 보내셨는데, 잘 도착했다는 말씀과 그곳 주소를 보내셨어. 특별히 내가 부탁드렸거든.

그리고 앞으로는 전해야 될 소식이 생기기 전까지는 편지를 안 쓰시겠다고 하셨어."

"어머닌 어떠셔? 동생들은?"

"어머닌 괜찮아지셨어. 충격이 크시지만. 이층에 계시는데 너랑 외삼촌 내외분을 보시면 정말 좋아하실 거야. 아직 침실 밖으로는 나오시질 않아. 메리와 키티는 잘 지내고 있어, 다행스럽게도."

"언니는, 언니는 어때?" 엘리자베스가 외쳤다. "안색이 안 좋은데, 많이 힘들었지?"

그러나 제인은 자기는 아주 건강하다며 그녀를 안심시켰다. 가드너 부부가 자신의 아이들을 만나고 있는 동안 이야기를 나누던 제인과 엘리자베스는 그들이 다가오자 대화를 멈추었다. 제인은 외삼촌 내외에게 달려가 웃음과 눈물이 뒤섞인 얼굴로 인사를 하고 감사의 마음을 전했다.

모두들 응접실로 들어갔다. 외삼촌 내외는 방금 전 엘리자베스가 제인에게 물어보았던 질문들을 되풀이했고, 제인에게도 특별한 소식이 없다는 것을 알게 되었다. 그들은 몇 분간 대화를 나눈 뒤, 베넷 부인이 있는 방으로 올라갔다. 예상대로 그녀는 후회와 한탄과 위컴의 몹쓸 짓에 대해 욕을 퍼부으며 그동안 자기가 받은 고통에 대해 불평을 늘어놓았다. 그녀는 무엇이든 제멋대로인 자기 딸을 그저 감싸기만 했기 때문에 이런 사태가 벌어졌다는 것을 모른 채, 그저 본인 외의 다른 사람들 모두에게 비난을 퍼부었다.

"우리 가족 모두가 브라이튼으로 가자던 내 말대로 했더라면 이런 일은 안 생겼을 텐데. 가엾은 리디아를 돌봐줄 사람이 아무도

없었어. 포스터 부부는 그 애를 안 돌보고 뭘 한 거야? 리디아에게 소홀했던 게 확실해. 그 사람들이 잘 돌봐주었다면 절대로 그런 짓을 저지르진 않았겠지. 예전부터 그 사람들한테 리디아를 맡기는 게 마땅치 않았었는데. 불쌍한 것! 아버지도 떠나셨고, 어디서든 위컴을 만나기만 하면 결투를 하실 텐데 그렇게 되면 그이는 죽게 될 거야. 그러면 우리들은 어떻게 될까? 무덤에서 몸이 식기도 전에 콜린스 부부에게 쫓겨날 거야. 동생마저 우릴 모른 척하면 그때 우린 어떡해야 하지?"

모두들 그런 끔찍한 생각은 하지 마시라며 소리쳤다. 가드너 씨는 누님과 누님의 가족 모두에 대한 자신의 사랑을 확인시켜주었다. 그리고 다음 날 런던으로 가서 베넷 씨를 도와 리디아를 찾는 일에 최선을 다하겠다고 약속하며 말했다.

"미리 걱정하진 마세요. 최악의 상황에 대비하는 게 좋겠지만 그렇다고 단정 지을 필요는 없어요. 두 사람이 브라이튼을 떠난 지 일주일도 안 됐으니까요. 며칠만 더 있으면 소식이 있을 겁니다. 두 사람이 아직 결혼을 하지 않았거나, 또 결혼할 생각도 없다는 것이 확실해질 때까지는 부정적으로 생각하지 맙시다. 런던에 도착하자마자 매형을 찾아, 그레이스처치 가에 있는 집으로 모셔가서 앞으로 어떻게 할지 상의해 보겠습니다."

"오! 그래, 내가 바라는 게 바로 그거야. 런던에 도착하거든 둘이 어디에 있는지 꼭 찾아봐. 그리고 아직 결혼을 안 했으면 결혼을 시키고. 결혼 예복 때문이라면 그것 때문에 결혼식이 늦어지게 하진 말고, 결혼한 다음에라도 리디아가 사고 싶은 것을 다 살 수 있게 돈을 보내주겠다고 전해라. 그리고 무엇보다도 매형이 결투를 못 하도록 막아야 해. 내가 지금 어떤 상태인지 알려주고. 리디아한테는 나를 만날 때까지는 옷을 주문하지 말라고 전해라. 그애는 어디 옷이 가장 좋은지 모르니까 말이야. 아유, 친절하기도 하지! 네가 모든 일을 잘 처리해 줄 거라 믿고 있단다.”

가드너 씨는 최선을 다하겠다고 다시 한 번 다짐했다. 하지만 너무 지나치게 걱정을 하지도, 희망을 갖지도 말라고 누님께 당부했다. 그들은 저녁 식사 준비가 다 될 때까지 이런 이야기를 주고받다가 가정부에게 자기의 감정을 마음껏 퍼붓도록 그녀를 남겨두고는 방에서 나왔다.

그들은 자기 일에 열중하느라 방에서 나오지 못했던 메리와 키티를 식당에서 만났다. 메리는 책을 보느라, 키티는 화장을 하느라 바빴던 것이다. 모두들 식탁에 앉자마자 메리가 심각한 얼굴로 엘리자베스에게 속삭였다.

“이건 매우 불행한 일이야. 분명 여기저기서 말들이 많겠지. 그러나 우리는 그런 불행한 소문들을 차단하고, 서로의 상처받은 가슴에 자매다운 위로의 치료제를 부어야만 해.”

그리고 그녀는 엘리자베스가 대꾸할 기색이 없는 것을 보며 덧붙였다. “이 일은 리디아에게 있어서 분명 불행한 사건이야. 하지만 우리는 여기에서 유익한 교훈을 얻을 수 있지. 여성이 정조를 잃게 되면 회복은 불가능하다는 것, 한 번의 실수로 영원한 파멸에 이를 수 있다는 것, 여성에 대한 평판은 아름다움만큼이나 깨지기 쉽다는 것, 가치 없는 남성에 대해서 여성은 몸가짐을 아무리 조심한다 해도 결코 지나치지 않다는 것."

엘리자베스는 놀라서 눈을 치켜떴다. 너무 기가 막혀 아무 말도 할 수 없었다. 하지만 메리는 이번 사건에서 이런 도덕적 교훈을 계속 찾아내고 있었다.

오후가 되어서야 제인과 엘리자베스는 반 시간 정도 둘만의 시간을 가질 수 있었다. 엘리자베스는 기회를 놓치지 않고 여러 질문을 했고, 제인도 열심히 답변을 해주었다. 엘리자베스는 이 사건이 분명 무서운 결과를 가져올 것이라 생각했고, 제인도 그렇게 생각하는 듯했다. 두 사람은 걱정하며 한숨을 쉬었다. 엘리자베스는 다음과 같이 말하며 그 화제를 이어갔다.

"이 사건에 대해 내가 아직 모르는 게 있다면 다 말해 줘. 좀 더 자세히 말이야. 포스터 대령님은 뭐라고 하셔? 도망가기 전에는 전혀 눈치 채지 못하셨대? 늘 함께 있는 걸 봤을 텐데."

"리디아가 자주 호감을 보이긴 했었지만 경계할 정도는 아니었나 봐. 그분한테는 유감스러운 일이야. 그분의 행동은 정말 신중하고 친절하셨는데. 두 사람이 스코틀랜드로 가지 않았다는 생각이 들기도 전에, 자신이 몹시 걱정하고 있다는 것을 알려주려고 여기로 오고 계셨던 거야. 주위에서 자꾸 우려의 목소리가 들리니까 더욱 서둘러 출발하신 거고."

"데니라는 사람이 위컴 씨는 리디아와 절대 결혼하지 않을 거라고 했다며? 둘이 도망갈 거라는 걸 그 사람도 알고 있었대? 포스터 대령님도 그 사람을 직접 보셨대?"

"응. 하지만 대령님이 물어보니, 데니 씨는 두 사람의 계획에 대해서는 아무것도 모른다며 자기 생각을 말하려고 하지 않았대. 그리고 두 사람이 결혼하지 않을 거라 했던 자기 생각도 다시 말하진 않았나 봐. 이것으로 미루어보면, 우리의 소망이긴 하지만 그 사람이 뭔가 오해를 하고 있지 않았나 싶어."

"그러니까 포스터 대령님이 오시기 전까지는 두 사람이 정말 결혼할 거라고 생각했던 거야?"

"어떻게 그렇게 생각할 수 있었겠니. 난 리디아가 그 사람과 결혼해서 과연 행복할 수 있을지 걱정이 됐어. 그 사람의 행동이 늘 옳지만은 않았으니까. 아버지와 어머니는 그런 건 모르시니까 그저 이 결혼이 경솔하다고만 생각하고 계시고. 그때서야 키티가 우리보다 많이 알고 있다고 자랑스러워하며 말했는데, 리디아의 마지막 편지를 보고서는 자기는 그럴 줄 알았다고 하는 거야. 키티는 몇 주 전부터 두 사람의 사이를 알았던 것 같아."

"리디아가 브라이튼에 가기 전부터 알고 있던 건 아니겠지?"

"응, 그건 아닐 거야."

"포스터 대령님도 위컴 씨를 안 좋게 보시는 것 같아? 대령님도 그의 진짜 모습에 대해 알고 계실까?"

"대령님도 예전만큼 위컴 씨에 대해 좋게 말씀하시진 않으셨어. 위컴 씨가 분별력이 없고 낭비가 심하다고 하셨거든. 그리고 이 일이 일어난 이후로, 그가 메리튼에 많은 빚을 남기고 떠났다는 얘기가 있었어. 사실이 아니길 바라지만."

"오, 언니! 우리가 위컴 씨에 대해 알고 있는 걸 감추지만 않았더라면 이런 일은 일어나지 않았을 텐데!"

"그랬다면 더 좋았겠지." 언니가 대답했다.

"하지만 현재 그 사람의 마음에 대해 알지도 못하면서 과거의 잘못을 폭로한다는 것은 옳지 못하다고 생각했어. 우리로선 최선이었던 거야."

"포스터 대령님은 리디아가 포스터 부인께 남긴 편지 내용에 대해 자세히 말씀해 주셨어?"

"우리한테 보여주려고 직접 가져오셨어."

제인은 수첩에서 편지를 꺼내 엘리자베스에게 건네주었다. 편지 내용은 다음과 같았다.

헤리엇 부인께!

제가 어디로 가는지 아시면 웃으시겠지요. 그리고 내일 아침 제가 사라진 걸 아시고 놀라실 생각을 하니 저도 웃음을 참을 수가 없네요. 전 그레트나그린으로 가요. 제가 누구와 함께 가는지 짐작 못 하신다면, 부인을 바보라고 생각할 거예요. 제가 사랑하는 사람은 이 세상에서 단 하나뿐이고, 그는 천사 같은 사람이에요. 저는 그 사람 없이는 행복할 수 없기 때문에 그와 함께 떠나는 것이 나쁜 일이라고 생각하진 않아요. 마음 내키지 않으시면 제가 떠났다는 걸 롱본에 전하지 않으셔도 돼요. 제가 직접 리디아 위컴이라고 적어 편지를 보내면 더욱 놀랄 테니까요. 정말 재미있을 것 같아요. 웃음이 나와서 참을 수가 없어요. 프랫에게는 오늘 저녁에 춤추기로 했던 약속을 못 지켜서 미안하다는 말을 좀 전해 주세요. 그리고 모든 사실을 알게 되면 저를 이해할 거고, 다음 무도회에서 만나면 기꺼이 그와 춤을 추겠다

고 전해 주세요. 제 옷들은 롱본에 도착하는 대로 사람을 보내 가져
오라고 하겠지만, 짐을 꾸리기 전에 샐리한테 수놓아진 모슬린 가운
의 찢어진 곳을 수선해 달라고 해주세요. 포스터 대령님께도 안부 전
해 주시고, 저희들의 멋진 여행을 축복해 주세요.

당신의 다정한 친구 리디아 베넷 드림

"정말 철이 없어!" 편지를 다 읽은 엘리자베스가 소리쳤다. "그
와중에 쓴 편지 내용이 이렇다니. 그래도 편지를 보니 적어도 리
디아는 떠나는 것에 대해 진지했던 모양이야. 그 사람이 나중에
어떻게 설득했는지는 모르겠지만 리디아가 이 수치스러운 계획을
꾸민 건 아니었어. 불쌍한 아버지! 아버지 기분이 어떠셨을지!"

"아버지가 그렇게 큰 충격을 받은 모습은 본 적이 없어. 무려 10
분 동안이나 한 마디도 못 하셨으니까. 어머니는 바로 앓아누우셨
어. 집안에 이렇게 큰 난리가 난 적은 없었어!"

"참! 언니." 엘리자베스가 외쳤다. "그날 하루 동안 하인들 중에
그 사실을 모르는 사람이 있었을까?"

"모르겠어. 그러길 바랐지만 그런 상황에서 소문이 나지 않게
한다는 건 너무 어려운 일이라서. 할 수 있는 데까지 최선을 다해
어머니를 보살펴드리려고 했지만, 어머니는 신경질만 부리셨고.
난 무슨 일이라도 일어날까 겁이 나서 맥이 풀려 있었어."

"어머니를 보살펴드리는 건 언니한테 너무 힘든 일이었어. 안색
이 좋지 않네. 내가 언니와 같이 있었으면 좋았을걸. 언니 혼자 간
호와 걱정을 다 떠맡았으니."

그리고 엘리자베스는 아버지가 런던에서 어떻게 리디아를 찾으려 하시는 건지 물어보았다. 제인이 대답했다.

"내 생각엔 아버지께서 두 사람이 마지막으로 마차를 바꿔 탄 엡솜으로 찾아가셔서 마부들에게 무슨 이야기라도 들으려고 하시는 것 같아. 아버지의 주된 목표는 클래팸에서 두 사람을 태우고 간 마차의 번호를 알아내시려는 게 분명해. 그 마차가 런던에서 손님을 태우고 왔다던데, 아버지는 남녀가 단둘이 같은 마차를 탔다가 다른 마차로 바꿔 타는 것이 눈에 띄었을 거라 생각하시는 것 같아. 마부가 그 손님들을 어디에 내려주었는지 알게 되면, 그곳에 가서 더 자세히 알아보고, 마차의 차고와 번호를 알아내는 것이 가능할 거라 생각하시는 것 같아. 다른 계획이 더 있으신 건지는 잘 모르겠어. 너무 서둘러 떠나셨고, 혼란스러워 하셔서 이 정도 알아내는 것도 힘들었어."

6

다음 날 아침, 가족들 모두가 베넷 씨의 편지를 기다렸지만 아무 소식도 들을 수 없었다. 평소 아버지가 편지 쓰는 일을 게을리 한다는 것을 알고 있었지만, 그래도 상황이 상황인 만큼 그의 편지를 기다렸던 것이다.

가드너 씨도 편지가 오기만을 기다리다가 편지가 없자 곧바로 떠났다. 그가 떠났으니 이제 가족들은 일이 어떻게 되어가고 있는지 소식을 계속 전해 들을 수 있을 거라 생각했다. 그리고 그가 떠나면서, 가능한 한 베넷 씨가 롱본으로 빨리 돌아올 수 있게 하겠다는 약속을 하며 누이를 안심시켰다. 베넷 부인은 그렇게 하는 것만이 결투에서 자기 남편을 살리는 방법이라 생각하고 있었기 때문이다.

가드너 부인은 자기가 같이 있는 것이 조카들에게 도움이 될 거라 생각하며, 아이들과 함께 하트퍼드셔에 며칠 더 머물렀다. 이모도 자주 그들을 방문해 주었다. 그녀는 조카들을 위로해 주기 위해서라며 올 때마다 위컴의 낭비벽이라든가 나쁜 행실에 대한 새로운 소식을 들려주었다. 그러나 이모가 다녀가고 나면 오히려 가족들의 마음은 더욱 심란해지곤 했다.

불과 석 달 전까지만 해도 위컴에게 우호적이던 메리튼 사람들이 이제는 온통 그를 비난하느라 난리였다. 그가 메리튼의 모든 상인들에게 빚을 졌고, 그들의 가족까지 유혹했다는 소문이 돌고 있었다. 모두들 위컴을 세상에서 가장 나쁜 인간이라고 욕했으며, 겉으로 드러났던 그의 선함을 의심했다고 말했다. 엘리자베스는 이런 말들을 다 믿진 않았지만, 이런 소문만으로도 자기 동생이 얼마나 나쁜 상황에 처해 있는지 확실해졌다.

가드너 씨는 일요일에 롱본을 떠났는데, 그의 부인은 화요일에 그에게서 온 편지를 받았다. 편지 내용은 그가 런던에 도착하자마자 베넷 씨를 찾았고, 그를 설득해서 그레이스처치 가로 모셔왔다는 것이었다. 자기가 런던에 도착하기 전에 베넷 씨는 엡솜과 클래팸에 다녀왔지만 만족할 만한 정보는 전혀 없었으며, 런던의 호텔들을 모두 수소문할 계획이라고 했다. 베넷 씨의 말로는, 두 사람이 처음 런던에 와서 숙소를 구하기 전에 호텔에 들렀을 수도 있다는 것이었다. 자기는 이런 식으로 해서는 별 성과를 얻을 수 없을 거라 생각하지만, 매형이 너무나 열심이어서 도와드릴 생각이라고 했다. 그리고 매형이 현재로서는 런던을 떠날 생각이 전혀 없는 것 같다고 전하며, 곧 다시 편지를 하겠다는 약속을 했다. 또한 다음과 같은 추신도 덧붙였다.

내가 포스터 대령에게 가능하다면 부대에서 위컴과 친했던 사람들에게 지금 그가 숨어 있을 만한 곳을 아는 친척이 있는지 알아봐 달라는 편지를 보냈소. 우리가 단서를 얻을 만한 사람이 나타난다면 중요한 수확이 될 거요. 이 일에 대해 포스터 대령이 최선을 다해 줄 거라 믿고 있소. 그리고 생각해 보니 위컴의 친척이 누구인지는 리지가 잘 알고 있을 거란 생각이 드오.

엘리자베스는 가드너 씨가 자기를 믿는 근거가 어디 있는지 분명 짐작할 수 있었지만, 그녀에게는 그런 기대에 부응할 만한 정보를 제공할 능력이 없었다. 그에게는 이미 여러 해 전에 돌아가신 부모님 외에는 다른 친척에 대해 들은 적이 없었던 것이다. 하지만 ○○ 부대에 있는 그의 친구들 중에 더 많은 정보를 제공할 수 있는 사람이 있을 수도 있기 때문에, 엘리자베스는 큰 기대는 하지 않았지만 그래도 희망을 버리진 않았다.

롱본에서의 걱정스러운 나날은 계속되었다. 하루 중 가장 불안한 때는 편지가 오는 시간이었다. 좋은 소식이든 나쁜 소식이든 편지를 통해서만 전해질 것이기 때문에, 그들은 내일은 무슨 중요한 소식이 오지 않을까 하고 기대하고 있었다.

그러나 가드너 씨에게서 또 다른 편지가 오기 전에 아버지 앞으로 편지가 도착했다. 그것은 콜린스가 보낸 것이었다. 제인은 아버지가 안 계신 동안에 오는 편지를 모두 뜯어보라는 지시를 받았기 때문에 그녀는 그 편지를 읽었다.

삼가 올립니다.

어제 하트퍼드셔에서 온 편지를 받고 알게 되었습니다. 저와 제 아내는 극심한 고통을 겪고 계신 어르신과 가족분들께 진심으로 동정을 표하는 바입니다. 그러한 고통을 덜어드릴 수만 있다면 좋겠습니다. 하지만 부모님의 마음이 가장 아픈 지금, 어떻게 위로의 말씀을 드려야 할지 모르겠습니다.

지금과 같은 상황이라면 차라리 따님이 죽는 것이 더 나은 일인지도 모르겠습니다. 제 아내의 말을 들어보니, 따님의 방탕한 행동은 부모님이 너무 방임하셨기에 생긴 일이라 여겨져 더욱 통탄해야 할 일인 듯싶습니다. 그러나 저는 어르신과 아주머님께 위안을 드리고자, 따님의 성품이 본래 좋지 않아서 그렇다고 생각하고 싶습니다. 그렇지 않으면 그렇게 어린 나이에 그런 일을 저지를 수는 없겠지요.

어쨌든 어르신께 위로의 말씀을 드려야 한다는 점에 대해서는 제 아내뿐만 아니라 캐서린 부인과 그 따님께서도 동의하고 계십니다.

그분들은 따님 한 분의 잘못이 다른 따님들의 앞날에도 해가 될 것이라는 제 생각에 동의하셨습니다. 그리고 캐서린 부인께서는 누가 그런 집안과 인연을 맺겠느냐는 말씀도 하셨습니다.

이 모든 것들을 고려해 볼 때 작년 11월에 있었던 일을 돌이켜보면, 참으로 다행이라 생각하고 있습니다. 그때 제가 만일 엘리자베스 양과 결혼했더라면 현재 어르신이 겪고 계신 슬픔과 수치스러움 속에 저도 포함되었을 것이니까요. 그래서 저는 어르신께서 마음을 진정시키시고, 애정을 줄 만한 가치도 없는 따님을 단념하시어 스스로 뿌린 해악의 열매를 거두게 하시기를 삼가 권하고 싶습니다.

가드너 씨의 편지가 또 왔지만 좋은 소식은 없었다. 위컴에게 생존해 있는 친척이 없다는 소식과, 그가 군에 입대한 후로는 특별히 친한 친구가 없었다는 내용이었다. 또한 그가 도망을 했던 이유는 리디아 친지들의 눈을 피하기 위해서이기도 했지만, 그가 파산할 위기에 처했기 때문이라는 것이었다. 알고 보니 그는 어마어마한 노름빚을 지고 떠났다는 것이다.

또한 가드너 씨는 그녀들의 아버지가 토요일에 집으로 돌아가실 거라고 덧붙였다. 모든 노력이 성과가 없자 낙담하게 된 베넷 씨는, 나머지 일은 자기에게 맡기고 가족들에게 돌아가라는 처남의 말을 따르기로 했던 것이다. 이 말을 들은 베넷 부인은 남편의 생명에 대해 몹시 걱정했던 것에 비해, 자식들이 예상했던 것만큼 기뻐하지는 않았다.

"뭐, 집에 돌아오신다고? 가엾은 리디아도 데려오지 못했으면서!" 그녀가 소리쳤다. "두 사람을 찾기 전까진 런던을 떠나시면 안 되는데. 그 사람이 오면 누가 위컴하고 결투를 해서 리디아를 결혼시키겠어?"

집으로 돌아가기를 원했던 가드너 부인은, 베넷 씨가 런던에서 돌아오는 바로 그날에 아이들과 함께 런던으로 떠나기로 결심했다. 그래서 마차는 그들을 첫 번째 역까지 데려다 주고, 오는 길에 베넷 씨를 태워 롱본으로 돌아왔다.

가드너 부인은 더비셔에서부터 품고 있던 엘리자베스와 다아시와의 관계에 대한 궁금증을 풀지 못하고 떠났다. 엘리자베스가 집에 돌아온 이후로 펨벌리에서는 편지 한 통 오지 않았다.

집으로 돌아온 베넷 씨는 평소처럼 차분한 모습이었다. 거의 말을 하지 않았고, 집을 떠나야만 했던 그 일과 관련해서는 한 마디도 꺼내지 않았다. 오후에 다들 모여 차를 마실 때 엘리자베스가 용기 있게 그 문제에 대해 이야기를 꺼냈다. 그동안 얼마나 힘드셨냐면서 마음이 아프다는 말을 하자 그가 대답했다.

"그런 말 마라. 나 말고 누가 그 고생을 하겠니? 다 내 잘못인데."

"자책하지 마세요." 엘리자베스가 대답했다.

"그것도 잘못이겠지. 인간이란 자책에 빠지기 쉬우니까 말이다. 하지만 리지야, 내가 얼마나 큰 잘못을 저질렀는지 내 평생에 한 번만이라도 느낄 수 있게 해다오. 이런 감정에 빠지는 건 두렵지 않아. 다 지나가 버릴 테니까."

"두 사람이 런던에 있다고 생각하세요?"

"그래, 런던이 아니라면 어디에 그렇게 숨어 있겠니?"

"리디아는 항상 런던에 가고 싶어 했어요." 키티가 덧붙였다.

"그럼 행복하겠군." 아버지는 냉정하게 말했다. "거기서 꽤 오래 있을 모양이야." 그리고는 잠시 침묵한 뒤 계속 말을 이었다.

"리지야, 지난 5월에 내게 했던 네 충고가 옳았다고 해서 조금도 언짢게 생각하진 않는다. 이 일을 겪고 나니 네 생각이 옳았다는 걸 느꼈단다."

제인이 어머니의 차를 가지러 들어오는 바람에 이 대화는 잠시 중단되었다.

"이건 참으로 대단한 시위야." 베넷 씨가 큰 소리로 말했다.

"불행이 뭐 대단한 일이라고! 언젠가는 나도 그렇게 해봐야겠어. 나이트캡을 쓰고 가운을 입고 서재에 앉아 실컷 난리를 피워야지. 아니, 키티가 도망갈 때까지는 연기하는 게 좋겠지?"

"전 도망가지 않아요, 아빠." 참다못한 키티가 대답했다. "제가 브라이튼에 간다고 해도 리디아보다는 얌전하게 처신할 거예요."

"네가 브라이튼에 간다고? 누가 50파운드를 준다 해도 근처에 있는 이스트본에도 보내지 않을 거다! 키티, 이제 아빠는 무슨 일이든 신중해야 한다는 걸 배웠단다. 그러니 이제부터 너한테 적용할 거다. 지금부터 단 한 명의 장교도 내 집안에 들이지 않을 거고, 언니들하고 함께 춤을 추러 가지 않는 한 무도회도 절대 보내지 않겠다. 또 매일 10분이라도 올바르게 처신했다는 걸 증명할 때까지는 절대 집 밖으로 나갈 생각은 하지 마라."

키티는 이 모든 위협을 그대로 받아들이고는 결국 울음을 터뜨렸다.

"괜찮아, 괜찮아, 그렇게 실망할 필요는 없어." 그가 말했다. "앞으로 10년 동안 착하게 군다면 열병식에 데리고 갈 테니까."

7

베넷 씨가 돌아온 지 이틀 뒤, 제인과 엘리자베스는 집 뒤쪽의 관목 숲길을 거닐다가 갑자기 가정부가 자기들을 향해 다가오는 것을 보았다. 그녀들은 어머니가 불렀을 거라고 생각하고 그녀에게 다가갔는데, 예상과는 달리 가정부는 제인에게 이렇게 말했다.

"아가씨, 방해해서 죄송합니다만 런던에서 무슨 좋은 소식을 들으셨을까 해서 실례를 무릅쓰고 좀 여쭈어보려고 왔습니다."

"무슨 말이에요, 힐? 우린 런던에서 아무 소식도 듣지 못했는데."

"아가씨." 가정부는 깜짝 놀라서 소리쳤다. "가드너 씨가 주인님께 속달 편지를 보내신 것을 모르셨어요? 우체부가 30분 전쯤에 다녀갔는데 주인님께서 편지를 받으셨어요."

두 사람은 그 뒷말은 듣지도 않고 정신없이 집을 향해 뛰었다. 현관을 지나 식당으로, 다시 서재로 가보았으나 아버지는 어디에도 안 계셨다. 그녀들은 아버지가 어머니와 같이 계실 거라 생각하고 위층으로 올라가다가 집사를 만났다. 그가 말했다.

"주인님을 찾으신다면 작은 숲 쪽으로 나가셨습니다."

이 말을 듣자마자 그녀들은 다시 홀을 지나, 잔디밭을 가로질러 아버지 뒤를 쫓아 뛰어갔다. 아버지는 마당 한편에 있는 작은 숲을 거닐고 계셨다. 엘리자베스만큼 날렵하지도 않고 뛰는 것에 익숙지 않던 제인은 곧 뒤로 처졌고, 엘리자베스는 숨을 헐떡이며 아버지에게 달려가 소리쳤다.

"아버지, 무슨 소식이에요? 외삼촌한테서 무슨 소식이 왔어요?"

"그래. 속달 편지를 받았다."

"무슨 소식이에요? 좋은 소식이에요, 나쁜 소식이에요?"

"좋은 소식이 있겠니? 어쨌든 읽어보고는 싶겠지." 그는 주머니에서 편지를 꺼내며 말했다. 엘리자베스는 재빨리 편지를 가져갔다. 그때서야 제인이 도착했다.

"소리 내서 읽어봐라. 난 무슨 소린지 잘 모르겠구나." 아버지가 말했다.

그레이스처치 가
8월 2일 월요일

존경하는 매형께!

드디어 리디아에 관한 제대로 된 소식을 전할 수 있게 되었습니다. 매형께서도 만족해하실 거라 믿습니다. 매형이 토요일에 떠나신 후에, 다행히도 그들이 런던 어디에 있는지 알아냈습니다. 자세한 이야기는 만나서 말씀드리겠습니다만 분명히 두 사람을 찾았습니다.

"내가 바라던 대로 결혼을 한 거야." 제인이 소리쳤다.

엘리자베스는 계속해서 읽었다.

저는 두 사람을 만나보았습니다. 두 사람은 아직 결혼하지 않았고, 그럴 생각이 있는지도 잘 모르겠습니다. 하지만 제가 매형을 대신해서 한 약속을 매형께서 이행하실 생각이 있으시다면, 두 사람은 곧 결혼하게 될 거라 생각합니다. 매형께서 하셔야 할 일은, 매형과 누님께서 돌아가시면 자식들에게 물려줄 5천 파운드의 유산을 리디아에게도 똑같이 분배해 주시겠다고 보증하시는 겁니다. 또 매형께서 살아 계시는 동안 해마다 1백 파운드를 주겠다고 약속하시는 겁니다.

이러한 조건들에 대해 모든 것을 고려해 본 뒤에, 제가 매형을 대신해서 권한이 미치는 범위 내에서만 허락하도록 하겠습니다. 매형이 한시라도 빨리 답장을 보내실 수 있도록 속달 편지를 보냅니다. 이런 사실로 보아, 사람들에게 알려진 만큼 위컴의 형편이 그렇게 나쁘진 않다는 것을 아셨을 겁니다. 뭔가 오해가 있었던 것 같습니다. 그리고 그에게는 빚을 모두 다 갚고도 조카의 재산에 보탬이 될 만한 돈이 조금은 더 있는 것 같습니다. 정말 다행입니다. 매형께서 제게 이 문제를 처리할 전권을 주신다면, 즉시 변호사 해거스턴에게 지시해서 양도 절차를 밟겠습니다. 그렇게 되면 매형께서는 이곳에 다시 오실 필요가 없으니, 저를 믿어주시고 롱본에서 편히 쉬고 계십시오.

가능한 한 빨리 답장을 보내주시고, 분명한 의사 전달을 부탁드립니다. 저희는 조카가 저희 집에서 머물며 결혼을 하는 것이 가장 좋은 방법이라고 생각합니다. 그리고 매형께서도 동의하실 거라 믿습니다. 리디아는 오늘 저희 집에 올 것입니다. 새로운 일이 결정되면 바로 다시 편지를 드리겠습니다.

에드워드 가드너 올림

"이럴 수가!" 편지를 다 읽고 나서 엘리자베스가 외쳤다. "위컴 씨가 리디아와 결혼한다니 믿어지지가 않아."

"우리가 생각한 것만큼 위컴 씨는 나쁜 사람은 아니네. 아버지, 다행이에요." 제인이 말했다.

"아버지, 답장은 보내셨어요?" 엘리자베스가 물었다.

"아니, 바로 보내긴 해야 하는데."

엘리자베스는 아버지께 더 이상 시간을 끌지 말고 바로 답장을 보내시라고 부탁했다.

"쓰기 힘드시면 제가 대신 써드릴게요." 제인이 말했다.

"쓰기는 싫지만 그래도 써야지." 그가 대답했다.

이렇게 말하고서 그는 그녀들과 함께 집을 향해 발길을 옮겼다.

"그 조건들은 들어주셔야 되겠지요?" 엘리자베스가 물었다.

"당연하지! 그렇게 적은 돈만 요구한 게 창피할 지경이다."

"그리고 두 사람은 결혼해야 하고요."

"그래, 두 사람은 결혼해야지. 다른 방법이 없지 않느냐. 그런데 내가 꼭 알고 싶은 게 두 가지가 있단다. 하나는 이 결혼을 위해서 너희 외삼촌이 얼마나 많은 돈을 썼느냐는 것이고, 또 하나는 내가 그 돈을 어떻게 갚을 수 있느냐는 것이다."

"돈이라니요! 외삼촌께서 돈을 쓰시다니요! 그게 무슨 말씀이세요, 아버지?" 제인이 외쳤다.

"내 말은, 정신이 제대로 된 남자라면 내가 살아 있는 동안 겨우 매년 1백 파운드, 그리고 내가 죽고 나서는 5천 파운드라는 보잘 것 없는 재산에 이끌려 리디아와 결혼하지는 않을 거란 말이다."

"그건 사실이에요. 조금 전까지 그런 생각은 못 했지만 빚을 다 갚고도 돈이 좀 남는다니! 아! 이 일은 전부 외삼촌이 하신 일이 틀림없어요! 너그러우시고 좋으신 분이 곤란해지시는 건 아닌지 모르겠네요. 적은 돈으로는 해결할 수 없었을 텐데." 엘리자베스가 말했다.

"그렇겠지. 위컴은 1만 파운드에서 한 푼이라도 모자라면 리디아를 데려가지 않겠지. 곧 집안 식구가 될 텐데 그를 이렇게 나쁘게 생각해서 유감이구나."

"1만 파운드라고요! 세상에! 그 돈의 반도 못 갚을 텐데."

베넷 씨는 아무 말도 하지 않았다. 그들은 각자 깊은 생각에 잠겨서 집에 도착할 때까지 아무 대화도 나누지 않았다. 아버지는 편지를 쓰러 서재로 갔고, 제인과 엘리자베스는 식당으로 들어갔다. 둘만 있게 되자 엘리자베스가 입을 열었다.

"정말 둘이 결혼하게 되다니! 일이 참 묘하게 된 것 같아. 두 사람이 결혼해도 행복하리라는 보장도 없고, 그 남자의 인격은 말할 수도 없는데 그런데도 결혼을 한다고? 그걸 또 우리는 억지로 기뻐해야 하고?"

제인이 대답했다.

"난 이렇게 생각하면 좀 위로가 되는 것 같아. 위컴 씨가 리디아를 진정으로 사랑하지 않는다면 아마 결혼하지 않을 거라고 말이야. 고마우신 외삼촌께서 그 사람이 진 빚을 갚아주기 위해 많은 생각을 하셨겠지만 1만 파운드를 치르셨다고는 믿어지지 않아. 외삼촌에게는 아이들도 있고 또 더 낳을지도 모르잖아. 그런데 어떻게 1만 파운드의 반이라도 쓸 수가 있겠어?"

"위컴 씨의 빚이 도대체 얼마인지 알 수 있으면 좋으련만. 그가 한 푼도 없다는 것을 아니까 리디아에게 지참금으로 줄 재산이 얼마인지 알면 외삼촌이 얼마를 쓰셨는지 알 수 있을 텐데. 리디아를 집으로 데려와서 잘 대해 주신 은혜는 두고두고 갚아도 모자랄 거야. 지금쯤 리디아도 외삼촌댁에 있겠지? 그런 친절에 반성하지 않는다면 리디아는 행복해질 자격도 없어. 무슨 염치로 외숙모를 만났을까?"

"우리는 두 사람에게 있었던 일들을 모두 잊어버리자. 나는 아직도 그들이 행복하기를 바라고 또 그럴 거라고 믿어. 내 생각에는 위컴 씨가 리디아와의 결혼에 찬성한 것은 그의 생각이 제대로 돌아왔다는 증거야. 서로의 애정이 두 사람을 정상으로 만들어줄 거야. 그들이 바르게 살아간다면 얼마 안 가서 이번 행동도 곧 잊힐 거야."

"그 두 사람의 행동은 우리 모두 용서할 수 없을 거야. 그런 말은 아무런 의미가 없다고."

바로 그때 그들은 어머니가 이 소식에 대해 아무것도 모르고 계실 거라는 생각에, 이 소식을 어머니께 알려드려도 되는지 아버지께 여쭤보았다. 그러나 베넷 씨는 편지를 쓰고 있다가 고개도 돌리지 않고 냉정하게 대답했다.

"좋도록 해라."

"외삼촌 편지를 가져가서 읽어드려도 될까요?"

"갖고 가거라."

엘리자베스는 편지를 집어 들고 제인과 함께 위층으로 올라갔다. 메리와 키티도 베넷 부인과 함께 있었기 때문에 한꺼번에 이 소식을 알릴 수 있었다. 좋은 소식이라는 것을 미리 알린 다음 편지를 읽기 시작했다. 베넷 부인은 어쩔 줄 몰라 했다. 외삼촌께서도 리디아가 곧 결혼할 거라고 생각한다는 내용을 듣자 기쁨의 탄성이 들렸고, 문장을 읽어나갈수록 환호는 더해갔다.

"정말 사랑스러운 리디아!" 그녀가 소리쳤다. "정말로 기쁘구나. 그 애가 결혼을 하게 되다니! 그 애를 다시 보게 되다니! 열여섯에 결혼을 하게 되다니! 착하고 다정한 내 동생 에드워드! 이렇게 될 줄 알았지! 제대로 잘 처리해 줄 줄 알았어. 리디아가 너무 보고 싶구나! 그리고 위컴도! 그런데 결혼 의상은 어떻게 하지! 올케한테 편지를 보내야겠어. 리지야, 아버지한테 가서 리디아한테 얼마나 돈을 주실 수 있는지 여쭤봐라! 아니, 잠깐만. 내가 가야겠다. 키티야, 벨을 울려서 힐을 좀 불러라. 금방 옷을 입을 테니. 정말 사랑스러운 리디아! 우리가 만나면 얼마나 기쁠까!"

기쁨을 감추지 못하고 극도로 흥분하는 어머니를 진정시키기 위해, 제인은 자신들에게 외삼촌이 얼마나 많은 것을 베풀어주셨는지 말씀드렸다.

"이렇게 다행스러운 결과는 모두 외삼촌 덕분이에요. 외삼촌께서 돈을 쓰셔서 위컴 씨를 도우신 게 분명해요."

"그래, 잘된 일이야." 어머니가 외쳤다. "외삼촌이 아니면 누가 그렇게 해주겠니? 그리고 너희 외삼촌에게 자식들만 없었다면, 그 돈은 나와 너희들이 물려받았을 텐데. 솔직히 선물 몇 번 받은 것 외에는 우리가 네 외삼촌한테 무엇을 받은 건 처음이지 않니. 어쨌든 난 기분이 좋구나! 행복해! 딸 하나를 시집보내게 됐으니 말이야. 위컴 부인이라! 정말 멋지구나. 그 애는 지난 6월에야 겨우 열여섯이 됐는데. 제인, 가슴이 너무 두근거려 편지를 못 쓰겠구나. 내가 부를 테니 대신 받아 적으렴. 돈 문제에 대해서는 나중에 네 아버지와 상의하겠지만, 일단 물건은 바로 주문해야겠다."

그러고 나서 베넷 부인은 캘리코(면포), 모슬린(면직물), 캠브릭(흰 리넨) 등 많은 것들을 지시했다. 제인이 아버지와 상의할 수 있을 때까지 기다리자고 어머니를 설득하지 않았다면, 주문해야 할 수많은 물품들을 받아 적어야 했을 것이다. 제인은 하루 정도 늦는다 해도 상관없을 거라고 말했고, 어머니는 너무 기쁜 나머지 평소처럼 고집을 부리진 않았다. 그러다가 베넷 부인은 곧 다른 생각이 떠올랐는지 이야기를 시작했다.

"옷을 입는 즉시 메리튼에 가야겠다. 거기 가서 필립스 이모한테 이 기쁜 소식을 전해야지. 그리고 돌아오는 길에 루커스 부인과 롱 부인을 찾아가야겠다. 키티야, 내려가서 마차를 준비시켜라. 바람을 좀 쐬는 게 좋을 것 같다. 아, 힐이 오는군. 힐, 좋은 소식 들었지? 리디아가 결혼을 한다네. 자네에게도 결혼을 축하하는 펀치 한 잔을 줄 거야."

힐 부인은 곧바로 기뻐했고, 함께 축하를 받고 있던 엘리자베스는 어쩐지 마음이 내키지 않아 혼자 조용히 생각해 보기 위해 방으로 돌아왔다.

아무리 생각해 보아도 리디아의 처지는 축하받을 만한 것은 아니었다. 하지만 더 이상 나빠지지 않은 것에 감사해야만 했다. 리디아의 앞날을 내다보면 결코 어떤 행복이나 영화를 기대할 수는 없었다. 하지만 불과 두 시간 전에 느꼈던 두려움들을 생각해 보면, 이 정도의 결과라도 만족해야겠다고 생각했다.

8

베넷 씨는 아이들과 아내가 자기보다 더 오래 살 경우, 그들의 장래를 대비해 자신의 수입을 모두 다 써버리지 않고 매년 저축해야겠다는 생각을 예전부터 자주 했었다. 그리고 지금은 그런 생각이 그 어느 때보다도 간절했다. 그가 이 일에 관해서 자신의 책임을 다했더라면 리디아는 외삼촌에게 빚을 질 필요도 없었을 것이고, 명예나 신용을 회복할 수 있었을 테니까 말이다.

자신에게는 아무런 이득도 없는 일에 처남이 혼자 부담했다는 것이 마음에 걸린 베넷 씨는 가능하면 처남이 도와준 액수가 얼마인지 알아보고 빠른 시일 내에 그 빚을 갚아야겠다고 생각했다.

베넷 씨는 먼저 간단하게 처남의 호의에 대해 감사 인사를 전했다. 그리고 지금까지 그의 의견에 흔쾌히 동의하고, 자기를 대신해서 체결한 약속들을 기꺼이 따르겠다는 편지를 썼다. 그들에게 매년 1백 파운드를 주게 되더라도, 1년에 손해 보는 비용은 고작 10파운드 정도밖에 되지 않았다. 왜냐하면 리디아의 식비라든가 용돈, 또 어머니 손을 통해 흘러가는 돈 등을 합치면 리디아가 쓰는 돈은 1년에 거의 1백 파운드에 가까웠기 때문이다.

베넷 씨가 기뻤던 또 다른 이유는, 자기 쪽에서 크게 힘들이지 않고 이 문제가 해결되었다는 것이었다. 처음에는 분노를 참지 못하며 리디아를 찾아 여기저기 헤매고 다녔지만, 이제 그러한 분노가 누그러지자 그는 본래의 느긋한 모습으로 돌아왔던 것이다. 그는 즉시 편지를 보냈다.

이 기쁜 소식은 곧 온 집안과 이웃에게까지 빠른 속도로 퍼졌다. 그러나 이웃들은 시큰둥한 반응을 보였다. 그들은 리디아가 런던시에 맡겨져 있다든가 아니면 세상과 격리되어 어느 먼 농가에 숨어 있었다면 더 즐거워했을 것이다. 그러나 그녀의 결혼에 대해서는 할 말이 많았다. 리디아가 그런 남편을 얻게 된다면 분명 불행해질 것이라 생각했기 때문이다.

베넷 부인이 아래층에 내려오지 않은지 보름 가까이 되었지만, 이렇게 행복한 날을 맞이하게 된 그녀는 다시 아래층으로 내려와 식탁의 상석에 앉았다. 그녀는 활기가 넘쳤고, 의기양양한 모습에서는 어떤 부끄러움도 찾아볼 수가 없었다. 제인이 열여섯 살이 된 이후로 베넷 부인의 소망이었던 딸의 결혼이 이제 막 이루어지려 했던 것이다. 그녀의 생각과 이야깃거리는 온통 근사한 결혼식과 멋진 모슬린, 새 마차나 하인들 같은 것뿐이었다. 그녀는 이웃을 통해 리디아가 살 만한 집을 알아보느라 바빴다. 그녀는 둘의 수입이 얼마나 되는지는 생각도 하지 않고서, 집이 좁다느니 썩 마음에 들지 않는다느니 하며 여러 차례 거절했다.

베넷 씨는 두 사람을 롱본 근처로는 절대로 들이지 않을 것이며, 리디아의 결혼 의복과 관련해서는 돈을 한 푼도 쓸 수 없다고 했다. 그 말을 들은 베넷 부인은 말문이 막혀버렸다. 또한 베넷 씨는 부인에게 리디아는 어떤 경우라도 자기의 축하는 받지 못할 거라고 단언했다.

베넷 부인은 도저히 이해할 수 없었다. 얼마나 화가 났기에 딸의 결혼식에 꼭 필요한 것들조차 거부하는 것인지 믿을 수가 없었다. 그녀는 리디아가 위컴과 달아나 결혼도 하기 전에 보름이나 동거했다는 수치심보다, 딸이 결혼식에 입을 새 옷이 없어서 망신당하게 될까 봐 더 신경 쓰였던 것이다.

엘리자베스는 순간의 슬픔을 참지 못하고 다아시에게 자기 동생의 문제를 알린 것이 너무도 후회스러웠다. 동생이 결혼만 한다면 그들의 도피 행각은 금방 마무리될 것이고, 굳이 알릴 필요도 없는 사람들에게는 그 불행을 숨길 수도 있었기 때문이다.

그녀는 이 사건이 다아시를 통해 더 퍼질 것이라는 걱정은 하지 않았다. 그 사람만큼 비밀을 잘 지킬 사람도 없었기 때문이다. 하지만 동시에 그 사람만큼 리디아의 수치스러운 행동이 알려지는 것이 부끄러운 사람도 없었다. 물론 자신에게 어떤 불이익이 올지도 모른다는 걱정 때문에 그런 것은 아니었다. 만약 리디아가 아주 훌륭한 조건으로 결혼을 한다 해도, 그토록 경멸하던 사람과 가장 가까운 인척이 된 집안과 다아시가 인연을 맺는다는 것은 있을 수 없는 일이라고 여겨졌다.

그가 이런 관계를 피하려는 것은 너무도 당연한 일이었다. 더비서에서 그녀의 사랑을 얻으려 했던 다아시의 소망이, 이런 상황에서도 다시 살아나리라고는 이성적으로 도저히 기대할 수 없었다. 그녀는 비참한 생각이 들었고 슬퍼졌다. 무엇 때문에 그런 건지는 모르겠지만 후회스러웠다. 이제 더 이상 그의 호의를 바랄 수 없다는 생각이 들자, 그의 호의가 그리웠고 그의 소식이 궁금해졌다. 그리고 이제 더 이상 그를 만날 수 없을 것 같다는 생각이 들자, 그녀는 그와 함께 있어야만 행복할 수 있을 거라는 확신이 들었다.

그녀는 가끔씩 생각했다. 불과 4개월 전까지만 해도 거만하게 거절했던 그의 청혼을, 이제라도 기쁘고 감사하게 받아들일 준비가 되어 있다는 것을 그가 알게 된다면 그는 얼마나 기세등등할 것인가!

그녀는 이제야 다아시가 성품이나 재능 면에 있어서 자기에게 가장 어울리는 사람이라는 생각이 들었다. 편안하고 활기찬 그녀의 태도는 그의 마음을 온화하게 해줄 것이고, 그의 분별력과 지식 등은 자신에게 많은 도움이 될 것이 확실했다.

가드너 씨는 곧 베넷 씨에게 답장을 보냈다. 가족 모두가 더욱 더 행복해지기를 바란다는 말로 베넷 씨의 감사 인사에 답례를 하고서는, 이 일에 관해서는 다시는 언급하지 말아달라는 부탁을 했다. 이 편지의 중요한 목적은 위컴이 군대를 떠나기로 결심했다는 사실을 알리기 위한 것이었다. 그는 이렇게 덧붙였다.

결혼이 결정되는 대로 그가 그렇게 해야 한다는 것은 저도 바라던 일이었습니다. 그 부대를 떠나는 것이 그와 리디아를 위해서도 현명한 일이라고 생각하는데, 매형도 동의하실 거라 믿습니다. 위컴 군은 정규군에 입대할 예정이라고 합니다. 그리고 그의 옛 친구들 중 몇 명이 그를 도와줄 능력이 있고, 또 그럴 생각이 있다고 합니다. 그는 현재 북부에 주둔하고 있는 ○○ 장군 부대의 기수직으로 들어갈 예정입니다. 이곳에서 멀리 떨어져 있다는 점에서 다행이라고 생각합니다. 그도 흔쾌히 약속했고, 저도 바라던 일입니다. 새로운 사람들과 어울리기 위해서라도 두 사람 모두 좀 더 신중해질 거라 믿습니다. 포스터 대령에게도 편지를 보내서 현재의 상황을 알렸습니다.

그리고 브라이튼과 그 근처에 있는 위컴 군의 모든 채권자들에게, 제가 빠른 시일 내에 부채를 청산한다는 보증을 하겠으니 안심하고 있으라는 부탁을 했습니다. 번거로우시겠지만 매형께서도 메리튼에 있는 위컴 군의 채권자들에게 위와 같은 보증을 해주시기 바랍니다. 채권자의 명단은 그에게 알아보고, 덧붙여 보내 드리겠습니다. 그는 자기가 갚아야 할 빚에 대해 모두 얘기했는데, 이 점에 대해서는 적어도 우리를 기만하지 않을 거라 믿습니다. 이 일과 관련해서 해거스턴 변호사에게 지시를 해놓았으니, 일주일이면 모든 문제가 해결될 것입니다.

그리고 롱본에서 두 사람을 초대하지 않으신다면, 두 사람은 북부에 있는 군대로 가게 될 것입니다. 제 아내의 말로는 조카가 남부를 떠나기 전에 가족들을 무척 만나고 싶어 한다더군요. 리디아는 건강하게 잘 지내며 매형과 누님께 안부 인사를 전해 달라고 했습니다. 그럼 이만.

에드워드 가드너 올림

베넷 씨와 딸들은 위컴이 ○○ 부대를 떠나는 것에 대해 다행이라고 생각했으나, 베넷 부인은 별로 기뻐하지 않았다. 리디아가 북부로 떠난다는 것에 실망했기 때문이다.

리디아가 북부로 떠나기 전에 가족들과 만날 수 있도록 해달라는 딸들의 부탁을 베넷 씨는 단호하게 거절했다. 그러나 제인과 엘리자베스가 동생의 기분을 고려해서, 또 그 아이의 장래를 위해서 부모님께 결혼 인사를 올려야 되지 않겠느냐고 말했다. 그리고 결혼하는 대로 바로 두 사람을 초대해야 된다고 열심히, 그리고 합리적이며 온화하게 간청하는 바람에 베넷 씨도 딸들의 의견에 동의했다. 베넷 부인은 딸이 북부로 떠나기 전에 이웃들에게 결혼한 모습을 보여주게 되어서 매우 만족했다.

베넷 씨는 다시 처남에게 편지를 써서 두 사람이 롱본에 와도 좋다는 말을 전했다. 그래서 그들은 결혼식이 끝나는 대로 롱본으로 오기로 결정했다. 하지만 엘리자베스는 위컴이 이런 제안을 받아들였다는 것이 놀라울 뿐이었다. 그녀의 솔직한 심정으로는 위컴과는 절대 만나고 싶지 않았던 것이다.

9

동생의 결혼식 날이 다가왔다. 이 일과 관련해 제인과 엘리자베스는 분명 동생보다 더 큰 감회를 느꼈을 것이다. 제인과 엘리자베스는 마음을 졸이며 그들을 기다렸다. 특히 제인은 리디아가 스스로 겪어야 할 어려움을 생각하며 그녀를 안쓰럽게 생각했다.

마침내 두 사람이 도착했다. 리디아가 방 안으로 뛰어오자, 베넷 부인은 앞으로 달려가 그녀를 껴안고 어쩔 줄 몰라 하며 기뻐했다. 그리고 뒤따라 들어온 위컴에게 상냥한 미소를 지으며 손을 내밀었다. 부인은 두 사람에게 축하 인사를 건네며 두 사람이 분명 행복할 거라 굳게 믿고 있는 듯했다.

그러고 나서 그들은 베넷 씨를 향해 몸을 돌렸다. 하지만 베넷 씨는 그들을 따뜻하게 맞아주지 않았다. 그의 표정은 점점 굳어갔으며, 거의 한 마디도 건네지 않았다. 그는 마치 아무 일도 없었다는 듯 태연하게 행동하는 젊은 부부의 모습에 더욱 화가 났던 것이다. 엘리자베스는 비위가 거슬렸고 제인도 충격을 받았다. 리디아는 예전 모습 그대로였다. 길들여지지 않았고, 부끄러움도 모르며, 제멋대로 행동하고, 시끄러우며, 겁이 없었다. 그녀는 여기저기 돌아다니며 언니들 모두에게 축하해 달라고 졸랐다. 그리고 모두들 자리에 앉자 리디아는 방 안을 열심히 둘러보았다. 그녀는 이곳이 조금 변했다며 웃으면서 말했고, 이곳에 온 것도 정말 오랜만이라고 했다.

리디아와 마찬가지로 위컴 또한 전혀 난처해하는 모습을 보이지 않았다. 두 사람은 세상에서 가장 행복한 기억들만 갖고 있는 듯했다. 마치 지난 일들을 돌이켜보아도 전혀 괴로울 것이 없는 사람처럼 말이다. 오히려 리디아는 언니들이 절대로 꺼내고 싶지 않은 화제를 먼저 꺼냈다.

"내가 떠난 지 벌써 3개월이 지났어. 보름 정도밖에 안 된 것 같은데 말이야. 하지만 그동안 많은 일들이 있었지. 오, 세상에! 내가 떠난 다음 다시 돌아올 때 결혼했을 거라곤 상상도 못 했는데! 그러면 참 재미있을 거란 생각은 했었지만 말이야."

베넷 씨가 눈을 치켜떴다. 제인은 당황했고, 엘리자베스는 리디아에게 의미심장한 눈빛을 보냈다. 하지만 리디아는 눈치 채지 못했는지 하던 이야기를 계속 즐겁게 했다.

"참 엄마, 이웃들이 오늘 내가 결혼한 걸 알아? 모를까 봐 걱정했네. 오는 길에 윌리엄 굴딩 씨의 이륜마차를 따라잡았는데, 그 사람한테 내가 결혼한 사실을 말해 줘야겠다는 생각에 그 사람의 마차가 옆에 오자마자 창문을 내리고 장갑을 벗고 손을 창문턱에 내놓았지. 내 반지를 보여주려고 말이야. 그리고는 인사를 하고 활짝 웃어주었어."

엘리자베스는 더 이상 참을 수가 없어서 방을 나와 버렸다. 그리고는 모두들 홀을 지나 식당으로 가는 소리를 듣고 나서야 다시 돌아왔다. 그때 리디아가 자랑스러운 듯이 어머니의 오른쪽 자리로 가서 제인에게 말했다.

"제인 언니, 이젠 내가 언니 자리에 앉을 테니 언니는 그 아래로 가서 앉아. 난 결혼한 여자니까."

리디아에게 당황스러움 같은 것은 처음부터 없었다. 이것은 시간이 지난다 해도 결코 변하지 않을 것이다. 그녀의 태연한 행동과 활달함은 점점 더해갔다. 그녀는 필립스 부인과 루커스 가족들, 그리고 다른 모든 이웃들을 보고 싶어 했다. 그들이 자기에게

'위컴 부인'이라고 부르는 것을 듣고 싶었던 것이다. 식사를 마친 후 리디아는 힐 부인과 두 명의 하녀에게 반지를 보여주며 결혼했다는 사실을 자랑했다.

"그런데 엄마." 다들 식당으로 돌아오자 리디아가 말했다. "엄마는 내 남편을 어떻게 생각해? 멋지지 않아? 언니들도 나를 무척 부러워할 거야. 언니들이 내 행운의 반만큼이라도 운이 좋았으면 해. 언니들도 브라이튼에 가야 돼. 남편을 얻기 위해선 거기가 제일이야. 엄마, 왜 다들 안 갔는지 모르겠어. 정말 안타까워."

"그래, 네 말이 맞다. 내 뜻대로 했으면 우리 모두 갔을 텐데 말이야. 그런데 리디아, 네가 그렇게 떠나는 게 난 정말 싫구나, 꼭 가야 되니?"

"아유, 세상에! 가야지. 별일도 아닌데 뭘. 난 너무 좋은데. 엄마, 아빠, 언니들 모두 우리를 만나러 와야 돼. 겨우내 뉴캐슬에 있을 거야. 무도회도 자주 있을 거고. 무도회 때마다 언니들한테 멋진 파트너를 골라줄게."

"그것만큼 좋은 일이 또 있겠니!" 어머니가 말했다.

"그리고 엄마가 떠날 때 언니 몇 명을 남겨두고 가. 겨울이 가기 전에 남편감을 구해 줄 테니."

"애써주는 건 고맙지만." 엘리자베스가 말했다. "난 네 방식대로 남편을 얻고 싶진 않아."

두 사람은 이곳에 열흘 이상 있을 수 없었다. 위컴이 런던을 떠나기 전에 임명을 받았기 때문에 2주일 후에는 부대로 복귀해야 했던 것이다. 베넷 부인 말고는 아무도 그들이 머무는 기간이 짧다고 아쉬워하지 않았다. 베넷 부인은 남은 기간 동안 리디아와 함께 이웃을 방문하거나 집에서 계속 파티를 열며 시간을 보냈다.

리디아에 대한 위컴의 애정은 엘리자베스의 예상과 같았다. 위컴에 대한 리디아의 애정보다 훨씬 부족했던 것이다. 그의 경제적 사정이 좋지 않았기 때문에 어쩔 수 없이 그랬다는 것을 알지 못했다면, 그가 왜 열렬히 사랑하지도 않는 리디아와 함께 도망을 갔는지 이해할 수 없었을 것이다.

리디아는 위컴이 너무 좋아 어쩔 줄 몰라 했다. 늘 '나의 사랑스런 위컴'이라는 말을 빼놓지 않았다. 이 세상에서 그와 견줄 만한 사람은 아무도 없었다.

그들이 도착한 지 얼마 되지 않은 어느 날 아침, 리디아는 제인과 엘리자베스와 함께 앉아 있다가 이렇게 말했다.

"리지 언니, 내가 언니한테는 내 결혼식 얘기 안 했지? 엄마한테 얘기할 때 다들 있었는데 언니만 없었잖아. 어떻게 진행됐는지 궁금하지?"

"아니, 별로." 엘리자베스가 말했다. "그 이야기는 안 듣는 게 나을 것 같아."

"어머! 언닌 정말 이상해! 하지만 난 말해야겠어. 언니도 알고 있겠지만 우린 세인트 클리먼트 교회에서 결혼했어. 위컴 씨의 숙소가 그 부근에 있었거든. 근데 토요일 아침이 되니까 하나도 정신이 없었어. 혹시라도 무슨 일이 생겨 결혼이 미뤄지면 어쩌나 하고 걱정이 돼서 말이야. 만일 그랬다면 난 미쳐버렸을 거야. 그리고 내가 옷을 입는 동안 외숙모는 내내 옆에서 무슨 설교를 하시더라고. 하지만 난 열 마디 중에 한 마디도 안 들었어. 왜냐하면 난 나의 사랑스런 위컴 씨만 생각하고 있었으니까. 그이가 결혼식 때 푸른색 제복을 입을지 너무 궁금해서 말이야. 어쨌든 우리는 평소처럼 10시에 아침을 먹었어. 언제 끝이 날지 기다리고만 있었지. 그리고 내가 거기 있는 동안 외삼촌이랑 외숙모는 정말 마음에 안 들었어. 보름 동안 문 밖에는 나가보지도 못 했다니까. 정말이야. 파티도 한 번도 없었고, 어떤 계획 같은 것도 없었어. 런던이 좀 조용하긴 했지만 그래도 소극장은 열려 있었는데. 어쨌든 마차가 문 앞에 도착했는데, 그 꼴도 보기 싫은 스톤 씨(해거스턴 변호사를 지칭)라는 사람이 외삼촌을 부르더라고. 두 사람의 얘기가 너무 길어져서 너무 놀라 어쩔 줄 몰랐다니깐. 외삼촌이 아버지처럼 나를 남편 손에 넘겨줘야 되는데, 만일 정해진 시간까지 도착 못 하면 그날은 결혼을 못 하게 될 테니까 말이야. 하지만 다행히 외삼촌이 10분 만에 돌아오셔서 우린 모두 출발했지. 근데 그 후에 생각해 보니, 만약 외삼촌이 못 가셨어도 결혼식을 연기할 필요가 없었겠더라고. 다아시 씨가 해주셨을 테니 말이야."

"다아시 씨라니!" 엘리자베스는 깜짝 놀라 외쳤다.

"그래, 맞아. 그분이 위컴 씨와 같이 오시기로 되어 있었거든. 참! 내 정신 좀 봐! 깜박 잊고 있었네! 그 일에 대해선 아무 말도 하면 안 되는데. 그렇게 하겠다고 약속했는데! 위컴 씨가 뭐라고 할까? 이건 정말 비밀이었는데!"

"그게 비밀이라면 그 일에 대해선 더 이상 아무 말도 하지 마. 더 묻진 않을 테니까." 제인이 말했다.

"그럼, 그래야지. 더 이상 묻지 않을 거야." 엘리자베스는 궁금했지만 참으며 말했다.

"고마워, 언니들이 물어보면 난 다 말할 수밖에 없을 거야. 그러면 위컴 씨는 화를 내겠지." 리디아가 말했다.

하지만 엘리자베스는 그 문제를 모른 척하고 지낼 수는 없었다. 적어도 그런 사실을 알아보려고도 하지 않는 것은 불가능했다. 다아시가 리디아의 결혼식에 왔었다니, 자기와 아무 상관도 없고 가고 싶지도 않은 그곳에 갔었다니. 그가 왜 그곳에 갔는지 그 의미에 대해 여러 가지 추측들이 그녀의 머릿속에 떠올랐지만, 만족할 만한 것은 없었다.

엘리자베스는 이런 의혹을 견뎌낼 수가 없어서 서둘러 편지지를 꺼내 외숙모에게 짤막한 편지를 썼다. 비밀로 하기로 한 약속과 어긋나지 않는 한도 내에서 리디아가 말한 내용에 대한 설명을 해달라는 부탁이었다. 그녀는 다음과 같은 내용을 덧붙였다.

외숙모님께서는 이해해 주시겠지요. 우리와는 아무런 관련도 없는 사람이, 또 우리 가족을 알지도 못하는 사람이 어떻게 그 시간에, 그곳에 오게 되었는지 너무도 궁금한 제 마음을요.

빠른 답장 부탁드릴게요. 무슨 일인지 저도 알아야겠어요. 만약 비밀로 남겨두어야 한다면, 저도 모른 척 지내려고 노력해 볼게요.

"아니야, 그럴 순 없어." 편지를 다 쓰고 난 엘리자베스가 혼잣말을 했다. "만약 외숙모께서 체면 때문에 사실대로 말씀해 주시지 않는다면, 모든 수단과 방법을 동원해서라도 알아내겠어요."

제인은 체면을 중시하는 사람이기 때문에, 리디아가 생각 없이 꺼낸 말에 대해서 엘리자베스와 따로 이야기하려 하지 않았다. 엘리자베스도 그게 좋았다. 만족할 만한 답장이 올 때까지는 차라리 속마음을 털어놓을 사람이 없는 것이 나았기 때문이다.

10

엘리자베스는 빠른 답장을 받고서 무척 만족스러웠다. 그녀는 그 답장을 받자마자 어느 누구의 방해도 받고 싶지 않았기에 서둘러 작은 숲으로 달려가 행복한 마음으로 벤치에 앉았다. 편지의 두께로 보아 거절의 내용이 아니라는 것을 확신할 수 있었기 때문이다.

그레이스처치 가

9월 6일

사랑하는 조카에게!

방금 너의 편지를 받고서 오전 내내 너에게 답장을 쓰기로 마음먹었단다. 할 얘기가 너무 많으니까. 네가 그런 질문을 할 줄은 전혀 생각 못 했기에 네 편지를 받고서 무척 놀랐다. 그렇다고 내가 화가 났다는 얘기는 아니란다. 내 말은, 네가 그런 질문을 할 필요가 있을 거라고는 전혀 생각하지 못했다는 뜻이니까. 만일 네가 날 이해하지 못하겠다면, 주제넘은 말을 용서하렴. 네 외삼촌도 나만큼 놀라셨단다. 외삼촌은 네가 이 사건과 관련이 있다고 생각하셨기 때문에 그러신 거니까. 하지만 네가 이 일과 관련해 아무것도 모르고 있다면 분명히 말해야겠구나.

내가 롱본에서 집으로 돌아오던 날, 네 외삼촌은 뜻밖의 손님을 만나게 되셨지. 바로 다아시 씨가 방문해서 외삼촌과 서너 시간 동안 대화를 나누었다는구나. 내가 도착했을 때는 모든 일이 마무리되던 때라 내 호기심은 네가 그랬을 것만큼 크진 않았어.

다아시 씨는 우리가 떠난 그 다음 날, 더비셔를 떠나 두 사람을 찾으러 런던에 갔다더구나. 위컴의 분별없는 행위를 세상 사람들에게 알리지 않았기 때문에 품격 있는 집안의 젊은 아가씨가 그를 사랑하고 신뢰하도록 만들었다며, 이 모든 게 자신의 탓이라고 그랬다더구나. 다아시 씨는 런던에 머문 뒤 며칠이 지나 그들을 찾아냈다고 하더라. 그 사람에게는 그를 찾을 만한 무슨 단서가 있었던 것 같아.

예전에 다아시 양의 가정교사로 있다가 불미스러운 일로 해고된 영 부인이라는 사람이 에드워드 가에 큰 저택을 소유하고 거기서 하숙을 치며 살았는데, 다아시 씨는 이 부인이 위컴과 친하게 지내는 것을 알고 있었나 봐. 그는 런던에 도착하자마자 소식을 듣기 위해 그 부인한테 갔대. 하지만 2, 3일 후에야 부인에게서 원하던 소식을 들을 수 있었대. 그 여자는 무언가 알고 있었지만 말하지 않으려고 했나 봐. 이건 내 생각이지만, 아마도 돈으로 매수하지 않았나 싶어.

위컴은 런던에 도착하자마자 그 부인에게 갔었대. 어쨌든 다아시 씨는 원하던 주소를 얻게 되었지. 두 사람은 ○○ 가에 있었다더라. 다아시 씨는 위컴을 먼저 만나고, 후에 리디아를 만나겠다고 했대. 다아시 씨의 말로는 리디아를 설득해서 지금의 수치스러움에서 벗어나 식구들에게 돌아가도록 하려고 했다더구나. 하지만 리디아는 요지부동이었나 봐.

그 애는 가족들도 상관없고, 다아시 씨의 도움도 필요 없으며, 위컴과 헤어지라는 말은 들으려고도 하지 않았대. 리디아는 자신들이 언젠가는 결혼할 거라고 확신하고 있었고, 그게 언제인지는 별로 중요하지 않다고 했다더구나. 그 애의 생각이 이랬기 때문에 다아시 씨는 이제 남은 방법은 두 사람이 서둘러 결혼식을 올리는 것뿐이라고 생각했다고 하더구나. 그래서 위컴과 다시 이야기를 나눠보니 정작 그는 결혼할 생각이 전혀 없었나 보더라.

위컴은 빚 독촉을 피해서 부대를 떠난 것이고, 리디아가 집을 나와서 생기게 된 일들은 모두 그 애의 어리석음 때문이라고 했다는 거야. 위컴은 곧 장교직을 사직할 생각이었고, 앞으로 어떻게 할지에 대해서는 전혀 계획이 없다고 했대. 어디로든지 가야 하는데 갈 데도 없고 도저히 생계를 꾸릴 방법이 없다는 것을 자기도 알고 있었던 거지.

다아시 씨는 위컴에게 왜 당장 리디아와 결혼하지 않느냐고 물었대. 베넷 씨가 큰 부자는 아니지만 무언가를 해주실 테고, 결혼을 하면 지금보다는 분명 상황이 훨씬 나아질 것이 아니냐고 말이야. 하지만 그의 대답으로 미루어, 위컴은 다른 지방에서 결혼을 해서 더 큰 재산을 얻으려는 희망을 품고 있었다는 것을 알았대. 하지만 현재 그가 처한 상황이 심각했기 때문에 당장 구제해 주겠다는 유혹을 떨쳐

내진 못했던 것 같아.

위컴은 많은 것을 요구했지만 결국엔 적당하게 타협을 봤다고 하더구나. 두 사람이 모든 문제를 결정하고 난 후 다아시 씨가 한 일은 네 외삼촌에게 그 사실을 알리는 것이었지. 그러나 다아시 씨는 그날 네 외삼촌을 만나지 못했고, 또 너의 아버지께서 아직 외삼촌과 함께 계시다는 것, 그리고 다음 날 아침이면 런던을 떠나신다는 것도 알았다고 하더라. 다아시 씨는 이 일과 관련해서, 너희 아버지가 네 외삼촌만큼 상의하기에 적절한 분이 아니라고 판단했던 것 같아. 그래서 너희 아버지께서 떠나신 후에야 네 외삼촌을 만났던 거지.

월요일이 되어서야 모든 것이 결정되었고, 그 즉시 롱본으로 속달 편지를 보냈던 거야. 하지만 다아시 씨는 무척 고집이 세더구나. 만일 다아시 씨가 양보를 했다면 네 외삼촌도 기꺼이 이 모든 문제를 처리하셨을 거야. 두 사람은 이 일과 관련해서 오랫동안 언쟁을 벌였어. 두 남녀는 그럴 만한 가치도 없는데 말이야. 그러나 결국 네 외삼촌이 양보하게 되었단다. 네 외삼촌은 조카에게 도움이 되고 싶었지만, 실제로는 아무 일도 하지 못했으면서 너희들에게 도움을 주었다고 믿도록 만들라는 강요를 받아들였지. 이런 일은 네 외삼촌에게는 너무 괴롭고, 그 사람 성격과도 전혀 안 맞는 일이었어.

오늘 아침에 도착한 네 편지를 보고 네 외삼촌이 무척 기쁘게 생각하신단다. 하지도 않은 일에 생색내는 것을 그만해도 될 것이고, 칭찬을 받아야 하는 사람의 자리를 제대로 찾게 되었으니 말이야. 하지만 리지야, 이 일은 아무한테도 말하지 마라. 제인한테는 괜찮겠지만 다른 사람들한테는 절대 안 돼.

다아시 씨가 위컴을 위해 무슨 일을 했는지는 너도 잘 알고 있을 거라 생각한다. 내 생각에는 1천 파운드가 넘는 위컴의 빚을 갚아준 것 같아. 그리고 리디아가 받게 될 재산에다 1천 파운드를 더 얹어주고, 또 위컴에게 장교 직위를 얻도록 손을 써주었단다. 이 모든 일을 왜 다아시 씨가 혼자서 했는지는 앞서 말했던 그대로란다. 사람들이 위컴의 인격을 잘못 알았고, 또한 그가 지금처럼 주목을 받게 된 것은 자기가 사실대로 말하지 않았으며 판단을 잘못했기 때문이라는 거야. 모든 일이 결정되자 다아시 씨는 친구들이 아직 머물고 있는 펨벌리로 돌아갔단다. 그러나 결혼식을 할 때 다시 올라와 금전적인 문제를 모두 해결하기로 약속했던 것이지.

이제 이 정도면 다 얘기한 것 같구나. 많이 놀랐지? 그래도 최소한 네게 불쾌감을 주진 않을 거라 믿는다. 리디아는 우리 집으로 왔고 위컴도 언제든 집에 올 수 있게 허락해 주었단다. 위컴은 하트퍼드셔에서 알게 되었을 때와 전혀 달라진 데가 없더구나. 리디아에게는 그 애의 행동이 얼마나 잘못된 것이고 가족들에게 상처를 주었는지에 대해 진지하게 이야기했지만, 들으려고도 하지 않더구나. 너무 화가 났지만 그럴 때마다 제인과 너를 생각하며 참았단다.

다아시 씨는 약속한 대로 돌아왔고, 리디아가 말했던 것처럼 결혼식에 참석했단다. 다음 날 다아시 씨는 우리와 함께 식사를 했고, 수요일인가 목요일쯤 런던을 떠난다고 했어.

리지야, 이번 일로 내가 다아시 씨를 얼마나 좋아하게 되었는지 말한다면 내게 화를 내겠니? 그가 우리에게 한 행동은 더비셔에 있었을 때만큼 다정했단다. 그의 분별력과 생각들이 다 마음에 드는구나. 다만 부족한 것이 있다면 좀 더 활기찼으면 하는 거야. 그런 점은 그가 신중한 결혼을 한다면 부인이 고쳐줄 수도 있겠지. 내 생각에 다아시 씨는 좀 능청스러운 구석이 있더라. 네 이름은 거의 언급조차 안 하더구나. 내가 너무 주제넘었다면 용서해라. 최소한 나를 펨벌리에서 추방하는 벌만은 내리지 말아줘. 그곳의 장원을 전부를 둘러볼 때까지는 완벽하게 행복하진 못할 테니까. 더 이상은 못 쓰겠구나. 아이들이 반 시간 동안 보채고 있었어. 그럼 잘 지내렴.

외숙모가

이 편지의 내용은 엘리자베스를 설레게 했지만, 그녀의 마음에 가장 큰 부분을 차지하는 것이 즐거움인지 혹은 괴로움인지는 단정 짓기 어려웠다. 엘리자베스는 다아시가 그렇게까지 했던 이유가 자신 때문이라고 생각하진 않으려 했다.

하지만 자기에 대한 미련이 남아 있기에, 그녀 마음의 평화를 위해서 그가 노력했을 거라 믿었다. 그렇지만 은혜에 보답할 수 없는 사람에게 은혜를 입었다는 것은 너무 괴로운 일이었다. 리디아를 다시 찾고 그녀의 치욕을 씻을 수 있었던 것은 모두 다아시 덕분이었다.

아! 그녀는 그동안 품어왔던 그에 대한 온갖 무례한 감정과, 그에게 함부로 쏟아 부었던 건방진 말들을 떠올리며 얼마나 후회를 했는지!

엘리자베스는 풀이 죽었지만, 그가 자랑스러웠다. 그녀는 편지에서 외숙모가 그를 칭찬한 구절을 읽고 또 읽었다. 그 찬사로는 충분하지 못했지만 그래도 그녀는 즐거웠다.

누군가 다가오고 있다는 것을 느낀 그녀는 이러한 생각에서 벗어나 자리에서 일어났다. 그러나 그녀가 다른 길로 들어가기 전에 위컴이 뒤따라왔다.

"혼자서 산책을 즐기고 계신 것 같은데 제가 방해를 했나요, 처형?" 그가 그녀와 함께 걸으며 말했다.

"네, 맞아요." 그녀는 웃으며 대답했다. "하지만 꼭 반갑지 않은 것만은 아니에요."

"방해가 되었다면 정말 미안합니다. 우리는 좋은 친구였다고 생각했는데, 지금은 그 이상이지만요."

"그래요. 다른 사람들도 나오고 계신가요?"

"모르겠습니다. 장모님과 리디아는 마차를 타고 메리튼에 갈 계획인 것 같습니다. 그런데 외삼촌 내외분의 말씀을 들어보니 처형께서도 펨벌리에 직접 가보셨다고 하시던데요."

그녀는 그렇다고 대답했다.

"처형이 부럽습니다. 하지만 저에게는 과분한 것이지요. 그렇지 않다면 저도 뉴캐슬로 가는 동안 그 기쁨을 느낄 수 있을 텐데 말이죠. 참, 나이 많은 가정부도 만나보셨겠지요? 가엾은 레이놀즈 부인, 그분은 저를 무척 아껴주셨지요. 하지만 부인이 제 이름을 꺼내진 않았겠지요?"

"아니요, 말했어요."

"뭐라고 하던가요?"

"위컴 씨가 입대하셨는데, 일이 썩 잘 된 것 같지 않다며 걱정하시더군요. 거리가 그렇게 멀다보면 때때로 이상한 소문도 나기 마련이지요."

"물론 그렇습니다." 위컴은 입술을 깨물며 말했다. 엘리자베스는 이것으로 그의 말이 끝나기를 바랐지만, 그는 계속해서 말을 이어갔다.

"지난달에 런던에서 다아시를 만나고 무척 놀랐습니다. 서로 여러 번 마주쳤지요. 런던에서 도대체 무슨 할 일이 있는 건지 모르겠습니다."

"드 버그 양과의 결혼을 준비할 수도 있겠죠. 이런 시기에 런던에 가셨다면 분명 무슨 특별한 일이 있었겠지요."

"그럴 겁니다. 램튼에 가셨을 때 다아시를 보셨습니까? 외삼촌 내외분께서 그를 만나셨다고 하시던데요."

"그랬죠. 그분께서 누이동생을 소개해 주시더군요."

"그녀가 마음에 드셨나요?"

"물론 마음에 들었죠."

"근래 몇 년 사이에 아주 훌륭해졌다고 들었습니다. 제가 마지막으로 그녀를 만났을 때는 그다지 장래가 밝아보이진 않았는데, 그녀가 마음에 드신다니 기쁘군요. 저도 그녀가 잘 되기를 바라고 있습니다."

"잘 될 거라 생각해요. 힘든 시기는 이제 지나갔으니까요."

"혹시, 킴프턴이라는 마을을 지나가셨습니까?"

"기억이 잘 안 나네요."

"제가 그 마을에 대해 언급한 이유는 그 마을이 제가 목사직을 받기로 했던 교회가 있는 곳이지요. 정말 좋은 곳이지요! 목사관도 훌륭하고 모든 면에서 제게 꼭 맞는 곳이었습니다."

"과연 설교하는 것을 좋아하셨을까요?"

"물론이죠. 그게 제 의무라고 생각했지요. 불평을 하려는 건 아닙니다. 저에게 정말 잘 어울렸을 겁니다! 하지만 그렇게는 안 되었지요. 켄트에 계실 때 혹시 다아시가 그 얘기를 하진 않았나요?"

"믿을 만한 분께 들은 바로는 목사직은 조건부였고, 후원자의 뜻에 달린 거라고 하더군요."

"들으셨군요. 그런 의미도 있었지요. 제가 처음부터 그렇게 말씀드렸지요. 기억하실지 모르겠지만."

"그리고 이런 말도 들었죠. 설교하는 것이 지금처럼 성격에 맞지 않는 때도 있으셨고, 성직은 얻지 않겠다고 강력하게 말씀하셔서 그 일은 타협을 본 거라고요."

"그러셨군요! 뭐, 전혀 근거가 없는 이야기는 아니죠. 우리가 처음 그 일과 관련해 대화를 나눴을 때 제가 한 말을 기억하실지 모르겠지만요."

그들은 이제 거의 집 앞까지 와 있었다. 엘리자베스가 위컴을 피하고 싶어 빨리 걸었기 때문이다. 동생을 위해서, 그의 기분을 상하게 하고 싶지 않았기 때문에 그녀는 상냥하게 웃으며 이렇게 대답했다.

"위컴 씨, 이제 우린 가족이에요. 그러니 이미 지나간 일 때문에 서로 다투지 말기로 해요. 앞으로는 우리가 늘 한마음이었으면 좋겠어요."

그녀는 손을 내밀었다. 그는 시선을 어디에 두어야 할지 몰라서 당황했지만, 다정하고 정중하게 그녀의 손에 입을 맞추었다. 그리고 두 사람은 집으로 들어갔다.

11

위컴은 엘리자베스와의 대화가 꽤 만족스러웠기 때문에, 다시 그런 화제를 꺼내 스스로를 곤란하게 만들거나 그녀를 자극하지는 않았다. 그리고 엘리자베스도 위컴의 입을 다물 수 있게 했다는 것이 기뻤다.

위컴과 리디아가 떠나는 날이 다가왔다. 베넷 부인은 남편에게 가족 모두 뉴캐슬에 방문하자고 제안했지만 베넷 씨가 허락하지 않았기에, 적어도 열두 달쯤은 떨어져 지낼 각오를 해야 했다.

"얘, 리디아, 언제 또 만나게 될까?" 베넷 부인이 울먹이며 말했다.

"아유, 잘 모르겠어. 아마 2, 3년은 걸릴 테지."

"편지 자주 하렴."

"될 수 있으면 자주 할게요. 하지만 엄마도 알다시피 결혼한 여자는 편지 쓸 시간이 별로 없다고요. 언니들이 나한테 편지를 쓰면 되겠지. 언니들은 별로 할 일도 없을 테니까."

위컴의 작별 인사는 리디아의 인사보다 훨씬 더 다정했다. 그는 미소를 지으며 멋있고 듣기 좋은 말들을 많이 했다.

"위컴 같은 친구는 처음 봤어." 두 사람이 떠나자마자 베넷 씨가 말했다. "항상 넉살좋고 능청스러운 게 집안의 자랑거리 같구나. 아마 윌리엄 루커스 경도 위컴보다 훌륭한 사위를 구하진 못할 게다."

딸이 떠나자 베넷 부인은 얼마 동안 매우 우울해했다. 하지만 우울했던 베넷 부인의 마음은 얼마 되지 않아 회복되었다. 새로운 소식이 들렸기 때문에 그녀의 마음에 희망이 생겼던 것이다. 그 소식은 빙리가 곧 네더필드로 내려와 몇 주간 사냥을 할 것이니, 네더필드에 있는 가정부에게 준비를 해놓으라는 연락을 했다는 것이었다. 베넷 부인은 기뻐서 어쩔 줄 몰라 하며 이 소식을 전하러 온 필립스 부인에게 이렇게 말했다.

"그래, 그래, 빙리 씨가 온다고? 그래, 정말 잘된 일이야. 뭐, 내가 그 일에 관심이 있는 건 아니지만. 알다시피 그 사람과 우리는 별로 상관이 없잖아. 그리고 난 그 사람을 다시 보고 싶진 않아. 하지만 자기가 좋아서 이곳에 오는 거라면 어쩌겠어. 또 무슨 일이 생길지 누가 알아? 하지만 우리와는 상관없는 일이니까. 동생, 우린 오래전부터 그 일에 대해서는 아무 말도 꺼내지 않기로 약속했어. 그런데 그가 정말 오는 거야?"

"틀림없다니까요." 필립스 부인이 대답했다. "니콜스 부인이 어젯밤에 메리튼에 왔었는데, 그녀가 지나가는 것을 보고 그 사실을 확인하러 내가 직접 가서 물어봤더니 사실이라고 하더군요. 그 사람이 수요일이나 목요일쯤 내려올 거라 했어요. 자기는 수요일에 맞춰 고기를 주문하러 푸줏간에 가는 길이라며, 괜찮은 오리 여섯 마리를 구했다고 하더군요."

제인은 그가 온다는 말을 듣고 안색이 변하지 않을 수 없었다. 엘리자베스는 그의 방문을 어떻게 생각해야 좋을지 몰랐다. 그를 더비셔에서 만나지 않았더라면, 그녀는 사람들의 말처럼 그가 사냥을 하기 위해 오는 거라고 생각했을 것이다. 그러나 그녀는 빙리가 여전히 제인에게 마음이 있다고 생각했고, 무엇보다 그가 다아시의 허락을 받고 오는 것인지 아니면 허락 없이 과감하게 오는 것인지 궁금했다.

'하지만 그분은 합법적으로 세든 자기 집에 오는 건데, 사람들이 이런저런 억측을 하는 건 말도 안 될 일이지!' 그녀는 때때로 이렇게 생각했다. '그냥 지켜봐야겠어.'

그가 온다는 말을 듣고 제인이 자기는 아무렇지 않다고 말했고, 또 엘리자베스도 그렇다고 믿고 있었지만, 엘리자베스는 그녀의 감정이 동요되고 있다는 것을 쉽게 알 수 있었다. 제인의 마음은 평소보다 더 흔들리고 불안정했던 것이다. 그의 도착일이 다가오자 제인은 동생에게 이렇게 말했다.

"난 그분이 오는 게 좋지 않아. 물론 이제 아무 감정 없이 그분을 만날 수도 있어. 하지만 어머니가 계속 그 사람 얘기를 꺼내는 건 참기 힘들어."

"무슨 말로 언니를 위로해야 좋을지 모르겠어. 하지만 내가 해줄 수 있는 게 없네." 엘리자베스가 대답했다.

마침내 빙리가 도착했다. 베넷 부인은 가장 먼저 하인들에게 그 소식을 듣고는 불안하고 초조해졌다. 그러다 그가 하트퍼드셔에 도착한 지 사흘째 되던 날 아침, 베넷 부인은 자신의 방 창가에서 그가 말을 타고 목장을 지나 집을 향해 오는 모습을 보았다.

부인은 이 기쁨을 함께 나누기 위해 딸들을 급히 불렀다. 제인은 탁자에서 가만히 앉아 있었지만 엘리자베스는 어머니를 만족시키기 위해 창가로 다가갔다. 그러나 창문을 내려다보니 다아시가 빙리와 함께 있는 것을 보고는 다시 언니 옆에 가서 앉았다.

"그분하고 어떤 남자분이 같이 오는데 누굴까요, 엄마?" 키티가 말했다.

"아는 사람이겠지 뭐, 나도 잘 모르겠구나."

"저기 좀 보세요!" 키티가 대답했다. "전에 그분과 같이 다니던 사람 같은데. 이름이 뭐더라. 키 크고 거만한 사람 말이에요."

"세상에! 다아시 씨였군! 확실해. 빙리 씨의 친구라면 누구든 환영하지만 그게 아니었다면 난 저 사람 쳐다보기도 싫구나."

제인은 놀라움과 걱정이 섞인 얼굴로 엘리자베스를 바라보았다. 제인은 더비셔에서 다아시와 엘리자베스가 만났던 일에 대해서는 거의 알지 못했기 때문이다. 그래서 제인은 엘리자베스가 해명의 편지를 받은 후 그와 처음으로 만나게 되었으니 동생이 얼마나 어색해할까 하는 걱정이 들었다. 자매의 마음은 둘 다 편하지 못했다. 두 사람은 서로를 걱정했고, 또 스스로를 걱정하기도 했다. 어머니는 다아시를 싫어하지만 빙리의 친구니 예의를 갖춰서 대접하겠다고 말했다. 하지만 두 사람은 아무 말도 들리지 않았다.

엘리자베스는 다아시가 네더필드에 와서, 자발적으로 자기를 찾아 롱본에 온 것을 보고 매우 놀랐다. 더비셔에서 변화된 그의 행동을 처음 보았을 때 느꼈던 기분과 비슷했다. 다아시의 애정이 여전히 변하지 않았다는 확신이 들자 그녀는 회심의 미소와 함께 두 눈엔 생기가 돌았다. 하지만 완벽하게 안심이 되지는 않았다.

남자들이 나타나자 엘리자베스의 얼굴은 더욱 붉어졌지만, 그래도 침착하고 상냥한 표정으로 그들을 맞이했다. 엘리자베스는 예의를 지키면서도 가능하면 말수를 줄였다. 그리고 평소보다 열심히 자신의 일거리에 몰두했다. 그러다 그녀는 용기를 내서 다아시를 쳐다보았다. 그는 평소처럼 진지한 표정이었다. 펨벌리에서 보았을 때보다는 하트퍼드셔에서 보았던 표정인 것 같았다. 그녀는 억측인 것 같아서 괴롭긴 했지만, 아마도 어머니 앞이기 때문에 외삼촌 내외분 앞에서와 같을 수는 없을 거라고 생각했다.

엘리자베스는 빙리도 흘끗 쳐다보았다. 짧은 순간이었지만 엘리자베스는 즐거우면서도 당황스러움이 섞인 빙리의 표정을 보았다. 베넷 부인은 빙리에게 매우 후한 대접을 했다. 반면에 다아시에게는 쌀쌀맞고 형식적으로 대했기 때문에 두 딸들은 매우 부끄러웠다.

엘리자베스는 어머니가 그토록 예뻐하는 리디아를 씻을 수 없는 오명으로부터 구해 준 사람이 다아시라는 사실을 알고 있었기 때문에, 그가 이렇게 잘못된 차별 대우를 받는 것을 보고 있자니 그녀의 마음은 괴롭고 고통스러웠다.

다아시는 엘리자베스에게 가드너 부부의 안부를 물어보았다. 그녀는 그 질문에 대답을 하면서 당황하지 않을 수 없었다. 그는 그 후로 거의 침묵하고 있었다. 엘리자베스는 어쩌면 그가 자신의 옆자리가 아니라서 침묵하는 게 아닐까 생각했다. 하지만 더비셔에서는 그렇지 않았다. 그곳에서는 자기와 말을 할 수 없었을 때는 친척과 얘기를 나누었다. 하지만 이곳에서는 몇 분이 지난 지금까지도 그는 거의 아무 말도 하지 않았다. 호기심이 생겨 그녀가 가끔씩 눈을 들어 그를 쳐다보면, 그는 제인이나 자기를 쳐다보기보다는 그저 바닥만 보고 있을 때가 많았다. 그녀는 그가 지난번 만났을 때보다 더 생각이 많아졌고, 사람들과 기분 좋게 어울리고 싶은 생각이 없는 것 같다고 느꼈다. 그녀는 실망했고 그런 자신의 모습에 화가 났다.

'무슨 기대를 하고 있었다니!' 그녀는 생각했다. '그런데 왜 여기에 왔을까?'

그녀는 다아시를 제외하고는 아무하고도 얘기를 나누고 싶지 않았다. 하지만 그에게 말을 걸 용기가 없었던 그녀는 다아시 양의 안부를 물어보고는 더 이상 한 마디도 할 수가 없었다.

"빙리 씨, 꽤 오랜만에 뵙네요." 베넷 부인이 말했다.

그는 곧바로 그렇다고 대답했다.

"다시는 안 오실까 봐 걱정 많이 했어요. 사람들은 빙리 씨가 미카엘 제에 그곳을 아주 떠나실 거라 말하더군요. 하지만 저는 믿고 싶지 않았죠. 이곳을 떠나신 후에 마을에는 많은 변화가 생겼어요. 루커스 양이 결혼을 했고, 제 딸아이 하나도 결혼을 했죠. 아마 소식을 들으셨을 텐데. 신문에서 보셨거나. 〈타임스〉와 〈쿠리어〉 신문에 났어요. 자세하게 나오진 않았지만 '최근 조지 위컴 씨, 리디아 베넷 양과 결혼'이라고 나왔어요."

빙리는 보았다고 말하고는 축하 인사를 건넸다.

"좋은 곳으로 딸을 시집보내는 건 정말 즐거운 일이죠." 베넷 부인이 계속 말을 이었다.

"그렇지만 딸을 멀리 보내야 된다니 너무 마음이 아프네요. 두 사람은 뉴캐슬로 갔는데 북쪽에서도 아주 끝에 있나 봐요. 위컴의 부대가 거기 있거든요. 위컴이 그전에 있던 곳에서 나와 정규군에 들어갔다는 소식은 들으셨죠? 정말 다행이에요. 친구가 도와줬나 봐요. 위컴의 인격으로 보면 친구가 더 많아야겠지만요."

부인의 말은 다아시를 두고 하는 말이었기에, 엘리자베스는 너무도 창피해서 앉아 있을 수 없을 정도였다. 그러나 이러한 상황은 오히려 엘리자베스가 무슨 말이라도 해야겠다는 용기를 주었다. 그녀는 빙리에게 이곳에 얼마나 머물지에 대해 물어보았다. 그는 몇 주일 정도 있을 거라고 대답했다.

"빙리 씨, 그쪽에 있는 새를 모두 잡으시면." 베넷 부인이 말했다. "롱본으로 오셔서 마음껏 사냥하세요. 아마 남편도 흔쾌히 도와주실 거고, 빙리 씨를 위해 가장 좋은 새들을 남겨두실 거예요."

이렇듯 어머니의 지나친 친절 때문에 엘리자베스는 더욱 비참해졌다. 하지만 수년간의 행복으로도 보상받을 수 없다고 생각했던 이 비참함은 곧 잊을 수 있게 되었다. 제인의 아름다움이 옛 연인의 애정을 다시 불러일으키고 있다는 것을 알게 된 것이다. 처음 빙리가 들어왔을 때 그는 제인에게 거의 말을 건네지 않았지만, 시간이 지나면서 그의 관심은 점점 커져갔다.

남자들이 떠나려고 일어서자 베넷 부인은 예의를 갖추며 며칠 내로 그들을 정찬에 초대하겠다고 했고 그러겠다는 약속도 받았다.

"빙리 씨, 아직 저한테 빚진 방문이 한 번 남아 있어요." 베넷 부인이 덧붙였다. "작년 겨울에 런던으로 떠나실 때, 다시 돌아오는 대로 우리 가족들과 식사를 하기로 하셨잖아요. 저는 아직도 잊지 않고 있어요. 그런데 돌아오시지도 않고 약속도 지키지 않아서 정말 실망했답니다."

이 말을 들은 빙리는 생각이 잘 안 나는 듯 멍한 표정을 지었으나, 곧 일이 생겨서 그렇게 되었다고 사과의 말을 전했다. 그러고 나서 두 사람은 떠났다.

베넷 부인은 그날 당장 두 사람을 초대해서 식사하고 싶은 마음이 간절했다. 그녀는 평소에도 항상 풍성하게 식사 준비를 했다. 하지만 두 가지 코스 요리로는 그토록 마음에 들었던 사람을 대접하기에 충분하지 못했으며, 연수입이 1만 파운드나 되는 남자의 식성과 자부심을 만족시키지는 못할 거라고 생각했다.

12

그들이 떠나자 엘리자베스는 기분 전환을 위해 산책을 나갔다. 다아시의 태도는 엘리자베스를 놀라게도 하고 화나게도 만들었다.

'그렇게 아무 말도 안 하고 진지하고 무뚝뚝하게 있을 거면 뭐하러 온 거야?' 그녀는 생각했다. '런던에서는 외삼촌, 외숙모에게 다정하고 유쾌하게 굴었다면서 왜 나한테는 그러지 않는 걸까? 내가 겁이 난다면 왜 여기에 왔을까? 이제 나한테 관심이 없다면, 침묵을 지킬 필요가 있을까? 정말이지! 이제 그 사람 생각은 하지도 말아야지.'

그녀의 결심은 제인이 즐거운 표정으로 다가왔기 때문에 잠시 중단되었다. 제인의 표정을 보니 두 사람의 방문에 대해 만족스러워하는 것 같았다.

"직접 만나고 나니 아주 마음이 편해졌어. 내 의지가 강하다는 것도 알게 되었고. 그분이 또 오신다 해도 절대 당황하진 않을 거야. 화요일에 여기 오신다니 잘 됐어. 이제 다른 사람들도 우리가 그저 평범하고 무관한 사이로 지낸다는 것을 알게 될 테니까."

"그래, 정말 아무 상관없는 사이지." 엘리자베스가 웃으면서 말했다. "언니, 조심해야 될 거야."

"리지야, 내가 또 위험한 상황에 빠질 만큼 나약해 보인다는 건 아니겠지?"

"내 생각에는 두 사람이 서로 사랑에 빠질 위험한 상황에 처해 있는 건 예전이나 마찬가지인 것 같은데."

그들은 화요일에 그 남자들을 다시 만났다. 그동안 베넷 부인은 빙리가 방문해서 반 시간 동안 보여준 그의 활기찬 모습과 예의 바른 모습에 희망을 갖고 즐거운 계획을 세우고 있었다.

화요일, 롱본에는 수많은 사람들이 모였다. 그리고 그들이 가장 간절하게 기다리던 두 사람은 사냥꾼으로서의 시간관념이 철저했던 터라 정시에 도착했다.

식사 시간 동안 빙리는 전보다 조심스럽긴 했지만 여전히 제인을 사랑하고 있다는 것이 확실해 보였다. 엘리자베스는 그들에게 모든 것을 맡긴다면, 제인과 빙리는 분명 행복할 수 있을 거라 생각했다.

다아시는 식탁 너머 엘리자베스와 아주 멀리 떨어진 곳에 자리를 잡고 앉아 있었는데, 그곳은 베넷 부인의 옆자리였다. 엘리자베스의 자리는 두 사람의 대화가 들릴 정도로 가깝지는 않았지만 두 사람이 대화를 거의 나누지 않거나, 대화를 나누더라도 형식적이고 냉담한 모습이라는 것은 알 수 있었다. 어머니의 이런 무례한 모습은 자신들이 다아시에게 빚을 지고 있다는 마음을 더욱 괴롭게 만들었다.

엘리자베스는 파티가 끝나기 전에 그와 만날 기회가 있을 거라고 기대했다. 그녀는 그가 처음 들어왔을 때 나누었던 형식적인 인사 말고는 그와 다른 대화를 나누지 못했기 때문에, 이렇게 그의 방문이 끝나버리진 않을 거라 믿고 싶었다. 남자들이 식당에서 나오기까지 응접실에서 기다리는 동안 엘리자베스는 견딜 수 없을 만큼 지루하고 우울해졌다. 그녀는 그날 저녁의 즐거움은 오로지 그 순간에 달려 있다고 믿는 것처럼, 그들이 나타나기만을 기다리고 있었다.

'만약 그가 이번에도 내게로 오지 않는다면, 그땐 영원히 포기할 거야.'

마침내 신사들이 들어왔다. 그녀는 그가 자기의 소원을 들어줄 거라고 생각했다. 그러나 애석하게도 제인이 차를 만들고 엘리자베스가 차를 따르던 탁자 주변에는 수많은 여자들이 모여 있었기 때문에, 엘리자베스 옆에는 의자 하나 더 들여놓을 틈조차 없었다. 또한 남자들이 다가오자, 한 아가씨가 엘리자베스에게 다가와 이렇게 속삭였다.

"나는 남자들이 우릴 떼어놓지 못하게 할 거야. 남자들은 필요 없어, 그렇지?"

다아시는 그 방의 구석 쪽으로 가버렸다. 엘리자베스의 눈길은 그를 따라다녔고, 그가 말을 건네는 모든 사람들을 부러워했으며, 자신이 다른 사람들에게 차를 따라주어야 한다는 것에 짜증이 났다. 그리고 그런 자신의 모습에 더욱 화가 났다.

'내가 거절했던 사람인데! 어리석게도 그의 사랑이 다시 되살아나기를 기대하고 있다니. 한 여자에게 두 번씩이나 청혼할 사람이 어디 있겠어? 남자들에게 그만큼 모욕적인 건 없을 거야!'

그러나 다아시가 자신의 찻잔을 직접 가져다 주자 기분이 한결 나아진 그녀는 그 기회를 놓치지 않고 그에게 말했다.

"누이동생분은 아직도 펨벌리에 계시나요?"

"네, 크리스마스 때까지 있을 예정입니다."

"혼자서요? 친구들은 모두 떠나셨는데요?"

"앤즐리 부인과 함께 있어요. 다른 사람들은 3주일 전에 스카버러로 떠났습니다."

그녀는 더 이상 할 말이 생각나지 않았다. 만약 다아시가 그녀와 더 이야기를 하고 싶었다면 그녀의 바람대로 이루어졌을 것이다. 그러나 그는 그녀 옆에서 몇 분 동안 아무 말없이 서 있었다.

그러다 다른 아가씨가 엘리자베스에게 다가와 말을 걸자 그는 다른 곳으로 가버렸다.

그녀는 이제 기쁨을 누릴 생각을 단념했다. 그들은 저녁 내내 서로 다른 탁자에 앉아 있었다. 다아시는 카드놀이가 잘 되지 않을 때마다 그녀에게 자주 눈길을 주곤 했지만 그녀는 그 이상 기대할 수 없었다.

베넷 부인은 네더필드의 두 신사를 저녁 식사 때까지 붙잡아두려고 생각했다. 하지만 불행히도 그들의 마차가 다른 사람들 것보다 먼저 준비되었기 때문에 베넷 부인은 그들을 붙잡을 기회를 놓치고 말았다.

"얘들아." 다들 떠나고 가족들만 남게 되자 베넷 부인이 말했다. "오늘 어땠니? 내 생각엔 모든 것이 아주 훌륭했던 것 같은데. 오늘 정찬은 그 어떤 때보다도 잘 차려졌어. 사슴 고기도 잘 구워졌고. 다들 그러는데 그렇게 살이 많은 고기는 처음 봤다는 거야. 수프도 지난주 루커스 댁에서 먹은 것보다는 훨씬 더 잘 되었고. 다아시 씨까지도 가재 요리가 잘 되었다고 하지 않았니. 다아시 씨 댁에는 프랑스 요리사가 적어도 두세 명은 있을 텐데 말이야. 그리고 제인, 네가 그렇게 아름다운지 몰랐구나. 내가 롱 부인에게 제인이 예쁘지 않느냐고 물었더니 롱 부인도 그렇다고 하더구나. 그리고 또 뭐라고 했는지 아니? '베넷 부인, 드디어 제인을 네더필드로 보내게 되었군요.' 정말 이랬다니까. 롱 부인처럼 좋은 사람은 없을 거야. 그리고 부인의 조카들도 정말 얌전하단다. 인물은 별로지만, 난 그 애들이 정말 마음에 드는구나."

베넷 부인의 기분은 말로 표현할 수 없을 만큼 좋았다. 그녀는 제인을 향한 빙리의 태도를 보고는, 결국 제인이 그의 마음을 얻게 되었다고 확신했다. 그러고 나서 베넷 부인은 자기 가족에게 이득이 되는 쪽으로 생각을 하다못해 그 정도를 넘어서, 바로 그 다음 날 빙리가 청혼하러 오지 않자 몹시 실망했다.

"아주 즐거운 날이었어." 제인이 엘리자베스에게 말했다. "사람들도 잘 골라서 초대했고, 서로 잘 어울리는 파티였어. 자주 만났으면 좋겠어."

엘리자베스는 미소를 지었다.

"리지야, 그러면 안 돼. 날 의심하지는 마. 그러면 억울해. 그분이 유쾌하고 분별 있는 청년이기 때문에 그분과 대화를 나누는 것을 즐기는 것이지 그 이상 무엇을 바라는 건 아니야. 그분의 태도를 통해서 이제 그분이 내 애정을 얻기 위한 마음이 없다는 것을 알게 되었고, 그래서 아주 만족스러웠어. 그분은 그저 다른 사람들보다도 말씀을 다정하게 하시고 모든 사람들에게 다 잘해 주고 싶은 마음이 강하신 것뿐이야."

"언니는 정말 잔인해." 동생이 말했다. "나보고 웃지 말라고 했으면서 자꾸 웃게 만드니까 말이야."

"그렇게 믿어달라고 했는데도 안 되다니!"

"어떤 경우에는 아주 불가능한 일일 수도 있지!"

"하지만 넌 왜 내가 알고 있는 그 이상의 감정을 갖고 있다고 나를 자꾸 설득하려는 거니?"

"그 질문에 내가 어떻게 대답을 해야 할지 모르겠어. 인간이란 알 만한 가치가 없는 것만 겨우 가르칠 수 있으면서, 다른 사람을 가르치려 하잖아. 용서해 줘. 그리고 언니가 그렇게 관심이 없다고 계속 고집할 거라면, 나를 언니의 속마음을 털어놓을 수 있는 사람이라고 생각하지 말아줘."

13

며칠 후, 빙리는 다시 한 번 혼자서 롱본을 찾아왔다. 다아시는 그날 아침 런던으로 떠났는데 열흘 후에나 돌아온다고 했다. 빙리는 그들과 한 시간 이상 앉아 있었고, 기분이 무척 좋아보였다. 베넷 부인은 그에게 같이 식사를 하자고 청했지만, 그는 거듭 죄송하다고 말하며 선약이 있다고 했다.

"다음에 방문하실 때는 우리한테도 기회를 주세요." 베넷 부인이 말했다.

그는 흔쾌히 그러겠다고 말하며 허락하신다면 가능한 한 빠른 시일 내에 다시 방문하겠다고 말했다.

"내일 오실 수 있어요?"

그는 내일 아무 약속도 없다면서 부인의 초대를 흔쾌히 받아들였다.

다음 날 그가 찾아왔다. 하지만 시간 약속을 너무 잘 지켜서 여자들이 옷을 갈아입기도 전에 도착했다. 베넷 부인은 가운을 입은 채로 머리 손질도 하지 못하고, 딸의 방으로 뛰어가 소리쳤다.

"제인, 빨리 서둘러 내려가 봐. 그가 왔다고, 빙리 씨가 왔어. 정말이란다. 빨리빨리 서두르렴. 사라, 빨리 와서 제인이 옷 입는 것을 좀 도와줘. 리지 머리는 신경 쓰지 말고."

"가능한 한 빨리 내려갈게요." 제인이 말했다. "하지만 키티가 우리들보다 빠를 거예요. 30분 전에 이층으로 올라갔으니까요."

"아유! 키티는 무슨! 걔가 무슨 상관이 있다고. 빨리빨리 서둘러, 허리띠는 어디 있지?"

그러나 어머니가 나가버리자 제인은 동생들 중 누구라도 함께 가지 않으면 내려가지 않겠다고 말했다.

늘 그랬던 것처럼 베넷 부인은 그곳에 빙리와 제인, 두 사람만 남겨두고 싶어서 조바심이 나 있었다. 베넷 부인은 5분 정도 더 앉아 있다가 이렇게 소중한 시간을 낭비할 수 없다고 생각했는지 갑자기 일어나 키티에게 말했다.

"이리 와라 얘야, 너한테 할 말이 있단다." 이렇게 말하며 부인은 키티를 방 밖으로 데리고 나갔다. 그 순간 제인은 엘리자베스를 쳐다보았다. 어머니의 계획을 눈치 챈 제인은 당황해하며, 엘리자베스에게 자리를 떠나지 말라고 애원하는 눈빛이었다. 하지만 몇 분 후에 부인은 문을 반쯤 열고서 엘리자베스를 불러냈다.

"리지, 너한테도 할 말이 있단다."

엘리자베스도 일어서지 않을 수 없었다.

"두 사람만 남겨놓는 게 좋지 않겠니?" 그녀가 복도로 나가자마자 어머니가 말했다. "나와 키티는 이층 내 침실에 있을 거다."

엘리자베스는 어머니에게 따지려 들지 않았다. 그녀는 복도에서 있다가 어머니와 키티가 보이지 않자 응접실로 다시 돌아갔다.

이날 베넷 부인의 계획은 성공하지 못했다. 빙리는 여러 모로 훌륭했지만 그가 자기 딸의 애인이라고 선언하진 않았기 때문이다. 그의 여유 있고 명랑한 모습으로 인해 그날 저녁 모임은 무척 즐거웠다. 그는 베넷 부인이 주책없이 참견하는 것도 잘 참았고, 그녀의 어리석은 말들도 잘 들어주며 싫은 내색을 하지 않았다. 제인은 이런 그에게 고마움을 느끼지 않을 수 없었다.

그들은 빙리에게 저녁 식사 때까지 있어 달라고 부탁할 필요가 없었다. 그는 집으로 돌아가기 전에 베넷 부인의 뜻에 동의하여 다음 날 아침에 베넷 씨와 사냥하겠다는 약속을 했기 때문이다. 그날 이후로 제인은 그에게 관심이 없다는 얘기를 더 이상 하지 않았다. 두 자매는 빙리에 대한 이야기를 한 마디도 나누지 않았지만, 엘리자베스는 다아시가 정해진 날짜보다 빨리 돌아오지만 않는다면 모든 일이 신속하게 진행될 거라는 행복한 믿음으로 잠을 청했다. 그러나 속마음은 이 모든 일은 결국 다아시의 동의가 있어야만 가능할 거라고 생각했다.

다음 날, 빙리는 약속 시간을 정확히 지켰고, 그와 베넷 씨는 약속대로 아침 내내 함께 보냈다. 빙리는 베넷 씨가 생각했던 것보다 훨씬 사교성이 좋았다. 빙리와 베넷 씨는 함께 식사하러 돌아왔다. 그리고 베넷 부인은 다시 두 사람만 남겨두려는 계획을 실행했다. 엘리자베스는 편지를 쓰기 위해 차를 마시자마자 식당을 나갔다. 나머지 사람들은 카드놀이를 시작했기 때문에 구태여 거기 남아서 어머니의 계획을 방해하고 싶지 않았기 때문이다.

그러나 엘리자베스가 편지를 다 쓰고 다시 응접실로 돌아왔을 때, 그녀는 자신이 어머니의 영리함을 도저히 따라갈 수 없다는 것을 인정할 수밖에 없었다. 문을 열었을 때 언니와 빙리가 난로 앞에 진지한 모습으로 서 있는 것을 보았기 때문이다. 두 사람은 몹시 당황스러워했고 상황은 어색해졌다. 다들 아무 말도 꺼내려 하지 않았기에, 엘리자베스는 문을 닫고 나가려고 했다. 그때 언니 옆에 앉아 있던 빙리가 갑자기 일어나더니 제인에게 몇 마디 속삭이고는 서둘러 밖으로 나갔다.

제인은 기쁜 일을 엘리자베스에게 숨기지 못했다. 그녀는 엘리자베스를 껴안으며 흥분된 목소리로 자기는 세상에서 가장 행복한 사람이라고 말했다.

"너무 행복해!" 그녀가 덧붙였다. "과분할 정도로 벅찬 기분이야. 아! 다들 나만큼 행복할 수 있다면 얼마나 좋을까?"

엘리자베스는 말로는 다 표현할 수 없는, 진심이 담긴 따뜻하고 기쁨이 넘치는 마음으로 축하 인사를 건넸다. 그녀의 따뜻한 말 한 마디 한 마디가 제인에게는 새로운 행복이 되었다. 제인이 외쳤다. "빨리 어머니한테 가야겠어. 어머니가 그렇게 애쓰셨는데 내 입으로 직접 말씀드리고 싶어. 빙리 씨는 벌써 아버지께 말씀드리러 갔어. 오! 리지, 내가 전하게 될 소식이 가족들한테 얼마나 큰 기쁨이 될까! 이 벅찬 행복을 어떻게 감당할 수 있을까!"

제인은 서둘러 어머니에게 갔다. 어머니는 일부러 카드놀이를 하던 사람들을 보내고 키티와 이층에 있었다.

혼자 남게 된 엘리자베스는 수개월에 걸쳐 그들을 불안하고 애타게 만들었던 그 일이 이렇게 빠르고 쉽게 마무리된 것을 생각하며 미소 지었다.

'다아시 씨가 그토록 걱정하던 일이 이렇게 마무리되는군! 또 그 사람의 누이가 꾸몄던 거짓과 계략의 결말이기도 하고! 가장 행복하고 합리적인 결과지!'

얼마 후에 빙리가 들어왔다. 베넷 씨와의 대화는 간단하게 잘 끝난 것 같았다.

"언니는 어디에 있습니까?" 그가 문을 열며 급하게 물었다.

"이층에 어머니하고 같이 있어요. 곧 내려올 거예요."

그러자 빙리는 문을 닫고 엘리자베스에게 다가와 축하해 달라고 했다. 엘리자베스는 이렇게 좋은 인연을 맺게 되어 몹시 기쁘다며 진심으로 말했다. 그들은 서로 악수를 나누었다. 그리고 언니가 돌아올 때까지 그는 자신이 얼마나 행복한 사람인지, 또 제인은 얼마나 완벽한 여자인지에 대해 이야기했다.

그날은 모두에게 특별히 기쁜 저녁이었다. 행복했기 때문인지 제인의 얼굴에는 사랑스러운 생기가 넘쳐흘러 어느 때보다 훨씬 아름다워 보였다. 키티도 계속 미소를 지으며 곧 자기 차례가 돌아오기를 기대했다. 베넷 부인은 빙리와 반 시간 동안이나 이야기하며 열렬한 감정으로 승낙했지만, 그것으로 자신의 감정을 다 표현하기에는 충분하지 않은 듯했다. 그리고 저녁 식사에 합류한 베넷 씨의 목소리와 태도를 통해, 그도 얼마나 행복해하고 있는지 알 수 있었다.

그러나 베넷 씨는 밤이 되어 빙리가 떠날 때까지 이 일과 관련해서는 아무 말도 하지 않다가 그가 돌아가자마자 딸을 돌아보며 말했다.

"제인, 축하한다. 넌 정말 행복한 아내가 될 거다."

제인은 바로 그에게 달려가 키스하며 감사 인사를 전했다.

"넌 착한 아이야!" 베넷 씨가 말했다. "네가 그렇게 행복하게 돼서 정말 기쁜단다. 나는 너와 빙리 군이 행복하게 잘살 거라고 믿는다. 하지만 너희 둘은 너무 닮았어. 둘 다 남의 말을 잘 들으니 스스로 결정하지 못할 테고, 마음이 여리니 하인들이 모두 속이려 들 거야. 그리고 너무 손이 커서 늘 수입을 초과해서 지출하게 될 거다."

"그렇지 않을 거예요. 금전 문제에 대해서 신중하지 못하거나 분별없는 일은 용납할 수 없어요."

"수입을 초과하다니요, 여보!" 베넷 부인이 큰 소리로 말했다. "무슨 말씀을 하시는 거예요? 그 사람 연수입이 4, 5천이고 어쩌면 그보다 훨씬 더 많을 텐데." 그러고 나서 제인에게 이렇게 말했다.

"제인, 엄마는 너무 기쁘구나! 오늘 밤은 아마 한숨도 못 잘 것 같아. 결국 이렇게 될 줄 알았어. 결국은 이렇게 될 거라고 늘 말했잖니. 작년에 그 사람이 하트퍼드셔에 처음 왔을 때, 난 그 사람을 보자마자 너희 둘이 인연이 될 거라 생각했단다. 그렇고말고! 그 사람은 내가 본 사람 중에서 가장 잘생긴 청년이야!"

이 순간, 그녀는 위컴과 리디아는 잊고 잊었다. 제인은 그녀의 가장 사랑스러운 딸이었다. 지금 그녀는 다른 아이들에게는 아무

관심이 없었다.

롱본의 베넷 가족에게 일어난 경사는 오랫동안 비밀이 될 수는 없었다. 베넷 부인이 필립스 부인에게 소식을 전했고, 필립스 부인은 허락도 없이 메리튼의 이웃들에게 이 소식을 전한 것이었다. 불과 몇 주일 전, 리디아가 도피 행각을 벌였을 때 불운한 집이라고 소문이 났던 베넷 집안은 이제 세상에서 가장 운이 좋은 집안이라는 말을 듣게 되었다.

14

제인과 빙리가 약혼한 지 일주일쯤 지난 어느 날 아침, 빙리와 이 집안의 여자들이 식당에 모여 있었을 때 마차 소리가 들려왔다. 그래서 모두들 창문 쪽으로 시선을 돌렸다. 그들은 사두마차가 잔디 위를 달려오는 것을 보았다. 방문객이 오기에는 너무 이른 아침이었고, 그 마차는 이웃들의 것과는 달랐으며 마차와 마부의 복장도 낯설었다. 얼마 후, 문이 벌컥 열리고 방문객이 들어왔다. 바로 캐서린 부인이었다.

그들은 이미 놀랄 각오를 하고 있었지만 이 정도일 줄은 몰랐다. 베넷 부인과 키티는 그녀가 누구인지 몰랐지만 엘리자베스보다 더 놀랐다. 캐서린 부인은 평소보다 더 불손한 태도로 방으로 들어왔고, 엘리자베스가 인사를 해도 그저 고개를 까딱였을 뿐, 아무 말도 하지 않고 자리에 앉았다. 엘리자베스는 캐서린 부인이 들어왔을 때, 소개해 달라는 부탁은 없었지만 어머니에게 그녀가 누구인지 알려주었다.

베넷 부인은 이렇게 대단한 분을 손님으로 맞은 것이 무척 자랑스러웠지만, 한편으론 너무 놀랐기 때문에 무척 공손한 태도로 그녀를 맞이했다. 잠시 후, 말없이 앉아 있던 캐서린 부인은 엘리자베스에게 아주 딱딱한 말투로 말했다.

"베넷 양, 잘 지냈지요? 저분이 어머니신가?"

엘리자베스는 그렇다고 짧게 대답했다.

"그리고 저 아가씨는 동생들 중 하나겠지."

"그렇습니다, 부인." 캐서린 부인과 대화를 나누고 싶어 하던 베넷 부인이 말했다. "저 애는 끝에서 두 번째 딸이랍니다. 막내딸은 얼마 전에 결혼을 했고, 큰딸은 곧 한식구가 될 청년과 같이 정원을 산책 중이랍니다."

"정원이 아주 작군요." 잠시 침묵을 지키던 캐서린 부인이 말했다.

"로징스에 비할 수는 없지요. 하지만 윌리엄 루커스 경의 정원보다는 훨씬 크답니다."

"이 응접실은 여름 저녁에는 아주 불편하겠군. 창문이 모두 서쪽으로 나 있으니."

베넷 부인은 저녁 식사 후에는 그곳에 가지 않는다고 말하며 이렇게 덧붙였다.

"콜린스 씨 내외는 다들 잘 지내고 있겠지요?"

"그래요, 잘 지내요. 그저께 밤에 만났죠."

엘리자베스는 캐서린 부인이 샬럿이 자기에게 쓴 편지를 내놓을 거라 생각했다. 캐서린 부인이 이곳을 방문한 동기는 그것 외에는 없을 것 같았기 때문이다. 그러나 편지가 나오지 않았기 때문에 엘리자베스는 어리둥절했다.

베넷 부인은 아주 정중하게 캐서린 부인에게 뭐라도 드시기를 권했다. 하지만 캐서린 부인은 예의를 갖추지도 않고 단호한 말투로 아무것도 먹지 않겠다며 거절했다. 그리고는 자리에서 일어나 엘리자베스에게 말했다.

"베넷 양, 잔디밭 한쪽에 작은 숲이 있는 것 같은데 같이 둘러보고 싶군요."

"다녀오너라, 애야. 캐서린 부인을 모시고 가서 산책로를 안내해 드리렴. 작은 숲을 보시면 마음에 드실 거야."

엘리자베스는 자기 방에서 양산을 가지고 나와 귀한 손님을 모시러 아래층으로 내려갔다. 캐서린 부인은 복도를 지나갈 때 식당과 응접실로 이어지는 문을 열어보고 잠깐 살펴본 후에 괜찮은 방들이라고 말하며 걸어갔다.

캐서린 부인의 마차는 문 앞에 그대로 있었는데, 엘리자베스는 하녀가 마차 안에 있는 것을 보았다. 그녀들은 말없이 작은 숲길로 나 있는 자갈길을 걸었다. 엘리자베스는 평소보다 더 무례하고 불쾌한 태도를 보이는 사람에게 굳이 먼저 말을 걸지는 않겠다고 마음먹었다.

"베넷 양, 내가 여기에 온 이유를 알고 있겠지요? 베넷 양의 마음이, 양심이 말해 줄 테니까."

엘리자베스는 진심으로 놀란 얼굴로 그녀를 쳐다보았다.

"뭔가 잘못 알고 계신 것 같습니다, 부인. 저는 부인께서 이곳에 오신 이유를 전혀 모르겠습니다."

"베넷 양." 캐서린 부인은 다소 화가 난 어조로 말했다.

"나를 놀리면 안 돼요. 아무리 거짓으로 날 속이려 해도 쉽게 넘어가진 않을 테니까. 이틀 전에 아주 놀라운 소식 하나를 듣게 되었지. 당신 언니가 아주 좋은 조건의 결혼을 하게 될 예정이고, 또 엘리자베스 베넷 양 당신도 조만간 내 조카 다아시와 결혼한다는 소문이었지요. 물론 이 얘기는 말도 안 되는 헛소문이라는 걸 알고 있어요. 또 혹시라도 그 소문이 사실일지도 모른다는 생각만으로도 내 조카를 욕보이는 일이 되겠지만, 난 당장 이곳에 와서 내 기분이 어떤지 당신에게 알려야겠다고 결심했어요."

엘리자베스는 놀라움과 경멸로 얼굴을 붉히며 말했다.

"그것이 사실이 아니라고 믿으셨다면, 왜 이렇게 먼 곳까지 오셨는지 모르겠습니다. 무슨 이유로 오신 건지요?"

"그 소문이 말도 안 된다는 것을 온 세상에 알리기 위해서지."

"저와 제 가족을 만나러 롱본까지 오셨기 때문에 오히려 그 소문이 사실이라고 확신하게 될 텐데요. 만일 그런 소문이 있다면 말입니다." 엘리자베스는 냉정하게 말했다.

"만일이라고! 계속 모르는 척 시치미 뗄 건가? 당신이 직접 그런 소문을 퍼뜨린 게 아닌가? 그런 소문이 온 세상에 퍼지고 있다는 걸 몰랐다고?"

"그런 소문은 듣지 못했습니다."

"그래, 그렇다면 그게 아무 근거도 없는 헛소문이라고 확신할 수 있겠나?"

"저는 캐서린 부인처럼 그렇게 솔직하지는 못합니다. 질문은 마음대로 하실 수 있겠지만, 제가 반드시 대답을 드린다고는 할 수 없습니다."

"도저히 못 참겠군. 베넷 양, 난 꼭 알아야겠어요. 그 애가, 내 조카가 청혼을 했나?"

"부인께서는 그런 일은 불가능하다고 하셨지요."

"물론이지. 그 애가 이성을 지니고 있다면 그럴 수밖에. 하지만 베넷 양이 모든 수단을 동원해서 유혹했다면, 그 애가 자기 신분과 가문에 대한 책임을 잊어버릴 수도 있었겠지."

"만일 그랬다면 더욱이 저는 고백할 이유가 없겠지요."

"베넷 양! 내가 누군지 알고 있나? 나는 그따위 말을 들어본 적이 없다고! 나는 다아시와 가장 가까운 친척이고, 그 애와 관련된 모든 일에 대해 알 권리가 있어!"

"하지만 부인께서는 제 일에 관한 것까지 아실 권한은 없으십니다. 더구나 계속 그런 태도로 나오신다면 절대 아무 말씀도 듣지 못하실 겁니다."

"내 말 잘 들어요. 베넷 양이 이 결혼에 대해 희망을 갖고 있는 것 같은데, 이 결혼은 절대로 안 돼. 안 된다고! 다아시는 내 딸하고 약혼을 했으니까. 아직 더 할 말이 있나?"

"하나만 말씀드리죠. 그게 사실이라면 부인께서는 그분이 저한테 청혼을 하리라고 생각하실 이유가 전혀 없으실 텐데요."

캐서린 부인은 잠시 망설이다가 대답했다.

"그 애들은 특별한 약혼을 했지. 어렸을 때부터 정해 놓은 일이 니까. 내 소원이자 그 애 어머니의 소원이었지. 그 애들이 요람 속에 있을 때부터 우리는 인연을 맺기로 계획했던 거야. 그런데 두 자매의 소원이 이루어지려는 순간 신분도 천하고 지위도 낮은, 우리 가문과 아무 관계도 없는 젊은 여자가 방해를 하다니! 베넷 양은 내 조카 친지들의 소망은 생각하지 않나요? 그 애가 내 딸 드 버그 양과 암묵적으로 맺은 약혼도? 사리를 분별하는 능력마저 없어진 건가? 그 애가 어릴 때부터 사촌하고 인연을 맺기로 계획했다는 내 말 듣지 못했나요?"

"아니요, 들었습니다. 하지만 그게 저와 무슨 상관인가요? 제가 만일 부인의 조카분과 결혼하고 싶은 마음이 있었다면, 그분의 어머니와 부인께서 그분과 드 버그 양이 결혼하길 원했다고 해도 물러서지는 않을 겁니다. 두 분께서는 결혼을 계획하셨죠. 하지만 그 계획을 실행하는 것은 다른 사람들에게 달려 있지요. 다아시 씨가 명예나 애정 때문에 사촌에게 얽매여 있지 않다면, 왜 다른 선택을 해서는 안 된다는 거지요? 그리고 만일 제가 그 대상이 된다면, 왜 그분을 받아들여서는 안 된다는 겁니까?"

"명예, 예의, 분별, 아니, 이해관계 때문이지. 베넷 양, 이해관계 때문이야. 만약 아가씨가 모든 사람의 뜻을 거스르는 짓을 하면, 다아시의 가족이나 친지들에게 인정받을 수 없을 테니까. 베넷 양은 다아시와 관련된 모든 이들에게 비난과 모욕과 무시를 당할 거야. 베넷 양과 인연을 맺는 건 수치스러운 일이야. 아무도 베넷 양이름을 입 밖에 꺼내려 하지 않을 테니까."

"굉장한 불행이군요." 엘리자베스가 대답했다. "하지만 다아시 씨의 아내가 되면, 지위에 맞는 특별한 행복이 있겠지요. 전체적으로 보면 후회할 만한 일은 아닌 것 같네요."

"정말 고집스럽고 제멋대로군! 부끄러운 줄도 모르다니! 지난봄에 내가 베푼 친절에 대한 감사가 이거란 말이지? 자, 앉아요. 베넷 양, 한 가지 명심해야 할 것은 나는 내 목적을 반드시 달성하기 위해 여기 왔다는 걸 알아야 돼. 내 생각은 변하지 않아요."

"그러시다면 부인의 입장은 더욱 난처해지실 거예요. 저한테는 전혀 영향을 주지 못할 테니까요."

"내 말을 가로막지 말아요. 잠자코 듣고 있으라고. 내 딸과 조카는 천생연분이야. 둘 다 외가 쪽은 같은 귀족 혈통이고, 친가 쪽은 작위는 못 받았지만 점잖고 명예로운 전통 있는 가문이지. 양쪽 집안 모두 재산도 많다고. 그들은 양가 모든 사람들의 축복 속에서 인연을 맺게 되어 있어. 그런데 무엇이 그들을 갈라놓으려는 거죠? 보잘 것 없는 가문과 친척, 그리고 재산도 없는 젊은 여자하나가 건방지게 끼어들다니 말도 안 되는 소리지. 베넷 양한테 어떤 게 이로울지 판단할 수 있다면, 베넷 양의 신분에서 벗어나는 일은 하지 않을 텐데."

"조카분과 결혼을 한다고 해서, 제 신분에서 벗어난다고는 생각하지 않습니다. 그분은 신사이고 저도 신사의 딸이니까요. 우리는 동등합니다."

"그래요, 신사의 딸이지. 하지만 어머니는 어떤가? 외삼촌 내외는 어떤 사람들이지요? 내가 그 사람들 신분에 대해서 모른다고 생각하는 건 아니겠지요?"

"제 친척들이 어떤 사람이든, 조카분이 그분들한테 이의가 없다면 부인과는 상관없는 일이겠지요."

"긴 말 필요 없고, 그 애와 약혼했나요?"

"아닙니다."

엘리자베스는 캐서린 부인의 질문에 대답하고 싶지 않았지만, 잠시 생각한 후에 대답했다. 캐서린 부인은 기뻐하는 듯했다.

"그럼, 그 약혼은 하지 않겠다고 나한테 약속해 줄 수 있겠어요?"

"그런 약속은 할 수 없습니다."

"베넷 양, 정말 놀라운 일이군. 그래도 분별력이 있는 아가씨인 줄 알았는데. 하지만 내가 물러날 거라고 생각하지는 말아요. 난 내가 요구하는 답을 얻을 때까지 물러나지 않을 테니까."

"하지만 저는 절대로 그런 약속은 드릴 수 없습니다. 협박을 하신다고 해서 이치에 맞지 않는 일을 할 순 없어요. 부인께서는 다아시 씨와 따님의 결혼을 바라시겠지만, 제가 부인이 원하시는 대로 약속한다고 해서 그들의 결혼이 가능해질까요? 다아시 씨가 저를 사랑하고 있다면, 제가 그분을 거절한다고 해서 따님한테 청혼하게 될까요? 그런 식으로 저를 설득하려고 생각하셨다면 저를 잘못 보신 겁니다. 조카분이 부인께서 자신의 일에 간섭하는 것을 어느 정도 허용할지는 모르겠지만, 제 일까지 관여하실 권리는 없으니까요. 그러니 이 문제에 대해서 저를 더 이상 괴롭히지 말아 주세요."

"서두를 것 없어요. 아직 내 얘기는 끝나지 않았으니까. 지금까지 얘기한 반대 이유들 외에 또 한 가지가 있어요. 난 베넷 양 막냇동생이 수치스럽게 도피한 일에 대해 자세히 알고 있지. 그 청년이 당신 동생과 결혼한 것은 당신의 부친과 외삼촌이 돈으로 해결했기 때문이라는 것도 말이야. 그런 여자가 내 조카의 처제가 된다고? 그 여자의 남편이 내 조카와 동서가 된다고? 그 남편은 작고하신 다아시 씨 댁의 집사 아들이라고. 세상에! 무슨 생각을 하는 거지? 펨벌리의 영령이 이렇게 더럽혀져야겠어?"

"말씀 다 하셨죠?" 화가 난 엘리자베스가 말했다.

"부인께서는 온갖 방법으로 저를 모욕하셨어요. 이제 집으로 돌아가도 되겠지요?"

이렇게 말하며 엘리자베스는 일어섰다. 캐서린 부인도 일어났다. 부인은 몹시 화가 났다.

"당신은 내 조카의 명예나 신용은 아무래도 상관없다는 거군요! 매정하고 이기적인 여자 같으니! 당신과 결혼하게 되면 모든 사람들 앞에서 다아시의 명예가 훼손된다는 건 생각 안 해 봤나?"

"캐서린 부인, 저는 더 이상 드릴 말씀이 없습니다. 제 생각은 이미 알고 계실 거라 믿어요."

"그럼, 끝내 그 애와 결혼하겠다는 말인가요?"

"전 그런 말은 하지 않았습니다. 저는 제 의지에 따라, 부인이나 다른 이들의 생각과는 상관없이 제가 행복해질 수 있는 방법을 찾아 행동할 계획입니다."

"좋아요, 내 말에 따르지 않겠다는 거지. 아가씨는 의무와 명예와 감사에 따르지 않겠다는 얘기군요. 그 애를 친지들 사이에서 난처하게 만들고, 세상의 웃음거리로 만들려고 작정한 거야."

"의무니 명예니 감사니 하는 것은 이 문제와는 아무 상관이 없습니다. 제가 다아시 씨와 결혼한다고 해서 그런 원칙이 어긋나지는 않을 겁니다. 그리고 그분 가족의 분개나 사회의 분노 같은 것은 전혀 신경 쓰지 않을 거예요. 그리고 만일 제가 그분과 결혼했기 때문에 제 가족들이 분노한다고 해도 저는 눈 하나 깜짝하지 않을 겁니다. 세상 사람들도 분별력은 있을 테니까 욕하지는 않을 겁니다."

"그래, 그게 당신의 진심이군요. 좋아요. 이제 뭘 해야 될지 알겠어. 베넷 양, 당신의 야망이 이루어질 거라는 기대는 말아요. 당신을 한 번 시험해 보러 온 것뿐이야. 분별력이 있는 여자이길 바랐건만. 하지만 난 내 뜻대로 하고 말 테니까."

캐서린 부인은 계속 이렇게 말했다. 어느새 두 사람은 마차 문 앞까지 왔다. 부인은 재빨리 뒤돌아보며 이렇게 말했다.

"베넷 양, 작별 인사는 생략하겠어요. 어머니께도 인사는 못 하겠고. 당신들은 그런 친절을 받을 자격이 없으니까. 정말 불쾌해."

엘리자베스는 대답하지 않았다. 그리고 부인에게 집 안으로 들어가자는 말도 권하지 않고 혼자 조용히 걸어갔다. 그녀는 계단을 올라가면서 마차가 떠나는 소리를 들었다.

어머니는 방문 앞에서 마음을 졸이며, 딸에게 캐서린 부인이 왜 다시 들어오셔서 쉬었다 가지 않았느냐고 물었다.

"그러고 싶지 않으신 모양이죠. 굳이 그냥 가시겠다더군요."

"정말 대단한 분이셔! 여기까지 찾아와 주시다니, 정말 친절하시지! 콜린스 내외가 잘 있다고 알려주시러 오셨나 봐. 어디 가시던 길이었던 것 같은데, 메리튼을 지나는 길에 너를 잠깐 보러 오신 걸 테지. 아니면 너한테 특별히 따로 하실 말씀이 있으셨던 거니, 리지야?"

엘리자베스는 거짓말을 할 수밖에 없었다. 두 사람이 나눈 이야기를 알려드릴 수는 없었기 때문이다.

15

캐서린 부인의 느닷없는 방문으로 인해 엘리자베스는 마음이 혼란스러웠고 쉽게 안정을 찾을 수가 없었다. 그리고 머릿속에서 몇 시간 동안이나 그 생각이 떠나지 않았다. 캐서린 부인은 오로지 엘리자베스와 다아시가 약혼했을지도 모른다는 생각에, 그 약혼을 깨기 위해 일부러 로징스에서 이곳까지 찾아온 것 같았다.

그러나 캐서린 부인의 말을 다시 생각해 보니, 엘리자베스는 부인의 간섭이 가져올 결과에 대해서 차츰 불안해지기 시작했다. 부인이 그들의 결혼을 막겠다는 결심을 했다면, 다아시에게도 그 말을 전할 것이 확실하다는 생각이 들었기 때문이다. 그리고 그녀는 자기와 결혼할 때 따르게 되는 불리한 점에 대해 부인이 그렇게 말한다면 다아시가 그것을 어떻게 받아들일지 판단할 수 없었다.

엘리자베스는 이모에 대한 다아시의 애정이나, 또 그가 얼마나 이모의 판단을 신뢰하고 있는지 확실히 알지 못했다. 그러나 당연히 자기보다 캐서린 부인을 훨씬 더 높게 평가하고 있을 것이라고 생각했다. 그리고 그의 이모는 그의 친척과는 비교가 안 되는 집안사람과 그가 결혼했을 때 생길 불행에 대해 일일이 열거하면서, 다아시의 가장 큰 약점을 공략할 것이 분명했다.

다음 날 아침, 엘리자베스가 아래층으로 내려갔을 때 편지 한 통을 들고 서재에서 나오시던 아버지와 마주쳤다.

"리지야, 널 찾고 있었다. 내 방으로 들어오너라." 그가 말했다.

그녀는 아버지를 따라 들어가면서 아버지가 무슨 말씀을 하실지 잔뜩 긴장하다가 아버지가 들고 있는 편지와 어떤 관계가 있을 것 같아 더욱 궁금해졌다. 하지만 그 편지가 캐서린 부인에게서 온 것일지도 모른다는 생각이 들자, 그녀는 어떤 식으로 변명을 해야 할지 몰라 절망스러웠다.

엘리자베스는 베넷 씨를 따라 벽난로 근처로 가서 자리를 잡고 앉자 아버지가 말했다.

"오늘 아침 편지 한 통을 받고 아주 놀랐다. 그리고 너와 관련되는 일이기 때문에 너도 그 내용을 알아야겠다는 생각이 들더구나. 딸들이 한꺼번에 둘씩이나 결혼을 하려 한다는 것 말이다. 아주 대단한 남자의 마음을 얻었더구나."

엘리자베스는 순간적으로 그 편지가 캐서린 부인이 아니라 다아시에게서 온 것이라 생각되자 갑자기 얼굴이 달아올랐다. 하지만 그가 직접 아버지께 자신의 생각을 말한 것에 대해 기뻐해야 할지 아니면 자기에게 직접 보내지 않은 것에 대해 화를 내야 할지 망설이고 있던 중에 아버지가 계속 말을 이었다.

"뭔가 알고 있는 모양이구나. 젊은 여자들이란 이런 문제에는 통찰력이 있다니깐. 하지만 네가 아무리 지혜롭다 해도 너의 예찬자의 이름은 모를 거다. 이 편지는 콜린스 군에게서 온 거란다."

"콜린스 씨요? 그 사람이 무슨 할 얘기가 있어서요?"

"물론 할 얘기야 많지. 곧 있을 제인의 결혼을 축하한다는 말로 시작했더구나. 이 소식은 수다스러운 루커스 식구들 중 누군가에게서 들은 것 같다. 거기에 대해 그가 뭐라고 썼는지 읽는다면 괜히 네가 조바심만 생길 것 같으니, 너하고 관련된 내용만 읽어주마. 내용은 이렇단다.

'귀댁의 경사에 대해 제 아내와 저는 심심한 축하의 인사를 드리며, 이제는 또 다른 주제와 관련해 잠시 말씀을 드리겠습니다. 이 얘기 또한 같은 곳에서 들었습니다. 따님 되시는 엘리자베스 양도 언니가 베넷이라는 성을 버린 이후 얼마 지나지 않아 그 성을 버리게 될 것으로 생각합니다. 그리고 그 운명의 배우자는 이 나라에서도 가장 훌륭한 인물 중 한 분이라고 해도 과언이 아닌 분이십니다.'

리지야, 누구인지 짐작할 수 있겠니?

'이 젊은 신사는 많은 사람들이 바라는 모든 것들, 대단한 재산, 고귀한 친척, 그리고 성직 추천권이라는 모든 축복을 받은 분입니다. 하지만 어르신께서 그분의 청혼을 성급하게 수락하신다면 앞으로 일어날 어떤 재앙에 대해 엘리자베스 양과 어르신께 주의를

드리고 싶습니다. 물론 어르신께서는 곧바로 모든 이익을 얻고 싶으실 겁니다.'

리지, 이 신사가 누구인지 생각나는 사람 없니? 이제 누구인지 알게 될 거다.

'제가 어르신께 주의를 드리는 이유는 바로 그분의 이모이신 캐서린 드 버그 부인께서 그 결혼에 대해 조금도 긍정적으로 보지 않는다고 생각했기 때문입니다. 그렇게 생각한 이유는 분명히 있습니다.'

그는 바로 다아시 군이란다. 이제 알겠니? 자, 리지야, 놀랐지? 콜린스 군이든 루커스 식구들이든 우리가 아는 사람들 중에서 그들의 말이 거짓이라는 걸 다아시 군보다 더 효과적으로 드러낼 수 있는 사람은 없을 거다. 여자를 볼 때마다 결점만 찾아내고, 또 너한테 평생 눈길조차 준 적이 없었는데 다아시 군이라니. 정말 대단하구나!"

엘리자베스는 아버지의 익살에 장단을 맞추려 했지만 쓴웃음밖에 나오지 않았다. 아버지의 재치가 그녀를 이렇게 난처하게 만든 적은 없었다.

"재미없니?"

"아! 아니에요. 계속 읽어주세요."

"'지난 밤, 캐서린 부인께 이 결혼이 사실일지도 모른다는 말씀을 드렸더니, 부인께서는 평소처럼 황송하게도 이 일에 대한 의견을 말씀하셨습니다. 부인께서는 엘리자베스 양의 가족에 대한 몇 가지 문제 때문에 결코 이 치욕스러운 결혼을 승낙하지 않겠다고 분명히 말씀하셨습니다. 그래서 저는 이 사실을 빠른 시일 내에 사촌에게 알려, 사촌과 사촌의 고귀한 예찬자가 처한 상황을 잘 이해시키고, 정당한 승낙을 받지 못한 결혼을 서두르지 않도록 하는 것이 제 의무라고 생각했습니다.'

콜린스 군은 또 이런 말도 덧붙였단다.

'사촌 리디아의 안타까운 일이 잘 해결된 것을 진심으로 기뻐하며, 다만 두 사람이 결혼 전에 동거했다는 사실이 널리 알려질까 봐 걱정이 됩니다. 그러나 어르신께서 두 사람이 결혼하자마자 집으로 받아들이셨다는 소식을 듣고서, 저는 제 지위에 맞는 의무를 저버릴 수 없기 때문에 너무 놀랐다는 말씀을 드릴 수밖에 없습니다. 그것은 악덕을 조장하는 것이며, 제가 롱본의 교구 목사였다면 저는 최선을 다해 반대했을 겁니다. 기독교인으로서 그들을 용서해야겠지만, 그들이 눈에 보이게 해서도 안 되며 그들의 이름이 귀에 들리게 해서도 안 된다고 생각합니다.'

이게 이 사람의 기독교적 용서군. 나머지 내용은 샬럿이 임신 중이고 자기가 곧 아버지가 될 거라는 얘기란다. 그런데 리지야, 너는 별로 재미있는 것 같지 않구나. 새침을 떨면서 헛소문 때문에 기분이 상한 척해서는 안 돼. 때로는 이웃을 위해서 재미를 주고, 그 다음엔 우리가 그들을 놀려주지 않는다면 무슨 재미로 살겠니?"

"전 무척 재미있어요. 하지만 너무 이상해요!"

"그렇지. 그래서 더 재미있는 거란다. 다른 남자를 선택했다면 그건 아무 일도 아니었을 거다. 하지만 그 사람은 너에게 완벽하게 관심이 없고, 넌 그 사람을 확실히 증오하고 있으니 이게 말이 되는 소리니? 편지를 쓰는 건 너무 싫지만, 무슨 일이 있더라도 콜린스 군에게는 답장을 해야겠다. 내가 위컴의 무례함과 위선을 대단히 높이 평가하는 것과 마찬가지로 콜린스 군을 위컴 이상으로 좋아하지 않을 수 없구나. 그런데 리지야, 캐서린 부인은 이 소문에 대해서 뭐라고 하시더냐? 승낙하지 않겠다고 말하려고 방문하신 거냐?"

엘리자베스는 그저 웃음으로 대답했다. 그녀는 자신의 감정을 숨기기 위해 이렇게 곤란해진 적이 없었다. 울어야 하는데 웃을 수밖에 없었던 것이다. 다아시가 그녀에게 무관심하다고 말한 아버지 때문에 엘리자베스는 큰 상처를 받았다. 아버지는 어째서 이렇게 통찰력이 없으신 걸까 의아해하면서도, 혹시 아버지가 사람 보는 눈이 없으신 게 아니라 자기가 너무 멋대로 생각했던 것은 아닌지 걱정이 들기도 했다.

16

엘리자베스의 예상과는 달리 캐서린 부인이 다녀간 후 며칠 뒤 빙리는 다아시와 함께 롱본에 왔다. 신사들은 아침 일찍 찾아왔다. 엘리자베스는 베넷 부인이 다아시에게 캐서린 부인이 다녀갔다는 얘기를 할까 봐 불안해하고 있었다. 그런데 때마침 빙리가 제인과 단둘이 있고 싶어서 산책을 나가자고 했고, 모두들 동의했다.

빙리와 제인은 다른 사람들 뒤에서 천천히 걸었고, 엘리자베스와 키티, 다아시 이렇게 셋이 함께 걸었다. 키티는 다아시를 어려워해서 말도 걸지 못했다. 엘리자베스는 대단히 중요한 결심을 한 듯했고, 다아시도 그런 것 같았다.

그러다 키티가 마리아를 방문하고 싶다고 말해서 그들은 루커스 가를 향해 걸어갔다. 그러나 엘리자베스는 모두 다 함께 갈 필요는 없다는 생각에, 키티가 떠나자 대담하게 다아시와 단둘이 걸었다. 드디어 그녀가 결심한 일을 실행할 때가 온 것이다. 용기가 생겼던 그녀는 곧 이렇게 말했다.

"다아시 씨, 저는 정말 이기적이에요. 제 마음이 편하자고 당신의 마음에 상처를 주려고 하니까요. 제 동생에게 베풀어주신 친절에 대해 정말 감사드려요. 그 사실을 알고 난 이후에 제가 얼마나 당신께 감사하고 있는지 말씀드리고 싶었어요. 저희 식구들 모두가 그 사실을 알았다면, 모두 함께 감사 인사를 드렸을 거예요."

"미안합니다, 정말로 미안합니다." 다아시는 놀라고 감격한 말투로 말했다.

"받아들이는 사람에 따라 기분 나쁠 수도 있는 일을 알게 되시다니. 가드너 부인은 믿을 만한 분이 아니셨군요."

"저희 외숙모님을 탓하진 마세요. 리디아가 먼저 당신이 그 문제와 연관되어 있다는 말을 꺼냈으니까요. 저희 가족들을 대표해서 큰 호의를 베풀어주신 것에 대해 진심으로 감사드려요. 두 사람을 찾아내시느라고 많은 수고를 하시고, 여러 가지 번거로운 일들도 감수하셨으니까요."

"저에게 감사 인사를 하고 싶으시다면 당신 혼자서 해주십시오. 당신을 행복하게 해드리고 싶은 소망 때문에 제가 그 일에 개입했다는 것을 부정하지는 않겠습니다. 하지만 당신의 다른 가족들이 제게 빚을 진 것은 아닙니다. 그분들을 모두 존경하지만 저는 오직 당신만을 위해서 그런 것이니까요."

엘리자베스는 너무 당황해서 아무 말도 할 수 없었다. 잠시 후 다아시가 말했다.

"당신은 마음이 넓으시니 제 진심을 들어주시겠죠. 저에 대한 당신의 감정이 지난 4월과 같다면 그렇다고 말씀해 주십시오. 제 사랑과 소망은 변함이 없습니다. 하지만 당신이 아니라고 하신다면 이 문제에 대해서 다시는 언급하지 않겠습니다."

엘리자베스는 그가 보통 때와 달리 어색해하고 긴장하고 있다고 느꼈기 때문에 무슨 말이라도 꺼내야 했다. 그래서 유창하게 말하진 못했지만 4월 이후로 자기의 감정에 실질적인 변화가 있었고, 지금은 그의 말에 감사하고 기쁘게 생각한다고 말했다. 이 대답을 들은 다아시가 느낀 행복은 이제껏 느껴본 적이 없는 감정이었다. 엘리자베스가 그의 눈을 보았다면, 진심 어린 기쁨의 감정이 얼굴 전체에 가득 퍼진 그가 얼마나 멋있는 사람인지 알 수 있었을 것이다.

그들은 어디로 가는지도 모른 채 무작정 걸었다. 그들은 생각하고 느낄 것이 많았고, 할 말도 너무 많았기 때문에 다른 것에는 관심을 가질 수 없었다. 엘리자베스는 자기들이 이렇게 서로를 이해하게 된 것은 그의 이모 덕분이라는 것을 알게 되었다.

그의 이모는 런던에 들러서 다아시를 만났고, 그에게 자신이 롱본에 갔던 이야기와 엘리자베스가 고집스럽고 뻔뻔하다며 그녀와 나누었던 이야기들을 모두 전했다. 캐서린 부인은 이렇게 하면 엘리자베스가 거절했던 약속을 조카에게서 받을 수 있을 거라 믿었던 것이다. 하지만 이것은 부인에게는 불행하게도 정반대의 효과를 나타내고 말았다.

"희망을 가져도 되겠다는 생각이 들었습니다." 다아시가 말했다. "그때는 그런 희망조차 품지 못했습니다. 제가 아는 당신이라면, 당신이 나를 거부하기로 마음먹었다면 그 자리에서 캐서린 부인에게 솔직하게 말했을 테니까요."

엘리자베스는 상기된 얼굴로 웃으며 말했다. "맞아요, 제가 그렇게 할 만큼 솔직한 성격이란 걸 알고 계시죠. 당신 앞에서도 그렇게 욕을 했으니, 당신 친척분 앞에서 그러는 것을 주저하진 않았겠죠."

"저에 대해 하신 얘기 중에 잘못된 것이 있었나요? 당신의 비난은 근거가 없고 오해에서 비롯된 것이었지만, 그 당시 제 행동은 그런 질책을 받아 마땅했습니다. 정말 용서할 수 없는 짓이었죠. 그 일은 생각하기도 싫습니다."

"그날 저녁의 일에 대해서 누구의 잘못이 더 큰지 따지지 말기로 해요. 엄격히 따져보면 둘 다 비난을 면치 못할 테니까요. 하지만 그 후 서로가 좀 더 예의를 갖출 수 있게 된 것 같아요."

"전 그렇게 쉽게 넘어갈 수 없습니다. 그날 저녁 제가 했던 얘기

들, 행동, 표현들을 다시 생각해 보면 지금까지도 말할 수 없이 괴롭습니다. 그리고 너무도 적절했던 당신의 비난도 결코 잊을 수가 없어요. '당신이 좀 더 신사다운 태도를 보이셨다면.' 이렇게 말씀하셨죠. 이 말이 얼마나 저를 괴롭혔는지 당신은 상상도 못 하실 겁니다. 솔직히 말씀드리면, 제가 그 말씀이 옳았다는 것을 인정한 것은 한참 후였죠."

그리고 다아시는 자기의 편지 이야기를 꺼냈다. "그 편지를 보시고 그렇게 빨리 저에 대한 감정이 변하신 겁니까? 편지를 읽으시고 제 진심을 느끼셨나요?"

엘리자베스는 그 편지가 자신에게 어떤 영향을 미쳤고, 전에 자기가 갖고 있던 편견이 어떻게 서서히 사라지기 시작했는지 설명했다.

"제가 쓴 그 편지가 당신께 고통을 줄 거라는 것을 알고 있었지만, 저로서는 그 편지를 쓸 수밖에 없었습니다. 그 편지를 모두 없애셨기를 바랍니다. 특히 편지의 첫 부분을 다시 읽으실까 봐 두렵습니다."

"당신에 대한 제 애정을 유지하는데 반드시 필요한 것이라면 그 편지는 꼭 태워버리겠어요."

"그 편지를 쓸 당시에 저는 아주 평온하고 냉정한 상태였다고 생각했는데, 그 후로 그 편지를 쓸 때의 제 감정은 끔찍할 정도로 몹시 상해 있었다는 것을 알게 되었습니다."

"아마 처음에는 기분이 상한 상태로 편지를 쓰셨을 거예요. 하지만 끝은 그렇지 않더군요. 마지막 인사는 아주 너그러웠으니까요. 이제 그 편지에 대해서는 그만 생각하기로 해요. 편지를 썼던 사람과 받은 사람의 마음이 그때와는 아주 달라졌으니까요. 이제 그 편지에 대한 불쾌한 감정은 모두 잊어야지요. 제 철학 중에 이런 게 있어요. 즐거웠던 일만 기억하라는 것이요.”

“그런 철학은 별로 신뢰가 가지 않는군요. 당신의 과거는 아무리 생각해도 비난받을 만한 일이 없으니, 과거를 회상할 때 느끼는 즐거움은 어떤 철학 때문이 아니라 무無의 상태에서 비롯되는 것이겠지요. 하지만 저는 다릅니다. 떨쳐버릴 수도 없고, 떨쳐버려서도 안 될 고통스러운 기억들이 있으니까요. 불행히도 저는 외아들이었기 때문에 부모님께서는 제가 하는 모든 행동들을 받아주셨지요. 그분들은 아주 좋으신 분들이었지만, 저의 이기적이고 오만한 행동을 질책하지 않으셨고 오히려 부추기고 가르치셨습니다. 제가 우리 가문 사람들 외에는 신경 쓰지 않고 세상 사람들은 다 업신여기도록, 그리고 그들의 지각과 가치가 제 것에 비하면 하찮다고 생각하도록 말입니다. 여덟 살 때부터 스물여덟이 되기까지 저는 그래왔습니다. 사랑하는 당신 엘리자베스가 아니었다면 지금도 그러하겠죠. 저는 당신에게 많은 빚을 진 셈입니다. 처음에는 힘들었지만 당신은 저에게 아주 유익한 교훈을 주셨어요. 당신 덕분에 저는 겸손해졌습니다. 제가 당신께 청혼했을 때 저는 당신이 당연히 승낙하실 거라 믿었지요. 하지만 당신은 사랑하는 여자를 기쁘게 하는데 있어 제가 얼마나 부족한 사람인지 느끼게 해주었습니다.”

“당신은 그때 제가 받아들일 것으로 생각하셨죠?”

"물론입니다. 당신은 제 자만심에 대해 어떻게 생각하시나요? 저는 당신이 제 청혼을 원하고 있다고 생각했습니다."

"제 행동은 분명 잘못됐어요. 하지만 고의는 아니었어요. 당신을 속일 생각은 전혀 없었지만 기분에 따라 마음이 비뚤어질 때가 많아요. 당신은 그날 저녁 이후로 저를 미워했겠지요."

"미워하다니요! 처음에는 화가 났습니다. 하지만 제 감정은 곧 제대로 방향을 찾았지요."

"펨벌리에서 만났을 때 저를 어떻게 생각하셨을지 생각만으로도 두려워요. 제가 그곳에 간 것을 속으로 비난하셨죠?"

"전혀 아닙니다. 다만 놀랐을 뿐이에요."

"아무리 놀라셨다고 해도 그곳에서 당신을 만난 저보다는 덜 하셨을 거예요. 제 양심상 당신에게 특별한 대접을 받을 자격이 없다고 생각했고, 분에 넘치는 대접을 전혀 기대하진 않았어요."

"그 당시 제 목적은 최선을 다해 예의를 갖추고, 지나간 일 때문에 원망하는 속 좁은 인간이 아니라는 걸 보여드리는 것이었습니다. 그리고 당신의 비난을 받아들였다는 것을 알려드리며 용서를 구하고, 저에 대한 오해도 풀기를 바랐던 것입니다."

그리고 그는 조지아나가 그녀를 알게 된 것을 무척 기뻐하고 있으며, 갑자기 그녀와 만날 수 없게 됐다는 사실에 실망했다고 말했다. 그리고 그 만남이 중단되었던 원인을 말하다 보니, 다아시가 위컴과 자신의 동생 리디아를 찾아 나서겠다는 결심을 한 것은 그 여관을 떠나기 전부터라는 것을 알게 되었다.

엘리자베스는 다시 한 번 감사의 인사를 전했다. 하지만 그 일은 두 사람에게 괴로운 얘기라서 더 이상 언급하지는 않았다. 그들은 이런저런 대화를 나누며 한가하게 몇 마일을 걷다가 시계를 들여다보고서야 이미 집에 돌아가 있어야 할 시간이 되었다는 것을 알았다.

'빙리 씨와 제인 언니는 어떻게 되었을까' 하고 궁금해하다가 그녀는 그들의 이야기를 꺼내게 되었다. 다아시는 그들의 약혼을 기뻐했다. 빙리가 제일 먼저 그에게 소식을 전해 주었던 것이다.

"놀라셨나요?" 엘리자베스가 물었다.

"전혀요. 제가 이곳을 떠나면서 곧 그렇게 될 거라고 예상했습니다."

"다시 말하면, 허락하셨다는 뜻이군요. 저도 그럴 거라고 짐작했어요."

다아시는 허락이라는 말에 아니라고 소리쳤지만, 엘리자베스는 그것이 사실이라는 것을 알았다.

"런던으로 떠나기 전날 저녁에, 오래전부터 그래야겠다고 생각한 이야기들을 빙리에게 고백했죠. 제가 그 친구 일에 개입한 것에 대해 다 말하면서 그것은 어리석고 주제넘은 일이었다고 했습니다. 빙리는 아주 놀라더군요. 그는 그런 줄은 전혀 모르고 있었으니까요. 그리고 당신의 언니가 빙리에게 관심이 없었다고 생각한 것도 저의 잘못된 판단이라고 말했어요. 당신 언니에 대한 빙리의 애정은 전혀 변함이 없다는 것을 알았기 때문에, 두 사람이 함께하면 분명 행복할 거라고 믿었습니다."

"언니가 그분을 사랑하고 있다는 말씀은 직접 보셨기 때문인가요? 아니면 제가 지난봄에 말씀드린 얘기 때문에 그러신 건가요?”

“제가 직접 보았습니다. 최근에 두 번 이곳을 찾아왔을 때 당신의 언니를 유심히 관찰했거든요. 그리고 그녀의 사랑을 확신하게 되었죠.”

“그렇게 확신을 하신 후에 빙리 씨도 마음을 굳히신 거군요.”

“그렇습니다. 빙리는 솔직하고 겸손한 친구입니다. 마음이 여리다보니 중요한 일에 대해서는 스스로의 판단을 믿지 않고 제 판단에 맡깁니다. 그리고 언니분께서 지난겨울 석 달 동안을 런던에서 보내셨는데, 제가 그것을 알면서도 그 친구에게 일부러 말하지 않았다는 것을 고백했습니다. 빙리는 화를 내더군요. 하지만 그 분노는 오래 가지 않았고, 언니의 애정에 대한 오해가 풀리자 사라졌죠. 그리고 그 친구는 제 잘못을 용서해 주었습니다.”

다아시는 자기의 행복만큼은 아니겠지만 빙리가 행복하길 바란다는 말을 했고, 그러는 사이 그들은 집에 도착했다. 그리고 현관에 들어서자 두 사람은 헤어졌다.

17

“리지야, 너 어디 갔다 온 거니?”

엘리자베스가 방에 들어서자마자 제인이 물었다. 식탁에 앉자 다른 식구들도 마찬가지로 같은 질문을 했다. 엘리자베스는 걷다

보니까 자기도 모르게 그렇게 되었다고 대답했다. 말을 하면서 그녀는 얼굴을 붉혔지만, 그들이 어떤 의심을 하는 것 같진 않았다.

그날 저녁은 아무 일없이 조용히 지나갔다. 그녀는 자기 일이 알려진다면 가족들이 어떻게 생각할지 예상할 수 있었다. 제인을 제외하고는 아무도 다아시를 좋아하지 않았기 때문에, 다른 식구들이 다아시의 재산과 지위로도 어쩔 수 없는 혐오감을 갖고 있지는 않을까 하는 불안한 마음이 들었다.

그날 저녁, 그녀는 제인에게 자신의 마음을 털어놓았다. 평소 남을 전혀 의심하지 않던 제인이었지만 이번 일만은 도저히 믿을 수 없었던 것이다.

"농담하는 거지, 리지야. 그럴 리가 없어! 다아시 씨와 결혼 약속을 했다니! 아니, 아닐 거야. 그건 말도 안 되는 얘기지."

"이거 처음부터 너무한데. 언니만은 믿었는데, 언니가 내 말을 안 믿어주면 누가 믿어주겠어. 하지만 난 진심이야. 사실이라고. 그분은 지금도 날 사랑하고, 우린 결혼을 약속했어."

제인은 의심스러운 눈길로 그녀를 보았다.

"오, 리지야! 이건 말도 안 되는 일이야. 넌 그분을 너무도 싫어했잖니!"

"언니는 이 문제에 대해 모르고 있어. 내가 싫어했던 건 과거 일이야. 그땐 그 사람을 지금만큼 사랑하진 않았겠지. 지나간 일을 다 기억하고 싶진 않아. 이번을 마지막으로 다시는 그날 일을 떠올리지 않겠어."

제인은 아직도 놀란 얼굴이었다. 엘리자베스는 다시 한 번, 더 진지하게 그 사실을 확인시켰다.

"세상에! 어떻게 그럴 수 있을까! 하지만 이제 네 말을 믿을 수 있겠어." 제인이 외쳤다. "리지야, 축하해 주고 싶구나. 하지만 이런 질문을 해서 미안하지만 너 정말 그분과 행복할 수 있을 거라 확신하니?"

"물론이야. 우린 이 세상에서 제일 행복한 부부가 되기로 이미 약속했어. 언니는 기쁘지 않아? 동생 남편으로 어떤 것 같아?"

"정말 좋아. 빙리 씨와 나한테도 그 이상의 즐거움은 없을 거야. 하지만 우리도 그 일에 대해 생각해 보고 대화도 나누어봤지만 불가능하다고 결론을 내렸었어. 그런데 넌 정말 그분을 사랑하니? 오, 리지! 애정 없는 결혼은 안 돼. 정말 서로를 사랑한다고 확신할 수 있겠니?"

"그럼, 물론이지. 전부 다 얘기한다면 내가 언니 생각보다 훨씬 더 그분을 사랑한다는 걸 알게 될 거야."

"그건 무슨 얘기니?"

"다 얘기할게. 난 빙리 씨보다 그분을 더 사랑해. 언니가 화를 낼까 봐 걱정되네."

"얘, 농담은 그만하고 진지하게 얘기해 봐. 언제부터 그분을 사랑했니?"

"서서히 시작된 일이라 언제라고 말할 수는 없어. 아마도 펨벌리에서 그분의 아름다운 장원을 처음 보았을 때부터일 거야."

그러나 좀 더 진지하게 얘기해 달라는 제인의 간청 때문에, 엘리자베스는 자기가 어떻게 사랑을 확인할 수 있었는지 엄숙하게 말해 주었다. 그녀의 진심을 확인하게 되자 제인은 몹시 만족스러워했다.

"난 이제 행복해." 제인이 말했다. "너도 나처럼 행복하게 될 테니까. 난 항상 그분을 높이 평가했어. 그분이 너를 사랑했기 때문에 난 언제나 그분을 좋게 생각했단다. 그리고 그분은 빙리 씨의 친구이고, 이제 네 남편이 될 사람이니 나한테는 빙리 씨나 너만큼 소중한 사람이 되는 거지. 하지만 리지, 너 정말 앙큼했어. 나한테 한 마디도 하지 않다니! 펨벌리와 램튼에서 있었던 일은 제대로 말해 주지도 않고 말이야. 내가 알고 있는 건 모두 다른 사람들에게 들은 것뿐이잖아."

엘리자베스는 비밀로 하게 된 이유에 대해 말해 주었다. 그녀는 빙리에 대해 언급하고 싶지 않았으며, 자기감정에 확신을 가질 수 없었기 때문에 다아시의 이름도 피하고 싶었다고 말했다. 그러나 이제 와서 리디아의 결혼과 관련해서 그가 한 일에 대해 숨길 이유는 없었다. 그녀는 제인에게 모든 사실을 알려주었고, 그날 밤의 절반은 서로 이야기를 나누며 보냈다.

"맙소사!" 다음 날 아침, 창가에 있던 베넷 부인이 소리쳤다.

"제발, 저 보기 싫은 다아시 씨가 우리 빙리하고 같이 안 왔으면 좋겠어. 도대체 뭐 하러 매일 여기에 오는 거야? 사냥이든 뭐든 좀 다른 일을 할 것이지 왜 그 사람 옆에 붙어서 우릴 성가시게 하는 건지. 저 사람을 어떻게 하지? 리지야, 네가 다아시 씨와 함께 산책을 나가렴. 빙리한테 방해가 안 되게 말이야."

엘리자베스는 이렇게 만족스러운 제안에 웃음이 나왔다. 하지만 어머니가 늘 그 사람을 그런 식으로 말하는 것은 화가 났다.

곧 그들이 들어왔고, 들어오자마자 빙리는 엘리자베스를 의미심 장하게 쳐다보았다. 그 일에 대해 자기도 잘 알고 있다는 듯, 그는 그녀와 힘껏 악수를 했다. 그리고 큰 소리로 말했다. "베넷 부인, 리지 양이 오늘 또 길을 잃을 만한 오솔길이 이 근처에 없습니까?"

"다아시 씨하고 리지, 그리고 키티는 오늘 아침에 오컴 언덕으 로 산책을 나가는 게 어떨까요? 아주 쾌적해서 산책할 만할 거야. 그리고 다아시 씨는 그곳이 처음일 거예요." 베넷 부인이 말했다.

"두 사람에겐 좋겠지만." 빙리가 말했다. "키티에게는 몹시 힘들 것 같은데요, 안 그래 키티?"

키티는 차라리 집에 있겠다고 말했다. 다아시는 오컴 언덕의 경 치를 보고 싶다고 했고, 엘리자베스는 말없이 따랐다. 그리고 그 녀가 준비하기 위해 이층으로 올라갈 때, 베넷 부인이 뒤따라오며 이렇게 말했다.

"리지야, 미안하구나. 저 보기 싫은 사람을 네가 맡아야 하니 말 이다. 하지만 다 제인을 위해서 그러는 거니 괜찮겠지? 가끔 몇 마 디 건네면 돼. 너무 부담 갖진 마라."

그들은 산책을 하며, 저녁에 베넷 씨의 허락을 얻기로 결정했다. 어머니의 승낙을 받는 일은 엘리자베스가 하기로 했다. 그녀는 어 머니가 어떻게 받아들이실지 판단할 수 없었다. 그녀는 어머니가 이 소식을 듣고 절대 안 된다고 거부하는 모습도, 또 몹시 기뻐하 며 흥분하는 모습도 다아시에게 보여주고 싶지 않았다.

저녁에 베넷 씨가 서재로 들어간 뒤에 다아시도 곧바로 일어나서 그를 따라가는 것을 본 엘리자베스의 마음은 몹시 불안해졌다. 그녀는 아버지가 반대할까 봐 걱정하지는 않았지만, 이 일로 아버지의 마음을 아프게 하지는 않을까, 아버지가 가장 사랑하는 딸인 자신의 선택으로 아버지를 슬프게 하고, 딸을 시집보내는 일로 아버지의 마음을 불안하고 후회스럽게 만들지는 않을까 하는 생각에 괴로웠다. 이렇게 마음 아파하며 앉아 있는데, 다아시가 다시 나타났다. 그의 미소를 보니 엘리자베스는 조금 안심이 되었다. 그는 잠시 후에 그녀가 키티와 함께 앉아 있는 테이블로 다가와서 키티의 재주를 칭찬하는 척하면서, 엘리자베스에게 속삭이듯 말했다.

"아버님께 가보세요. 서재에서 기다리십니다."

엘리자베스는 바로 방을 나갔다. 아버지는 근심 가득한 얼굴로 방 안을 왔다 갔다 하고 있었다. "리지야, 대체 어떻게 된 일이냐?" 그가 말했다. "그 사람을 받아들이다니 정신이 있는 거니? 넌 항상 그 사람을 미워했잖니?"

그때 엘리자베스는 예전의 자기 의견이 좀 더 합리적이고, 표현이 좀 더 부드러웠다면 얼마나 좋았을까 하고 생각했다. 그랬다면 이렇게 구차한 변명과 설명을 하지 않아도 됐을 텐데 말이다. 하지만 그 일에 관한 해명은 지금 당장 필요했다. 그래서 그녀는 혼란스러운 상황에서도 다아시를 사랑하는 자신의 마음을 분명히 전했다.

"다시 말해서, 너는 그 사람을 선택했단 얘기구나. 그 사람은 부자이니 넌 제인보다 더 좋은 옷을 입고 훌륭한 마차를 갖게 되겠지. 하지만 그런 것들로 행복할 수 있겠니?"

"저는 그를 좋아해요. 정말 좋아해요." 그녀는 눈물을 글썽이며 말했다. "그 사람을 사랑해요. 사실 그 사람이 모든 면에서 거만한 건 아니에요. 그는 정말 좋은 사람이에요. 아버지는 그가 정말 어떤 사람인지 모르고 계세요. 그러니 그 사람에 대해 그렇게 말씀하셔서 저를 괴롭히지 말아주세요."

아버지는 말했다.

"리지야, 난 그 사람을 허락했다. 그렇게 겸손하게 청하는데 어떻게 거절할 수 있겠니. 네가 꼭 그 사람을 선택해야 한다면 너한테도 승낙하겠다. 하지만 좀 더 깊이 생각해 보는 게 좋을 것 같구나. 리지야, 난 네 성품을 잘 안다. 너는 진심으로 남편 될 사람을 존경하지 않으면 행복할 수도, 마음이 풍요로워질 수도 없는 애라는 걸 잘 알고 있다. 넌 현명하니까, 어울리지 않는 결혼을 했다가는 몹시 위험한 상황에 빠질 수도 있어. 치욕스러움과 비참함을 느낄지도 모르지. 네가 인생의 반려자를 존경하지 않는 모습을 보게 되는 것은 나에겐 너무 큰 슬픔일 게다."

엘리자베스의 마음은 더욱 복잡해졌다. 곧 그녀는 진지하고 심각하게 말했다. 다아시는 분명 자신이 선택한 사람이라는 것을 다시 한 번 확인시켜드렸고, 다아시에 대한 마음은 서서히 변한 것이라고 말씀드렸다. 또한 그의 애정은 하루아침에 생긴 것이 아니라 수개월에 걸쳐 입증된 것임을 확신할 수 있다고 말했고, 그의 장점에 대해 거듭 강조하며 아버지의 의혹을 풀고 그가 이 결혼을 진심으로 허락하게 만들었다.

"알겠다. 나는 더 할 말이 없다. 그런 경우라면 그 사람은 네게 잘 맞는 짝이지. 그 정도의 가치도 없다면 그 사람한테 너를 보낼 수는 없을 거다."

다아시의 인상이 더욱 좋아보이도록 하기 위해, 그녀는 그가 리디아를 위해 자발적으로 한 일에 관해서도 말씀드렸다. 그 이야기를 들은 아버지는 몹시 놀랐다.

"정말로 놀라운 저녁이구나. 그래, 다아시 씨가 모든 일을 했단 말이지? 그들을 결혼시키고, 돈을 주고, 그의 빚도 갚아주고, 장교로 만들어주고! 정말 잘된 일이다. 그 일들을 네 외삼촌이 했다면 분명 갚아야 하겠지. 그런데 이 열정적인 사랑에 빠진 젊은이가 자기 마음대로 처리를 했다니. 내일 그 돈을 갚겠다고 그 사람에게 말해야겠다. 그러면 그 사람은 단지 너를 사랑해서 그런 거라며 펄쩍 뛰겠지. 그렇게 되면 그 일은 마무리되는 거야."

그는 며칠 전 콜린스의 편지를 읽을 때, 엘리자베스가 난처한 상황이었을 거라는 생각을 하며 웃었다. 그리고 그만 나가봐도 좋다고 말했다. 그녀가 방을 나갈 때 그는 이렇게 말했다. "어떤 청년이 메리나 키티를 찾아온다면 들여보내라. 난 지금 한가하니까 말이야."

엘리자베스는 이제 무거운 짐을 내려놓은 것 같았다. 그래서 자기 방에서 반 시간 정도 조용히 생각해 본 뒤, 아주 침착한 모습으로 다른 사람들과 어울릴 수 있었다. 모든 일이 방금 전에 이루어졌기 때문에 그녀는 기뻐할 새도 없었고, 그날 밤은 조용히 지나갔다. 이제 큰 걱정은 사라진 것이다.

어머니가 밤에 침실로 올라갔을 때 엘리자베스는 그녀를 따라가 이 중대한 이야기를 전했다. 그 효과는 아주 유난스러웠다. 그 말을 들은 어머니는 처음에는 아무 말없이 가만히 앉아 있었다. 그리고 몇 분이 지나도록 무슨 말인지 이해하지 못했다. 그녀는 자기 가족에게 이익이 되는 일이라든가, 딸들의 애인이라는 형태로 나타나는 행운에 대해 모를 정도로 둔감하진 않았는데도 말이다. 마침내 베넷 부인은 원래의 모습으로 돌아와 의자에 앉은 채 안절부절 못 하다가 일어났고, 다시 앉아서 놀라움과 행운에 대해 탄성을 질렀다.

"어쩜 이럴 수가! 오, 하느님, 감사합니다! 생각해 보렴! 다아시 씨라니! 누가 그런 생각을 할 수 있었겠니! 그런데 사실이라고? 오, 귀여운 내 딸, 리지! 엄청난 재산을 갖고 지위도 굉장히 높아지겠지! 용돈에, 보석에, 마차에, 모든 걸 다 갖게 되겠지! 그에 비하면 제인은 아무것도 아니지, 아니고말고. 이 엄마는 정말 기쁘구나. 정말 행복해. 그렇게 멋있는 남자라니! 잘생기고 키도 훤칠하고! 오, 귀여운 리지야, 그동안 내가 그 사람을 너무 미워한 거 정말 미안하다고 전해 주렴. 그 사람은 그런 것쯤은 대수롭지 않게 넘기겠지만. 리지야! 런던에 집도 갖게 되겠지! 모든 것을 다 갖춘 근사한 집! 딸이 셋이나 결혼하다니! 1년에 1만 파운드! 오, 신이시여! 난 어떻게 되는 거지. 정신이 하나도 없구나."

이것으로 베넷 부인의 승낙은 두말할 필요가 없다는 것이 입증되었다. 엘리자베스는 어머니가 이렇게 흥분해서 하는 말들을 자기 혼자 들은 걸 다행으로 여기며 곧 어머니 침실에서 나왔다. 그러나 그녀가 자기 방에 들어온 지 3분도 되지 않아 어머니가 따라 들어왔다.

"애야, 다른 생각은 할 수가 없구나. 1년에 1만 파운드에 그 이상이 될지도 모른다니! 귀족이나 마찬가지 아니냐! 애, 그런데 다아시 씨가 특별히 좋아하는 음식이 뭐니? 내일 준비해야겠다."

이것은 그 신사에게 어머니가 어떤 행동을 보일지 알려주는 슬픈 징조였다. 그러나 다음 날은 예상했던 것보다 훨씬 잘 지나갔다. 다행히 베넷 부인은 사위가 될 사람을 어려워하며 그에게 말도 잘 걸지 못했고, 고작해야 친절하게 대하며 그의 의견에 경의를 표하는 정도였다.

엘리자베스는 아버지가 다아시와 친해지려고 애쓰는 모습을 보며 흡족해했다. 그리고 얼마 후 베넷 씨는 그녀에게 다아시가 볼수록 더 괜찮은 사람이라고 말했다.

"내 사위들은 다 훌륭해." 그가 말했다. "위컴이 제일 마음에 들지만, 네 남편도 제인의 남편만큼 좋아질 것 같구나."

18

엘리자베스는 다시 활기를 찾았다. 그녀는 다아시가 어떻게 자신을 사랑하게 되었는지 궁금해서 설명을 듣고 싶었다.

"어떻게 시작된 거예요? 일단 시작한 후에는 멋지게 발전된 것은 알고 있어요. 하지만 처음에는 무엇 때문에 그렇게 된 거죠?"

그러자 그가 대답했다. "발단이 된 시간이나 장소, 표정, 말 같은 것은 확실히 말할 수 없어요. 이미 오래전 일이니까요. 한참이 지난 후에야 시작되었다는 걸 알았습니다."

"처음부터 제 미모에는 반하지 않으셨고, 당신에 대한 저의 태도는 거의 무례할 정도였어요. 당신한테 말을 건넬 때는 늘 고통을 주려고 했었거든요. 이제 진심을 말해 보세요. 제 무례한 태도가 마음에 드셨나요?"

"당신의 마음이 활기찼기 때문이었죠."

"무례하다고 표현해도 좋아요, 거의 그랬으니까. 당신은 예의나 존경, 지나친 친절에 싫증이 났던 거예요. 항상 당신의 마음에 들기 위해 말을 걸고, 바라보고, 생각해 주는 척하는 여자들이 지겨웠던 거죠. 저는 그런 여자들과 너무 달랐기 때문에 당신은 놀랐던 거고, 흥미가 생겼던 거죠. 하지만 당신이 정말로 친절한 분이 아니었다면 그 이유만으로도 저를 미워했을 거예요. 자신을 감추려고 노력해도 당신의 감정은 늘 고귀하고 올바르셨죠. 그리고 당신은 마음속으로 당신들에게 잘 보이려 애쓰는 사람들을 경멸하셨던 거예요. 자, 어떤가요. 당신이 해야 할 말을 대신했는데. 이것저것 따져봐도 정당한 설명인 것 같아요. 분명 당신은 아직까지 저의 장점이 무엇인지 몰라요. 하지만 사랑에 빠지게 되면 누구나 그렇겠죠."

"제인 양이 네더필드에서 병이 났을 때, 언니에 대한 애정이 담긴 당신의 행동들은 장점이 아니었을까요?"

"아, 제인 언니요! 언니를 위해서는 누구라도 그렇게 했을 거예요. 어쨌든 그것도 장점이라고 생각하세요, 제 장점은 다 당신의 보호를 받고 있으니 될 수 있으면 과장해 주세요. 그러면 저는 가끔씩 당신과 말다툼을 할 구실을 찾아 보답해 드릴 테니까요. 그럼 바로 질문할게요. 왜 당신은 어차피 해야 할 일을 그렇게 주저하셨나요? 처음 찾아오셨을 때, 그리고 그 다음 여기에서 식사하실 때 왜 그렇게 저를 피하셨죠? 특히 여기에 찾아오셨을 때 왜 그렇게 저에게 무관심한 척하신 건가요?"

"당신의 표정이 어두웠고 말씀이 없으셨기에 용기가 나지 않았습니다."

"하지만 전 당황스러웠어요."

"저도 그랬습니다."

"만찬에 오셨을 때는 저한테 더 말을 붙이실 수 있었잖아요?"

"감정이 메마른 사람이라면 그럴 수도 있었겠죠."

"당신은 이치에 맞는 대답만 하시고, 저도 그걸 이치에 맞게 받아들이니 이것 참 불행한 일이군요! 하지만 당신이 혼자였다면, 얼마나 오래 그러고 계셨을지 모르겠네요. 제가 묻지 않았다면 언제 말을 하셨을지 말이에요! 리디아에게 베풀어주신 호의에 감사드려야겠다는 결심이 저에게 큰 효과를 주었어요. 지나칠 정도로 말이에요. 그 문제는 언급하지 말았어야 했는데, 약속을 어겨서 우린 오히려 행복해진 거네요."

"우리를 떼어놓으려는 캐서린 부인의 부당한 노력이 오히려 저의 모든 의문을 해결해 주었습니다. 지금 제가 행복한 것은 저한테 감사하고 싶어 하는 당신의 소망 때문은 아닙니다. 제 이모께서 전해 주신 소식이 저한테 희망이 되었기 때문에, 저는 모든 걸 당장 알아봐야겠다고 결심했던 거죠."

"캐서린 부인께서 우리에게 아주 큰 도움이 되셨으니 그걸로 그분은 행복하시겠죠. 그분은 남에게 도움을 주는 것을 좋아하시니까요. 그런데 왜 네더필드에 오셨던 거죠? 겨우 롱본까지 말을 타고 와서 당황해하려고 오신 건가요? 아니면 더 중요한 일이 있었던 건가요?"

"제 진짜 목적은 당신을 만나서 당신이 저를 사랑하는지 판단하기 위한 것이었습니다. 그리고 표면적인 목적은 저 혼자 결심한 것이지만, 제인 양이 아직도 빙리를 사랑하고 있는지 알고 싶었던 것입니다. 만일 그렇다면 빙리에게 말해 주려고 했던 거죠. 이미 그렇게 했지만요."

"캐서린 부인께 이 소식을 알릴 용기가 있으신가요?"

"필요한 건 용기가 아니라 시간일 겁니다. 하지만 꼭 해야 할 일이니 종이 한 장만 주신다면 바로 실행하겠습니다."

"저도 써야 할 편지가 없다면 전에 어떤 젊은 여자분이 그랬던 것처럼 당신 옆에 앉아 당신의 훌륭한 필체를 칭찬하고 싶네요. 그렇지만 저에게도 소홀히 해서는 안 될 외숙모님이 한 분 계세요."

다아시와 자신의 관계를 과대평가하고 계시다는 것을 고백하기 싫었기 때문에, 그녀는 가드너 부인의 긴 편지에 아직 답장을 하지 못했다. 그렇지만 이제는 대단히 축하받을 소식이 생겼던 것이다. 하지만 그녀는 외삼촌과 외숙모께 이 기쁜 소식을 사흘씩이나 늦게 전한다는 생각을 하자 몹시 부끄러워졌다. 그래서 그녀는 즉시 다음과 같은 편지를 썼다.

사랑하는 외숙모!
상세하고 길게 자상한 편지를 보내주신 것에 대해 진작 감사 인사를 드렸어야 하는데 상황이 곤란해서 쓰지 못했어요. 외숙모께서는 사실 이상으로 상상하셨으니까요. 하지만 이젠 마음대로 상상하셔도 좋아요. 제가 결혼했다고만 생각하지 않으신다면, 크게 틀리진 않을 테니까요. 다시 편지 보내주셔서 지난번보다 더 많이 그이를 칭찬해 주세요.
호수 지방으로 가지 않았던 것에 대해서는 정말 깊은 감사를 드려요. 그곳에 그렇게 가고 싶어 했다니, 제가 어리석었죠. 그리고 망아지가 끄는 사륜마차를 타고 장원의 경치를 감상하자는 말씀에 찬성해요. 우리 그렇게 매일 장원을 둘러보기로 해요. 저는 세상에서 가장 행복한 사람이에요. 다른 사람들 모두가 전에 그렇게 말했겠지만, 저만큼 사실인 경우도 드물 테니까요. 저는 제인 언니보다도 행복해요. 언니는 미소 짓지만 저는 크게 웃으니까요.
다아시 씨가 모든 사랑을 담아 외삼촌 내외분께 보내고 싶답니다. 크리스마스에는 두 분 모두 펨벌리로 꼭 오셔야 해요. 그럼 이만 줄이겠습니다.

캐서린 부인에게 보내는 다아시의 편지는 문체가 조금 달랐다. 또한 베넷 씨가 콜린스에게 쓴 답장은 두 사람과는 또 달랐다.

자네의 축하를 받기 위해 한 번 더 폐를 끼치게 되었군. 엘리자베스는 조만간 다아시 군의 부인이 될 것이니 캐서린 부인을 위로해 주게나. 그러나 만일 내가 자네라면 다아시 군의 편을 들겠네. 여러 모로 많은 것을 갖춘 사람이니까. 그럼 안녕히.

곧 있을 오빠의 결혼에 대한 빙리 양의 축하 편지는 다정했지만 진심이 느껴지지 않았다. 그녀는 제인에게도 편지를 보냈는데, 기쁘다고 말하며 예전처럼 온갖 애정 어린 말들을 늘어놓았다. 제인은 그런 말들에 속지는 않았지만 감동을 받았고, 그녀에게 신뢰가 생기진 않았지만 지극히 친절한 답장을 보냈다.

비슷한 소식을 들은 다아시 양의 기쁨은 그 소식을 전하는 오빠의 마음만큼 진실한 것이었다. 자기의 모든 기쁨과 새언니에게 사랑을 받고 싶은 열렬한 소망을 다 쓰기에 넉 장의 편지지는 모자랄 정도였으니까 말이다.

콜린스의 답장이 오기 전에, 그리고 콜린스 부인이 엘리자베스에게 보내는 축하 인사가 오기 전에, 롱본 식구들은 콜린스 내외가 루커스 가에 와 있다는 소식을 들었다. 그들이 갑자기 오게 된 이유는 곧 분명해졌다. 캐서린 부인이 조카의 편지를 받고 몹시 화가 나 있었던 것이다. 그래서 그녀의 결혼 소식에 기뻐하고 있던 샬럿은 부인의 분노가 잠잠해질 때까지 잠시 그곳을 떠나 있고 싶었던 것이다.

이러한 때에 친구를 만나게 되어서 엘리자베스는 정말로 기뻤다. 그러나 그들이 만나는 동안 콜린스가 다아시에게 지나치게 아첨하는 듯한 모습을 보였기에, 그녀는 친구를 만나는 기쁨의 대가를 혹독하게 치렀다. 하지만 다아시는 감탄이 나올 정도로 그것을 잘 견뎌냈다. 또한 그는 윌리엄 루커스 경의 말도 경청해 주었다. 윌리엄 경은 이 마을에서 가장 빛나는 보석을 그가 데려간다며 온갖 찬사를 보냈고 매우 점잖은 태도로 세인트 제임스 궁전에서 자주 만나길 바란다고 말했다. 다아시는 윌리엄 경이 자리를 뜨자 그때서야 싫은 기색을 보였다.

필립스 부인의 무례함은 그가 견뎌내야 할 가장 큰 시련이었다. 필립스 부인은 빙리와는 편하게 대화를 나눴지만, 자기 언니가 그랬듯 다아시를 어려워하며 편하게 말을 건네지는 못했다. 하지만 말을 꺼냈다 하면 필립스 부인의 이야기는 항상 저속해졌다. 다아시에 대한 존경심 때문에 그녀는 좀 더 조용히 있었지만 품위 있게 행동하진 못했다. 엘리자베스는 다아시가 이 두 사람의 눈에 띄지 않도록 애를 썼다.

그리고 그가 굴욕적이지 않은 대화를 나눌 수 있는 식구들과 함께할 수 있도록 최대한 노력했다. 엘리자베스는 이제 두 사람 모두의 마음에 들지 않는 사람들에게서 벗어나, 편안하고 우아한 펨벌리의 가족 모임에 가게 될 날을 즐거운 마음으로 기대하고 있었다.

자랑스러운 두 딸의 결혼식이 있던 날, 베넷 부인은 어머니로서 무척 행복해했다. 결혼 후 베넷 부인이 첫째 딸인 빙리 부인을 찾아갈 때마다 얼마나 자랑스러워했으며, 둘째 딸인 다아시 부인에 대한 이야기를 할 때는 얼마나 만족스럽고 기뻐했을지 짐작할 수 있을 것이다.

작가인 나는 베넷 부인이 딸들을 좋은 집안에 시집보내고 잘살기를 원했던 간절한 소원이 이루어졌으니, 이제 그녀도 여생을 지각 있고 다정하며 교양 있는 부인으로 보내게 되었다고 말하고 싶다. 하지만 이렇게 특별한 방식으로 집안의 경사를 즐기지 못했을 그녀의 남편에게는 오히려 베넷 부인이 가끔씩 신경질을 부리고 여전히 어리석은 모습을 보이는 것이 더 즐거울지도 모르겠다.

베넷 씨는 둘째 딸을 너무도 그리워했다. 딸에 대한 사랑 때문에 그는 자주 집을 떠났다. 그리고 특히 누구도 예상하지 못하는 순간에 펨벌리를 방문하는 것을 즐기곤 했다.

빙리와 제인은 네더필드에 일 년밖에 머물지 않았다. 제인이 아무리 성품이 착하고 상냥할지라도 그녀의 어머니와 메리튼의 친척들과 너무 가깝게 사는 것은 견디기 힘들었던 것이다. 그래서 빙리는 누이들의 소원대로 더비셔 근처에 있는 저택을 샀다. 제인과 엘리자베스는 다른 행복한 일들이 많았지만, 서로 30마일 이내에 살게 되어 더욱 행복해했다.

키티는 대부분 두 언니들과 시간을 보냈다. 그리고 그동안 만났던 사람들보다 더 나은 사람들과 교제하다 보니 그녀는 많이 개선된 모습을 보였다. 그녀는 리디아만큼 통제가 안 되는 상태는 아니었기에, 적절히 관심을 주고 통제해 줌으로써 다소 침착해지고 똑똑해졌으며 어느 정도의 매력도 갖추게 되었다.

메리는 유일하게 집에 혼자 남은 딸이었다. 그러나 베넷 부인은 혼자 있지 못하는 성격이었기 때문에, 메리는 공부하는 시간을 방해받았다. 메리는 사람들과 더 많이 만났으며, 매일 아침 찾아오는 방문객들에게 교훈적인 이야기를 들려주었다. 그리고 이제 언니들의 미모와 비교당하는 일로 속상해하지 않아도 되었기에, 아버지는 메리가 이런 변화를 긍정적으로 받아들이고 있다고 생각했다.

위컴과 리디아에 대해 말하면, 언니들이 결혼을 했어도 그들의 성격은 딱히 달라지지 않았다. 위컴은 엘리자베스가 전에는 알지 못했던 자신의 배은망덕한 행동이나 거짓을 이제 모두 알게 되었을 거라 확신했다. 그럼에도 불구하고 그는 아직도 다아시에게서 재산을 한몫 챙기려는 희망을 버리지 않았다. 엘리자베스의 결혼을 축하하며 보낸 리디아의 편지를 통해, 위컴 자신은 그런 마음이 없었다 해도 리디아는 그런 희망을 갖고 있다는 것을 알 수 있었다. 편지의 내용은 다음과 같았다.

리지 언니에게!
결혼을 축하해요. 만약 언니가 나의 사랑스런 위컴을 사랑하는 절반만큼이라도 다아시 씨를 사랑한다면, 언니는 분명 행복할 거예요. 언니가 그렇게 부자가 돼서 정말 기뻐요. 그리고 한가한 시간에는 우리들 생각도 해주세요. 위컴은 궁정에 자리를 얻고 싶어 해요. 그리고 우리는 누군가의 도움을 받지 않고 살 수 있을 만큼 돈을 벌지 못해요. 1년에 3, 4백 파운드 정도의 자리면 괜찮을 텐데. 하지만 형부에게 말하기 곤란하면 이 얘기는 하지 마세요. 그럼 이만.

엘리자베스는 남편에게 말하지 않는 것이 나을 거라고 생각했기 때문에, 앞으로는 그런 부탁을 하거나 무언가를 기대하는 일은 하지 말라며 답장을 보냈다. 하지만 엘리자베스는 자기의 용돈을 최대한 아껴서 그들에게 자주 도움을 주었다. 두 사람은 낭비가 심했고 장래는 전혀 생각하지 않는 사람들이기에, 그들의 수입만으로 생활하기에는 턱없이 부족했을 것이다.

다아시는 위컴에게 펨벌리 출입을 허락할 수는 없었지만, 엘리자베스를 위해 위컴이 직장을 얻을 수 있도록 도와주었다. 리디아는 남편이 혼자 런던이나 바스에 놀러갈 때면 가끔씩 펨벌리에 오곤 했다. 빙리 집에는 리디아 부부가 자주 찾아가 오래 머물렀기 때문에, 나중에는 마음씨 좋은 빙리마저도 그들이 가주었으면 하고 은근히 눈치를 주었다.

빙리 양은 다아시의 결혼에 대해 몹시 분노했다. 하지만 펨벌리를 방문할 수 있는 권리를 위해 그녀는 자신의 분노를 억눌렀다. 그녀는 예전보다 조지아나를 더 좋아했고, 늘 그랬듯이 다아시에게는 상냥했으며, 지난날에 대해 반성이라도 하듯 엘리자베스에게도 예의를 갖추었다.

이제 펨벌리는 조지아나의 집이 되었다. 그리고 다아시의 소망대로 올케와 시누이는 서로를 매우 아껴주었다. 조지아나는 엘리자베스를 높이 평가했다. 처음에는 엘리자베스가 명랑하고 장난스럽게 자기 오빠를 대하는 모습을 보고 몹시 놀랐다. 애정을 넘어서 자기가 항상 존경하던 오빠가 농담의 대상이 된 것을 보았기 때문이다. 전에는 그녀가 상상조차 하지 못했던 일들이 일어난 것이다.

캐서린 부인은 조카의 결혼에 대해 몹시 분노했다. 그리고 결혼 소식을 알린 편지의 답장에, 평소 너무도 솔직한 자신의 성격을 십분 발휘해서 아주 모욕적인 비난을 퍼부었다. 특히 엘리자베스에 대한 모욕이었기 때문에, 얼마 동안 그녀와의 교류는 완전히 끊어졌다. 그러나 엘리자베스의 설득으로 다아시는 그런 모욕을 다 참아내고 화해를 청하게 되었다. 그의 이모는 약간 더 고집을 부렸지만 조카에 대한 애정 때문인지 아니면 그의 아내의 행실이 어떠한지 보고 싶었기 때문인지, 그녀의 분노도 점차 누그러졌다. 그래서 캐서린 부인은 그들을 만나러 펨벌리까지 왔다.

그들은 가드너 부부와는 언제나 가깝게 지냈다. 다아시는 엘리자베스만큼 그들을 진심으로 사랑했다. 그리고 엘리자베스를 더비셔에 데려감으로써 자신들의 인연을 맺어준 두 분에게 늘 고마운 마음을 간직하며 살아갔다.

작품 해설

1. 소설의 배경

영국의 여성작가 제인 오스틴(1775~1817)의 장편소설 《오만과 편견 *Pride and Prejudice*》은 프랑스 혁명과 미국 독립전쟁 등으로 혼란스러웠던 격변기에 쓰인 작품이다. 이 작품은 처음에 《첫인상 *First Impressions*》이라는 제목으로 집필되었으나, 런던의 한 출판사에서 거절을 당하고, 후에 개작되어 《오만과 편견》이라는 제목으로 출간되었다. 롱본이라는 시골을 배경으로 젊은 남녀의 사랑과 결혼을 다룬 이 작품은, 당대에 역사의식과 사회 인식이 결여되었다는 비판을 받기도 하였지만 오늘날까지도 많은 사랑을 받고 있다.

작가 제인 오스틴은 평생을 독신으로 지냈다. 그녀는 과거에 결혼 직전까지 갔다가 남자 측 집안의 반대로 무산된 경험이 있는데, 이 작품에는 작가 자신의 경험에서 비롯된 연애관과 결혼관이 반영되어 있다. 작가 특유의 담담하고도 예리한 필체로 그려낸 이 작품은 수많은 독자들의 사랑을 받으며 오늘날 영국 소설을 대표하는 작품이 되었다.

2. 주요 등장인물

1) 엘리자베스 베넷

베넷 가의 둘째 딸. 소설의 여자 주인공이며 아버지의 사랑을 듬뿍 받고 있다. 명랑하고 솔직한 성격으로 다아시의 마음을 사로잡는다.

2) 피츠윌리엄 다아시

소설의 남자 주인공. 빙리의 친구이며 재력가이다. 늘 공손하고 예의 바른 성격이지만 다소 무뚝뚝하고 말수가 적어 종종 오만하다는 오해를 받는다. 하지만 마음이 넓고 배려심이 깊은 인물로 엘리자베스를 사랑하게 된다.

3) 찰스 빙리

롱본 근처의 네더필드로 이사 온 청년 재력가이다. 다소 우유부단해 보이기도 하지만 다정하고 상냥한 성격으로 베넷 가의 맏딸 제인을 사랑하게 된다.

4) 제인 베넷

베넷 가의 맏딸. 딸들 중 가장 아름다우며 성품 또한 차분하고 배려심이 깊다.

5) 메리 베넷

베넷 가의 셋째 딸. 자매들 중 외모가 가장 뒤떨어지는 편이다. 늘 공부하며 교양을 쌓으려고 노력하며 그것을 과시하는 성격이다.

6) 캐서린 베넷

애칭 키티. 베넷 가의 넷째 딸. 베넷 부인과 비슷한 성격이며 막내 리디아와 어울리며 철없는 행동을 하기도 한다.

7) 리디아 베넷

베넷 가의 막내딸. 베넷 부인이 가장 아끼는 딸이기도 하며 그녀와 성격도 가장 많이 닮았다. 제멋대로이며 철이 없는 리디아는 나중에 위컴과 도피 행각을 벌이며 문제를 일으킨다.

8) 베넷 씨

베넷 가의 가장. 점잖고 낙천적이며 유머러스한 성격이지만 다소 우유부단하다.

9) 베넷 부인

수다스러운 성격으로 딸들을 좋은 집안에 시집보내는 것을 일생의 목표로 삼고 있다.

10) 조지 위컴

브라이튼의 장교로서 수려한 외모와 말솜씨로 사람들의 마음을 사로잡는다. 하지만 다아시와 얽힌 진실이 밝혀진 후 많은 사람들의 비난을 받게 된다.

11) 윌리엄 콜린스

교구 목사로서 베넷 가의 먼 친척이자 한정상속자이며, 아첨을 잘하는 세속적인 인물이다.

12) 캐서린 부인

다아시의 이모이며 로징스에 거주하는 재력가이다. 거만한 성격이며, 다아시를 자신의 딸과 결혼시키려고 엘리자베스와 다아시를 갈라놓으려고 한다.

13) 조지아나 다아시

다아시의 여동생으로 다정하고 수줍음이 많은 성격이다.

14) 샬럿 루커스

엘리자베스의 친한 친구이다. 훗날 콜린스와 결혼하게 되는데, 사랑보다는 현실적인 선택을 함으로써 엘리자베스와 마찰이 생긴다.

3. 내용 살펴보기

롱본의 이웃 마을 네더필드 파크에 잘생긴 청년 재력가 빙리가 이사를 온다. 다섯 딸들을 좋은 집안에 시집보내는 것을 일생의 목표로 삼고 있는 베넷 부인은 빙리와 자신의 딸을 맺어주기 위해 노력한다.

무도회가 열리던 날, 빙리는 베넷 가의 맏딸 제인에게 반해 사랑에 빠진다. 제인 역시 그에게 호감을 갖기 시작하지만, 서로에 대한 사랑을 확신하지 못해서 두 사람은 잠시 이별을 하게 된다. 훗날 두 사람은 서로의 마음을 확인하고 결혼하게 된다.

무도회에 참석한 빙리의 친구 다아시 역시 잘생긴 재력가이다. 하지만 다소 무뚝뚝하고 말수가 적은 탓에 사람들은 그를 오만하다고 생각한다. 베넷 가의 둘째 딸 엘리자베스 역시 다아시가 자신의 집안에 대해 좋지 않게 말하는 것을 듣고, 그를 오만한 사람이라고 생각한다. 그러나 엘리자베스의 감정과는 반대로, 다아시는 그녀의 명랑함과 솔직함에 매료되어 그녀를 사랑하게 된다.

그러던 어느 날, 베넷 가의 한정상속자 콜린스가 찾아온다. 베넷 집안과 먼 친척인 콜린스는 결혼 상대자로 엘리자베스를 선택하고 그녀에게 청혼하지만, 그녀는 단호하게 거절한다. 결국 그는 엘리자베스의 친구인 샬럿과 결혼하게 된다.

한편, 엘리자베스는 브라이튼 부대의 장교인 위컴이라는 청년을 알게 된다. 그녀는 상냥하고 다정한 그의 모습에 호감을 갖게 된다. 그녀는 위컴에게 다아시와 얽힌 악연에 대해 듣고 난 후 더욱더 다아시를 싫어하게 되고, 위컴에게 연민을 느끼게 된다.

그러던 어느 날, 다아시는 그동안 숨겨왔던 마음을 엘리자베스에게 고백한다. 하지만 엘리자베스는 그의 오만한 성품과 위컴에게 했던 부당한 행동을 언급하며, 그에게 가혹한 비난을 퍼부으며 청혼을 거절한다. 다아시는 자신에 대한 오해를 풀기 위해 엘리자베스에게 장문의 편지를 보내고, 그 편지를 읽은 엘리자베스는 위컴이 했던 말이 사실이 아님을 알게 된다.

마음이 혼란스러웠던 엘리자베스는 여행을 떠났는데, 여행 도중 언니인 제인으로부터 온 편지를 통해 막냇동생 리디아가 위컴과 도망을 갔다는 소식을 듣고서 심한 충격에 빠진다. 이 사실을 알게 된 다아시는 수소문 끝에 두 사람을 찾아내 위컴의 빚을 갚아주고, 그에게 많은 돈을 주며, 위컴이 리디아와 결혼할 수 있도록 도와준다. 나중에 이 모든 사실을 알게 된 엘리자베스는 다아시에게 고마움을 느끼고, 그동안 자신의 오해와 편견에 대해 반성하며 그를 사랑하고 있음을 깨닫게 된다. 다아시 역시 자신의 무례했던 행동을 반성하며 엘리자베스에게 다시 청혼을 하게 되고, 두 사람의 사랑은 결실을 맺는다.

4. 마치며

18세기 영국을 배경으로 영국의 상류계급과 중산계급 간의 갈등과 사랑을 다룬 이 작품은 영화, 연극, 드라마로도 개작되어 오늘날까지도 많은 사랑을 받고 있다.

엘리자베스는 자신이 너무 부끄러웠다. "내 행동은 얼마나 어리석었던가!" 그녀가 외쳤다. "판단력만큼은 확실하다고 자부했었는데! ……(중략)…… 처음 만났을 때 나를 멸시했던 한 사람과 나에게 호감을 드러냈던 다른 한 사람, 두 사람에 대해서 나는 편견과 무지에 빠져 있었기에 판단력을 잃었던 거야. 지금까지 나는 나 자신에 대해 모르고 있었던 거야." (p.220)

이 작품의 여주인공 엘리자베스는 연약하고 의존적인 여성이 아닌, 상류계급의 사람들 앞에서도 기죽지 않고 언제나 당당하고 주체적인 여성으로 그려짐으로써 많은 여성 독자들의 지지를 받고 있다. 그녀는 결혼에 있어서 조건보다는 사랑이 중요하다고 믿고 있지만 오해에서 비롯된 편견 때문에 다아시와의 사랑은 엇갈리게 된다. 시간이 흐른 뒤, 그녀는 그의 진심을 알게 되고 자신의 잘못된 판단에 대해 반성한다. 마침내 그녀는 그를 사랑하고 있음을 깨닫고, 두 사람의 사랑은 결실을 맺는다.

현실에 타협하지 않고 '조건' 보다는 '사랑' 을 택했던 엘리자베스는 결국 '사랑' 과 '현실' 이라는 두 가지를 모두 얻게 된 것이다.

이러한 그녀의 모습을 통해 독자들은 대리만족을 느끼며 동시에 이 작품을 읽는 즐거움을 느낄 수 있을 것이다.

"저에 대해 하신 얘기 중에 잘못된 것이 있었나요? 당신의 비난은 근거가 없고 오해에서 비롯된 것이었지만, 그 당시 제 행동은 그런 질책을 받아 마땅했습니다. 정말 용서할 수 없는 짓이었죠. 그 일은 생각하기도 싫습니다. ······(중략)······ 그날 저녁 제가 했던 얘기들, 행동, 표현들을 다시 생각해 보면 지금까지도 말할 수 없이 괴롭습니다. 그리고 너무도 적절했던 당신의 비난도 결코 잊을 수가 없어요. '당신이 좀 더 신사다운 태도를 보이셨다면.' 이렇게 말씀하셨죠. 이 말이 얼마나 저를 괴롭혔는지 당신은 상상도 못 하실 겁니다. 솔직히 말씀드리면, 제가 그 말씀이 옳았다는 것을 인정한 것은 한참 후였죠." (pp.379~380)

"불행히도 저는 외아들이었기 때문에 부모님께서는 제가 하는 모든 행동들을 받아주셨지요. 그분들은 아주 좋으신 분들이었지만, 저의 이기적이고 오만한 행동을 질책하지 않으셨고 오히려 부추기고 가르치셨습니다. ······(중략)······ 여덟 살 때부터 스물여덟이 되기까지 저는 그래왔습니다. 사랑하는 당신 엘리자베스가 아니었다면 지금도 그러하겠죠. 저는 당신에게 많은 빚을 진 셈입니다. 처음에는 힘들었지만 당신은 저에게 아주 유익한 교훈을 주셨어요. 당신 덕분에 저는 겸손해졌습니다. 제가 당신께 청혼했을 때 저는 당신이 당연히 승낙하실 거라 믿었지요. 하지만 당신은

사랑하는 여자를 기쁘게 하는데 있어 제가 얼마나 부족한 사람인
지 느끼게 해주었습니다." (p.381)

다아시는 다소 무뚝뚝하고 말수가 적은 편이라 사람들에게 오만
하다는 인상을 준다. 하지만 그는 누구보다 배려심이 깊은 따뜻한
사람이었다. 엘리자베스에게 가혹한 비난을 듣고서도 분노하기보
다는 오히려 자신을 되돌아보며 반성한다. 또한 뒤에서 엘리자베
스를 도와주며 그녀에게 헌신적인 모습을 보여준다. 모두들 오만
하다고 여겼던 다아시의 실제 모습은 이렇듯 진정으로 '신사다웠'
던 것이다. 자신의 단점을 인정할 줄 알고, 그것을 개선하려고 노
력하는 사람은 드물다. 그렇기 때문에 다아시의 진실한 모습은 독
자들에게 감동을 주며, 그들의 마음을 사로잡을 수 있었던 것이다.

사람들은 흔히 '첫인상'이 중요하다고 말한다. 물론 상냥하고
다정한 인상이 상대에게 호감을 준다는 것은 부정할 수 없는 사실
이다. 그러나 그보다 더 중요한 것은 그 사람의 진심을 읽어낼 줄
아는 혜안이 아닐까. 누군가에 대한 부정적인 인상이 어쩌면 오해
였을지도, 그 오해가 만들어낸 편견일 수도 있으니 말이다. 반면,
누군가의 오해를 불러일으킨 사람이라면 자신의 모습이 타인에게
어떻게 비치는지 스스로를 돌아볼 필요가 있을 것이다.

나는 편견을 갖고 있는 사람은 아닌지, 혹은 누군가에게 오해를
주는 대상은 아닌지, 이 책을 읽은 독자들이라면 한 번쯤 생각해
보기를 바란다.

작가 연보

1775. 12. 16	영국 햄프셔 주 스티븐턴에서 교구 목사의 6남 2녀 중 일곱 번째이자 둘째 딸로 태어나다.
1783~1786년	언니 커샌드라와 함께 3년간 간헐적인 기숙학교 생활을 하다.
1793~1795년	서간체 단편소설 《수잔 부인 *Lady Susan*》을 집필하다.
1795년	《엘리너와 매리앤 *Elinor and Marianne*》을 집필하다.
1796년	결혼 직전까지 갔으나 남자 측 집안의 반대로 무산되다.
1796~1797년	《첫인상 *First Impressions*》 집필 후 런던의 한 출판사에 가져갔으나 거절당하다.
1797~1798년	《엘리너와 매리앤 *Elinor and Marianne*》을 《이성과 감성 *Sense and Sensibility*》으로 개작하다.

1798~1799년	《수잔 *Susan*》을 집필하다.
1803~1804년	《왓슨 가 사람들 *The Watson*》을 집필하다.
1805년	아버지가 돌아가시다.
1811년	《이성과 감성 *Sense and Sensibility*》을 출판하다. 《맨스필드 공원 *Mansfield Park*》을 집필하다. 《첫인상》을 《오만과 편견 *Pride and Prejudice*》으로 개작하다.
1813년	《오만과 편견》을 출판하고, 《이성과 감성》과 《오만과 편견》 매진 후 재판 인쇄하다.
1814년	《맨스필드 공원》 출판 후 매진되다.
1815년	《에마 *Emma*》 출판, 그 다음 해 매진되다.
1816년	《설득 *Persuasion*》을 완성하다.

1817년	《샌디턴 *Sanditon*》 집필 시작 후 건강 악화로 중단되다. 7월 18일 42세로 숨을 거두고 윈체스터 대사원에 묻히다.
1818년 사후	《노생거 사원》(《수잔》으로 쓰인 것으로 추측), 《설득》이 출판되다.
1884년	《제인 오스틴의 편지》가 출판되다.
1922년	《사랑과 우정》이 출판되다.